焦阳 著

候鸟夫妻

重庆出版集团
重庆出版社

图书在版编目(CIP)数据

候鸟夫妻 / 焦阳著. —重庆: 重庆出版社, 2023.9
ISBN 978-7-229-17756-0

Ⅰ.①候…　Ⅱ.①焦…　Ⅲ.①长篇小说—中国—当代　Ⅳ.①I247.5

中国国家版本馆CIP数据核字(2023)第121110号

候鸟夫妻
HOUNIAO FUQI
焦 阳 著

责任编辑:袁　宁
责任校对:刘小燕
装帧设计:冰糖珠子

重庆出版集团
重庆出版社　出版

重庆市南岸区南滨路162号1幢　邮政编码:400061　http://www.cqph.com
重庆出版社艺术设计有限公司制版
重庆市国丰印务有限责任公司印刷
重庆出版集团图书发行有限公司发行
E-MAIL:fxchu@cqph.com　邮购电话:023-61520546
全国新华书店经销

开本:880mm×1230mm　1/32　印张:12.375　字数:310千
2023年9月第1版　2023年9月第1次印刷
ISBN 978-7-229-17756-0
定价:58.00元

如有印装质量问题,请向本集团图书发行有限公司调换:023-61520678

版权所有　侵权必究

目 录

楔子　　　　　／001

第一章　　松露事件　／005

第二章　　槽点满满的小团圆　／016

第三章　　"塑料"姐妹花　／032

第四章　　爱赢才会拼　／049

第五章　　信任危机　／065

第六章　　远程秀恩爱方式　／084

第七章　　焦虑症候群　／115

第八章　　欲望游戏　／136

第九章　　酒友是怎样炼成的　／163

第十章　　小重逢　／183

第十一章　　鲇鱼效应　／207

第十二章　　年会迷情　／227

第十三章　冒险有多美　/ 245

第十四章　亲爱的对手　/ 272

第十五章　至亲至疏夫妻　/ 306

第十六章　福无双至祸不单行　/ 330

第十七章　婚商是怎样炼成的　/ 346

第十八章　婚姻的真正价值　/ 364

第十九章　候鸟归巢　/ 380

楔子

夜色阑珊,三万英尺的高空,从首都机场飞往纽约的航班商务舱内,形形色色的乘客们大多在昏睡,有三五个乘客或阅读或看视频,一对小夫妻技穷地哄着不肯入睡的孩子,一对花甲老夫妇激动地窃窃私语。与大家的度假风、游玩style显得格格不入的是坐在花甲老夫妇后排的周朗朗,她身着深灰职业装,黑色尖头中跟鞋,脚头搁着一只黑色公文包,一副从谈判桌前直接杀到飞机上的霸道女总裁范儿。

周朗朗合上文件夹,扫了眼腕表,从黑色公文包里取出一只化妆包,熟练地卸妆,敷上一片黑色蕾丝面膜,往十指尖尖上刷指甲油。须臾,周朗朗拎起公文包旁边的旅行袋,拉开拉链,关掉头顶射灯,瞟了一眼邻座打盹的女乘客,在暗黑之中手脚麻利地开始一系列窸窸窣窣的小动作。

两分钟后,头顶射灯再次打开,她身上的职业装已悉数入袋,上身一件廓形卫衣,下身一条破洞牛仔裤,脚上一双白色运动鞋,束在脑后的短卷发恣意散开。周朗朗揭掉面膜,一气呵成地抹护肤品、拍气垫BB霜、扫腮红、涂唇釉,突变的画风让她从霸道女总裁秒成时尚潮女。作为一家4A广告公司AAC的业务部总监,能让她搁置跟进大半年的头号项目,能让她婉拒一个比肥肉还肥的大客户，能让她抛家舍业从朝阳区CBD写字楼千里迢迢奔赴曼哈顿的理由只有一个，再过2个小时就是她与老公唐烨的结婚三周年纪念日！

三年前，岁末寒冬，新冠疫情突然暴发，把全世界给打了个猝不及防，那个冬天的寒冷和艰难，会永存在所有人的记忆之中。

没多久，周朗朗所住小区出现一例确诊患者，那会儿还是周朗朗男朋友的唐烨赶在小区封控前不管不顾拎着两个硕大行李箱登门，一个行李箱里是他的衣物、生活用品，另一个行李箱里是满满当当的肉蛋菜粮。唐烨入住的理由只有一个，独居的周朗朗不会做饭，家里也没有储备食物，外卖、堂食已经关停，等不到解封她就先把自己给饿死了。

和平岁月下的峥嵘危机，二人共患难隔离生活。从封控到管控再到解封，恢复正常生活后周朗朗和唐烨第一时间去领证结婚，这对疫情夫妻甜蜜宣誓，相依相守，永不分开。

按照常见的婚姻标准模式来说，颜值高、业务能力强的广告界新晋种子选手周朗朗，与外企工作的精英会计师唐烨强强联合喜结连理，他们应该出双入对朝暮相守，生一儿一女凑成一个"好"字，与公婆斗智斗勇，拼命加班升职挣钱换大房子，送孩子上死贵的私立幼儿园赢在起跑线上，对抗35岁事业分水岭，迎战40岁中年危机……就这样在流水线式的烟火生活中相伴过日子，慢慢变老。

可惜，老天从不按牌理出牌，受疫情经济影响波及，很多公司调整经营策略，人事变动频频，婚后不久，唐烨接到公司调任他去曼哈顿工作的调令，为期一年。一年期满后延期至今，归期始终未定。

同样是婚后不久，周朗朗被AAC的大boss请去喝咖啡，被告知以她的业务能力和成绩，只要五年内不考虑生育问题，AAC业务部副总监乃至总监职位都属意于她。

疫情大环境下，周朗朗和唐烨没有退路，他们从疫情夫妻变成候鸟夫妻，一个飞往曼哈顿，一个留守北京，因为疫情政策和航空管制，他们只能依靠线上保持联络，当初坚信距离不是问题的信心不知不觉开始动摇。

于是，在尝尽身为已婚女人却比单身女人过得更拼、更累、更寂寞的百般滋味之后，周朗朗为自己找了这么一个冠冕堂皇的借口——结婚三周年纪念日，做个暂时逃离战场的逃兵，不管不顾奔向曼哈顿那个可以用胸大肌为她跳舞的男人的宽厚怀抱。为了让这次行动更加隆重更加有仪式感，为了让大洋彼岸的男人又惊又喜到泪奔，她决定秘密实施这次行动，待她嚼着口香糖吹着口哨出现在目瞪口呆的他面前时，才够完美！

美国时间晚上九点一刻，漫长的飞行终于在JFK肯尼迪国际机场画上了句号，预订好的出租车，一路直达唐烨租住的81号公寓。周朗朗掏出钥匙开了门径直前行，还是原来的壁纸花纹，还是习惯留盏灯的走廊，还是熟悉的烟草味道……

卧室的门敞开着，灯光昏暗，气氛幽魅，床上的一男一女麻花般甜蜜地拧在一起，周朗朗几乎不敢相信自己眼睛看到的一切，她使劲眨了眨眼睛，定睛一看，拥抱而眠的这对男女是一对白人情侣，面目陌生，从未见过！从惊喜到惊吓，再加上浓浓的意外、不可思议和害怕，周朗朗失声尖叫："天哪！这到底是怎么回事？"陌生的白人情侣被周朗朗的失声尖叫给惊醒，他们看见周朗朗犹如见了鬼，一个抱头惊呼一个掩胸尖叫，争先恐后扯过被单包裹自己的身体。周朗朗的眼睛差点弹出眼眶,嘴巴圆张却哑然失声,心头有一万匹野马呼啸而过!

手机炸弹般响起,唐烨的声音热情如火:"周总,送你一个惊喜,祝我们结婚三周年快乐!那个……我这次带的行李实在有点多,你方不方便来机场接我一下?"此时此刻,唐烨所乘的航班刚刚落地首都机场,这对候鸟夫妻一个飞往纽约,一个飞回北京,他们不约而同要给对方一个惊喜,要过一个意义非凡的结婚三周年纪念日,结果,阴差阳错,南辕北辙!都是三周年惹的祸,都是惊喜惹的祸!

床上二人穿上衣服后,在客厅接见了周朗朗,告知她公寓的现任主人是入住一个多月的他们,没及时更换门锁钥匙是他们的疏漏。

在周朗朗的错愕中,男女主人热情洋溢祝周朗朗与老公结婚三周年快乐!

第一章　松露事件

对于上班族来说，北京早已成为一大"堵"城，每天早上七点半到八点半是大家习以为常的早高峰特堵时段，拥堵指数屡屡刷出新高，平时半个小时的车程，在早高峰拥堵时段走上三个小时都是堵你没商量的平常事。

今天的早高峰拥堵指数达到了8.6，东四环大郊亭桥附近的交通路况几近瘫痪，过了桥的辅道旁一新建小区内的一套17楼loft小公寓里，唐果有幸躲过这场"浩劫"，她戴着大眼睛怪兽的眼罩，穿着一套骷髅图案的连体睡衣，睡相极不雅观地霸占了整张大圆床。

唐果睡得极为深沉，连邋里邋遢的老公许良辰推着脏兮兮的行李箱进门都毫无察觉。

头发乱成一蓬茅草、胡子拉碴、衣衫皱巴巴的许良辰一进家门就跟抽掉身上脊骨似的，软趴趴撂下硕大的行李箱，甩掉鞋，睡眼迷离地直奔二楼卧房，一个猛子扎到床上，不，准确说是扎进唐果的怀里，就再也抬不起头来。深度睡眠中的唐果先是一惊，嗅了嗅鼻子下许良辰头顶那堆"茅草"的味道，整个人就放松下来，她挣扎了几下没推开老公，索性拿脚蹬，许良辰干脆抱紧她的大腿，夹住她的小腿美滋滋入睡。

忍无可忍的唐果转了半个身子，把屁股对着他的脸，嘴巴很仿真地"噗"了长长一声，许良辰应声而起，掩鼻大叫："疯婆娘！你到底有没有一点公德心？有你这么放毒气弹谋害亲夫的么？"唐果吱都没吱一声，而是从枕头下掏出一对消音耳塞塞进两只耳朵，接着睡。

不知道过了多久，有可能是十分钟，也有可能是一个小时，一股浓郁的异香像尾小鱼游进了戴着眼罩、塞着耳塞的唐果的鼻腔，在她饥肠辘辘的胃里上蹿下跳，叫醒她的每一根神经，一把扯掉她的眼罩，强撑开她的眼皮，推动着她的双脚，闻香而去。

这股异香的根源在厨房里，许良辰在灶前煮方便面，他得意地关火、盛面、拿筷子，一转身发现了站在身后饿狼般的唐果。唐果老实不客气地从许良辰手里"夺"过方便面："谢谢亲爱的，一个多月不见，你煮方便面的手艺可以去米其林餐厅应聘厨师啦！"许良辰一脸的不爽让她迅速补充一句，"乖啦，我昨天才从斐济出差回来，时差还没倒过来呢，你这碗爱心方便面我先干为敬，你再去煮一碗，我陪你一起吃。"许良辰悻悻道："老话儿说女大三抱金砖，你整整比我大三岁，不但没让我抱上金砖，反而随时被你砸得满头包！我在印度扛了一个多月摄像机刚刚勘景而归，你就用毒气战和虎口夺食来欢迎我啊？"

唐果捧着热气腾腾的面碗狼吞虎咽："这方便面什么牌子的，怎么这么好吃？下次批发十箱回来囤货，像咱俩这种整天飞来飞去的空中飞人时刻离不了啊！"

许良辰听她这么一说，没心思煮面了，拿双筷子就从唐果碗里扒拉了一大口，烫得龇牙咧嘴："什么牌子的方便面还不都那一个味，关键是你老公的厨艺了得！对了，你去斐济的战果如何？"

唐果得意地报喜："这还用问，当然手到擒来，你老婆可是广告界小猎豹，凡是我看上的目标，一个都别想跑！我在斐济堵到去那里参加深潜俱乐部的大股东，我练潜水差点变成美人鱼了，终于说服他答应把这次的项目招标会补拟一个名额给我，周朗朗这次遇上我，既生瑜何生亮啊！"

许良辰揶揄她："笑得早未必笑得好，我看你充其量也就是生不逢时的女周瑜吧，你亲嫂子周朗朗才是诸葛亮吧！"

唐果打掉他筷子上的面："小赤佬，别坏我胃口，快去煮你的面。你们剧组这次勘景去了印度哪几个地方？顺利么？片子什么时候开机？这回的合同上有你许大摄影师的署名权么？印度纱丽给我买了么？我这边要是挪得开，到时候去探你班哈。"

唐果性格直来直去，为人、做事风风火火，好奇心和好胜心都很强，接受新生事物能力也强，敢于秀自己的优点乃至缺点，具有强烈的表现意识，比如正话反说，比如用贬义称呼来表达与对方的亲近程度，比如对传统概念性的东西喜欢颠覆，高兴不高兴不仅仅写在脸上，还要通过行动彻底宣泄。

唐果做过很多工作，大学毕业考上过公务员，做了不到半年就辞职了，之后涉足过金融业、保险业、电商业，再之后在一家广告公司做文案策划，一次出差上海的机会结识了当时还是上海戏剧学院大四学生的许良辰。两人一交手就有棋逢对手的精彩过瘾和惺惺相惜，恋爱三个月后闪婚。

唐果和许良辰婚后把小家安置在北京，一来是为了唐果工作方便，二来也是为了许良辰摄影事业的更好发展，毕竟北京的影视资源和发展机会堪称全国之首。

来到北京生活、发展事业的许良辰因为年纪轻资历浅，没有什么代表作品，一开始在影视圈子里几乎接不到什么摄影专业的活儿，靠着给人在机房剪辑各种网络视频混口饭吃，好在北京这个大平台什么都不缺，更不缺机会，愿意拼搏的人总能找到发展机会。

有一次，一个对资历要求低、对专业技术要求高的纪录片制片人找到了许良辰，三言两语一交流，许良辰扛起摄影机随队出发去了大凉山。有了第一次就会有第二次、第三次、第N次，一头扎进纪录片的他一年多下来足迹遍布国内外，事业渐渐更上一层楼。

不知是因广告找到了爱情，还是就此找准了自己的事业定位，换工作如换包包的唐果居然在广告界潜心钻研起来，在这家据称是国内本土广告公司排名数一数二的"锦尚国际"从文案转到了业务部做起项目经理，从小项目到大项目，一步一个脚印稳扎稳打，做到了如今的高级业务经理，她的人生座右铭是：世上本没有雪中送炭，只有锦上添花，所以，请先把自己变成锦，才能指望锦上添花。

今天这种一个前脚出差而归、一个后脚下飞机进门的情况在许良辰和唐果的婚后生活里已然是常态化了，他们不仅要习惯一个守家一个在异地工作的生存状态，更要习惯双双倾巢而出，一个南飞一个北外，在陌生的城市奋力打拼之余，遥相呼应，遥望家园。这就是这对时差夫妻的日常，在北京因爱成婚筑巢，因为工作性质，唐果常常天南海北的短期出差公干，可以说项目和客户在哪个地方她就会飞到哪个地方，许良辰时常扛着摄像机或奔波在异域都市或驻扎在山谷丛林或一头扎进机房里与世隔绝。他们两个都是为了各自目标展翅高飞的候鸟，虽然每次的旅程都不尽相同，他们各自目的地也南辕北辙，好在归巢只有一个，家只有一个。

眨眼工夫，唐果的一碗面就见了底，她用筷子夹起一粒粒黑色的东西问许良辰："这是什么东东？是方便面调料包里自带的还是你带回来的印度土特产？"许良辰指着菜板上他切碎的一坨黑粒粒说："这是从咱家冰箱里找到的，是你买的快发霉的土香菇吧，我还找到一个缩水的西红柿、两根掉光叶子的香菜，统统都放进锅里了，还打了两个蛋，这样做出来的方便面才有营养嘛！"

唐果觉得后脖梗发凉，预感到大事不妙的她放下碗筷直奔冰箱，她从冰箱里捧出一只精致的保鲜盒，打开一看顿觉眼前冒星星，她颤声问许良辰："你是不是从这个盒子里找到的所谓的发霉土香菇？"许良辰扫了盒子一眼："对，就它，还剩了一半，咱们得赶紧吃完，浪费是极大的犯罪！"唐果把保鲜盒一摔，揪起许良辰的耳朵："你个吃货！知道这是什么么就敢吃？知道这多少钱一克么？知道它的用途有多重要么？你赶紧给我吐出来，吐出来再把它给我粘回去，否则我保证不打死你也得打残你！"

许良辰挣脱开来："你是不是时差没倒过来就疯言疯语拿我开涮啊？告诉你，我也有时差病，发作起来六亲不认！"

唐果捶胸顿足："这可是意大利的阿尔巴白松露！号称可以吃的钻石！一盒的价格抵得上你给制片人干活儿一个月的！半盒松露下两袋方便面，亲，您可真是超级土豪中的顶级土鳖啊！我托了好几个人才买到的，明天要拿它给老板述职兼进贡的！"

许良辰拿起保鲜盒里的一颗松露，双眼贴上去认真看了看、闻了闻，他郑重把松露放回盒子，他拿手抠了抠嗓子眼儿，欲吐又咽回去："媳妇儿啊，我就是吐出来也拼不回原形了，即便拿

502粘回去你们老板也不敢入口啊，吃都吃了，咱们开开心心的会全部吸收营养大补特补的，你们老板吃过松露未必见过本尊，要不这样，我现在拿个样本去买长得接近的干香菇回来充数，保证不耽误你的正事。"

唐果踹他一脚："你这是帮我呢还是害我呢？吃了一个月印度飞饼智商更低了！"许良辰请示道："媳妇儿，这些已经切成碎丁的松露咋处置？"唐果头也不回撂下一句："喂狗吧！"许良辰转忧为喜，开火、煮面、下蔬菜和松露，他想了想，又磕了个鸡蛋，撕开一袋方便面丢进锅内，自言自语："加蛋加料又加面，这么吃应该不至于辜负松露君了吧！"

唐果与许良辰都没意识到，松露事件其实是一块碎玻璃，折射出他们婚姻存在的问题，"双候鸟"夫妻聚少离多缺少沟通缺乏默契，唐果只需在把松露放进冰箱时贴一张写上备注的便利贴，或者许良辰拿出松露时顺嘴问上她一句，这种事便不会发生。

不仅如此，他们对彼此的生活、工作关心太少了解太少，两个人太过独立、自我的性格对需要抱团取暖的婚姻关系反而是种阻力。松露事件不是什么大事，但他们这样处理彼此关系、维系婚姻日常、解决生活问题的方式，将会成为他们亲手埋下的一颗雷，炸与不炸，什么时候爆炸，爆炸的杀伤力有多大，如何善后，诸如此类的问题都在未来静候着他们。

吃了个半饱又被气了个半饱的唐果头也不回离开厨房这个"案发"现场，直奔大门口许良辰那只受气包儿般等待过审的行李箱。这也是他们两人默认的一种心照不宣，结婚未满一周年的新婚小夫妻，两个都是飞来飞去、聚少离多的工作狂，外面的世界有多精彩就有多诱惑。

唐果打从恋爱一开始就对许良辰说过，像他这样赚得不多但无不良嗜好的小鲜肉，虽距离她哥唐烨那种精英型男等级还有待修炼，却已然是花花世界里女妖精们好玩便玩、不好玩便一口吞下的唐僧肉了，一个纪录片摄影师所处的环境流动性大、较为复杂，三教九流形形色色俱全，各种诱惑、手段、目的防不胜防，一个不小心就着了道行，失身失财失节皆是啪啪打脸的人生败笔和婚姻黑洞。她唐果丢不起这个人也咽不下这口窝囊气，所以他们夫妻二人要随时纠风查纪，随时警钟长鸣，每次许良辰出差回来，她不但要检查行李箱，更要检查他这个人，她知道这样做很low，但，在他们没找到更好的解决方法之前，在他们的婚姻不足以坚实到可以抵抗十二级台风之前，只能如此这般。

许良辰是半推半就接受这种例行检查的，不是他够坦荡，而是他也存着自己的小心思，他打心里对唐果经常飞来飞去出差也放心不下。唐果与世界小姐站一起的确是差一大截，可她一双桃花眼配上满满一脸的胶原蛋白，加上她的化妆术已经修炼到出神入化的易容术级别，搭配衣服、鞋子抵得上半个职业造型师，所以，她与职场里的庸脂俗粉站一起还是特别出挑的。她经常打交道的那些大客户只要不是眼瞎，只要身边的悍妻打个盹儿，他们心中肯定会蠢蠢欲动的。基于以上的小想法小私心，许良辰痛快答应了唐果要检查他行李箱乃至整个大活人的要求，同时也提出了自己要回查她的恳求，唐果也痛痛快快答应了。这项检查就此成为他们家的保留项目。

唐果因为松露事件窝了一肚子的气，这次检查行李箱也格外横挑鼻子竖挑眼，她就地打开行李箱，第一步仔细翻检每一件内衣裤。许良辰端着煮好的松露面没眼色地蹲在她旁边边吃边插话：

"放心吧，你给我带了7条内裤8双袜子5件背心，我装箱之前数了三遍，一件都不会少。"唐果把一条白色内裤翻转过来里外查看："少半只一件的还好说，我就怕多点什么出来，你就浑身是嘴也解释不清了。"许良辰差点被这话噎到："你能不能盼我点好！"

唐果不爱搭理他，继续检查衣裤、洗漱用品和杂物，就连行李箱的边边角角也没放过丝毫。此时此刻她的眼睛堪比X光，嗅觉堪比缉私犬，有时候她也扪心自问过：唐果啊唐果，何苦呢，你这么做到底是怕检查出来点什么还是盼着检查出来点什么？唐果找不到答案，她知道只有这样做，她才能安心，才能松一口气，才能继续与他做夫妻。

从行李箱中一无所获的唐果，直奔歪在客厅沙发上看电视的许良辰。两人没有过多的言语铺垫，也没什么矫情的前戏，利落地像剥洋葱般剥去对方的衣服。许良辰的手没闲着嘴也没闲着，一边亲吻唐果一边友情提醒："别说我没提醒你，我吃了一个多月的手抓饭，头发丝、牙龈里都是羊油和咖喱味，你说过要尽量保存一切物证等候安检，躺着你别赖我！"唐果躲避着许良辰送上来的热吻："少废话！我就喜欢重口味怎么啦？从现在起你有权保持沉默，但你所说的每句话都可能成为呈堂证供！"

如果盘点起来，唐果和许良辰的"验明正身"游戏里多的是让人哭笑不得的槽点。比如有一次，唐果出差归来，许良辰是理所当然的安检员，一番检查后在唐果的脚踝处发现一个崭新的文身，任凭唐果解释她是被一同出差的女同事蛊惑一时冲动为之，文身图案也是女同事和文身师帮她选的变形字母组成的玫瑰图案，但许良辰就是不相信，他拍下这个图案冥思苦想了一天，把文身字母组合出N种可能性意义，再逐一排查，恨不得当即给自己整出个假想敌来。还是唐果忍无可忍找出那家文身店的名片摔给他，甚至拨通了女同事的电话，许良辰这才偃旗息鼓。这样的小插曲在新婚夫妻之间是情趣，一旦过了蜜里调油的你侬我侬阶段，步入柴米油盐酱醋茶的烟火夫妻田地，或许就成了玫瑰上的尖刺。

这一次，唐果是要安心找出点蛛丝马迹为松露报仇为自己出气的，许良辰含着一口真气自我把持，安心要幸灾乐祸她一把，各怀了小心机的两人一个重演真人版《鉴证实录》，另一个故作心虚遮遮掩掩，锵锵过招地不亦忙乎。

"你这里怎么红一片，别是中招传染了什么病吧？"

"要真这样我立刻出门买彩票去，别痴心妄想了，印度那边潮热湿气重，组里不少人都得了皮炎，我背包里有一支用了半管的皮炎膏，你尽管拿去化验。"

"别说我没警告过你，咱俩只有丧偶没有离异，这辈子我只给你三次对不起我的机会，第一次我原谅你年幼无知，第二次我知道自己不够好，第三次我们要承认对这个花花世界的抵抗力不够，同理，你也要给我三次对不起你的机会，一旦彼此的机会用完，我们只能同归于尽为民除害！"

"想都别想，只要有我在，一次出轨机会都不给你，当然我也不稀罕！"

两人从沙发上滚落地毯，两个人变成了一个人，一个人变成了一团火，直到燃烧了整个花花宇宙。

直到两个人彻底燃烧成了灰烬，直到灰烬从滚烫降为余温，唐果手机闹铃响起，给大哥唐烨接机的时间到了。

唐果咬牙挣扎起身，她一边洗漱更衣一边催促软烂如泥的许良辰赶紧起身收拾，接机任务重于泰山，她接的是从小对她如父如兄般呵护疼爱的大哥，是大哥行李箱里的名牌包包礼物。

去机场路上，许良辰突然接到寡居上海的老爸来电，许爸乘坐的高铁一个小时后到站。

唐果和许良辰被打了个措手不及，他们只得分头行动，唐果开车去机场接大哥，许良辰打车去高铁站接老爸。

机场，唐果接到因疫情近两年未见的唐烨，自然是把大哥当成凯旋的功臣名将，她奉上暖心暖肺的关切、思念和崇拜，唐烨也真是疼爱宠溺他这个铁杆妹子，他给妹妹准备的礼物之多、之贵，足以让妹妹心花怒放到变形！

高铁站，许良辰接到因疫情近两年未见的老爸，他以为老爸是因为疫情缓和北上探亲度假的，当他看到清瘦老爸艰难拖拽四五件巨型行李时，惊呆了。

许爸把超大超重行李交给许良辰，同时交给他一句话，他要定居北京，往后余生请儿子儿媳多多关照！

许爸向儿子哭诉他独自艰难度过的两轮居家隔离期，他不会在手机上抢菜、团购，不会在手机上操作摘星、解除黄码流程，情绪焦躁，度日如年。许爸有个往来多年的老邻居老伙伴在家摔了一跤诱发脑梗离世，一个星期后才被亲属发现，这事对许爸的刺激非常大，他参加完老伙伴的追悼会，擦干抱憾纵横的老泪，回家收拾收拾细软，把卖房事宜托付给社区，便上了高铁投奔儿子寻求后半生的依靠。

许良辰只觉得头顶响起一记晴天霹雳，把他给劈得头晕眼花！之前他是经常在电话里听到老爸的各种委屈、焦虑，听到老爸想要跟他一起生活的诉求，可他把老爸的话当成了孩子话，当成了唠叨、碎碎念，他压根儿没当真，所以各种不走心的敷衍，没想到老爸这一次是棉花人儿扎下硬架势，把他给整不会了！

　　许良辰不知道该怎么跟唐果报备，不知道牙尖嘴利一身芒刺的唐果能不能真心接纳笨嘴心实的棉花人儿老爸入住，不知道房本面积五十平方米、二十年分期的蜗居小家能不能太太平平得过且过……

第二章 槽点满满的小团圆

周朗朗拖着行李箱走出首都机场,唐烨连人带车早已恭候多时。

周朗朗一脸倦态地把行李箱甩给唐烨,连一贯的夫妻见面拥抱亲吻礼都直接省略掉,径直打开车门坐进副驾驶位置,慵懒地闭上了眼。

唐烨把老婆的行李箱放进车后备箱,返回驾驶室看到周朗朗如此状态,往她脖子下塞了个护颈枕:"这一来一回的辛苦啦,垫上这个舒服点。"周朗朗有气无力地任凭唐烨摆布,嘴里不阴不阳道:"谢谢!敢情您还知道我不容易啊!知道我动用了多少关系才能第一时间顺利返程,只为了陪您老人家过一个有惊无喜的结婚三周年纪念日?"唐烨发动车子:"都是我的错,我是想借着这次回国述职的机会给你来个惊喜,你知道这次回国机会有多少人争取么?就凭咱们俩这天下第一的默契指数,下辈子还得做夫妻!"

唐烨发动车子,嘴里嘘寒问暖,右手熟门熟路地"探"进了周朗朗的领口。周朗朗仍旧闭着眼,抬手往他手背上一拍:"馋猫!好好开车!别整这些不咸不淡的假不正经。"

唐烨和周朗朗来到东三环双井桥附近的一个中档居民小区里。

一刻钟后,二老就把餐厅的饭桌摆得满满当当了,从海鲜到家禽，从私房小炒到牛羊肉，个个都是硬菜。叶翠兰夹了一筷子水煮牛肉到唐烨的碗中："你的最爱，水煮牛肉，这菜要趁热吃才够味。"唐大年夹了一块蜜汁叉烧直接递到儿子嘴边："儿子，先来一块叉烧，有日子没吃想这口儿了吧，以前你一个人就能干掉一整盘呢。"

叶翠兰闻言"啪"地把筷子一摔，冲老伴儿开火："怎么回事？孩子们刚进家门你就跟我唱对台戏！能不能安安生生把这顿饭吃完？"唐大年见惯不惊道："就是因为儿子刚回来，他那副被汉堡、热狗虐待坏了的肠胃，能头一口就吃你那辣死人不偿命的水煮牛肉么？吃点酸甜的开开口养养胃，亏你还是亲妈，连这点道理都整不明白，白活！"叶翠兰气冲脑门，话外有话："一北方老爷们儿，天天不是吃甜的酸的就是煲汤水，知道的说你矫情，不知道还以为你被哪个南方小娘儿们给喂成猫了呢！我生的儿子随我，大块吃肉大口吃饭，坦坦荡荡做人！不像某些人，一辈子小肚鸡肠抠搜心事！"当着儿子、儿媳的面，被揭了老底的唐大年脸上挂不住了："才喝了一杯红酒，你咋就酒精上头胡咧咧？咱们就事论事啊，别阴阳怪气搞打击报复那一套！"

二老唇枪舌剑这就过起招来，周朗朗早已见惯不怪，该吃菜吃菜，该喝汤喝汤。自打唐烨带她迈进这个家门那天起，唐烨的父母就是这么频频过招，因为饭菜咸淡、争夺电视遥控器、上完厕所忘记冲水等等鸡毛蒜皮的事都可以吵上大半天。

两个老宝贝谁也不让谁，谁都揣了一肚子委屈，谁都要辩个高低输赢。一开始，周朗朗明里暗里屡屡从中调停，劝劝这个宽慰宽慰那个，不但收效大于等于零，反而成了二老一吵架就竞相求仲裁的家事判官，把自己也给扯了进去，帮谁都势必得罪另一方，真真心累。

后来，唐烨告诉周朗朗，父母这点积怨还得从几十年前说起，彼时的唐烨刚上小学，妹妹唐果还在蹒跚学步，唐大年身为厂供销科副科长，被指派到广州分销处做了一把手，而厂财务科会计叶翠兰独自带着两娃又当爹又当妈，夫妻两地分居做起当代版牛郎织女，这一做就是十余年。其间经历了无数纠葛，比如一直笼罩在叶翠兰心头的疑云是老公曾经在广州有第三者、家外有家，比如叶翠兰向厂工会打了十八封离婚报告才逼老公调回京，她觉得老公不肯离婚又不肯好好过日子是在报复自己，比如唐大年觉得老婆这么多年贴补娘家跟自己不一条心，比如唐大年认为唐烨始终跟自己不够父子连心都是老婆教唆的……

这对老宝贝就这么吵吵闹闹到了白头，饭桌上一个嗜爱南方口味另一个偏好川辣菜式，看电视一个锁定电视剧频道另一个必看新闻频道，一个睡觉要开灯开电视有动静才能入睡，另一个要开启全黑全熄安静模式才能好梦，居家过日子一个好面子、爱结交朋友、花钱大手大脚，另一个喜清净、独来独往、节俭成性，一个教育儿女要以家庭为重、知足常乐，另一个教育儿女要志在四方、干事业要趁早。他们就这样互掐互损地度过了大半辈子，熟知他们的亲人、朋友都习以为常，不知根底的外人觉得他们的婚姻还在继续简直就是个奇迹。

为了全家人能太太平平吃完这顿饭，唐烨只得出招："爸，妈，我在曼哈顿天天想这两道菜想得不行不行的，我长了两个胃，今天这两个菜我包圆了，你们谁也别跟我抢！"唐烨说着，一筷子夹起水煮牛肉和蜜汁叉烧送入口中，胡乱嚼了几口咽下去，挤出一个标准的吃货笑容安慰父母。一旁的周朗朗却看得胃里一阵小翻涌，这辛辣刺激的牛肉加上甜蜜肥腻的叉烧，该是怎么一个黑暗料理的味道？

周朗朗开了一罐苏打水递给唐烨，夹起毛血旺里的鱿鱼卷，企图转换话题调剂一下餐桌气氛："妈，这花刀切得真漂亮，所以鱿鱼卷特别入味，害得我多吃了半碗饭，减肥计划彻底失败！您传授传授这切法有什么秘诀，下次我练练手。"叶翠兰一听来了精神："其实一点不难，下刀别直着切，每一刀都别切透，横刀和竖刀的间距要一样，鱿鱼切好先腌制半个小时……"叶翠兰说得眉飞色舞兴起，唐大年索然无味地起身打开电视调到新闻频道，示威似的调大了音量。叶翠兰心头刚刚熄灭的小火苗"噌"的一下烧到了眉毛上，当即宣战："老唐你成心跟我过不去是吧？堂堂一大老爷们别玩这种小损招，有本事你尽管放大招，我要接不住就不姓叶！"

周朗朗和唐烨交换了一个眼色，儿子起身拉起老爸："爸，我刚想起来，回家路上车子的引擎一直有异响，您是老司机了，赶紧陪我去地库检查检查，下午我还得去公司一趟呢。"唐烨说着推着把老爸带出家门，他得继续充当家庭"消防队员"！周朗朗从唐烨带回来的礼品袋里拿出一只盒子："妈，这是唐烨在曼哈顿给您选的最新款美容仪，每晚睡前抹上精华液再用这个全脸按摩，保证能把苹果肌给您按回来。"

周朗朗对照说明书给婆婆讲解美容仪操作步骤，婆婆一把夺过美容仪搁一边："别扯这些没紧要的闲篇儿，我问你，你跟唐烨挑明了么？"周朗朗老实作答："他这次回来待上一个星期，我想等过两天再找机会跟他好好谈谈。"婆婆埋怨她："朗朗，不是我爱唠叨你，这是原则性问题，你一定要积极主动跟他彻底摊牌，别跟他不咸不淡地商量,干脆直接命令他拿出一个回北京工作生活的具体时间表。"

周朗朗面有难色:"现在像我们这样的候鸟夫妻还挺多的,我们不愿意将来后悔,也没能力让现实为我们开绿灯,只能咬着牙一直往前走。当初这是我们一起做的决定,如今他刚做出点成绩我却打退堂鼓扯他后腿,我担心他即便肯听我的回国发展,这事将来也是梗在我们之间的心结。"婆婆苦劝道:"过去是灰的,将来是虚的,只有把握住现在最牢靠,我就是个活生生的例子,我当初该牺牲的都牺牲了。该忍的都忍了,可你看我现在得到什么了?还不是一地鸡毛!我是不想看你重走我的老路才劝你,既然做了夫妻就得朝朝暮暮,就得秤不离砣,否则即便他成了比尔盖茨你成了女马云,你俩还是八竿子打不到一起的苦命鸳鸯,挣那些身外之物有什么用?"

周朗朗点点头:"妈,我听您的,明天就跟唐烨摊牌,对了,您觉没觉得他这次回来跟以前不太一样,好像有什么事瞒着我们?"婆婆半信半疑:"不能吧,他能有什么事瞒着我们?你放心,唐烨不是唐大年,这孩子品性随我,稳重踏实,绝对不会乱来的。"周朗朗眼前闪现出唐烨回家路上悄悄地关掉手机,以及回家这一路上他避而不谈曼哈顿的工作和人事,都让她觉得眼前的老公有点故作镇定有点欲盖弥彰。

唐烨父子进门时,唐大年的脸色看上去风平浪静多了。小唐说服老唐不用费多少口舌花多少心思,他只消面有难色地跟老唐碎碎念:"爸,您能不能为了我,纯粹为了我,以后再也别跟妈吵架了,男人让着女人天经地义,你们老这么吵,我哪儿有心思出远门工作啊,要不,我回来找份清闲点挣钱少的工作吧,这样也能多陪陪您和妈。"

老唐就吃小唐这一套,小唐只要一提打道回府过温饱知足的安逸日子,老唐就从头到脚拧巴起来,他当年被小唐他妈使出打离婚报告等种种穷凶极恶手段拖住后腿绊住前程的往事再次涌现眼前,要不是小唐他妈头发长见识短,一手毁了他大好的事业前程,他铁定能奋斗到总经理职位,然后光荣请辞,利用发展起来的关系人脉开家私营公司,赚得盆满钵满之后鲜衣怒马衣锦还乡,不但亲戚、好友、街坊和势利眼丈母娘都得对他羡慕嫉妒恨,就连小唐他妈也不敢拿鼻子哼他半下,何至于如今天天被老婆各种数落、打压,亲朋旧街坊也鲜有往来,他不但没给儿女留下一座金山一座银山,反而如今住的这套大三居拆改房还是靠儿子拿出来的全额装修款。

叶翠兰的火暴脾气来得快去得也快,她已经麻溜地把饭菜重新热了一遍,一家四口人围坐餐桌继续吃饭,唐大年少说话多吃菜,唐烨聊了一些曼哈顿的工作趣事、奇闻异录,把叶翠兰哄得食量大增,一桌子的硬菜、大菜顷刻实现了"光盘"。

周朗朗手机响,是她的手下、业务部客户经理方黎来电。方黎的电话内容唐烨和父母完全听不到,但他们能听到周朗朗嘎嘣脆地讲电话:"OK,大致情况我明白了,你好歹也是公司的老人了,做事怎么还这么缩头缩尾的……针对目前这种状况我只有一句话,竞争面前人人平等,你别管对方是谁家亲戚、什么来头、多大名号,你尽职尽责去做,对事不对人……嗯……嗯……你明白就好,甭管他们是本土广告界龙头也好霸主也好,甭管今天跟你对阵的是 Tiffany 还是'踢死你',你凭本事谈客户拿项目,输赢咱都不露怯,任他是何方神圣也挑不出毛病来。好了,先这么着,你该怎么做就怎么做！"

周朗朗挂掉电话起身收拾碗筷，唐大年一向把孩子们的工作看得比什么都重要，他夺过周朗朗正在收拾的碗筷："这些零碎活有你妈跟我呢，工作可是头等大事，你同事都把工作电话打家里来了，你别不重视被对手给欺负了，我平时是怎么教导你和烨子的？商场如战场，既然上了场就一定要赢！"

周朗朗拿抹布擦桌子："爸，您的职场金句我都记心里一刻不敢忘，今天这事您放心我会处理好的，后天我才销假上班，这两天我难得放假就多陪陪您和妈吧。"

叶翠兰打开客厅的电视，头也不回喊老伴儿："老唐，你过来一下，帮我找找我一直追的那个韩剧回放，我怎么找不到了呢。"唐大年听命过来拿起遥控器，叶翠兰冲他小声嘀咕："都说小别胜新婚，久别赛离婚，你不希望这两个孩子貌合神离吧？你还想不想早点抱上孙子了？你识趣点，别老念你的奋斗经，让他们抓紧时间过过二人世界吧。"

老唐没回嘴。

叶翠兰拎着小包拉起老伴走向门口，冲厨房里的儿子、儿媳嘱咐一句："厨房那点活儿交给你俩了，你爸说他吃撑了，我带他出门遛遛弯，我们吃过晚饭才回来，你们自由活动吧。"

唐大年和叶翠兰心里明白，现如今的小夫妻没几对儿愿意跟公婆住在一起的，一来起居不方便二来缺少个人空间，儿子儿媳完全有理由有经济条件在外置办个小窝，可他们都是懂事的孝顺孩子，结婚后一直住在这里。

自打儿子唐烨外派出国以后，儿媳周朗朗反而比从前更自律，能推的应酬就推，能多待在家里就待，忙到再晚也不在外过夜，她的手机永远没有打不通的时候。去年秋天，这个家的大小姐唐果结婚搬出去了，周朗朗越发地与肥猫"腊八"一起，尽心尽力守候着这个家。

唐大年和叶翠兰年轻时候也曾是一对候鸟夫妻，作为过来人他们知道远距离的婚姻要坚守下去有多不容易，面对这么一个漂亮能干又识得会做的懂事儿媳，他们能做的只有心疼她、体谅她，每次打越洋电话都提醒儿子千万别做让婚姻伤心、让朗朗伤心的蠢事。

听到父母离家的关门声，唐烨放下手里的抹布："刚才你那通电话是怎么回事？爸妈没听出来Tiffany是谁我当然不可能听漏了，你要跟唐果抢项目打擂台么？"周朗朗把洗过的碗递给唐烨："就知道你是属猫的，耳朵忒尖！不是我要跟唐果抢项目，是我们两个公司这次为了抢一大单生意必须打擂台。同行是冤家，朝阳区有多少家广告公司，你老婆和你妹就有多少个同行小冤家，这也是没办法的事，风水轮流转，或许以后我跟唐果还有并肩作战的日子呢。"

唐烨心不在焉地擦碗，擦过之后手误又放回漂着泡沫的洗碗池里，犹不自知劝道："唐果那丫头为人做事一向骄傲、嚣张，但你毕竟是她亲大嫂，你不看僧面看佛面，看我面子凡事让她三分，你所有的委屈都由我给你加倍找补回来，OK？"周朗朗递给唐烨一只洗过的碗："关键时刻就看出来亲疏有别了，老婆都是人家的好，妹妹都是自家的亲！我嫁给你算是白瞎了！"唐烨一听这话苗头不对，一心急，又不自知地把擦干净的碗放回洗碗池内，被周朗朗抓个正着，她惊叫起来："唐烨！你妹那关我还没摆平呢，你倒先跟我打起擂台来了，就你这帮倒忙的主儿，我什么时候才能洗完？"

唐烨这才察觉到自己的手误，探手向洗碗池内捞碗湿了半截袖子，捞出来的碗也没冲洗就直接擦起来，被周朗朗劈手夺过去："出去出去，别给我帮倒忙、添堵！你不但擦碗没眼力见儿，听话也只能听个皮毛，关键时候你那算盘珠子脑袋一点派不上用场！这次JM公司的年度广告招标会是由方黎负责对接的，方黎跟我同在业务部，我们的位置只有一步之遥，我们之间的关系不说你也知道有多微妙！比这更微妙的是，她的远房大表哥是AAC公司的董事霍骁城，这个霍董据坊间传说是能吃、会玩、爱网红、喜在微博、论坛上打抱不平，他与AAC的大BOSS还是高尔夫球友，霍表哥出面说一句话，抵得上我们这些小角色跑断腿的！她既然已经知道了唐果跟我的关系，她打的这个电话我就不得不防备一二。"

唐烨恍然大悟："你在电话里一再强调让她凭本事谈客户拿项目、公平竞争，一是为了洗白你自己，力证你不是假公济私的领导，二来也敲打敲打她别总想着找表哥曲线救国，凭她的真本事搞定这单生意才是沧桑正道，顺带也回敬她一下，捍卫领导的威严。"

周朗朗摘下洗碗手套扔给他："算你答对了，作为奖励，剩下的碗交给你洗啦，记得洗完擦干净码放整齐，你妈最讨厌厨房脏乱差。"

唐烨眉目含春："遵命！来而不往非礼也，为了奖励你教导下属有方，维护小姑有术，我得给你个大大的奖励——洗完碗我就献身报答周总！"周朗朗抛下一个风情万种的媚笑走出厨房。

唐烨哪儿还有干活的心思，胡乱洗完碗就冲进卧室，周朗朗捧着手机发微信："我那同事方黎果然是聪明人，她在朋友圈看到我发的你回家休假的微信,就来自荐她表哥与你们公司董事很熟,问要不要由她牵头约个饭局,她如此伶俐,这饭局对你来说有好没坏,我当然要谢谢她的识得会做。"

唐烨一皱眉:"你答应她了?"

周朗朗翻转手机亮给唐烨:"必须答应啊,这机会求之不得,除非你给我一个不答应她的理由,她在问我地点和时间,你说约哪儿合适啊?"

唐烨脸色一变:"约哪儿都不合适,你找个理由回绝她吧,什么理由都行。"

周朗朗坐直身子:"果然!在机场我就觉得你哪儿不对,现在摆在你面前只有两条路,要么你主动坦白从宽,要么我丢人现眼去你公司打听去,给你三分钟选择时间,三分钟后处置权归我!"

知夫莫如妻,机场一照面周朗朗就觉得唐烨哪里有点怪怪的,当时她也说不上来,现在回过味来,是他身上缺少了以往的意气风发,多了几分含含糊糊。

一路上唐烨的手机都反常地安安静静,他也反常地心思重重,饭桌上他大谈特谈的都是家庭生活,工作近况他几乎只字未提……

周朗朗把这些细微散乱的小细节拼凑起来,真相就呼之欲出了。

同理,知妻莫如夫,唐烨深知周朗朗是说一不二的主儿,他瞒是瞒不住了,要拦也拦不住,只能实话实说。

唐烨向周朗朗坦白,三个月前,他失业了。

三天后是周日,唐家法定的家庭聚餐日。

这三天周朗朗感觉像是过了三年,不是悲怆煎熬地度日如年,而是她用了三天时间去做了这三年来想做一直没机会做的事。久别重逢的第一天，当唐烨面对面告诉她，三个月前，他失业了。周朗朗闻听此言居然先是暗暗松了一口气，告诉自己：还好，还好，还好他们的婚姻没有出现情感危机，还好他的健康、这个家都平安无事，还好，真的还好他只是失——业——了。

这种"还好"疗法挺管用，周朗朗试过很多次，每次遇到什么坎儿什么难题，她都如此这般告诫自己，还好遇到的不是更糟糕的事、更不幸的局面，还好只是如此，既然还好，那就没什么大不了的。

周朗朗在沉默中努力调整自己的情绪，唐烨起身去煮了两杯咖啡，在咖啡香和周朗朗的保持沉默中他简明扼要地叙述了一遍事件的来龙去脉：当初他被外派到曼哈顿总部，的确是公司的栽培之意，他在这里学到了更为国际化、市场化的财政管理和财政风险管控，海量的业务实践快速提升了他的工作能力和专业储备，他如鱼得水游刃有余。

一年之后，唐烨渐渐接触到公司的高级财务项目，要知道在欧美商圈里，一个没辉煌资历、没人脉背景的黄种人在这么短时间内便能进入核心层是非常困难的，文化差异、信仰差异与种族差异是道无形的墙，谁都能触摸到它的存在，但没人能走过去打破它。那些白皮肤、大鼻子的老外同事和客户们，他们可以和唐烨一起不眠不休地做财务收购预案、策划财务狙击，却不会把决策权和话语权交给他；下了班他们可以和唐烨一起泡吧、喝酒、聊姑娘，也可以当着唐烨的面肆无忌惮抨击中国制造的廉价劣质，奚落个别亚洲移民的低素质。不走心的人遇到这些认为不过是自由散漫惯了的白胖子们的口没遮拦，但唐烨每每都会觉得不舒服，却又反击无力。他能反击的，只有在工作上越来越出色。

几个月前，唐烨因工作需要去查阅公司三年前的一些财务数据，素有活电脑之称的他发现这些存档数据与原始数据有出入，出于好奇他进行了核实，发现了其中奥秘。原来，国内分公司一直有两本账，一本可以拿到台面上任人参观的，另一本是原始数据。那本可以上台面的账簿，帮国内的分公司赢了高额利润、赚了口碑、拿到了国家政策奖励，还巧妙避了税。

唐烨知道自己查账的事瞒不了多久，可他身处曼哈顿，服务的公司又是知名外企，他必须三思而后行。几天后，唐烨主动找财务总监谈这个问题，他希望公司不是简单粗暴地通过做账面达到利己目的，他建议可以改良国内分公司的财务体系，通过一系列公司内部制度改革、财务革新和对外业务调整，也同样可以达到目前的效果和局面。

财务总监非常认可他的建议，表示会在董事会上汇报并给他一个说法。唐烨等来等去，没等来一个明确的说法，却发现原始账簿不见了，他参与的项目暂时搁置，高级财务会议没人通知他参加，他被边缘化了。

紧接着，唐烨接到一纸调令，不是调他回北京，而是被派到开普敦分公司做财务分析，为期两年。这纸调令可以看做是遣散，也可以看做是软劝辞！

唐烨递上了辞呈，搬出了公司配给的公寓。

此情此景之下，隔着千山万水，唐烨纵有满腹委屈和抱憾，但他咬着牙没有向妻子、家人和朋友吐露半个字，是不想他们担心，长期只身在外的人谁没二两心酸和委屈，他自己干了这杯心酸，自己消化满腹委屈，报喜不报忧已经成了他的习惯。唐烨不甘心就这么"被辞职",不甘心就这样灰头土脸卷铺盖卷滚蛋,他留在了曼哈顿,做兼职、找住所、投履历、找工作。以唐烨的资历来说,在此找份工作很容易,可他要找的不是安于眼前的工作,而是能成就自己的一份事业。他告诉自己,北京是铁定要回去的,但不是现在,不能以这副模样,否则这一段经历就会成为他人生的哑口和暗疾。从哪里跌倒的,就要从哪里爬起来,他要把这段晦涩经历锤炼成一枚鎏金錾银的勋章,戴在胸前,昂首阔步把家还……

周朗朗听不下去,起身走向唐烨,把他的头揽入怀中,像个慈母一样摩挲着他的后背,千言万语尽在不言中。在妻子温暖柔软的怀抱中,唐烨的眼泪突然决堤,温热涌出。

当唐烨说出这段隐情,周朗朗没有像大多数妻子那样先是愤愤不平,接着埋怨、委屈,然后担忧他们明天的面包在哪里。同样在职场上单枪匹马摸爬滚打的周朗朗比谁都理解他,都知道他现在需要的不是口舌之快不是忧心忡忡,这些都帮不了他们,她既然什么都做不了,不如,给他一个拥抱,给他一个避风港。

等到唐烨整理好情绪,平静地抬起头,周朗朗这才开了口:"老公,回来吧,这里的机会不比外面的少。即便没有这个事,妈跟我也反复商量过了,我们都觉得你回来发展是最好的选择。根基再牢固的婚姻也需要朝朝暮暮,咱们俩是聚少离多,唐果他们两口子是'孔雀东南飞',妈的头发今年白了好多,今年春天爸犯了两次老慢支,爸妈渐渐上了岁数,需要儿女常回家看看啦。"

周朗朗其实还想说一句"咱们该生个宝宝啦,我29岁了,别的女人到了我这个岁数,不是已经当妈就是已经走在备孕当妈的路上了,我可不想当高龄产妇,把生孩子这种稳健定投项目变成风投项目"。话到嘴边,周朗朗硬生生咽回去,她担心非常时刻说这个,会给唐烨带来压力吧,现在的状况,哪怕是一根稻草,她也不忍心往他背上压。

唐烨想了想:"你说的我都明白,我会认真考虑的,爸妈和唐果那边你还得帮我瞒一下,我不想让他们担心。"

周朗朗点点头:"放心,我嘴巴带着拉链呢,一个字也不会漏出去。为了给你派颗定心丸,就这件事我最后再啰唆一句,不管你是去是留,不管你找到工作还是打算休养一段时间,我都挺你!没什么大不了的,我养你!"

原来,这世上最深情的三个字不是我爱你、我要你、我嫁你,而是,我——养——你!

这三个字漂洋过海到美国,就是美国女作家玛格丽特说的"我在床上,饭在锅里",落到李宗盛的歌里就是"春风再美也比不过你的笑,没见过的人不会明了",穿越回元稹的诗里就是"曾经沧海难为水,除却巫山不是云"。

接下来的三天,周朗朗把她与唐烨结婚三年以来,一直期待两人去做却始终没机会做的事统统做了一遍。周朗朗的愿望清单如下——

*去望京的路边摊一手撸串儿,一手灌啤酒;

*去小动物救助中心当义工;

*去京郊的康西草原骑野马;

*让唐烨给我跳扇子舞;

*看一场露天汽车电影;

*让唐烨陪我逛遍庄胜崇光、华联、西单、百盛、soho、国贸;

*我带上爸妈,唐烨带上钱,全家直奔欢乐谷;

……

唐烨不但一一照做，而且做得尽职尽责。周朗朗恨不得时间就此定格，世界就此停滞，他们就此可以永远腻在一起。

几天下来，周朗朗用柔情蜜意把唐烨给俘虏，接下来，她趁热打铁跟唐烨商谈结束候鸟生活尽早夫妻团聚，唐烨没来得及表态，这场恳谈就被心急火燎来借钱的唐果给打断了。唐果眼里一向只有疼她、护她的大哥唐烨，压根儿没把既是大嫂又是广告业同行劲敌的周朗朗放在眼里，唐果向唐烨一开口就是借一套一居室二手房的首付款！

短短几天，唐果和许爸在同一个屋檐下就相处不下去了。许爸看不惯唐果三餐点外卖、批量团购、不做家务、半夜醉醺醺进门，唐果受不了许爸拆她快递、教她做家务、干涉她应酬晚归等行为，为保全自由散漫生活，唐果打算在小区里给许爸买个一居室分门别户，她急需唐烨经济支援，唐烨实力宠妹，不顾周朗朗劝阻当场同意借钱，至于夫妻团聚一事以后再议。周朗朗觉得唐烨明显是在回避问题，内心隐隐不快，隐隐不安。

周日，唐家法定的家庭聚餐日。老唐去早市采办齐全各种荤素食材，叶翠兰在厨房里煎炒烹炸使出十八般武艺，唐烨是他们的全方位助理，随叫随到，各种杂活儿碎活儿他统统包圆儿。唐果、许良辰带着老许踩着饭点儿进门，老唐和老许一见面就撇下众人聊起他们的手串儿宝贝，唐果围追堵截她哥索要名牌包包礼物，厨房门口，许良辰一边向炒菜的丈母娘殷勤请安陪聊天，一边偷吃餐桌上的红烧肉，平时冷冷清清的家瞬间热闹爆棚。周朗朗开完临时会议返家时，已经是饭菜上桌红酒斟满的开席时间。

唐烨手机响，他去阳台上接电话，回到饭桌前他悄悄给周朗朗发了条微信，周朗朗低头一扫微信内容，脸上的笑顿时凝住了。

唐果吵着要把面前的清蒸多宝鱼与周朗朗面前的卤猪手对换一下，老唐拉着老许为他和叶翠兰的一桩鸡毛蒜皮官司当判官，唐烨为各位斟酒，许良辰撂下筷子，下手抓起一只蟹钳正要大快朵颐，唐果冲着他一声顿喝："许良辰，别光顾着吃，赶紧上咱们的硬菜！"大家一头雾水，这里已经是满桌子硬菜了，你们还有什么硬菜？

许良辰一溜小跑到门口玄关处从袋子里取出一个食盒，双手捧着放到餐桌上，揭开食盒盖子的同时，他字正腔圆解说道："当当当当！这是由老许、小许和唐果一起为大家献上的一道超级硬菜，松露煮方便面！"

大家异口同声："什么？"

"哦不，松露全家福！"

自此，"松露事件"画上句号。

第三章 "塑料"姐妹花

　　北京商务中心区简称北京CBD，地处北京市长安街、建国门、国贸和燕莎使馆区的汇聚区。这里是惠普、三星、德意志银行等众多世界500强企业中国总部所在地，也是中央电视台、北京电视台传媒企业的新址，是国内众多金融、保险、地产、网络等高端企业的所在地，也拥有众多微型信贷服务机构，是金融工具的汇集之处，代表着时尚的前沿。同时，CBD又是无数中小企业创业和成长的摇篮。

　　从330米的北京最高楼——中国国际贸易中心第三期到世贸天阶的超大电子屏，从建外SOHO的白楼到万达广场，众多创意文化、物流、服务企业在这里启航、成长、创造辉煌。这块神奇的土地是首都对外开放的重要窗口和率先与国际接轨的商务中心，是跨国公司地区总部和国际性金融机构的聚集地，是首都发展金融、保险、电信服务、信息服务和咨询服务等现代服务业的聚集地，更是首都国际商务活动和国际文化交流的理想社区。这里汇聚了数千家各类企业单位、外资企业和跨国公司，在来京的170余家世界500强企业中，入驻CBD的企业达130余家，仅国贸中心就聚集了壳牌石油、IBM、埃克森美孚、通用电气等约70多家世界500强企业，而在一路之隔的嘉里中心，则聚集了日产汽车、雷诺汽车、西班牙电讯等20余家世界500强企业。CBD已形成以国际金融为龙头、文化传媒聚集发展、现代服务业为主导的产业格局，成为全市地方经济贡献最大的地区之一。

这些一目了然的世相繁华背后，汇聚着每一个CBD人的青春、汗水和梦想。每天都有N多新人怀揣梦想加入这支庞大的队伍，每天也有不少CBD人捧着杂物箱黯然离开。这里是战场也是乐土，是舞台也是炼狱，它给予你的比你在这里付出的，要多得多。你可以爱它也可以恨它，只要你在这里经历过，便永远忘不掉它，这就是CBD的魅力所在。和千千万万的CBD人一样，周朗朗也是其中一员，也在这里欢笑哭泣，也在这里成长和得失。

周一早上，九点一刻，嘉里中心写字楼，一商务会议室内，JM公司的年度广告招标会第三次会议距离开会时间还有十五分钟。工作人员给提早就位的周朗朗和方黎各奉上一杯咖啡。周朗朗还是如常的职业装束和神态，不卑不亢、气定神闲。她旁边的方黎有点紧张，一再确认笔记本里的会议资料和手中的文件，频频看表。

周朗朗按住方黎的手，把咖啡往她面前推了推："喝一口，定定心神，你这个状态很容易露怯，这是谈判大忌。"方黎一连喝了三口咖啡："周总，JM公司的这份年度广告招标合同可是一块十几亿的大蛋糕，我手心里全是汗，我已经跟自己心理暗示无数遍了，放松，放松，我叫不紧张，可是，完全没用哇。"

周朗朗安慰道："来，跟我一起做，深呼吸——吸气——呼气——再来一遍，好点了么？这是我的小绝招，屡试屡灵，免费送你啦，如果还不管用，你就去趟洗手间，做个倒立，保证药到病除。"

方黎深深吐出一口气："倒立？算了吧，我怕我倒着倒着真倒下去啦！"

铿锵有力的高跟鞋踩击地板声由远及近，周朗朗冲方黎眨了眨眼睛："嘘，上课时间到此为止，咱们的小冤家来了。"

周朗朗的话音刚落，唐果与同事应声走进会议室，唐果从头到脚一身高端大牌职业装，从发型到妆容都看得出是精心准备过的。她冲周朗朗打招呼："怎么来得这么早，心里没底气吧，用不用待会儿我们让你们三分？"

周朗朗笑了："今天参会的不止你我两家，还有一家外资、一家合资的同行们，你先PK掉他们再说这话不迟。"

唐果回望了身边男同事一眼，男同事冲她点点头，默认这个事实。唐果依旧伶牙俐齿："我虽然不清楚这两家临时加入的小伙伴到底凭什么本事拿到的入场券，但我对我们公司的底牌非常有信心，咱俩好歹对手一场，要不要赌次输赢？"

周朗朗来了兴趣："好主意，赌什么？"

唐果想都没想："你知道我想要什么，上次逛街我喜欢的那款限量版包包。"

周朗朗悻悻道："心机girl！你不舍得剁手买的包包，拐弯抹角让我大出血！好吧，我想要的你也知道，也是上次逛街我中意的那只腕表！"

二人击掌，就此约定。

说话间，参与会议的其他广告公司人员陆续就位，此次招标方JM公司的与会人员也各就各位，最后进门的是JM的CEO王辉。

会议开始，工作人员简述了各个竞标广告公司的概况，执行副总简单致辞，王辉抱臂冷眼旁观，并未发言。接下来到了各个广告公司代表的策划案演说时间。灯光暗下来，数字投影机亮起来，放映板上演示着各种彰显自家优势的文案、数据和业绩展示，以及对JM量身定制的广告方案、市场效果与绩效评估。每一家广告公司的解说员都有着口吐莲花的一流口才，恨不得把自己夸成一朵花。

前面两家公司演示完毕，轮到方黎上场，周朗朗突然按住方黎，低声说："这次咱们唯一的对手只有唐果，我比你了解她，我来吧。"

周朗朗走到放映板前，按下数字投影机操作面板的暂停键，扭头示意工作人员打开会议室的所有灯，此举不但令在座诸位不解其意，更令方黎急得抓耳挠腮。

周朗朗温和的目光巡视一周，镇定开口："各位，我对自己刚才的举动解释一下，由于前面两家公司的策划案和精彩解说已经十分出色非常完美了，如果我是JM的一员肯定会对他们刚才的展示和表现表示非常满意，所以，我临时决定，放弃我们AAC同事为了此次竞标加班超过两百小时，全体取消休假，投入的人力物力财力超过公司有史以来的任一项目才做出来的这份策划案以及演说机会，我会为此承担后果。"

前面两家广告公司的同行们听了周朗朗这话，惊讶之余极为得意。

JM的CEO王辉放下臂膀，拿起摆放在他手头的AAC资料，认真浏览，饶有兴趣地等着周朗朗的下文。方黎的头已经垂得不能再低了，虽然看不到她的面部表情脑补画面也能猜中八九分，铁定一副功败垂成的沮丧模样。唐果对身边男同事低语："别被她骗了，她要放大招了，我们也得有样学样换换套路，谁按牌理出牌谁就死得更快！"

停顿片刻，周朗朗接着说："对不起，我必须承认，我们公司没有十项全能的超人本领，所以不可能面面俱到，但我们有专业一流、技术一流的制作团队。但凡在座诸位能印象深刻当即点出名来的国内这三年的广告作品，十支当中有五支是我们这个团队的作品。专业和技术是我们最大的强项，所以，我们可能不会对客户的需求百依百顺，可能会在一些专业性、技术性的问题上做一个顽固派，但我们的永恒追求是，即便是一支商业广告片也可以有文艺电影的创意、诉求和情怀。对不起，我还得承认，我们公司客户部的同事们不能对客户提供全方位的服务、不能满足客户的所有要求，因为我的同事们跟我一样，都是脸有点臭、脾气有点跩的工作狂们，我们希望把每一个客户当成贵宾而不是上帝去服务，基于这个平等互待的原则，我和同事们需要具备更强的责任心、更高水准的职业操守、更顽强的业界良心。最后，我还得再次说声对不起，我们公司的市场定位很狭隘，不能东南亚、欧美甚至全球大小通吃，我们的市场定位只锁定大陆市场，专门研究大陆受众群的消费心理和大数据，因为大陆市场是具备全球最大市场购买力、具有全球最大消费客户群体的风水宝地，没有之一，能把这个市场研究透彻并驾驭有术，已经是个高难度课题了，因为我们总是能认识到自己这样那样的不足，所以我们公司一直处于成长上升期，我们对几万一单和几千万一单的客户都怀有同样的敬畏之心，我们对小成本广告和大卡司广告都抱有要么不做、做了就必须是口碑精品的业界良心。以上是我的致歉词，谢谢各位的耐心倾听！"

周朗朗深鞠一躬，翩然下台。

台下一片肃静，大家还沉浸在周朗朗的那番回味无穷的"致歉词"中，JM的CEO王辉第一个带头鼓掌，大家愣了一下，然后掌声遍地开花。刚才还一副霜打茄子模样的方黎这才恍然大悟，暗暗冲周朗朗竖起大拇指，作为JM的大boss，王辉什么高大上的策划案没看过，什么唱高调的解说词没听过，前面几位广告人已经说得天花乱坠到天花板了，周朗朗再说破天去，也不过是陈词滥调，周朗朗团队的策划案做得再漂亮，也不过是万花丛中的一朵牡丹而已，美则美矣，终究不够先声夺人。周朗朗意识到了这个问题，所以兵行险招，她以一篇言辞恳切"致歉词"叫醒了大家昏昏欲睡的耳朵，给人留下诚恳、务实的深刻印象，明为道歉实则把公司的特色和优势一一摆出来，并且尽显大家风范。他们不用与其他公司真刀真枪地过招就已经占尽上风，王辉的带头鼓掌就是一个很好的良性反应，这说明周朗朗这招对他产生了作用力。

唐果给周朗朗的掌声是由衷的，她心里暗暗赞叹："我哥把她娶回来绝对是英明伟大的选择！她要生在古代就是甄嬛，搁到英国上议院肯定是梅姨，放到朝阳区广告圈里注定是拔尖儿的头牌！"

但唐果毕竟是唐果，她镇定上台，环视一周，犀利开口："各位，我们锦尚国际的概况我就不必多说了，官微、网站里都有，大家人手一份的文件夹里写得明明白白。我们公司对这次广告招标的诚意、实力以及具体规划也都在策划书里写得明明白白，我也不赘述了。我只想和大家分享一个小秘密，还记得去年轰动网络上下的'无理由退房门'和'最in网红直播事件'么？此类软广告对客户带来的直接收益和业绩提升是具有非常显著效果的。

当然，类似这类的网络营销成功个案我们还有很多。我们的特色就是线上营销占尽互联网优势，线下推广独享资源优势，作为本土广告界的老大哥，这点硬气话还是敢拍着胸脯说一说的。OK，我说完了，谢谢各位，预祝各位午餐好心情好胃口！"

唐果下台，回到座位款款落座，一旁的男同事问她："唐经理，咱们辛辛苦苦准备了这么久，敢情您就上台花了一分钟时间跟大家分享了一个小秘密？冤不冤啊？"唐果笑而不答。

方黎问了周朗朗同样一个问题，周朗朗是这么回答她的："咱们已经先声夺人把今天这幅大作给画满了，唐果再怎么狗尾续貂也难以超越咱们了。她非常聪明，知道如果不能比追赶超，干脆惜字如金只拣最重要的内容说，画一幅画，华笔和留白一样重要一样出彩，她这是以退为进啊，单凭这一点，她就没输给咱们。"方黎感叹："你们俩真是既生瑜何生亮啊！"周朗朗莞尔："这话你不是第一个说。"

一上午时间就这么悄然而逝。

JM开了个内部会议，会议结果不出周朗朗和唐果所料，其他竞标对手出局，一周后AAC和锦尚国际两家公司进行终极PK。

当方黎把这个消息汇报给周朗朗时，她正在机场送别唐烨。

VIP休息室内，周朗朗与唐烨的对话既没有临别前酸酸甜甜的依依不舍，也没有不得不离别的各种哀怨委屈恨，而是像交接公务般的习以为常。周朗朗一句一句淡淡嘱咐："你的内衣袜子在那只银色行李箱里，洗漱用品、电子用品和按你列的书单买的书都在蓝色行李箱里，带给那边同事、朋友的土特产也在这个里面，每一包上都写好了人名。你妹、你大姨他们要代购的包包、护肤品我都列好单子夹在你笔记本里了。还有，我往你钱包里放了一张信用卡，租个好点的公寓，吃得好一点，坚持运动，千万别碰毒品，别上错床。"

周朗朗每嘱咐一句，唐烨就回应一句"知道了，记住了"。

等听到周朗朗嘱咐最后一句时，他意味深长地看了她一眼："真不愧是默契夫妻，咱俩又想到一块去了，我也往你钱夹里放了张卡。我不在你身边，你得对自己好一点，别总加班老熬夜，不开心的时候就去给自己买个包包，开心的时候就去给自己买条裙子，等我们下次见面的时候你必须把这张卡上的钱花完！千万别碰毒品，别上错床。"

两人相视一笑，气氛比刚才活泼一点了。

周朗朗看了看表："周日聚餐那天，我看到你接完电话的表情，大概就猜出结果了。果然，你发了条微信向我报喜，世界500强的B&B公司刚刚在电话里聘用了你，约你尽快面谈岗位、薪酬。我当时恨不得掀翻面前的餐桌，恨不得把你的行李统统扔掉，恨不得抱紧你大腿求你留下来，恨不得……算了，时间差不多了，早点进闸吧。"

周朗朗抑制住稍稍激动的情绪，起身走出休息室。唐烨追上去要解释一二，周朗朗挣脱唐烨的拉扯，继续前行。唐烨紧跑几步拦住周朗朗的去路，用霸道的肱二头肌圈住周朗朗的肩膀，用力吻下去，周朗朗竟然丝毫反抗不得，眼睁睁地被吻到差点窒息，眼睁睁地做了一回众目睽睽下的"行为艺术"。

一直吻到机场巡警车向他们这个方向驶来，唐烨才放开了周朗朗："你接到我微信为什么不掀翻餐桌？为什么不把我行李扔掉？为什么不抱紧我大腿求我留下来？你要是真的这么做了，也许，我就真的不走了。"

第三章 "塑料"姐妹花

巡警下巡逻车，敬礼，亮证件："请出示一下你们的身份证。"

周朗朗和唐烨异口同声问："为什么？"

巡警："例行检查。"

唐烨只得打开随身包包翻找，周朗朗恳求巡警："警察叔叔，您火眼金睛，您看我们夫妻俩长得像坏人像恐怖分子么？他飞机快晚点了，您放我们一马，刚才我们俩是玩得有点过分，这是因为我们夫妻长期两国分居，他这一走再见面不知得等到猴年马月啦。"

巡警问："你们是夫妻么？"

周朗朗闻听此言扯过唐烨的领口，朝他狠狠吻下去，这一吻比刚才一吻更霸道更不容置疑，走过路过的人们当然不能错过的停下脚步、瞪大眼球、举起手机，巡警的眼睛都直了："行了行了，我服了，赶紧放开他，你不说飞机要晚点了么？还不赶紧！"

航班准点起飞。

周朗朗到停车场取车，一进电梯迎头碰到了一身休闲装束、打着呵欠、素颜朝天的唐果。周朗朗故意模仿唐果惯有的阴阳怪气："哎呦喂，放着亲生老哥的班机不送，一心一意来送老公，果然有人是有色情没亲情、有异性没人性！亏她老哥傻呵呵拼命赚钱努力要帮她'拔草'剁手购物清单呢，怎么办？最近心情有点不爽，我要不要给傻老哥打个小报告呢？"

唐果解释道："别胡说八道，看我不先打小报告说你送了我哥飞机就去密会小鲜肉！许良辰一年飞来飞去几十个来回，你什么时候见我给他送过机？这次不一样嘛，他顺手捎带着他爸去干一趟没工钱可拿的'白忙活儿'，总共就这么点福利。我加班熬了大半夜还巴巴地来送机,还不都是为了拍他爸的马屁嘛!"

影视业行情低迷,纪录片行业的行情更是低迷到跌穿地板,工作难找,失业是家常便饭的许良辰磕头作揖接了个去泰国拍摄网络电影的活儿。网络电影的制片人是他学长,学长在电话里冒着苦瓜腔跟许良辰各种游说,信誓旦旦他把父母给自己买婚房的首付款偷出来当剧组经费的,这个网络电影有一百个必须拍的理由,有一千个拍出来必有回响的理由,有一万个必须找许良辰当摄影的理由。

当然,重中之重还是希望许良辰能理解剧组的实际困难,只能象征性地给一点点劳务费,只要这个片子拍成了,在圈内的影响力整出来了,下一个片子必定给他按行市最高价!

许良辰当然知道这是制片人给他画的一张大饼,但让他禁不住诱惑当场答应的有两点,一是给他摄影师的署名权,二是他可以带一两名家人随组权当旅游一番。

许良辰想起了他和唐果的结婚蜜月,他们带着老爸一起去的马尔代夫,这是结婚后唯一一次的全家出游,除此之外他和唐果各忙各的,再没痛痛快快出去玩过。

许良辰把这事来龙去脉告诉了唐果,唐果倒是很支持他接这个白干的活儿,不论在哪一个行当,能给新人的机会都是非常有限的,机会永远排在赚钱的前面,能被人廉价使用或白白利用,也是机会。

这个道理虽然残酷,却是非常实用、成效显著的职场鸡汤,因为不是每个梦都有岸可泊,不是每个人都有机会坚持到最后。唐果支持老公接这个活儿,支持他公私兼顾带老爸去泰国,但她因为JM的案子实在走不开,只能祝他工作顺利,祝他们父子玩得开心了。

周朗朗笑了:"我以为你是天不怕地不怕的混世魔女,敢情这世上还有能让你夹紧尾巴做人的驱魔者!"

唐果又打了个呵欠:"我不屑做个贤惠老婆,但做人儿媳妇还是要有孝道底线的!"

周朗朗冲她挥挥手:"好吧,贤惠儿媳,咱们就此别过,你回去睡你的回笼觉吧。"她们各自去取车。

当周朗朗的白色英菲尼迪QX60驶出停车场出口时,被一辆追上来的大红色奥迪TT给截了道,奥迪TT落下车窗,驾驶位露出唐果的俏脸:"嗨,反正已经到这点儿了,我放弃回笼觉你干脆翘班,咱们去老地方大战三百回合,如何?"

周朗朗答:"老规矩,输的那个请吃日料。"唐果狡黠一笑:"别呀,要玩就玩大点,除了请吃饭,输的那个自动退出JM最后一轮竞标。"

周朗朗点点头:"OK,别怪我没提醒你,小心挖了坑儿再把你自己给折进去!"一白一红两辆车并驾齐驱直奔目的地。

毕竟都是广告人,当年周朗朗遇到唐烨之前,就对唐果略有耳闻,唐果呢,入行没多久就对周朗朗的行事作风和业绩表现道听途说不少,两人神交已久,只是苦于没有业务往来较量一番,没有"交手"机会分出个胜负高低。

周朗朗和唐果千算万算也没算到的是,她们的第一次正式交锋居然是在唐家!

唐烨带着女朋友周朗朗回家正式拜见父母,唐爸唐大年和唐妈叶翠兰一见才貌双全的周朗朗就欢喜得不得了,一顿丰盛家宴吃下来,看着周朗朗无论气质、资历、职务还是能力都与儿子唐烨哪儿哪儿都配一脸，哪儿哪儿都旗鼓相当，老两口立马"缴械投降"，认定周朗朗这个准儿媳了。

一旁的唐果目睹此情此景差点喷出一口老血，职场之上她与周朗朗已经是实打实的竞争对手关系，好巧不巧的是，对手变成了她的嫂子，瓜分了大哥对她的疼爱，掠夺了父母对她的专宠，削弱了她在唐家当大小姐的光芒，岂有此理啊！

当晚的饭桌之上，唐果对周朗朗当然老实不客气的各种话里带刺、揶揄、挑事，周朗朗还没作何反应、对策呢，唐烨就语出教训了，唐大年恨不得拿鸡腿堵住女儿的嘴，叶翠兰更绝，直接以唐果要回公司加班为由，把手机和包包塞到她怀里，微笑着把她扫地出门了。

事实证明，唐大年和叶翠兰偏疼、偏爱周朗朗是英明伟大的壮举，唐烨和周朗朗结婚三年，两人做了三年候鸟夫妻以来，周朗朗明明可以一百个理由搬出去过清净小日子，她却踏踏实实守在唐家，与唐家二老搭伙过日子，哄得公公婆婆天天乐乐呵呵、事事称心如意，让远在曼哈顿工作的唐烨永无后顾之忧，让她这个刁蛮小姑子纵使瞪着眼睛有心挑错，也不得不心服口服竖起大拇指认同，她哥这辈子做得最正确、高明的选择，就是娶了周朗朗！

于是，三年下来，唐果与周朗朗在唐家、在职场之上，结下了亦敌亦友的姑嫂情，时好时坏的"塑料"姐妹情。在父母面前，她们时而逢场作戏、暗地较劲，时而互相掩护、守望相助；在工作当中，她们时而锵锵过招、一较高下，时而互通有无、互不相让。

这对新时代的职场"大女主"以实际行动把塑料姐妹情这个

贬义网络词汇硬生生"掰弯"成中性词，甚至是褒义词，力证"塑料"姐妹情不造作、不矫情，以实力相拼，以能力相待，"塑料"情谊或许不如"绿叶红花"情谊来得相得益彰，但它结实，抗造，不生不死，别样生动。

这对"塑料"姐妹花口中所说的"老地方"，是唐果和周朗朗俱是会员的一家发烧友健身馆。这里是她们练出人鱼线、腹肌和翘臀的训练场，更是减压、发泄、充电的流汗地。在北京，不论是在漫咖啡、SOHO还是世贸，你的身前身后总是会有赵总、陈总或者李董，以及你的同事Mike、客户Coco或者朋友Peter，他们的谈话内容总离不开布局互联网+、新三板、IPO、纳斯达克上市、硅谷、天使轮投资等等，每天活在这些滚烫字眼里的人们，或早或晚地要么膨胀至癫，要么焦虑至死，要么灰头土脸地离开，能让自己以最健康最有效方式进行从心灵到肉体"排毒"的场所，就是健身馆。

健身馆内重机械区旁的三角空地上，已经换上健身服的唐果和周朗朗都已进入PK状态。唐果边拉筋边挑衅道："既然赌注下得大，咱们就得玩大一点，这样才好玩嘛。"

周朗朗边做热身动作边回应："嫂子必须舍命陪小姑啊，你说吧，要玩多大？"

唐果歪头想了想："咱们玩一个魔鬼组合HIIT减脂比赛，一组动作下来包含30个burpees、50个深蹲、50秒平板支撑、50个跳跃击掌、50个仰卧起坐，怎么样？"

周朗朗补充道："这哪儿够魔鬼啊？应该再加40个跪姿俯卧撑、30个跳跃箭步蹲、60秒高抬腿，这样才过瘾！"

两人击掌，唐果提醒道："就这么定了，谁输了这场比赛谁就退出,说到做不到的罚她必胖十公斤、颜值变'如花'!"

周朗朗和唐果找来健身男教练当裁判,几个相熟的健身小伙伴们也围过来凑热闹给她们掐算时间,男教练一声令下,比赛开始。

在两位参赛者快速、到位的动作组合进行中,围观者们眼睛没闲着,嘴巴也没闲着。

一位健身新秀低声打起问号:"什么是burpees?这套组合动作看着好凶悍!会不会练成魔鬼女大兵?"

一位健身女将热情给她科普:"Burpee中文音译为'波比',它是一项无氧运动anaerobic,这套动作结合了深蹲、伏地挺身及跳跃等一连串的动作,在短时间内会将心率拉升到将近人体最大值。Burpee可以训练到我们全身70%以上的肌肉群,包含核心肌群、脚、手臂、腹部、臀部及背部等,除了训练肌耐力、弹性、活动性外,它对于心肺适能的训练也非常有帮助。Burpee被称为是最有效率、最好的全身健身项目之一,常被列为燃脂、瘦身的运动课程的项目之一。每次运动完做好拉伸是不会练成肌肉女的,一旦遇到个把蟊贼、劫匪你就知道它有多妙啦!"

她们身后一个男健将及时补充道:"Burpees不仅仅是美国海军陆战队训练动作之一,还是专业运动员们、好莱坞巨星的最爱健身动作,它在短时间内即可达到全身飙汗的效果,在Youtube上有很多人热衷对它进行挑战,极个别的健身大咖10分钟可以完成100次的Burpees,体能状况真的非常恐怖!Burpees我最多一次做过一组15次,第二天大腿和腰部肌肉酸痛得真是被虐成狗啊!"

有人愤愤不平:"穿黄衣服的那个已经做完30个Burpees开始深蹲了!这女人还是人类么?我有次拼了老命做完30个第二天直

接请病假瘫痪在床啦！"

　　穿黄色健身衣的是唐果，她目前处于领先地位，士气高涨得意扬扬。

　　周朗朗挺沉得住气，每一个动作都做得精准到位又不失优雅。当爆发力过人的唐果汗流浃背做完50个仰卧起坐时，耐力惊人的周朗朗渐渐追赶上来，与她一同进入40个跪姿俯卧撑。其间，唐果停顿了两次，周朗朗喝了一小口矿泉水、用护腕擦了擦汗。在第15个跳跃箭步蹲时，周朗朗第一次超越了唐果，以多三个箭步蹲的数量略略领先。听到围观者的报数声和为周朗朗的加油声，唐果红了眼睛，狠狠一咬牙，加快了脚上速度。在跳完30个跳跃箭步蹲时，五官狰狞成一团、汗水洗脸的唐果终于咬紧牙关赶了上来！

　　只剩下60秒高抬腿这一最后环节了，周朗朗和唐果均已到了极限状态，两个人都像是刚从北戴河游了个来回被打捞上岸的，这个时候哪怕是一个五岁孩童上前推一把，都能易如反掌地把她们推倒。赛程过半时她们拼的还是体能和耐力，到了尾声她们拼的就是一不怕死二不服输的精神了。男教练带头给她们加油鼓劲儿，围观者们为她们鼓掌打气，以这两位女圣斗士你追我赶、玩命PK的势头，大家还真猜不出来到底谁能赢。

　　比赛进入倒计时50秒，40秒，30秒，大家的心悬到了嗓子眼儿。这时，从东北角传来嘈杂呼救声："救命啊！求各位帮帮忙！""赶紧打110，不对，是120！""有人会做人工呼吸么？她好像没心跳啦！"

　　男教练和围观众人闻言赶紧循声而去，面色惨白倒在跑步机上的是一位目测体重足有170斤的肥妞儿。跟她一起来的姐们儿已经吓傻了,哭着诉说倒下去的小伙伴四天前撞上男友劈腿,劈腿男信誓旦旦指责她太胖是造成他们感情破裂的罪魁祸首,胖妞一时想不开,跑来这里进行地狱式减肥加绝食,每天靠吃黄瓜度日,没想到才坚持到第三天就壮烈了。男教练赶紧给胖妞做心肺复苏抢救,胖妞的姐们儿一边帮忙一边流泪一边骂她傻死了。大家有下楼迎救护车的,有开窗通风的,有拿冰袋给胖妞冰敷的,有骂劈腿男的,闹哄哄乱成一团……

周朗朗做完最后一个跳跃箭步蹲,放倒自己瘫软如泥。

唐果眼睁睁看着众人的离去和大厅尽头乱哄哄的场面,欲喊无声,要挣扎无力,她一头栽下去,一动也不动了。这场即兴的、重大的、阳谋的比赛盛况,她们激烈地一路角逐到最后,因为一个被劈腿男辜负的伤心女,而画上了胜负不分的破折号。

一周后。JM宣布了年度广告竞标结果,周朗朗所在公司竞标成功。唐果所在的公司也没输,他们拿到了JM旗下两个新开发的年轻化产品线的互联网广告业务。以王总为代表的领导核心层一致认为,JM高大上的稳健性金融产品定位与周朗朗的国际精英范儿团队合作一定能擦出新的火花,而青春、有活力的年轻化金融产品风格适合依靠唐果团队的互联网优势和本土优势来双管齐下。

唐果得意洋洋回公司向老大汇报成果。汇报完毕后回到自己的办公室,工作人员送进来一个包裹,她拆开一看,正是她心水很久却舍不得剁手的限量版包包!从包包内掉出一张奖状:贺唐果本次比赛输给周朗朗,以资鼓励。唐果吹了声悠扬口哨。

与此同时,周朗朗也在她的办公室内收到了一块正是心头好的女表,盒盖内烫有金字:第一届唐周大赛周朗朗完败于唐果,谨此安慰。周朗朗莞尔。

　　唐果和周朗朗不约而同都闻到了来自"塑料"姐妹花绽放的别样芬芳。

第四章 爱赢才会拼

早上八点四十，像往常一样，周朗朗准时踩着这个时间点儿迈进公司。在AAC同事们的眼中，周朗朗从来没有过狼狈地赶在八点五十九分最后那几秒，以百米冲刺的速度打卡冲关过闸的记录。不仅如此，大家也从未见过她蓬头素面、睡眼惺忪地拎着鸡蛋灌饼和豆浆迈进公司的"接地气儿"模样。

同事们有目共睹，周朗朗自打进公司那一天起，上班没迟到过，开会没缺席过，该提交的文件没拖延过，对接的客户没投诉过，经手的项目没搞砸过。比这更令人"精分"的是，即便工作如此繁琐忙乱，她一句没抱怨过，脸上的妆没花过，发型没乱过，丝袜没破过，没连续两天穿同一套衣服，零八卦，零绯闻，但凡跟她共过事的同事皆心服口服。就冲她这种事无巨细都要求好上加好的近乎偏执、近乎变态的敬业态度，才有了她今时今日的权职地位，才有了她被同事佩服、被老板器重、被客户钦点的业绩成就。因此，公司上下对周朗朗团队能拿到JM广告大单的傲人成绩，个个意料之中，个个都准备好了一肚子的祝贺兼溢美之词。

从公司大门通往办公室的那条不过长约数十米的甬道上，周朗朗笑纳了同事们的各种"花式"祝贺，有矜持点到即止型的，有粉丝崇拜型的，有夹酸带醋型的，有不阴不阳型的，她周朗朗走到今天，受得起多大赞美，就经得起多大的嫉妒和诋毁，对于这些，她从来不以为意。

周朗朗跨进办公室，随手关上房门，把同事们各种腔调的溢美之词也一并关在了门外。她下意识向门后镶嵌着的一块穿衣镜打量了一番，镜中的她梨花卷发错落有致，脸上妆容添一分则浓、减一分则淡，她今天刻意涂了橘红色唇釉，显得唇红肤白，元气满满。她用心选了一对玫瑰金伴钻的珍珠耳环，这对耳环不仅与她的橘红色唇釉遥相呼应，不仅与她的奶咖色披肩外套和裸色小羊皮高跟鞋相得益彰，更重要的是，这对耳环是唐烨送她的结婚三周年礼物，在这样一个非常时刻，在这样一个值得庆祝的日子里，她最希望得到的礼物是唐烨的赞赏，唐烨的陪伴。

打从周朗朗竞标成功的那一刻，她就忍不住给唐烨发了一条胜利手势的微信。从老板办公室出来以后，老板的肯定和期许让她忍不住又给唐烨发了几条语音微信，十几分钟后，唐烨回复了一条干巴巴的简短信息：我老婆太能干了，爱你，么么哒。这要搁在朝夕相对的夫妻那里，老婆拿下一个超级大单，老公必须麻溜去订一束鲜花、一顿丰盛的下午茶，让闪送外卖小哥一路快马加鞭送到老婆公司，鲜花送给老婆大人以示家属姿态，下午茶送给团队同仁以示慰问致谢，做好这些还只是标配版的，后面还有升级plus版的，比如要为劳苦功高的老婆选一件贵重首饰，给建功立业的老婆大人清一次"购物车"，隆重办一场亲友聚宴得意一把，二人世界时把老婆搂在怀里极尽温存之能事，然后无限深情告诉她："娶到你是我这辈子中的唯一头彩……"

这些在普通夫妻之间是唾手可得的小事，在候鸟夫妻这里却是隔着千山万水的不可能的事，地球这端的你正在经历喜悦、收获，急需与爱人分享，可地球那端的他或许在与客户周旋、被上司训斥、与同事争执，或许在修改第十八遍文案，吃冷掉的便当，补通宵加班后的回笼觉……

候鸟夫妻之间，不仅作息有时差，情绪有时差，就连沟通也有时差。正因如此，周朗朗对唐烨这条干巴巴的信息已经视若珍宝了，她迫不及待发起了视频通话，希望能跟唐烨分享她的喜悦和收获，对方没接通，她不死心，又发起了语音通话，还是无人应答。

周朗朗知道，此时此刻，人在纽约的唐烨一定有接不了她电话的必然理由。再精明能干的大女人，也有感性、小女人的一面，知道归知道，周朗朗还是陷入了不可自拔的抱憾当中，这种抱憾陪着她度过了一个空荡荡的夜晚。因为这份抱憾，以及心头的一点点小委屈，第二天一早，周朗朗醒来第一件事就是查看手机，她希望看到唐烨能百忙之余抽空回复她几条微信，对她的此番成绩点三十二个赞，对她今后的事业规划给出专家级建议，对没能及时接她的视频电话抱几句小怨、撒一下下小娇嗔。可恨的是，手机一点动静都没有！

带着这抹无处诉说的抱憾，周朗朗戴上唐烨送的珍珠耳环出了家门。在把公司上下形形色色的祝贺之词关在门外之后，她又深深瞥了一眼空荡荡的手机屏幕，幽幽一叹，甩甩头发，如同上紧了发条的齿轮，投入到一整天连轴转的忙碌工作当中去了。

度过了一个像往常一样有序忙碌的工作日上午，周朗朗细嚼慢咽吃掉一个有机午餐便当，在古典音乐的陪伴下小憩了几十分钟，就着一杯香浓提神的咖啡，开始着手准备下午在例会上的文件资料。

下午的例会上，周朗朗团队以JM广告大单的傲人成绩成为大boss重点肯定和圈点的对象，大boss论功行赏，人人有份，会议氛围空前活跃，一个四平八稳的行政会议活生生跳脱成喜气洋洋的热闹年会。会议尾声，方黎代表团队小伙伴给头儿周朗朗献上一大束鲜花，全场掌声，周朗朗起身接过鲜花，向大boss递交了关于JM广告规划及具体实施方案的详细报告，大boss握着周朗朗的手，赞赏连连。一扭脸，他把周朗朗递交的文件夹交给了方黎。方黎的脸上闪现过一丝不易觉察的喜悦。周朗朗的眼角略过一道寒气逼人的刀光剑影，她倒吸一口冷气，挺直了脊背。

四天以后。

周朗朗接到了顶头上司胡总的喝咖啡邀约。

喝咖啡，在职场人的格子间生涯里，并不是简简单单喝杯咖啡的字面意思，尤其是boss请你喝咖啡，那就更加意味深长了。一杯咖啡，可以让下属成为上司的嫡系；一杯咖啡，可以把别人的项目变成你的项目；一杯咖啡，可以让你手握的东西在谈笑风生间被攫取；一杯咖啡，可以从此化友为敌……职场政治的最佳代言者，不是打卡器，不是业绩报表，不是从业履历，而是一杯前途莫测、甘苦交加的咖啡文化。

周朗朗放下电话，略一沉吟，把双脚从办公桌下的软毛拖鞋里抽出来，踩进摆放在旁边的一双中跟尖头女鞋里，利索起身，昂首挺胸向胡总的办公室方向大步走去。

周朗朗迈进胡总的办公室，迎接她的是胡总那张泛着油光的肥腻笑脸，还有一杯香浓咖啡。

"尝尝，正宗的麝香猫咖啡，我的私藏，咱们公司上上下下几百号同僚，喝过我这私藏咖啡的不超过三个人，你是其中之一！"

胡总话里话外流露出明显的讨好迎合之意。

盛情难却，周朗朗款款落座于胡总的对面位置上，端起咖啡杯，慢慢一嗅，浅浅一啜，淡淡颔首。

胡总继续东拉西扯："没得挑吧？正宗吧？这个甩蓝山、曼特宁十八条街，什么星巴克、麦斯威尔更是靠边站，强烈建议以后你就喝这个，这才是身份和品位的象征。"

周朗朗实在无意跟胡总在这些花边话题上攀谈过多，干脆另起一行话题："老大，上次会议我交的报告您看了么？有什么最新指示？"

胡总问东答西："瞧瞧你这急性子，好咖啡是需要慢慢品的，急什么！你跟唐烨结婚有三四年了吧？唐烨在那边发展得怎么样？有没有回国的打算？你公公婆婆应该是天天盼着抱孙子了吧？我跟我们家那'河东狮'虽说是朝夕相对两生厌、口角棒槌满天飞地吵吵闹闹过日子，但总归是笑有队友、吵有对手，热热闹闹的不寂寞不落单啊，真心觉得你们这对候鸟夫妻能风雨无阻没病没灾的扛到现在，堪称是'业界良心'了！"

周朗朗莞尔一笑："谢谢老大关心，我跟唐烨还是老样子，目前没有回国和生孩子的计划。其实候鸟夫妻跟朝夕相守的夫妻、或者其他类型的夫妻没什么不同，都有要面对、要解决的实际问题，有各种各样的烦恼，当然也有夏虫不可语冰的小确幸、小美好。我们的确是没时间吵吵闹闹，没时间一起上下班、一起买菜做饭，甚至连什么时候生孩子都要列入人生重大计划，我们也的确是比普通夫妻面临了更多的考验、诱惑和孤独，可谁叫我们太贪心啊？贪心得既想要事业前程，也想要感情归宿，哪一个都不想舍弃，哪一个都不肯顾此失彼，所以，我们不能卖惨，不能半途而废,只能互相打气往前走,虽然谁也不知道终点站是福是祸、是对是错,但还是特别特别想按照自己的意愿拼一回、搏一把,宁肯老了后悔,也不愿意现在后退!"

胡总干咳了两声:"那就好,那就好,今天我找你来呢,除了尝尝这极品咖啡,还有一个好消息要向你传达,上头对你拿下JM大单的出色表现十分肯定和重视,为了让你这样的优秀人才发挥更大的价值,开拓更好的事业蓝图,现隆重决定,委派你去香港分公司做业务部总监,那边的薪水高、福利好,去纽约出差的机会比回北京都频繁,这样一来,你就能左手事业、右手婚姻地两头兼顾了,来,咱们以咖啡代酒,为你走马上任、大展宏图干一杯!"

胡总那张油腻腻的胖脸葵花向太阳般迎着周朗朗灿烂绽放,他高高举起咖啡杯,等着周朗朗识趣地碰杯作以回应。

空气瞬间凝固,胡总端着咖啡杯的手以定格的姿态悬在了半空中。周朗朗没笑容,没开口,没举杯,而是一言不发地盯着胡总那双贼光凛凛的眼睛。胡总躲闪着与周朗朗错开了眼神,缓缓收回了悬在半空端着咖啡杯的那只手,尴尬地喝了一口咖啡。

周朗朗正色问:"老大,咱们公司一向赏罚分明,为什么这次就不按牌理出牌了呢?我拿下了JM大单,交上来了一致通过的策划案,为什么要用明升暗降这种方式'杯酒释兵权'呢?公司领导层这么玩儿,就不怕让我们这些在前沿打拼流汗又流血的小卒子们流了泪、寒了心?就不怕业务受影响,人才流失?"

胡总深深叹了口气:"朗朗啊,从公事上面论,上头给我撂下这话,我传达了,就尽职尽责了,可谁叫你是我最得力的爱将呢,咱俩关上门说句体己话,今天这决定,你没错,公司也没错,你是冤，公司也没占啥便宜！你掐指算算，你跟大 boss 的五年之期还剩下多少时间？JM 是公司最看重的 VVIP 客户，你这次的确是开了个好头，可咱们跟 JM 的合作不是一年半年，而是五年、十年，甚至更久！"

周朗朗慢慢低下头。

胡总继续规劝："大 boss 是想找一个能在你这位置上坐得更长久、更稳固的人，能抛家舍业为公司长长久久鞠躬尽瘁的人，可你看看你自己，马上就过了女人的黄金生育期，生孩子是你躲不过的一道坎儿。怀胎十月，半年产假，哺乳期一年，孩子三岁半上幼儿园之前你都得沦陷在打疫苗、找保姆、去早教班的深坑里！OK，这还是顺顺利利的前提之下，这一折腾就是三四年过去了，好嘛，等你休养生息个一年半载之后，又该要二胎了！上述流程还要重新再来一遍！请问，这种不是在怀孩子就是在养孩子的妈咪状态之下，你能把精力、能力匀给 AAC 多少？在孩子和案子互相博弈时，你选哪一头？公司不是慈善机构，大 boss 不是善男信女，AAC 能有今天，靠的就是唯利是图，物竞天择！"

周朗朗点点头："利益当前，像我这种事业前途不稳定、生育问题随时爆发的已婚职业女性，就被你们踢出黄金项目圈了？所谓的赏罚分明，所谓的机会均等，只是留给没有生育危机的男职员们和不婚职业女性的？长期以来，你们口口声声的职场平权运动只是一句笑话？既不甘心当全职妈咪也不甘心当不婚女强人的女人，就只能忍气吞声接受来自婚姻和职场的双重差别待遇和歧视？"

胡总起身，踱到周朗朗身旁，拍拍她的肩膀以示同情和安抚："你抬头看看，别家公司都是怎么对待孕期、哺乳期女职员的，岗位一调再调,薪水一降再降,或者简单粗暴直接让HR找她谈一次性遣散赔偿。能左手奶瓶、右手合同闯过这一关的女人,不是狠心把孩子长期甩给姥姥、奶奶,就是伤了婚姻的元气,有得必有失。你掂量掂量吧,要么顾老公孩子热炕头,要么找大boss约第二个5年不生娃的约定,二选一,有失才有得啊!"

周朗朗答非所问:"取而代之的那个人,如果不是'空降兵',那就是方黎吧?"

胡总一怔:"你这心机,果然是没什么能瞒得住你的。"

周朗朗答:"方黎比我小几岁,早早就结了婚,女儿今年3岁,她一直把女儿放在老家由姥姥、姥爷照看着,她婚姻家庭稳定,去年做了绝育手术,从公司角度来看,她年富力强,婚姻稳定,没有孩子拖累和二胎危机,正是公司迫切需要的没有后患的中坚力量,如此重要的大项目,需要长期投入过人的时间和精力,几乎是24小时围着工作转,舍她其谁啊?相比之下,我与唐烨长期夫妻分离,跨国分居,要么婚姻容易生变故,要么就得为了稳定婚姻赶紧怀孕生子,换了我是大boss,也会做出这样的决定的。"

胡总压低声音:"还有一根压垮骆驼的稻草,方黎表哥是咱们AAC的董事霍骁城,霍总与咱们大boss是高尔夫球友,近水楼台啊,嫡系啊,别说是你了,我也得靠边站!"

周朗朗利落起身:"我已经不是从前的周朗朗了,所以,同样一道选择题,我不会再做出同样的选择!"

周朗朗转身离开,胡总的声音紧追在她身后:"你这话什么意思?是去是留啊?"

周朗朗打开办公室房门,回身莞尔一笑:"老大,麝香猫是一种生活在丛林里的野生小动物,食量很小,麝香猫产出的原生态咖啡豆非常稀有，只有通过工业化养殖才能获得产量丰厚的猫屎咖啡。不良商贩们将麝香猫关在狭小、肮脏的笼子里面，逼迫它们不停地吃咖啡豆，它们濒临崩溃，互相撕咬自己的同伴，咬自己的腿，撞笼子，拉出带着便血的咖啡豆，一个个痛苦死去。市面上85%的猫屎咖啡都是假货，为了牟取暴利，不良商贩们相继推售出一系列的屎咖啡，比如大象屎咖啡，松鼠屎咖啡，鸟屎咖啡……"

胡总面色一暗，紧捂嘴巴向卫生间跑去。

周朗朗径直回到自己的办公室，她让手下把JM的所有相关资料送过来，不准遗漏一个文件或者是一页纸。周朗朗知道自己时间有限，不管是调令的颁布，还是boss的约谈，也就是这三四天之内就拍板定案的事，她必须与时间赛跑，争取在调令公示之前，找到能让自己继续留在这个办公室、继续做她热爱的工作的理由，这是她唯一翻盘的机会，唯一说服boss的机会，虽然，她现在毫无头绪，更没有一点胜算的筹码，但她是周朗朗，既做不到盲从妥协，也不肯再重复五年前的那种不平等交换。

夜色阑珊，华灯初上，AAC的同事们一个个像归巢的倦鸟，疲惫、慵懒地离开这座冰冷的水泥钢筋丛林，挥舞着翅膀飞向夜色深处的家巢。尽管打拼艰辛，但家里总有热腾腾的晚饭、家人的陪伴，这是每个职场人赖以奋斗的动力，赖以拼搏的底气。周朗朗毫无归意，她想得到的守望相助之人远在大洋彼岸，她想拥有的朝夕相守目前还只是个憧憬。这五年来，她遇到过大大小小数不清的难关，有"12号风球"，也有"8级地震"，她并没有未雨绸缪的先知先觉，也没有贵人、后台相助，更没有必胜的法器和底牌，她有的，只是迎着风暴前进的姿态。结果只有两个，要么穿越阻碍，要么就此被击倒，但，如果临阵退缩，等着她的只有越挫越尿，越来越后悔，她宁可壮烈成功或惨烈失败，也不要当一个丢盔弃甲的逃兵，因为对于一个职场女斗士来说，成功是得到，失败是学到，逃跑是清零。

职场女性面对不公平待遇，唯一能有效捍卫自己权益的方法就是，迎难而上，越挫越勇，让自己成为更具价值的核心人力资源，让项目离不开自己，让自己无可替代！话语权和决策权从来不是公司赋予的，而是自己凭本事争取来的，天上不会掉馅饼，老板不会白给你高薪厚位，要想稳固手中的一切，你只能像一路打败各种怪兽的奥特曼，不停升级，不停加码，不停壮大，爱赢才会拼，赢了生活，赢了人生，赢得一个越来越强大的自己。

晚上九点一刻，周朗朗给婆婆打了个报备电话，婆媳俩简单聊了几句，挂了电话后她吃掉一个早已冷掉的盒饭，这是她今天的晚餐加宵夜，抑或，还含有明天的一份早餐。

子夜时分，周朗朗从笔记本前抬起头，她伸了个懒腰，舒展了一下酸疼欲裂的颈椎，去卫生间简单洗漱一番，给自己泡了一杯浓咖啡，然后换上早早储备在办公室抽屉里的棉质家居服，来了个姿势标准的贴墙倒立，赶走了浑身的酸痛和倦意，继续投入到JM的文案梳理工作当中去。

凌晨四点，周朗朗在办公桌下铺了一个睡袋，定好手机闹铃，恹恹入睡；早上七点半，公司保洁大妈推着清洁车走进来，周朗朗的状态跟每一个工作日一模一样，职业装整洁，妆容精致，气色如常。保洁大妈热情跟她打招呼："今天您又是'早到标兵'No.1，真服了您！"周朗朗笑答："早起的鸟儿才有虫子吃嘛。"周朗朗伸了个懒腰，胃部下方隐隐作痛。作为一个资深白领，她早已得了同行们该得、不该得的亚健康小病小痛，什么颈椎痛、胃病、偏头痛、间歇性失眠等等，久病成"江湖游医"的她，也一早在办公桌抽屉里备下了各种常用药，哪儿疼了就吃两片，只要没被疼痛打趴下，她就得勇往直前。在竞争不止激烈而是惨烈的职场当中，拼命向前冲的人没时间上医院，没时间休病假，没时间让自己倒下。凭经验，周朗朗认定这是犯了胃病，她惯性地打开抽屉，从常备的各种药盒里取出一盒胃药，倒出两粒，喝水吞下。

上午九点三十分，业务部例会。周朗朗像往常一样，铿锵有力地拎着笔记本、咖啡杯迈进会议室。比周朗朗早到一步的方黎，一改平时谨慎、低调的作风，涂着"姨妈红"的鲜艳口红，穿着CHANEL最新海报款的毛边方格套裙，十分投入地与操作数字投影机的同事仔细确认会议文案的播放顺序和内容，她"投入"得连周朗朗走进来都没有觉察，既没有像往常那样提前为周朗朗冲好一杯现磨咖啡，也没有毕恭毕敬向周朗朗请示会议流程、核对重点数据或内容。也就是这点细碎的小动作，周朗朗已经了然于胸，方黎已经做好一百二十分的准备，迫不及待接她的班了。

一个接一个的项目方案经过讨论、审议和拍板，一轮接一轮的"头脑风暴"过后，参会的小伙伴们蓦然发现，这次例会与以前的例会变得不一样了，比如，从来都是后卫型总结发言的方黎，这一次赫然变成了喧宾夺主的前锋，积极发言、主动拿出方案、能言善辩；比如，一向言简意赅的周朗朗这次几乎变成了"哑巴"；比如，最应该热烈讨论的JM策划案，从周朗朗到方黎，无人提及……

分组讨论时间，周朗朗手机响，这在以前是不可能发生的事，在业务部会议上把手机调整为振动模式或飞行模式，正是周朗朗亲自提出并率先执行的，她怎么可能用自己的矛戳自己的盾？令小伙伴们更大跌眼镜的是，周朗朗接了电话之后，撂下一句"会议继续进行，我去去就来"，便在众目睽睽之下风风火火急步走出会议室。方黎嘴角露出一丝不易觉察的微笑，招呼大家继续开会，继续头脑风暴。

周朗朗急步回到办公室，拎起包包和外套出门，走到一半，折转回来，打开那只常备各种药品的抽屉，拿出一盒止疼片，吞了两片，匆匆走出办公室。

一个多小时后，周朗朗出现在北京近郊某私人俱乐部的马场之上。她以单薄瘦削的身躯，硬生生冲破了VIP区两个彪形壮汉工作人员的阻拦，狼狈地站在了王辉面前。王辉一身骑马装束，牵着他的坐骑，与朋友们谈笑风生，一副拉开架势好好上马赛个输赢的势头，周朗朗的"空降"着实让他十分意外。

没容王辉回过神来，周朗朗就朗声开口："辉总好，我是AAC的周朗朗，上次JM年度招标会与您有一面之缘，十分荣幸。得知您在马场，我就不请自来了，恕我冒昧打扰，实在是有必须见您面谈的要事，我这副模样敬请您忽略不计，这里的安保人员太尽职尽责，对一个生闯进来的女性也是毫不手下留情，绝无半点性别福利啊！"

王辉上上下下打量周朗朗，她一头梨花卷发散乱糊在了半张脸上，妆容已糊，眼线变成了"熊猫眼"，唇彩变成了一塌糊涂的"咬唇妆"，背包的链子断裂，被她拎在手里委屈成了一只大号手包,白色廓形西装外套变形成了一只"面口袋",右脚的高跟鞋崴断了后跟!这是周朗朗史上最惨烈的一次商务会谈造型,比狼狈更囧,比尴尬更凌乱,但她还是挺直腰杆站在了王辉的面前,眼神坚定,神色毅然。而王辉也正是掠过周朗朗"兵荒马乱"的外型,从她坚定的眼神、从容的神色认出了她是谁。

王辉冷冷道:"你这样打断我们的比赛是很没礼貌的!我没时间跟你谈你所谓很重要的事,我当然会对一个没礼貌、没规矩的不速之客忽略不计的!"

说完,王辉牵着马走向赛道。众人众星捧月般追随他而去,撇下落汤鸡般又窘又尬的周朗朗。一名工作人员迅速上前,神色傲慢地对她做了一个请出去的手势,另一名工作人员简单粗暴直接地拉起她的胳膊就往出口方向扯去。

周朗朗跟跟跄跄被工作人员扯着向出口走去,走着走着,她泥鳅般从工作人员的臂弯下滑脱,向王辉狂奔而去。王辉已经跨身上马,"泥鳅"周朗朗挤入人群,挤到王辉的马下,伸手拽住马缰绳,昂头喝问:"辉总,我现在正式报名参加这场比赛,如果我赢了,我们就谈谈我所谓的很重要的事,OK么?"

王辉对周朗朗报以一抹淡淡冷笑,这冷笑分明是在对她说:你谁啊?太白不量力了!别在这里自取其辱了,赶紧滚!

周围几个参赛的"吃瓜"大佬纷纷起哄:"辉哥,给她一次机会呗,就当是这次游戏的槽点也不错啊!""辉总,多她一个不多,少她一个不少,多大点事啊,你就点个头呗。""大王,人家这是刻意冲你来的,既来之则安之,则赛之,她那件所谓很重要的事倒真勾起了我的好奇心了,你就当成全兄弟一把了。"王辉真不好为了这么点小事拂了大家的兴致,扭脸对驯马师说:"给她一套行头和一匹马。"

周朗朗迅速更换过骑马装行头,驯马师在递给她马缰绳的同时,简明扼要向她讲解清楚了基本的骑马要领,以及此次赛事规则,这次赛事共分三个环节,速度赛,障碍赛和马术表演。周朗朗颤颤巍巍上了马,一脸的力不从心、无处招架。她的马比她还颤颤巍巍,一脸的懵逼茫然,进也不是退也不是。

驯马师低声嘱咐:"把我刚才教你的那几招记清楚就没事,这是一匹从未出过事故的4岁母马,温驯服从,你别吓坏了它。唉,其实,辉总人挺好的,就是你今天出现得太不是时候……"周朗朗压根儿没把驯马师的话拾掇进耳朵里,几年前她跟唐烨是一起骑过几次马,可那都是抱着谈情说爱、到此一游的心态玩儿票而已。况且,着实有限的那点马背上的经验也早已被时光打磨得一干二净。这次完全是被逼上了马背,她只能拼命记住驯马师刚才讲解的骑马要领,只能硬着头皮往前走。

速度赛环节。发令枪一响,其他参赛者莫不是身子前倾贴向马背,勒住缰绳,双腿夹住马腹,以人马合一的矫健姿态向千米之外的终点驰骋而去。马背上的周朗朗呢,要领口诀倒是都背出来了,就是结合不到实践当中去——身子前倾立刻导致重心不稳,上半身犹如安了弹簧般在晃晃悠悠的马背上颤颤巍巍乱晃荡;勒紧缰绳说来容易,可用七分力道还是三分力道却是个技术难题,怎么拿捏如何把控都让她无从下手;双腿夹紧马腹的操作难度绝对不比解开一道高等数学题容易,夹得太紧马匹嘶鸣着尥蹶子,一松开它又原地信步溜达,眼瞅着其他参赛者绝尘而去,周朗朗和她的小伙伴仍旧不紧不慢地闲庭信步。第一局,周朗朗刷新了倒数第一名的参赛败绩。

障碍赛环节。场内设置12道不同形状的障碍，其中有一道为双重障碍，一道为三重障碍。每道障碍前摆放1~12号码牌。骑手按照号码顺序依次跳完全部障碍，通过终点标志杆后，比赛成绩方有效。

障碍高度共分三个难易级别，最低为C级，1.2米高左右；其次为B级，高度在1.4米左右；最高为A级，高度在1.6米左右。骑手通过每一道障碍的正确方向是白旗在左侧，红旗在右侧。骑手在比赛中每打落一个横杆，罚4分；马匹在障碍前不跳或者不服从骑手的控制，罚3分；超过规定时间，每秒钟扣罚0.25分。骑手第一次落马罚8分。

如果骑手出现没有按号码先后顺序跳跃障碍，第二次落马，马匹出现3次拒跳，比赛用时超过限制时间等等情况，骑手将被淘汰。场地障碍赛的成绩评定以罚分少、时间快为优。第一位参赛者是王辉，他和马匹的配合度很高，几乎是一气呵成通过了12道障碍，唯一的罚分情况是出现在跨越三重障碍时，打落了一个横杆，围观者莫不发出惋惜的嗟叹声。

第二位参赛者正是刚才替周朗朗说话的大佬，他和马匹之间也是心有灵犀、配合默契，12道障碍均顺利通过，徒留一点超时几秒的抱憾。第三位参赛者是周朗朗，由于过于紧张，一上场，她就用力勒紧了缰绳，导致马匹突然发力向前蹿起来，使得她差点跌落马背，引发一阵哄笑。跨越最简单的1号障碍时，马匹就踢落了横杆；到了跨越2号障碍时，马匹直接无视2号障碍从旁边小跑了过去；紧接着，马匹简单粗暴直接地忽略掉3号、4号、5号、6号、7号障碍，以直线距离跑到了8号障碍前！马背上的周朗朗根本指挥、左右不了这匹任性的小伙伴儿，只能在众人看西洋景儿的戏谑氛围下，硬着头皮既来之则安之。

8号障碍前，马匹第一次助跑到栏下，停顿数秒，无功而返；场外有人支招，"别傻呆呆愣着，拍拍它，安慰它安慰它，拉起缰绳，夹紧肚子，给它一个指令，重新再来。"周朗朗依言而行，马匹第二次助跑到栏下，一记嘶鸣，一个漂亮的纵身腾空飞跃，周朗朗只觉得耳边风声呼啸而过，一阵刺眼的眩晕，后脑勺一记重锤，周围人群发出惊呼，马匹的确是漂漂亮亮地跨越了8号障碍，没与马匹合二为一的周朗朗却被狠狠甩了出去，跌落在地的她痛得五官大挪移，浑身骨头散了架！

两名医护人员赶紧奔赴过来对周朗朗进行问询和专业检查，摔得七荤八素的周朗朗像只被烫熟的虾子，佝偻着身躯面色苍白，一会儿说头疼，一会儿嚷肚子疼，一会儿喊胳膊疼。王辉冷冷的声音从周朗朗头顶飘下来："我给了你机会，你根本没能力把握住，自不量力的后果就是愿赌服输！赶紧送她上医院吧。"周朗朗勉强睁开眼睛，模糊虚晃的视线让她看到了忽远忽近、重影交错的一张张脸孔，她居然笑了："爱赢才会拼，我这不是……自不量力，我这是……必须……出人头地，如果不出人头地，我怎么对得起……自己……在人前流过的汗水，在人后流过的泪水……"

话没说完，周朗朗头一歪，昏了过去。

第五章　信任危机

周朗朗的意念像一只飘忽不定的蓝色水母在记忆旋涡里不停打转转，一会儿朝东，一会儿向西，一时模糊，一时清晰。很多记忆的碎片一一在旋涡里升腾而起，绚烂飞舞：她和唐烨第一次见面的场景，她和唐烨的第一次亲吻，她和唐烨的第一次吵架，她和唐烨在机场的第一次离别……周朗朗使出浑身力量终于睁开了千钧重的眼皮，雪白的病床，滴滴答答的输液瓶，窗外悬垂着的月朗星稀，刺眼的病号服，这一切把她吓了一跳，吓得本能要起身，可她挣扎着刚抬起了头，顿时觉得天旋地转，右下腹撕裂般疼痛，后背直冒虚汗。

叶翠兰拎着暖水瓶进房间看到这一幕，唬得她扑过来就把周朗朗给按回枕头上："别动，乖乖躺着别动，你想要什么，告诉妈。"

周朗朗有气无力地问："妈，您怎么会在这儿？还有，我怎么会在这儿？"

叶翠兰鼻子一抽哒，反问道："你说咱娘俩怎么会在这儿？人家是天天去公司上班，你也是天天去公司上班，怎么你开着开着会就跑了出去，还跑到了马场，骑到了马背上，摔出来了个轻微脑震荡外加右臂轻微骨裂！这也罢了，你连自己肚子疼都不知道去医院看医生啊？这要再晚送来一步，你的阑尾就穿孔了！你这个让人着急的傻孩子啊，你是去工作，不是去玩命！工作能做就做，不能做就回家来让唐烨养着你，你说你现在只剩下半条命的样子，我该怎么跟你在国外的父母交代？怎么跟你北京的姥姥交代？"

周朗朗的父母曾是一对大学恋人，爱而优则婚，婚后过了几年朝夕相伴的美满日子，他们生下周朗朗后没多久，因工作调动成为了一对南飞北往的候鸟夫妻，父亲前往韩国首尔一所大学当客座教授，母亲去了香港一家投行做法务顾问，因为长期聚少离多，因为谁都不肯为了婚姻家庭牺牲大好前程，所以在咬牙勉强维持数年之后，终于在周朗朗10岁那年协议离婚，然后各奔锦绣前程。

周父定居首尔几年后再婚，仍旧无法获得美满幸福的婚姻生活，与再婚妻子一直过着磕磕绊绊的别扭日子。

周母认真交往过几个男朋友，但都是在绝不谈婚论嫁的前提之下，周朗朗从小跟着寡居北京的姥姥过日子，祖孙俩相依为命，日子过得倒也有滋有味。

几年前，生活渐渐不能自理的姥姥坚持要进养老院，姥姥不想成为外孙女的包袱拖累，周朗朗撒泼打滚哭闹上吊的什么招都使了均没用，姥姥比她更狠，不让去养老院就绝食抗争，她明白，姥姥抵死不肯成为她工作、生活的累赘，这才把养老院当成了自己人生的归宿。

令周朗朗万万没想到的是，趁她出差在外，远在香港的母亲火速回京替姥姥办妥了入住养老院的一切手续，姥姥住进去就不肯出来了。

母亲冷静把一纸文书递给周朗朗:"孩子,别怪妈对姥姥太狠,其实妈对自己更狠,我不用你赡养我,我失去生活自理能力那一天即刻入住养老院,大病救治坚决'不插管',丧葬费、墓地和遗产问题我都为自己准备齐全了,这是协议书,你签个字就生效。记住,你对父母最大的孝顺就是把自己经营好,让自己永远活得像花一样漂亮!你活得失败、不幸,这是对父母最大的不孝!"

因此,周朗朗从胡总那里得知自己要被派去香港分公司就多了毛,那里有她不愿意面对的人和事,为了能够避开这个"大魔咒",为了不被这种复杂纠葛搅乱了工作和生活,别说让她从马背上摔下来了,就是让她从摩天轮上摔下来,她也不后悔。

周朗朗明知婆婆情急是因为心疼自己,她只好撒娇卖萌道:"妈,我错了,我知错了,可您也不能这么吓唬我啊,什么脑震荡,什么骨裂,什么阑尾炎,我不过就是摔了一跤而已,哪有这么严重?"

叶翠兰端起一杯不凉不热的白开水,拿棉签蘸湿了水给周朗朗湿润嘴唇,闻听此言狠狠白了她一眼:"你以为是从床上摔到地板上闹着玩呢?那可是高头大马的马背上啊!医生给你拍的片子在这儿呢,你看看呗,告诉你,脑震荡和骨裂都算你捡着便宜了,还有摔断肋骨、摔断腿的主儿呢!这也罢了,听说得了这个阑尾炎会肚子疼得厉害,会恶心、呕吐,一般人是扛不住的,你咋不赶紧上医院呢?疼成那样还跑去骑马,你是想要了自己个的命?还是想要了咱全家人的命?"

周朗朗报以婆婆一个歉疚的笑脸:"我还以为是老胃病犯了呢,就吃了几片胃药和止疼药,谁知道是阑尾炎祸害我呢。我下次长记性了,您别生气了。哎,我爸呢?"

叶翠兰叹口气:"你的阑尾已经做手术割掉了,所以你不用长这个记性,倒是你今后一定得长点心,别只顾着当拼命三娘,丢了健康,当上什么都白瞎!别跟我提你爸,我们俩犯冲,在一起就冒火星,我打发他回家给你炖鸽子汤去了。这唐烨到底是怎么回事,给他打电话没人接,发信息没人回,他这是去火星出差了还是去土星公干了?我再给他打个电话试试。"

床头柜上周朗朗的手机狂响,唐烨来电。叶翠兰紧皱的眉头这才舒展开来,她拿起手机按下接听,递给周朗朗,嘱咐道:"我去找护士唠会儿嗑,你们好好聊,千万别替他省电话费!"

叶翠兰出门。周朗朗把脸颊贴在手机屏幕上,倾听着唐烨那熟悉又遥远的声音,诉说着彼此之间情深却话浅的思念——

"亲爱的,现在感觉怎么样?刀口还疼么?主治医生怎么说?想吃点什么?给你找个特护护理应该会好一点吧?"

"放心吧,不疼,你老婆天生就没有痛感神经,现在还没有排气,什么都不能吃,有咱妈在,她会把我喂成住院部里最胖的病号的。"

"我这儿刚开完会,看到老妈的短信差点急疯了,我还是请假飞回去一趟陪你吧,不然我不放心。"

"月底是你最忙的时候,别来回折腾了,等你飞回来我也该出院了,阑尾炎跟拔颗智齿一样,小 case,你要真觉得过意不去,等我好了出院回家,你每个周五晚上穿上兔女郎的服装给我视频跳大腿舞,OK 不?"

"朗朗,我想你了。"

"傻瓜,我也想你。"

"工作上你是不是遇到什么不顺心的事了?"

"怎可能？你对你的超人老婆这么没信心啊？这次只是个意外，我稀里糊涂把肚子疼当成胃疼了，保证不会有下一次哈。别光说我，你呢？在公司干得还顺心么？搬了新公寓有没有结识漂亮的女邻居？用不用给你寄点'老干妈'、榨菜丝、腊肠之类的解解馋……"

这对候鸟夫妻的电话内容，从聊病情到倾诉思念，从报喜不报忧到生活琐事，从吃穿住行到插科打诨，说不完的相思之苦，道不尽的担心惦念，如果不是护士进门来换输液吊瓶、量体温，他们索性就这么任性地一直聊下去，哪怕等着他的有算不完的报表、开不完的会，哪怕等着她的有虎视眈眈的方黎和糟心的一纸调令，抱着手机不撒手的他们也不管不顾爱谁谁了。

手术后第二天，顺利排气的周朗朗开始进食一些流食，唐烨虽然谨遵老婆大人命令人没有飞回来陪伴在侧，可他在网上预订的各色鲜花、对症补品纷沓而至，是他的心意也是歉意。中午时分，一脸疲惫的唐果拎着水果篮出现在周朗朗的病房。唐果出差刚回，她是来替换老妈当特护，让老妈回家休息的。在周朗朗和唐果的几次催促下，叶翠兰向女儿唐果千叮咛万嘱咐了各种注意事项，这才打道回府。

唐果削了水果，换了垃圾桶，做完了一个超级特护该做的所有工作后，迅速切换回唐经理的职场角色，与周朗朗深度剖析了这次AAC调令事件的成因、发展态势以及N个可行性应对措施。开完这场内部讨论会，唐果一口气吃光了盘子里的水果，瘫软在椅子里伸了个长长的懒腰，幽幽叹了一口气。

周朗朗闻声识人："怎么？又跟许良辰闹别扭了?"

唐果面露不悦:"我就这么容易被你一眼看穿啊?"

周朗朗笑而不答,定定望着唐果,她再熟悉不过这个小姑子的脾气了,她想说出来的心事,一定咽不下去,她执意要隐藏的秘密,就是大刑伺候她也不会吐口。

果然,姑嫂俩僵持了数分钟,唐果就乖乖举了白旗,她恨恨道:"我结婚前就举着菜刀警告过许良辰那厮,结婚后他可以上房揭瓦,可以好吃懒做,可以坏屁孬损,就一条,不能犯了色戒——但凡偷腥、出轨、脚踩两只船一律是死罪,他也无数次跟我信誓旦旦保证过,他在家是老公,出门是公公,让我放一百个心,这才结婚几天啊,他就犯了戒,是可忍孰不可忍,我要不好好修理修理他,他这只候鸟就变成野鸟了!"

作为唐果的嫂子、同行,作为同是候鸟夫妻的女人,周朗朗对唐果的这番话感同身受,她们比谁都知道,夫妻感情是经受不住长期分离这一残酷考验的,婚姻生活最怕的就是夫妻双方出现信任危机,这是感情出现裂痕的导火索,这是婚姻貌合神离直至分崩离析的七寸。

周朗朗劝慰道:"当下的婚姻普遍有三大劲敌,已婚者不安心,未婚者不甘心,旁观者太热心,像咱们这种候鸟夫妻的更多了一个劲敌,长期分离者太闹心!我知道许良辰是有许多小毛病,可谅他还不至于胆儿肥到敢触碰你底线,你再好好琢磨琢磨,别冤枉了人家。"

见周朗朗不听不信,为了这块烦恼心结郁闷多日,差点憋出内伤来的唐果干脆来了个竹筒倒豆子。

北京大妞唐果和上海小生许良辰是姐弟恋闪爱三个月就闪婚

的，因为北京大妞比上海小生大几岁，因为聚少离多南来北往的候鸟生活，因为感情基础的薄弱和自私，因为对婚姻生活的热情大于理性，索取大于付出，"我的"大于"我们"的，这对90后活宝差点把日子过成了段子加案子。

比如，如果夫妻两人暂时都倦鸟归巢团聚在北京时，就会有一些心照不宣的"查勤"互动。唐果陪客户应酬时，许良辰会假借关心之名前去"接驾"，如果不巧撞上唐果跟男客户有饭桌上推杯换盏、KTV唱情歌的状况，那许良辰能把脸黑成锅底，能摔盆打碗各种气不顺。一次，许良辰驾车去足浴店接唐果，好死不死地撞上男客户有说有笑地抱着唐果的小腿一通抚摸，许良辰一言不发上去就胖揍了男客户一顿，揍完才得知，唐果当时闹胃痛，足浴店缺医少药，自诩精通中医医理的男客户自告奋勇要给她指压足三里穴位治疗，唐果的胃病居然手到病除，唐果向男客户请教指压手法，目睹这一幕的许良辰误以为二人调情取乐，大打出手，因此，唐果成了公司里的笑话，许良辰包揽了半年家务才算"刑满释放"。

来而不往非礼也，唐果对许良辰的"查勤"也堪称一绝。只要有点空闲，只要觉得许良辰近来形迹可疑，唐果就会来一次突击行动。她会漫不经心问许良辰近几天的工作安排，然后出其不意拎着几只购物袋假装逛街经过他公司，她口口声声不打扰许良辰的工作，让他接着该干什么干什么，人却在公司里"闲庭信步"到处参观起来：比如悄无声息翻拣一遍他办公桌抽屉、储物盒，顺便查看一下他的储物箱，浏览一遍他办公电脑里的图片库、文件夹，跟他左邻右舍的女同事们打个招呼闲聊几句，别说这里面还真有几个姿色出众的年轻女孩，这当然都是唐果要防患于未然

第五章 信任危机

的可疑对象。在这样诡异的氛围下，许良辰觉得如芒在背非常窝火，常常是迅速收拾文件、关电脑、拉起老婆走人。

许良辰为了捍卫大丈夫的尊严曾经实施过软抵抗，他故意虚报、瞒报工作状态，明明人在公司偏偏说去郊外出外景；明明跟着制片人去见女广告商，偏偏说跟着男导演在机房剪辑片子；明明心里爱唐果爱得要死，非要在手机里下一堆十八线女明星的试妆照气老婆……

每次，不管是哪一方出差归来，抑或是两只倦鸟双双把家还，唐果和许良辰都会像两只嗅觉变态敏锐的缉毒犬一般，佯装热情亲吻地扑上去把对方从头到脚闻个遍，直到确认对方全须全尾没多什么也没少什么以后，才奔赴到行李箱前，注意检查，检查指标同上，不该多的一件不能多，不该少的一件也不能少。许良辰拿话揶揄唐果："从私家女侦探升级到女克格勃，你累不累啊？"唐果针尖对麦芒："彼此彼此，我爱你才会紧张你，咱俩共勉！"明晃晃的水晶吊灯下，唐果那口雪白尖细的牙齿寒光凛凛，让许良辰不禁倒吸一口冷气。

如果说以上还只是夫妻之间的锵锵过招的话，那围城之外，就是唐果和许良辰的夫妻斗法了：为了向闺密炫耀许良辰对自己的爱，唐果以胃病发作为由，让在公司加班的许良辰半个小时之内给她送来了胃药，此举果断赢得了闺蜜们的羡慕嫉妒恨，也让感觉被戏弄的许良辰摔袖黑脸离去；为了向哥们儿证明自己是一家之主、是老婆的天，许良辰透支了信用卡豪掷一万块钱给哥们生日派对埋了单，此举当然让老铁们竖起了大拇指，却让唐果气得胃痛发作；老爸许连杰也被逼无奈卷入他们的斗法之中，唐果跟许良辰但凡起争执，必然把同在一个小区居住的老许给叫来当仲裁者，老许虽上了岁数可不糊涂，儿媳妇有理没理都必须是真理女王，自己只能拥护坚决不能唱反调。一来二去的，亲生儿子有意见了，每次老许仲裁都判他是过错方，真理女王对自己的惩罚力度越来越严苛，从包揽家务活到上交私房钱，从大事小事都要听她指挥到毫无个人隐私和人身自由，被压迫日久的许良辰渐渐生出起义之心，三尺围城被这对活宝闹得是乌烟瘴气鸡飞狗跳。

一个多月前，许良辰参加了一个哥们儿的酒局，这可是他在承包了家务活儿之余外带给老婆大人按摩一个星期才换来的独自去撒欢儿的奖励。

许是当晚的酒水劲儿忒大，许是久别重逢的哥们儿胜似亲人，许是近期跟老婆大人的斗法让许良辰疲惫到了极点，酒兴正浓时，不知是谁起头讲起了荤段子，你讲的精彩，我讲的就得比你的更拉风，十足像小男孩们溜墙根比赛撒尿，谁尿得最高谁就是孩子王，这种无冕荣誉可是能百分百满足男人的虚荣心和面子的。

这种时候许良辰自然不甘人后，他都没过脑子顺嘴就秃噜出了在曼谷红灯区的香艳一夜，为了赢得大家的羡慕嫉妒恨，体验内容当然是小许信口胡诌的，参考蓝本是他青春期偷偷看过的几部"小电影"添油加醋炮制而来的。

这本来不过是一个小男人逞强好胜的酒后无德之举，第二天酒劲儿一过，这事也就翻篇了。令许良辰万万没想到的是，他都酒醒翻片儿的破事，却翻不过去老婆大人唐果的那座火焰山！

当夜本是一场纯爷们儿的撒欢儿酒会，偏有一两个嘴漏的家伙回家后趁着酒劲，把许良辰的荤段子当成八卦向自己老婆给汇报了。

说者无心，听者有意，哥们儿和哥们儿之间是铁杆死党，那哥们儿的老婆和哥们的老婆之间也是互通有无、守望相助的太太互助团啊,太太团的存在和壮大本就是用来商讨、分享调教老公的精英团体,得了许良辰这个典型个案,当然要向唐果通风报信商讨对策了。

唐果乍一听这事,本能觉得不可信,打算一笑而过,可架不住太太团成员们的分析、研究和讨论,越琢磨这事越有真迹,再一联想许良辰近来的种种可疑端倪,唐果这心里就跟吞进去了一只绿头苍蝇,犯恶心了!

夫妻之间一旦产生嫌隙,婚姻一旦缺失了信任,那就如同被蝼蚁蛀空的沙堡,崩塌是分分钟都可能发生的事。犯了恶心的唐果一直处心积虑搜集许良辰的"偷吃"罪证,苦于没有任何进展,在太太团盟友们的支招下,她跟许良辰摊牌了。

许良辰一开始还挺高兴的,眼瞅着一向在家里是真理女王的老婆大人为这子虚乌有的事吃味闹心,他觉得自己占尽了上风,心说你唐果也有今天啊,活该!所以他故意卖关子,故意晾着唐果。唐果真急了眼,连招呼都没跟许良辰打一个,就把许良辰的二姑、大舅、二舅等权威性亲戚长辈召集到了家里,三堂会审要让许良辰从实招来。

其实,如果单单是许良辰和唐果这俩活宝关起门来"大闹天宫"窝里斗,许良辰出够了心头恶气也就从实招来事情原委,这桩公案也就不至于到不可收拾的地步。他哪里知道唐果这厉害角色能使出来这么剑走偏锋的一招,让家中各位长辈给他来个三堂会审,此时此刻,面对二姑的泪光粼粼,面对大舅的恨铁不成钢,面对二舅的龇牙裂目,他许良辰即便是百分百想和盘托出,也只能一咬牙囫囵咽下肚子里了。为谁?为了他的至亲老爸老许!

因为老许一辈子行得正坐得端，不仅身子是正的，就连影子也是正的，他在许家人和老婆娘家人当中的威信极高，人人尊敬他、爱戴他、信任他，做人行事以他为楷模榜样。

再加上许良辰老妈过世得早，为了许良辰这棵独苗不受后妈磋磨他终身未再娶，老许十几年既当爹又当妈地把许良辰养育成人，这过程有多艰难就有多可歌可泣，有多少牺牲就能换来多少敬佩和赞叹，老许在两家人心目中已经被神化成了道德标杆和情义模范，老许这么多年来能孤苦伶仃走到今天，也就是凭着这一口仙气吊着呢，也就是靠这32个赞勉强撑过来的。每每，许良辰二姑把老许当成了教育自己老公的活教材，许良辰大舅、二舅从没因许良辰老妈过世而跟老许疏于走动，逢年过节、许家父子生日，大舅和二舅必然拎着厚礼亲自登门问候，大舅和二舅家有什么重大喜事、要事，也必隆重把老许请了去做贵宾，老许的意见对大舅、二舅来说就是金口玉言。

在这样一个特殊的家庭氛围之下，处于三堂会审罪人席上的许良辰，就是用脚指头想想也能想明白，他如果为洗脱自己罪名而把老爸给招出来，那二姑、大舅和二舅该怎么看老许？老许在亲人们心目中光辉灿烂的伟大形象立刻猥琐下流成獐头鼠目的二流子，没了这口仙气和32个赞的老许靠什么活下去？不用刀子，不用绳索，亲戚们的鄙视和指责，儿媳妇唐果的嫌恶，立刻就能结果了老许的性命！想明白了这个理，许良辰索性死猪不怕开水烫，任长辈们怎么审问就是不开口，用沉默来表示抗议，可长辈们和唐果把他的沉默当成了默认，不用他开口，大家俱已给他定了罪——一个不争气的坏小子！

唐果家里的三堂会审结束，与儿子、儿媳同在一个小区里做邻居的老许，在自己的小家里卖力显露厨艺烧好了一桌子的丰盛佳肴，眼瞅着大家丧着脸进门，老许还不明就里一头雾水呢，二舅被大家推举做发言人，听完二舅的陈述，老许嘴巴张了几张，艰难吐出几个字"不是良辰，良辰没有……"就眼前发黑一头倒下去。

一周后，老许出院回家。眼瞅着老许为了此事已经搭进去了半条命，为了防止老许出院后如实招供，再把另外半条命也给搭进去，许良辰抢先一步认了过错，唐果怒不可遏狠狠给了他两记耳光，把他发配到客厅当"厅长"，从此不允许他碰自己一根手指头，但她也没想好往下的日子该怎么过。

老许出院后的第一件事，就是找唐果解释这桩冤案，可他越是解释，唐果就越是坚信许良辰是罪魁祸首，本来嘛，老子帮儿子揽错上身是本能更是舐犊情深。瞧瞧许良辰这一失足竟然把正直忠厚了一辈子的老许给逼得自取其辱，把潇洒傲娇了半辈子的唐女王给逼成了心力交瘁的怨妇，一想到这些，唐果对许良辰的恨意就更添了三分。

夫妻之间，尤其是候鸟夫妻之间，爱情这东西其实很脆弱，耗完了热情，磨完了耐心，用完了忍耐，攒够了失望，受够了伤害，剩下的，就只有冷漠和厌倦了。

唐果和许良辰经此一役，婚姻元气大伤，感情濒临破碎的边缘。一开始，是唐果把许良辰撵到客厅的，并且不许他碰她一下，渐渐地，许良辰干脆连卧室都不进了，有时候下班回来晚了，干脆直接上老许家当房客去。到了后来，就是唐果故意穿着薄纱睡裙在许良辰眼前晃来晃去，他也视若无物了。

世上没有无底线的包容，更没有无疆界的宠爱。几天前，也就是唐果出差的前一晚，她正在收拾行李箱，许良辰气鼓鼓进了门，把手机和电线盒子摔到她面前，咆哮着质问她为什么要这么干。

唐果扫了一眼面前的东西，立刻就明白了。因为从情比金坚的闪爱恋人到聚少离多的候鸟夫妻，唐果对许良辰的信任度从100分降到65分，从半信半疑的候鸟夫妻到疑似不忠的内伤夫妻，唐果对许良辰的信任度从65分降到-80分。为了让自己放心，为了填平自己的委屈，更为了检验许良辰对婚姻的忠贞度，唐果鬼迷心窍地网购了一套车用GPS定位追踪器，悄悄安到了许良辰的车内，在许良辰的手机里悄悄设置了监听追踪器。几天下来，"蹩脚女特工"唐果通过这些不正当手段，并未发现许良辰有任何可疑行踪，这才刚刚松了一口气，东窗就事发了。

面对许良辰的愤怒和质问，唐果索性来了个胡搅蛮缠，用他的"偷吃"来解释自己的非法监督手段，跟跟跄跄把自己从一个丧心病狂的侵犯者变成了一个楚楚可怜的受害者。许良辰压根儿不买账，打包了行李直奔老许家安营扎寨，临行前摘下婚戒放在桌面上，撂下一句心灰意冷的话："你就跟你的冷酷绝情和窃听器好好过日子吧。"

隔天，唐果才从老许口中得知，许良辰如此决绝离去的原因。他摘掉的婚戒无辜躺在唐果的掌心，火烧火燎的，一下子就烫出了她心头的歉疚，烫出了眼底的泪花。

有一部网络电影正在公司机房做后期制作，不料网络上已经流出了一小部分该电影的剪辑片段，不论是按行规还是按合同，这样的外泄情况轻则公司是拿不到后期制作的全额报酬，重则是要赔偿电影制作方的全部直接损失和间接损失的。公司当然要从每一个人查起，要从每一台电子设备查起，查来查去，别人都一干二净，唯独许良辰的手机查出来一个监听器，本来这东西也没法证明什么，但制作方给的纠察期限到了，公司领导本意是想揪出真正的内鬼，一番折腾徒劳无功之下，迫于压力只得硬着头皮拿许良辰这事做起了文章，开除许良辰以儆效尤，并作为对电影制作方的一个交代和安抚。

许良辰因此成了同事们指指点点的"背锅侠"，成了哭晕在厕所的失业游民，这"锅"他背得比窦娥还冤，这口怨气他必须要从唐果身上找补回来。他认为惩罚一个心胸狭窄、自以为是、丧心病狂的女人的最好办法，不是打她，不是骂她，不是离婚，而是把她架在婚姻烧红的铁锅上慢慢煎熬。说白了，对唐果这样的霸道女总裁使用冷暴力更行之有效！

从此，许良辰视唐果如空气，同在一个屋檐下的他对她不闻不问不管不顾，眼睁睁看着应酬归来一身酒气的她站都站不稳跌落在地，他也只是两只手抄在睡衣口袋里，皱皱眉头从她身边走开。即便是唐果怀着歉意为他做好了黑松露方便面，双手捧着滚烫的面碗递到他鼻子下面，他也只是冷冷推开，连眼皮都不夹她一下。

唐果越是理亏就越是嘴硬，她埋怨许良辰被开除是好欺负、窝囊，频频向许爸告状许良辰在家躺平、烂醉、夜不归宿、一言不合就关手机，许良辰故意搭性感女同事顺风车，与女性朋友唱KTV、玩剧本杀，以此"报复"唐果，这对候鸟夫妻进入"斗鸡"状态，许爸和唐家父母都被他们闹得人仰马翻……

病床上的周朗朗听完了唐果的竹筒倒豆子，她惊讶看到这个一向高傲、自信、意气风发的漂亮女子，现在被婚姻的变故折磨、伤害得焦头烂额、疲惫不堪。

自打周朗朗认识唐果以来，还从未见过这个漂亮女子如此被动、如此沮丧、如此颓败。

周朗朗作为一个已婚职业女性，作为唐果和许良辰婚姻的旁观者，作为一个同样要与老公天南海北聚少离多的候鸟夫妻，她从唐果身上看到了自己的影子，她从唐果和许良辰的婚姻闹剧里看到了许多熟悉又亲切的场景。唐果和许良辰之间的甜蜜、美好、信任，她和唐烨同样享有，唐果和许良辰之间的猜疑、防备、伤害，她和唐烨也曾一一品尝过，只不过她和唐烨都曾目睹过父母当年的婚姻阴霾和鸡飞狗跳，所以从结婚伊始，就多了一份心理准备，多了一份引以为戒，多了一份且行且珍惜。被老许宠坏的独生子许良辰，被全家人捧在掌心当公主养的唐果，他们对爱情的态度任性多过理性，对婚姻有太多的期许却缺少了责任感和自律性，一旦两人之间出现些许小状况，他们不是及时当灭火的消防员，而是充当了一惊一乍拾柴助火的导火索，这里面有外因推波助澜也有心魔作祟，有一时糊涂也有仗爱伤人，他们都争着当婚姻的赢家，结果输掉了已经拥有的彼此。

周朗朗望着唐果的眼神里有理解、有埋怨、有关心，她缓缓开口："你呀，大道理比谁都明白，可一旦落实到实际行动上就容易走火入魔了。你跟许良辰也真算得上是负负得负的典型个案，夫妻之间，爱丢了还能再找回来，信任没了就跟在海滩上建城堡，来个浪头就能把城堡给冲垮！从查勤查岗到互相软对抗，从他酒后吹牛到你三堂会审，从许老爸住院到你偷偷装监听设备，这件事起因就是一个一时兴起的小雪球，被你们夫妻二人推动着往前翻滚，越滚越大，越滚越来势汹汹，最后砸伤的还是你们自己啊，这场闹剧没有赢家,只有两败俱伤!"

唐果垂着头听着周朗朗的话语,罕有的不辩解、不呛声,这哪里还是平时那个毒舌呛口的"真理女王"?这哪里还是平时那个有理横着走、没理犟三分的刁蛮小姑啊?周朗朗的心顿时软下来,不忍再埋怨她半句,缓了缓语气,柔声问:"你有没有想过,不仅夫妻之间会出现信任危机,职场之上,从同事到同行,从领导到客户,随时随地都有可能爆发信任危机。一旦缺失了信任,谈什么合作?凭什么完成工作任务?如何得到业绩?人脉怎可能成为助力?有信任得生机,没信任成危机,这是一荣俱荣、一损俱损的利害关系啊,你好好想想吧,被其所伤最惨痛的,到底是谁?或许,我们会遇到欠缺忠诚、信誉的合作小伙伴,但不能以恶治恶、因噎废食,给不了对方信任的人,早晚会被圈子和规则所淘汰,自食恶果。坚持信任下去的人,会乐得其所的。"

唐果点点头,反问:"这是个由点到面的重要问题,我会反思的,但我现在更想问的是,你相不相信许良辰'偷吃'这件事?"

周朗朗一字一顿认真作答:"我相信,许良辰说的是真话,他没有'偷吃',但我现在更想问的是,你还爱许良辰么?想没想过要跟他离婚?"

唐果听到"离婚"二字像听到警笛响起般箭拔弩张道:"一码归一码,咱们就事论事,别看我整天把离婚挂在嘴边上,那都是用来吓唬许良辰的。这件事从头至尾,我都没跟他提过离婚这两个字,我怕我一张嘴说出来离婚,他立刻揣起证件就拉我奔民政局去了。如果我们要为这点破事离了,估计民政局里的人有一半得骂死我们,另一半得笑死我们。"

周朗朗一听"扑哧"乐了,这一乐牵动到手术刀口,疼得她紧皱眉头倒吸一口冷气:"你们俩还真是一对不打不相爱的冤家!别人都以为许良辰怕你,唯有我知道,其实是你怕他,因为你爱得比他深、比他重、比他胆怯,你那些张牙舞爪的伎俩不过是保护色而已。咱们女人都这样,明明是爱得要死要活的没出息,偏偏要壮着胆子冒充狠角色。比如我,其实日盼夜盼唐烨能回来天天守着我过日子,可就是张不开嘴说不出口,不为别的,就怕他因为我留下遗憾,落下后悔,失去搏击长空的机会。燕雀安知鸿鹄之志,既然我和他注定了是一对鸿鹄,任凭所有人都不理解,我也要给他实现志向的自由和机会。"

唐果安慰周朗朗:"我的烦恼只有你明白,你的苦闷我也略知一二,你这是拿你和我哥的例子在敲打我,每一对候鸟夫妻都有他们烧焦了翅膀也要飞越的火焰山,再锦上添花、蜜里调油的感情也得有抗击十二号风球的能力,这就是婚姻的代价。"

周朗朗一看表,到了下床活动时间,她艰难地起身下床,唐果赶紧上前搀扶她,周朗朗语重心长劝慰道:"记住,这世上没有一蹴而就的幸福美满,每一对白头到老的夫妻都走过了九九八十一难的取经路,夫妻之间信则有、不信则无,不能让别人的意见干扰。影响了你们的判断。只要你还爱着他,只要他还放不下你,你们之间的伤口是可以愈合的,加油吧,心诚则灵,以你的'医术',许良辰心里的伤口是可以被你缝补愈合的。"

唐果点点头,与周朗朗这场敞开心扉的倾诉,已经让她从头到脚轻松不少。从周朗朗的话里话外,她找到了重新出发的动力和方向。

唐果搀扶着周朗朗在走廊上缓缓步行了一个来回,周朗朗已是额头微汗,气喘吁吁了。姑嫂俩回到病房,唐果给周朗朗调了一杯红参水，她接过来痛痛快快喝下。手机响，周朗朗接听，来电很简短，她从头到尾就"喂"了一声，说了一句"好的"，对方就挂断收线了。

不知是红参水的补气作用强大，还是这个电话的功效非凡，周朗朗刚才还有气无力面色青白呢，接了个简短来电，便脸庞发亮，声音明显比刚才浑厚有力起来："唐果，你帮我个忙，我要出院！"

唐果脱口而出："你疯了？"

周朗朗起身拿行李包，从里面掏出来洗漱用品、化妆包和一套衣服。唐果劈手夺过这些东西，提高声调喝止："你要疯可以，等叶翠兰同志来了以后悉听尊便，我可不陪你一起疯，到时候你出没出事尚未可知，我就先被全家人给骂死了！"

周朗朗握住唐果的肩膀，死死盯着她的眼睛："亲爱的，知道刚刚是谁打来的电话吗？王辉的秘书，约我两个小时后公司面谈！知道这对现在的我来说意味着什么吗？"

唐果极力说服周朗朗："傻瓜！你现在不是周总监，不是拼命三娘，你是个才做完手术第二天的病人！护士跟我们交代过，老妈也千叮咛万嘱咐过的，手术后护理不好会出现感染、脓肿、内出血等并发症的，到时候就算你用王辉这张牌打赢了胡总和方黎，只怕也得延长病假住院办公了！"

周朗朗上前给了唐果一个拥抱："亲爱的，帮帮我。还是那句话，燕雀安知鸿鹄之志，如果我们不是同类，我就不废话了，可我们都是鸿鹄，都不想错过实现志向的机会。现在机会就在眼前，我可以承受伤口的疼痛，我想要赢！其他人可以不理解，可以骂我是个疯子，但你必须站在我这一边！"

"No！作为同行，我理解你，作为家人，我实在下不去手成为你的同谋！"

唐果说完，走到门口，把身体舒展成一个"大"字，硬生生横在那里，堵住了周朗朗前往王辉公司的去路，堵住了周朗朗回归总监位置的去路。

第六章　远程秀恩爱方式

曼哈顿。繁华商业街区的一栋地标式高层商务大厦。这栋大厦里云集了来自世界各地的知名企业集团，汇集了来自五大洲不同肤色、国籍的业界精英，他们忙忙碌碌营营役役，每一分每一秒都在为了公司的未来而战，为了自己的目标奋斗，唐烨，就是这其中一员。

此时的唐烨，刚刚接到妹妹唐果的"通风报信"来电，拦阻不了周朗朗任性要出院的唐果向他打电话求助。电话里，唐果的语速快、音量高与唐烨的欲言又止形成强烈对比，隔着唐果音量高的诉求之声，他听到妻子周朗朗沉稳地插了一句话"果儿，劝你别白费力气了，你哥不会拦我的，我们是同类"。周朗朗这句"我们是同类"硬生生把唐烨已经到了嘴边儿的话头给拦了回去，他未置可否地挂断电话，步履沉重地踱到办公桌对面的玻璃墙幕前，双手抱臂，凝视着玻璃墙外的灯火辉煌，凝视着这个国际大都市的瑰丽夜色。夜色如水，时光如幕，华彩流离间，唐烨眼前闪现出当年他第一次遇见周朗朗的那一幕——

彼时。唐烨是北京某会计师事务所的高级审计师，那个时候的他比现在的他多了一分光芒四射，少了一分沉稳内敛，多了一分张扬得意，少了一分踏实干练。唐烨一直记得，那一天的和煦阳光，那一天的婴儿蓝天空，那一天的荡漾心情，还有，与之形成冰火两重天强烈对比的——那一天周朗朗那张冷酷到底的面孔。

那天，按照工作安排，唐烨继续如常的去CBD某办公大厦的一家公司做会计报表审查工作，许是工作进展得十分顺利，许是审计工作接近尾声，他明天就可以跟这里的一切画上圆满的句号，那个午后，唐烨吃完一个美味可口的工作套餐，泡了一杯手冲咖啡，谢绝了同事递过来的睡枕，优哉游哉地乘电梯直奔顶层，他听说过天台上有个蛮不错的植物园，站在天台上放眼望去，车水马龙、高楼林立的都市丛林感尽收眼底，如果难得遇上一个有着婴儿蓝天空的好天气和好运气，应该能看到鸽群掠过，谁家豢养的宠物鸟驻足停歇，还有一朵朵像极了棉花糖的云朵从你头顶飘过。集齐了好天气、好运气和好心情的唐烨打算去天台碰碰运气，如果遇到满涨的风从他肋下穿过，遇到路过的鸟从他头顶掠过，这对于一个整日困在钢筋水泥牢笼里的人来说，也是非常满足的。

唐烨信步来到天台，刚跨出大门，威力十足的正午阳光和耳边呼啸而过的风哨声就给了他一个下马威，他放眼一望，空荡荡无一人，大厦里习惯了钢筋水泥丛林的同事们早已畏惧了强烈的紫外线，躲避了轻则吹皱肌肤、重则引发上呼吸道不适的东南风，没有一个人会像他一样，自讨苦吃地来这里经受风吹日晒，偶遇路过的飞鸟，跟蓝天打个招呼的。唐烨围着天台上的植物园溜达了一圈，跟蓝天、白云、绿植、飞鸟一一问过午安，坐在植物园拐角尽头的花架下发呆。这一发呆不要紧，工作了一上午后紧接着吃饱喝足的浓浓困意来袭，他索性和衣抱臂、坐着藤椅、头靠花架木柱打起盹来。

不知过了多久，两个女人激烈的争执声叫醒了唐烨的耳朵，睡意浓浓的他身子发沉，挣扎着却是动弹不得，偏偏她们的话语非要往他耳朵里灌，半梦半醒之间，他被强迫着"偷听"了个来龙去脉的七八成："高亢女声"对"啜泣女声"一味声色俱厉地冷酷训斥，训斥她一手搞砸了这个项目，连累了团队小伙伴，否定了她的一切工作表现，痛批她人蠢、脑笨、无可救药！"啜泣女声"一开始还弱弱为自己辩护几句，在"高亢女声"连珠炮似的恶语痛批和人身攻击之下，只剩下嘤嘤嘤嘤的啜泣哭声算作回应了。

唐烨一腔的慵懒、自在好情绪，彻头彻脚的睡意，都被这乱入的凌厉一幕给轰炸得灰飞烟灭，作为职场人，他对这凌厉一幕再熟悉不过了，不仅熟悉，当年，初入职场的他也曾经无数次这样没有尊严、没有自辩机会、没有自我保护能力地被刁蛮上司残酷教训过。事件始末虽不尽相同，但真相只有一个，项目搞砸了，合同黄了，事件烂尾了，"甲方爸爸"翻脸了，"背锅侠"永远是最势弱力薄没有话语权的那一个，无辜者必然是一贯伟大正确的上司，这样一出荒诞职场潜规则戏码，比比皆是，轮番上演，长盛不衰。虽说现在的唐烨已经渐渐远离这样的荒诞戏码，但他仍旧对这样的刁蛮上司有着深深的厌恶之感，他嫌恶地睁开眼，迎着刺眼的阳光，他看到了一张即便五官愤怒到狰狞扭曲，也依旧算得上美好的年轻女性的脸，这张脸尽情宣泄着女主人的愤怒、狂躁乃至痛恨，毫无顾忌，毫不矜持，这与她原本光洁的额头、纤弱的尖下巴乃至脆薄到半透明的肤色形成了刺眼的对比，以至于让唐烨对她的反感又加深了一层。不仅如此，"高亢女声"正恶狠狠伸出魔爪用力钳住"啜泣女声"的双肩死命地摇晃，那穷凶极恶的气势即便不是要把"啜泣女声"一口吞下，也是要把她揉搓成饼干渣，扬洒在这天台之上，随风而逝！

　　唐烨故意懒洋洋伸了个懒腰起身，故意打了个动静很大的呵欠，吹起乱七八糟的口哨，把"高亢女声"和"啜泣女声"当作空气视若无睹地从她们身边慢慢踱着四方步离开。果然，唐烨的恶作剧起到了效力，"高亢女声"和"啜泣女声"同时噤声，一个铿锵有力的高跟鞋敲击地面声音快速由近及远地悻悻离去，在恶作剧先生的故意干预下，这场荒诞戏码提前结束。唐烨没打算继续关注这出戏码的未完待续，他不关心"啜泣女声"的下场如何凄惨无助，在职场摸爬滚打多年的他早已明白，每个公司都是优胜劣汰，每个项目都是弱肉强食，每个职位都不是无能者的收容所，所以，他把这一幕和天台上的东南风都迅速抛诸脑后，就此翻篇儿。

　　一个多月后。唐烨推辞不掉，例行公事地参加了一个大客户举办的私人派对。唐烨从来不是"派对动物"，所以，他在派对上懒得应酬别人，也懒得被别人应酬，他原本打算像往常一样，到点应卯，等主人现身时碰一杯酒说几句场面话就撤退，可人算不如天算的是，一前女同事像猫捉老鼠般在派对现场捕捉到了他，向他提出一个不容摇头否决的命令，要他做她一个小时的临时男朋友，参加这个派对上不知由谁攒局攒出来的一个小圈子情侣聚会。前女同事笃定唐烨无法摇头拒绝，因为她知道唐烨是个有恩必报之人，之前他们在一家公司共事的时候，她曾经帮过他两次小忙，而今，到了他报答的时候。

　　唐烨虽然不是演技派，到底是个十足绅士。既然答应了前女同事，他就尽心尽力做足一百分临时男友。他陪同前女同事进了包间，替她拉椅子、拿饮料，一一跟同桌的人寒暄聊天，有问必答、笑容满面。三个女人一台戏，何况这是五个女人加五个正牌男友或临时男友的热闹戏台。一巡酒过，女人们的话题就聚焦在一个叫周朗朗的名字上面，有人说周朗朗是个假不正经的广告界女魔头，有人说周朗朗是个假正经的刻薄女上司，还有人说周朗朗是个为求上位不择手段的"心机婊"，听来听去，唐烨听明白了一件事，这五个女人在职场上遇到了个共同"天敌"，是一个叫周朗朗的女人，今天这个派对她也有份出席，于是，这五个被打败的苦哈哈女人之一攒了这个局，目的，就是挤对挤对职场得意、情场失意的周朗朗，让这个刚刚失恋的女魔头出出糗，让她们出口恶气。

说周朗朗，周朗朗到。周朗朗穿了一条西柚色的真丝灯笼袖复古长裙，刚刚及肩的长发用一枚珍珠发卡束在脑后，同款的珍珠耳钉垂在耳畔，脸上的精致妆容是蓄势待发的，唇角的一抹笑意是有备而来的，她比在场任何一个女人的气色都要好，比任何一个人的态度都要从容。周朗朗一一跟众人打过招呼，唐烨礼貌性起身跟周朗朗打招呼，这一打照面，唐烨突然觉得周朗朗有几分眼熟，声音也耳熟，却想不起来在哪儿见过。

一个女人明知故问周朗朗，说好了这是个情侣聚会，她怎么一个人来了。周朗朗爽快作答，刚刚跟男友分了手，又推辞不掉这个聚会，她只能一个人赴约了。五个女人七嘴八舌问周朗朗，为什么分的手，是不是男友甩的她，用不用给她介绍个新备胎，是不是职场得意就注定情场失意，是不是男友听说了什么坊间传闻对她有什么不该有的误会……与其说这些谈资是女人们对周朗朗的安慰，不如说是对她的嘲讽和挑衅。周朗朗笑着作答，她跟男友分手的原因是男友觉得自己不够优秀，配不上她，思复再三引咎分手。五个女人压根儿不想点到为止，誓要乘势追击，一早安了要让"天敌"现出原形叩首求饶之心，她们故意继续在恋情问题上大做文章，各种晒男友对自己的宠溺、晒爱情的滋润、晒恋情的红红火火。周朗朗面对这一切，该吃菜吃菜，该碰杯碰杯，兵来将挡水来土掩，一圈应酬下来，她话题一转，一本正经地问大家："你们应该收到消息了吧？那个500强公司的超级招标项目已经放出来了，据说拿到这个项目的人有资格进董事会、拿干股，你们几位不是顾着谈情就是忙着恋爱，看来我刚收到的内部资料你们是不稀罕共享了，承让承让！"周朗朗话音一落，五个女人像熬过了整个寒冬的母狼嗅到小肥羊的气息般一个个眼睛冒绿光、摩拳擦掌地热议起来，有要求跟周朗朗交换资料的，有提出跟周朗朗合作意愿的，还有处心积虑套周朗朗消息的。什么恋情，什么男友，什么报复出糗，什么嘲讽奚落，跟实打实的工作成就和丰厚回报相比，都不过是一片浮云而已，大家不约而同把刚才那点同仇敌忾的交锋给抛诸脑后了。

唐烨冷眼旁观出这五个女人的"吃相"难看，也有滋有味地瞧出来周朗朗气定神闲，分分钟反败为胜，他后悔不该妇人之仁地陷入这种婆婆妈妈段数的打击报复怨妇局之中，觉得自己是时候抽身而退了。

趁众人的注意力都在那个所谓的"超级项目"上面，唐烨逃离包房，喝了杯苏打水压压惊，信步溜达了两圈，找到派对主人打过招呼之后，给前女同事发了一条"公司有事先走一步"的微信，这才松了一口气，去地库开车。

唐烨驾车驶出地库出口十几米就寸步难行了，在这条单行车道上，在他车头前方，拥堵着一条车队长龙，有的司机鸣笛宣泄不满，有的司机把头伸出去张望起哄。眼瞅着前行无望，后退不得，唐烨摘挡熄火，百无聊赖地下了车，随着众人的焦点视线踱步望过去，瞧一瞧这场躲不开的街头热闹。这条车队长龙的龙头，也就是停滞不前的"祸首"车辆里端坐着一个猫咪一样慵懒、冰冷的年轻女司机，车头前面站着一个用身体拦车的衣着优雅但眼神、表情像鹰一样凌厉的中年女性，两个女人用眼神对峙着，无声地谈判着，谁也没有先退后一步的意思。

唐烨看了看表，看了看越来越长的被堵车队，向二位女士打招呼："拜托能不能别占用公共资源解决私人问题，再堵下去交警就该过来了，你们之间那些过得去的、过不去的事早晚都能过去，不差这一个单行路口，但总该让我们这些无辜者先过得去吧……"

车内的女司机一回头，冲唐烨吼了一嗓子："怎么哪儿哪儿都有你，闭嘴！给我闪一边去！"女司机这一回头、一怒目、一狮吼，唐烨顿时醒过味来，这不是刚才怨妇局上的周朗朗么！这不是之前在大厦天台上冷酷训斥女下属的"高亢女声"女魔头嘛！

这边厢唐烨刚刚对号入座，那边厢周朗朗和拦车头的中年女性开始了新一轮的交锋。中年女性咬牙切齿道："你这个白眼狼是不是非要看我死在你车轮下面，才肯改变主意跟我回家？"周朗朗吃吃冷笑："这种威胁套路只适合泼妇，不适合您，这么多年来您的人设都是精明能干的职场女上司，何苦现在突然要转型扮演顾家爱女的慈母呢？太晚了！"唐烨从二人对话中品过味来，敢情这是周朗朗和亲妈的街头干架啊。这女人不但对下属冷酷刻薄，对同行心机重重、手段强硬，对亲妈也是无情决绝啊！

周妈妈眼泪都下来了："死丫头，我这么多年来打拼还不都是为了你，你怎么就不能答应我这一次，迁就我这一次？我是你妈！"

周朗朗冷冷回答:"是的,母上大人,您是我妈,亲妈!您手把手教我的,子女对父母最大的孝顺就是把自己经营好,让自己永远活得像花一样漂亮!子女活得失败、不幸,这是对父母最大的不孝!所以,我不能跟您去香港,不能承欢膝下,我得努力回公司干活去了,这是我能活得漂亮,能对您尽的最大孝道!"

说完,周朗朗缓缓发动车子,倒退一步,往外打了半圈方向,与周妈妈挪开了半步距离。她一回头,拿凌厉的眼神向唐烨扫过去,用冰冷的下巴朝他一扬,半个字都没说,唐烨立刻鬼使神差地得令跑过去,用身体既是护住也是拦住周妈妈,为周朗朗让出半边道路,让她连人带车扬长而去。事后,唐烨十分气恼自己怎么就那么低三下四听这个狠女人的差遣,怎么就那么没心没肺去掺和她的破事,太丢他自己的脸,太丢全体男同胞的脸,可事发当时,他愣是没有一丝犹豫、没有一丝排斥地全力从了她,而且执行得准确到位,就像他是跟随她多年最得心应手的下属一般,一想到此,唐烨就觉得丢脸和懊恼,就觉得这个狠女人有着匪夷所思的魔力。

周朗朗头发甩甩扬长而去,唐烨莫名其妙成了"接盘侠",周妈妈认定他不是女儿的同事就是男友,反正跟女儿是一伙的,不然当时看热闹的人那么多,为什么就他巴巴地跳出来帮女儿拦下她?既然女儿溜得比泥鳅还快,她只能抓住唐烨不放,虽说她人在香港多年,过惯了讲英语、粤语的日子,但母语和乡情不思量自难忘,"顺藤摸瓜"这个成语的意思和使用方法她还是懂得的,于是,她稳准狠地抓住了唐烨,抓住了这个她认为跟女儿有千丝万缕联系的"接盘侠"。

果然,虎女有虎妈,周妈妈只用了一顿饭的工夫,就把唐烨的身份信息、工作单位、联系方式、家庭基本面貌，甚至有无家族遗传病史等情况了解得比户籍片儿警都详细。当然，这顿饭是唐烨埋单的，吃的是巨贵巨贵的日料，可唐烨掏钱付账的时候居然一点不心疼。

从这顿饭以后，唐烨基本就成了周妈妈在北京探亲休假期间的司机、杂役和倾听者。对于其他人来说，倾听一个陌生中年妇女对女儿、对家事的碎碎念，开车载着她拜访老邻居、漫游老地方，随叫随到去她家里换灯泡、修马桶、搬家具，狼吞虎咽消灭掉她被女儿"放鸽子"做的一桌子丰盛大餐，这些可谓是令人生厌的苦差事，可对一个不知不觉间对周朗朗产生了强烈好奇心，对周朗朗的生活、周朗朗的妈产生了强烈好奇心的男人来说，他迫切想知道女魔头是怎样炼成的，他迫切想找到女魔头周朗朗对自己产生匪夷所思魔力的原因所在，因此，他乐得其所地作女魔头妈妈的司机、杂役和倾听者，后知后觉地走进了女魔头的生活。

唐烨从周妈妈那里得知了周朗朗是在一个"候鸟"家庭里长大的，周妈妈已经定居香港，她这次回来是要接女儿跟她一起去香港工作生活的，可惜女儿不仅不买账，还把父母离婚的根源都归罪到她头上，认定了逼姥姥住进养老院的罪魁祸首是她，末了，女儿冲她抛下最后一句话："你要是再逼我跟你去香港，我就收拾行李辞职去首尔，从今往后跟着我爸混日子，这可是你逼我做出的决定！"败局已定，周妈妈仍旧不甘心："去不去香港的以后再说，你姥姥已经住进了养老院，你孤家寡人的一个人进进出出我不放心，我给你介绍个男朋友，这孩子比你强一百倍，不管你怎么看，我已经把他当准女婿看了！"周朗朗哭笑不得："你这又是唱的哪一出？"

周朗朗为了安抚老妈尽快打道回港，硬着头皮接受了她这位"霸道红娘"的强硬相亲安排，相亲对象不是别人，正是唐烨！周朗朗是半真半假，唐烨是五迷三道，这样的一对恋人当然有一百零一个理由继续热恋下去，周妈妈放心飞回香港。令周妈妈拿唐烨当准女婿看的原因有二，一是她在北京休假期间与唐烨多番接触下来，体察到唐烨比其他同龄人多了几分耐心、稳重和厚道，不逞口舌之快，不争一时长短，做人有原则，做事有底线，这样的男人不一定是最出色的男朋友，却应该是能经历婚姻种种考验的最佳老公人选；二是唐烨告诉她，他也是从一个"候鸟"家庭长大的孩子。早年间唐烨父母一个在厂供销科的广州分销处当处长，一个留守在北京上班去厂财务科做报表下班回家照顾一双儿女，长期聚少离多让唐烨父母做起了当代版牛郎织女，夫妻之间各种猜疑各种抱怨。即便如今二老天天出双入对也是大吵三六九、小吵天天有，动辄就翻出当年的陈芝麻烂谷子据理力争一较高下，全家人早就见怪不怪了。周妈妈觉得，唐烨与周朗朗同是从"候鸟家庭"长大的孩子，相同的成长经历会让他们有着近似的世界观、价值观、人生观，相通相辅的心路历程，会让唐烨对她的宝贝女儿多一些理解和守护，会让她的宝贝女儿收获她这一生都无法企及的美满婚姻和家庭生活。

一年之后，唐烨和周朗朗领证结婚，成为夫妻。唐烨曾问过周朗朗，她为什么会答应嫁给他。周朗朗想了想，俏皮作答："你是唯一不会刻意改变我的人，你对我从不束缚而是成全，放过你这样的傻子，我岂不是亏大了？"唐烨把周朗朗紧紧拥入怀中，心头感慨万千，这世上能牵手走进婚姻的恋人，左不过这三个原因，把对方当成依靠或者归宿，把对方当成好不容易栖上枝头的梧桐树，把对方当成能渡自己到彼岸的诺亚方舟。周朗朗给出了第四个答案，把他当成了同类，当成了拍档，她对他、对婚姻的最大需要，不是依靠，不是归宿，不是梧桐树，不是诺亚方舟，而是给她任意翱翔的自由空间，使得她永远有力量做她想做的事，成为她想成为的人，她不必为了他去改变去牺牲，婚姻不会成为束缚她的枷锁，任她飞得再高再远，婚姻永远是她的巢穴她的家。

因为，所以。经过这片刻的回忆和沉思，他耳畔无限循环着妻子周朗朗那句"果儿，劝你别白费力气了，你哥不会拦我的，我们是同类"，他就只能无可奈何地挂断电话，哪怕他早已心急如焚、归心似箭，哪怕他嘴边咀嚼着一百句的担心和劝阻，也只能硬生生地压下去。他是她的同类，他比谁都更理解她的心意，他如果不能成为她的助力，也绝不能成为她的阻力，此时此刻，他唯一能做的，就是默默地担心，默默地想念，默默地做好手头的工作，默默地吃饭、睡觉，默默地等待她的消息。

唐烨的沉默，让唐果的阻拦变得虚弱无力，周朗朗这才得以溜出医院，坐进出租车，直奔JM公司。

在出租车里，周朗朗拨通了许良辰的手机，这小子的声音一听就是被高度酒精和连番宿醉浸泡、腌制出来的声嘶力竭，周朗朗忍不住斥责他："酒精能逢凶化吉么？宿醉能解决问题么？如果你连这个坎都迈不过去，今后的难题光是想想都能把你给愁死！别说我不帮你，唐果现在在医院呢，你快点赶过来'英雄救美'，迟一步落了空，你就买块豆腐一头撞死得了！"说完，挂断电话。

许良辰怔怔望着手机足足发呆了半分钟，他用力甩甩头，左右开弓给了自己几巴掌，这才把脑袋里的混沌酒意驱散了几分。

他摇摇晃晃从一堆空酒瓶里起身，环视左右，想了半分钟，才整明白自己身处何地，喝断片儿之前发生的事，以及都有哪些个跟他一起买醉的狐朋狗友。他一连推开三扇门，才正确无误找到了卫生间，一头扎进去，打开水龙头，把自己彻底浇灌清醒。

　　许良辰拿着一条花花绿绿的毛巾边擦拭头发边走出卫生间，与闭着眼睛进卫生间的哥们儿撞了头碰头，许良辰把毛巾撂给他："谢谢你的酒和一夜收留，我得赶紧办正事去，咱们回头再聚，不，咱们这局赶紧散了，以后永远别聚了，太耽误事了！"哥们儿接过毛巾义愤填膺："姓许的，你吃我的、喝我的、住我的，临走还给我撂下这么一句恩断义绝的话，你也太混蛋了！你是被我的擦脚毛巾给熏傻了还是酒没醒呢？"

　　许良辰大步流星走出哥们儿的家，略一踌躇，他的车就在地库乖乖候驾，可他这一夜酩酊大醉，现在开车上路最起码是个酒驾，对别人对自己都是不负责任。他掏出手机打开APP网约车，眼瞅着贵如油的时间一分一秒滴漏而去，就是没有司机接单，好不容易生成了订单，页面显示预计司机还有23分钟才能赶到。一少年骑着小黄车从许良辰眼前掠过，他眼前一亮，取消了订单，直奔小区对面的共享单车，扫码骑上一辆小黄车风驰电掣而去。

　　许良辰人刚迈进住院部走廊，就听到从走廊尽头病房里传出来叶翠兰和唐果的激烈争吵声。周朗朗"潜逃"出院时，唐果见死活拦不住她，偏偏又放心不下，本意是要追随她而去"护驾"的，可周朗朗硬是把她留在了医院，"台面儿上"的理由是怕唐大年和叶翠兰拎着各种精心煲煮好的补品回医院看不到她人时，难免各种着急上火，保不齐还能端着补品、带着医药追到JM公司去！这个时候，迫切需要唐果留在医院稳住二老，对他们进行安抚劝慰；其实另外还有一个"台面儿下"的理由，周朗朗是想趁机撮合唐果和许良辰冰释前嫌，她算准了这一对欢喜冤家平时没外人时越斗越勇、相爱相杀，一旦遇到了"劲敌"，肯定是一致对外共渡难关，这个"劲敌"不是别人，正是唐果的亲妈叶翠兰女士！

许良辰闻声冲进病房，叶翠兰正在拍桌子、瞪眼睛地指责唐果"渎职"放走了手术后的周朗朗，叶翠兰对唐果变本加厉的怒斥和埋怨，与她对周朗朗的一百个担心、一千个心疼形成了鲜明的对比，唐果一开始还能耐着性子跟老妈解释，眼瞅着老妈这"冰与火"的双重态度，这"手心"和"手背"亲疏有别的言词，她这亲生闺女的"醋劲儿"就冒上了，语气、态度明显火药味十足，与老妈叶翠兰旗鼓相当唇枪舌剑过招起来。

叶翠兰见说不过唐果，越发来气，忍不住抬手推搡了一把唐果："我叫你来是当陪护的，不是来当甩手娘娘的，朗朗这次要有个好歹，我看你拿什么脸面见你哥！"

唐果对老妈叶翠兰的突然出击完全没防备，不由得被推得倒退两步，脚踝磕在床头柜底座的尖锐棱角上，一阵钻心疼痛："周朗朗比我还大一岁呢，她那么精明狡诈一个人，凭什么她任性闹出好歹来让我担责任？您就只会对我凶、对我狠，专挑我这'软柿子'捏，有本事您骂她去啊，我倒想看看，您的'太后威严'在她那个'权谋大女主'面前到底有多大能耐和威力！"

叶翠兰被唐果这番话噎得说不出半个字来，出手的速度和力道不由得加了三分，她习惯性地把唐果摁到床上，抬手朝唐果的屁股、后背一下下捶下去。许良辰对这一幕并不陌生，无论是从唐果口中，还是曾经的现场目击，他都耳闻目睹过丈母娘这种简单粗暴霸气的教女方法——说得通就讲道理，说不通就讲拳脚。这也难怪，唐大年常年出差在外，叶翠兰独自一人承担着工作、家务和抚养儿女的重任，每每出现的日常画面是儿子上学要迟到了却找不到书包，粥溢了锅，菜炒咸了，女儿在被窝里哇哇大哭，她手忙脚乱按住了葫芦又起了瓢，每天头上都燃着三把火，这样兵荒马乱的日子就是老绵羊脾性也难免被逼成红着眼睛的野牛脾气。唐烨自小懂事听话，唐果自小牙尖嘴利，因此，品尝叶翠兰拳头滋味最多的，非唐果莫属。

见此情形，许良辰赶紧上前用"和稀泥"的套路进行劝解，以往他用"和稀泥"这一招化解过 N 次"险情"，这一次，"敌我"双方统统不买账，叶翠兰冲他眼睛一瞪："一边儿待着去，我吃不了你媳妇儿，这儿没你什么事！"

唐果一见许良辰本尊驾到新仇旧恨涌上心头，这形式不亚于火上浇油，她咬牙切齿冲他施展"狮吼功"："怎么哪儿哪儿都有你，滚出去！有多远滚多远！别让我再看到你！"

叶翠兰尚不知道唐果跟许良辰的那段"泰国公案"，自然不理解她为什么对许良辰跟吃了枪药般的仇视态度，眼瞅着女儿这跋扈的逮谁削谁的泼妇气焰她惯性使出拳脚教育之法，劈头盖脸捶打着唐果，嘴里不依不饶："你属'机关枪'的啊？逮谁突突谁，顶撞亲妈，臭骂你丈夫，我今天要不好好教训教训你，改天我都没脸见亲家！"

叶翠兰和许良辰不知道，因为那段"泰国公案"，唐果的情绪一直压抑着、委屈着，她就像一只膨胀了十几倍的氢气球，遇到点火星就能把自己炸个粉碎，这于她，是宣泄和解脱，对于不明就里的叶翠兰，就是歪打正着了。

许良辰时刻牢记着周朗朗的提点，可他望着眼前相爱相杀得不亦乐乎的亲丈母娘和亲媳妇，就像观战着两只绞杀得不可开交的帝王蟹，干着急却无从下手！说时迟那时快，叶翠兰怒目圆睁高高扬起巴掌，唐果临危不惧迎着巴掌送上自己粉嫩的脸颊，许良辰的心脏像被高压电流击打过，血往脑门上冲，汗往脚底板冒，他不管不顾冲上去扑倒在唐果身上，张牙舞爪的像只章鱼包裹住她，嘴里胡乱叫嚷："妈，您打我吧，使劲打，只要您能出了这口气就行！一切都是我的错，都是我的错！"

叶翠兰一巴掌拍在许良辰的后背上："别跟我这儿唱'苦肉计'，不好使！什么都是你的错？那你跟我说说，你错哪儿了？"

许良辰胡乱招供："妈，您不知道，我这个月任性把信用卡刷爆了好几万，今儿早上手残误删了她的策划文案，所以她火气才会这么大，还有，朗姐是我放走的，唐果倒是堵在门口拦了老半天，还给大哥打电话汇报过了，可凭她哪儿能拦得住我们啊？还有还有，妈，其实我早就想找个机会登门向您跟我爸负荆请罪了，其实上次我去泰国拍片儿出了档子事……"

在这种恶劣情形下，许良辰这是豁出去了，既然伸头也是一刀，缩头也是一刀，横竖躲不过去，他想不如干脆来个竹筒倒豆子，知无不言言无不尽，索性这样还能给个痛快点的结果。许良辰像老母鸡护小鸡那样，舒展双臂张成一张大大的网，把身材娇小的唐果尽力包裹在自己的"保护伞"之下，任凭丈母娘的拳头雨点般落下，他临危不惧，把所有过错都揽到自己头上，一心要解了唐果的困，一心要护她的周全，至于其他的，他不管不顾听之任之了。

唐果一听许良辰有的没的胡乱招供，他这么干就是把他们两个往死胡同里赶啊，这混蛋不是傻了就是疯了，她可不想陪着他一起疯一起冒傻气，她使出浑身力气一把推开他："说够了没有？闹够了没有？说够了闹够了赶紧滚，有多远给我滚多远，我不想看见你！"

唐果生怕许良辰把那段"泰国公案"给说出来，不知道为什么，她比许良辰更害怕，害怕父母知道这件事会气坏了身体，害怕许良辰让一向要强的她在娘家面上无光抬不起头来，害怕许良辰从此以后会被父母拒之门外，害怕父母大哥一致要求她赶紧跟许良辰那个混蛋离婚……

虽说这病房是个单间，但唐果母女和许良辰吵吵闹闹的动静已经惊动了隔壁病友和当值的护士，门口的"吃瓜群众"越聚越多，护士也上前劝阻，唐果觉得今天她这人都丢到太姥姥家了，她使劲把许良辰往门外推搡："赶紧滚！有多远给我滚多远！别让我再看见你！"许良辰八爪鱼般抓住门框不肯撤退，唐果这话倒是提醒了叶翠兰，她抄起唐果的外套和包包扔给她，使出"铁砂掌"把女儿女婿推搡出门外："你们都给我滚！有多远给我滚多远，我不想看见你们俩！你们知道朗朗在哪儿吧？接下来不用我一五一十地交代了吧？赶紧去找朗朗，把她给我全须全尾地带回医院，我就饶了你们俩！"

唐果一听老妈这话犹如得了特赦令，她拽起许良辰龙卷风般"扫荡"出病房，一口气狂奔出了医院大门口，这才气哼哼甩掉许良辰的衣袖："我最后一次警告你，你那些龌龊事千万千万不准跟我爸妈提一个字，我爸妈万一被你气出来个好歹，我千刀万剐了你都不解心头之恨！"

许良辰理理衣袖、拍拍胸脯："你们全家人我最怵的就是你妈，我看见你妈就跟老鼠看见猫一样一样的，今天我敢主动向你妈坦白招供，这足以证明了我的清白，否则，不用你千刀万剐，你妈头一个就把我剁成饺子馅喂狗了！"

唐果伸手叫了辆出租车："我们家太后吩咐了，我现在得赶过去给周朗朗当护驾丫头，所以没工夫跟你掰扯这点破事，你打哪儿来回哪儿去，从今往后我的事不用你掺和！"

出租车停靠过来，唐果拉开右车门坐进副驾驶位置，与此同时，许良辰拉开后车门坐进后排座，用力关上门，大手一挥："开车！"

出租车欢快行驶中，任唐果再怎么喝骂、驱赶、羞臊许良辰，他都不急不恼盘踞在后座椅上，如数家珍般给老婆指点迷津："亲，先消消气，给我一个自辩的机会，刚才，就你家太后在病房里对你实施武力镇压的时候，你不觉得我那纵身一跃挺身相护是爱意满满的表现？是在乎你的本能反应？是愿得一人心护你到白头的忠勇可嘉？你只顾着推搡我了，就没问问我为什么知道你此时此刻最需要我？就没问问我早饭、午饭吃了么，哦不，昨天晚饭吃了么？就没问问我是怎么来？就没问问这几天我跟流浪狗一样是怎么熬过来的？"

出租车司机绷不住了，笑出声来："得，敢情我这是拉了一对狂撒'狗粮'秀恩爱的小情侣，赚了份钱还有'狗粮'吃，这一趟赚大发了。"

唐果冲出租车司机倒出一肚子的委屈："大哥，您这次看走眼了，他要是流浪狗，我就是捕狗队队长，我跟他水火不容，拉仇恨还差不多，您见过模范夫妻是怎么秀恩爱的么？隔三差五男的一发奖金就主动给女的清空购物车，每个结婚纪念日、各种节日这男的从来没忘过,小到下厨做饭大到跳海捞钻戒,各种套路诚意满满,别的男人送老婆一支口红、一瓶香水那都算是优等生了,这男的送老婆口红一送就送全套色号,送香水也是一系列一系列地送!一般人结婚也就是去店里买个钻戒吧,可这两人跑到比利时,男的亲手打磨钻石,设计图纸,给老婆戴上钻戒时自个儿先哭了个稀里哗啦!不仅如此,老婆喜欢吃虾,这男的就喜欢剥虾壳;老婆喜欢健身,这男的就把一个肚腩练出六块腹肌;老婆喜欢当女强人,这男的就没让她下过厨房;老婆从小不在父母身边长大,这男的就三令五申公公婆婆和小姑子要像呵护豌豆公主一样呵护她……"

出租车司机连连摇头:"我去,这恩爱秀得一百二十分啊,这还让不让人活了!您这话可千万别让我媳妇听见,她要知道世上还有这样的'老婆奴',我就得立马'下岗'卷铺盖挪窝儿了!"

许良辰不以为然:"你说的不就是你哥和你嫂子嘛,人家这叫两好搁一好,大哥是对朗朗姐做足功课、费尽心思,可朗朗姐对大哥也是恩爱、体贴到三百六十度无死角啊!大哥常年工作在外,你见朗朗姐什么时候像你那样严防死守、怨天尤人?朗朗姐不但是工作全能姐,还是你爸妈吵架的黏合剂,她原本可以一个人住得离公司近一点、清净一点,可为了大哥不牵挂父母,她照顾你爸妈这么多年没半句怨言。敢问您嫁进我们家这么久了,您陪我爸看过几次电视?带他吃过几次大餐?给他买过几件衣服?这就是差距啊!"

唐果愤怒反击:"麻烦你数落我之前先照一照车玻璃,看看你自己是人是妖!我问你,我妈为什么不待见你?我爸为什么见你就摇头?我哥为什么每次离家前都得嘱咐你一遍又一遍?你刚才也说了,人家那是两好搁一好,咱俩是妖高一尺魔高一丈的互相斗法,人家是远距离花式秀恩爱撒'狗粮',咱俩是远距离相爱相杀……"

出租车就在这对"斗法"夫妻的互掐互损中欢快驶向目的地。

当一辆出租车载着唐果与许良辰这对"斗法"夫妻驶向"破冰"在即、和解有望的小家园之际,另一辆出租车载着周朗朗来到了JM公司。周朗朗看看腕表,距离约谈时间还有二十分钟,她迈进洗手间,往一脸病容的脸上铺了一层粉底,扫了两笔腮红,整个人的气色立刻好转过来,从前那个在职场之上横刀立马的帅气女人活脱又回来了。周朗朗迈进女厕的隔间,反手锁上门,放下包,解开衣衫,打开腹带,她低头一看,不由得倒吸一口冷气,刀口处的纱布已经被血水濡渍湿透。

周朗朗紧闭双眼、咬紧牙关,把纱布连同固定胶带一把撕下来,不知是腹带勒得过紧造成的,还是这一路的颠簸也有影响,刀口处的手术缝合线皱巴成一团,血肉模糊,殷殷渗着血水。此时此刻,周朗朗每轻微的动作一下,哪怕是缓缓的一呼一吸,都能给刀口处带来锥心刺骨的撕裂剧痛,可她别无他法,只能在这抹剧痛的陪伴和鞭策之下,咬紧牙关从包包里取出备用的消毒棉球、纱布、胶带,颤抖着双手给自己重新包扎。

做完这一切,周朗朗就像三九天赤身裸体跳进冰窟窿里冬泳的勇士一样,夵起浑身的汗毛,咬碎了一口牙,闭着呼吸的把那条该死的腹带重新紧紧裹在腰间,她把刀口和疼痛一并交给了腹带去捆绑和压抑,这样她才能无所顾忌地投入接下来的战斗。是的,对于职场人来说,职场就是战场,每一次交手都是战役,每一个迎着炮火前进的战士，身上都有数不清的创伤，这是永不磨灭的履历，也是人生馈赠的勋章。

周朗朗忍着钻心剧痛裹紧腹带，有条不紊地整理衣衫时，听到一串串高跟鞋敲击地板的声音由远及近，然后是流水声，一个沙哑女声响起："哎，听说了么？咱们辉总最近脾气大、脸臭、爱训人是因为他夫人正跟他闹离婚呢！这么一个白金镶钻的五好老公，他夫人也不知道冒啥傻气呢？"

一个比林志玲还嗲的女声回应："切，亏你还是CEO秘书室的人呢，怎么这么孤陋寡闻呐，你这都是哪年哪月的陈芝麻烂谷子了。告诉你吧，最新的小道消息是，辉总跟他那位常年在伦敦陪大公子读书的老婆已经离婚了。就是辉总扔下一会议室的人跑去马场发泄那天，小崔收到的国际快件，是从伦敦寄来的律师函——辉总夫人琪姐寄来的离婚协议书，这一下，白金镶钻的五好老公摇身变成了白金镶钻镶老坑翡翠的王老五，得有多少女人一夜之间有了奋嫁目标和贵妇梦啊！"

沙哑女声兴奋到声线自带"抖音"效果："怪不得那天我少拿了一份文件，辉总就劈头盖脸凶了我一顿，敢情他这是没拿我当外人啊！离就离呗，这东宫一禅位，多少民间秀女从此有了出头之日啊，别怪我没给你支招，现如今竞争对手这么多，咱俩得抱团取暖、一致对外，等咱俩进入了总决赛再过招也不迟……"

两人说着聊着打趣着，高跟鞋声音由近及远，卫生间恢复了安静。

隔间内，周朗朗怔在原地，这个偶然拾得的坊间八卦让她心头轻轻感慨了一下，也只轻轻感慨了一下，原来那么高高在上霸气强势的男人，也有盔甲之下触碰不得的软肋，也有过不去的火焰山，这才是真刀真枪的人生啊，爱恨得失聚散面前，人人平等，人人都是练习生。想到此，周朗朗迅速整理好衣着，强压下腹部的疼痛，打开隔间的门，昂首挺胸走出去。

秘书小姐引领周朗朗走进王辉的办公室，她款款落座，秘书问她喝点什么，王辉一挥手："不用了，我只有十分钟的时间。"周朗朗抬手一掠耳畔散落的碎发，悻悻腹诽：就冲你这么霸道总裁style，活该离婚！秘书小姐点点头，默默离开。

十分钟后，办公室的门并未打开，门外当值的秘书小姐看看腕表，心里思忖着是否该进去提个醒，因为boss的作风一向是说到做到，他说只有十分钟时间，那就没有第十一分钟可供浪费。十五分钟过去了，二十分钟过去了，三十分钟过去了，周朗朗春风满面从办公室走出来，用笑容跟秘书小姐告别："您的声音非常有辨识度，很好听。"她一早就听出来了，这位秘书小姐正是卫生间里的那个沙哑女声。周朗朗走出JM公司，一个帅气的制服司机迎上前微笑问询："请问您是周朗朗周总吗？领导派我开车送你回医院。"周朗朗恍然大悟，为什么会有今天这场会晤，为什么王辉不让秘书给她上饮料，为什么JM会派司机送她回医院，别人是因祸得福，她是因病得福，从马场上她发病，到住院手术，王辉没有跟她道歉，但给了她一次机会，一次证明自己、守住原有岗位的机会，而她牢牢抓住了这次机会，从这一点来说，她跟王辉是一类人，不服软、不服输的人，大写、加粗的工作狂！

周朗朗回到医院，向婆婆叶翠兰乖乖承认了自己的莽撞和胡闹，乖乖接受医生的训诫，乖乖地吃药、打点滴、清创。叶翠兰呢，没见到周朗朗之前，一百个忧心如焚，一百个怒火中烧，见到周朗朗全须全尾地回来了,而且可怜见儿地搂着自己一口一个"妈妈",一口一个"我错了",她纵使想出来"降龙十八掌",也被乖巧柔顺的周朗朗给软化成绕指柔了。出乎叶翠兰意料的,周朗朗没急着办出院手续,没把病房当成办公室,说到做到摇身一变成了住院部最听话、最配合治疗的五好病人,让吃药就吃药,让吃饭就吃饭,让睡觉就睡觉,着实让叶翠兰对这个心较比干多一窍的宝贝儿媳爱也不是恨也不是,唯有更加疼惜她。

第二天,胡总来电,周朗朗把手机反扣桌上,没接。

第三天,胡总拎着果篮和鲜花来病房探望,周朗朗连病床都没下,她的恹恹病态和胡总的嘘寒问暖热情殷勤态度形成强烈对比,叶翠兰心中纳罕,这孩子这几天明明恢复得挺好的,怎么她领导一来这病情反而加重了?寒暄了病情、表达了关心之后,胡总道明来意,上头决定给她官复原职,JM的项目还是由她一手抓,全权负责到底。周朗朗弱弱一摇头:"您瞧我现在这样子,心有余力不足啊!"

第五天,周朗朗已经到了无药、无针可用,啃着苹果玩网游或是抱着枕头睡大觉的闲散地步,午觉醒来,她起身收拾整理杂物,找主治医生请了示下,麻利地给自己办完出院手续,手机来电,是AAC大boss打来的,周朗朗微微一笑,"圣旨"终于来了,她是时候出院销假归队了。

周朗朗重新坐回AAC业务总监位置后做的第一件事,就是开会。

这个会是关于JM广告项目的业务内部研讨会,也是"秋后算账"会。周朗朗心知肚明,前前后后不过几天工夫,她从这个位置上离开复又回归,中间还去医院溜达了一趟,足够"办公室八卦小编们"编排出七八个版本的职场"宫斗剧"了,与其让大家各自猜测、杜撰,与其让今后仍需一起共事的各位同僚产生敬畏、忌惮之心,不如打开天窗说亮话,把该说的都说透,把该摊到桌面上的牌一点也不藏着掖着,这样反而利于今后的团队合作。

于是,这个会足足开了三个多小时,第一个小时是在招标方案的基础之上集思广益听取各种意见和建议,第二个小时是以周朗朗做的策划案为实施纲要进行具体分工协作。

最后十分钟,周朗朗合上案头文件,坦然告知大家,公司各个岗位人选的变动,按照存在即合理的职场定律来说,都是可以理解的,她能够理解,但不能接受,于是她用自己的实力全力争取,并说服了高层领导,此次人事变动不是"宫斗",没有潜规则,有的是凭本事竞争,靠能力上位!

周朗朗认真盯着每个人的脸,语重心长:"知道最好的职场关系是什么吗?你我之间,既是通力合作的小伙伴,又是良性竞争的对手,你追我赶,大家都在成长。今天,我能留在这个位置上,靠的是我的实力和斗志,明天,我希望看到你们每一个人凭实力坐到该坐的位置上,甚至是比这个更高、更好的位置,凭本事让自我价值得到体现,凭实力让自己活得更好,这才是我们成为工作狂的唯一理由!"

周朗朗这番话让大家松了一口气,鼓了一把劲儿,掌声是必须的,加油干是必须的。

经此一役,周朗朗捅破了与方黎之间那层"窗户纸",她大大方方地跟方黎共事,明明白白地根据方黎的工作能力分派工作任务,对方黎跟其他同事一样,奖罚分明,既不排斥她、边缘化她,也不再像从前那样姑息、忌惮她。方黎以为,此番交手,自己铩羽而归，周朗朗肯定会有仇报仇有怨报怨的，按照职场江湖的老规矩，成王败寇，周朗朗把她踢出局都不为过，再不济也得明着放过暗地里碾压，拣些工作上的"硬骨头""边角废料"打发了她，她硬着头皮勉强应付下来，也是应当应分的，一旦有个闪失过错，会有N种处罚、羞辱的结果等着她。可她盼了初一，盼十五，胆战心惊熬了一天又一天，始终没等到这一天的降临。周朗朗不再像从前一样忌惮她远房大表哥霍骁城的存在，解除了她的副手职务，把市场调研的活儿派给她，这本就是她的老本行，也是她的拿手菜，她干得得心应手。

一次团建活动，大家推杯换盏，酒至半酣，周朗朗甚至还拿她大表哥霍骁城的高尔夫球技与大boss球技孰高孰低开起了玩笑，方黎吊悬半空许久的一颗心终于"咕咚"一声落回肚子里了。同事们也跟着起哄开玩笑，大家都明白，周朗朗能拿这桩避之不及的"公案"当众开玩笑说项，说明她已经在心里翻篇儿了，这事到此为止算是画上一个句号了。

借着酒劲儿上头、壮胆儿，方黎开门见山逼问周朗朗，据坊间传闻，周朗朗只用了十分钟时间便说服JM的王辉出面帮她拿回总监位置，按说AAC的"家务事"他王辉一个外人没有插手干预的理由，所以她更加好奇周朗朗向那位霸道总裁打出了一张什么样的王牌。周朗朗笑吟吟斟满一杯高度白酒："喝了它，我就告诉你。"方黎一饮而尽。

周朗朗和盘托出，知己知彼，百战不殆。她花了几个不眠夜去找资料做JM的功课，她研究发现JM作为一家金融公司，在业界排位不是第一也跌不出前五，他的真正竞争对手不是来自同行，而是来自内部。JM的上线是一家跨国集团公司，旗下拥有几十家分公司，横跨金融、建筑、新能源、生物医药等行业，分公司之间的业绩排名直接影响了他们每年从总公司那里得到的资金扶持、人才输入和利益倾斜，更直接影响了每家分公司CEO们的职务升迁、年薪和股份等利益。

知彼之后，周朗朗回过头来仔细梳理JM的年度广告策划案，发现这份策划案有一处硬伤，它的核心任务只注重与同行的针锋相对竞争，可以预见的是，这个广告方案一旦实施上市，经过数据推算和市场评估，JM的年度业绩和知名度轻易领跑同行，盘踞行业老大位置。如此一来，JM再无上升空间，今年的巅峰势必成为来年的瓶颈，不进则退是大boss最忌讳的事，也就是说被王辉一手送上冠军宝座的JM因为丧失了上升空间和升值潜力，势必遭到大boss换将的下场！与其拿到冠军就被替换成板凳队员，不如改变战略，舍弃冠军之战，变为一年一个台阶的稳步攀升，这样既能永远保有上升空间，还能以增幅稳健居前的绩效让JM成为一个"会哭的孩子才有奶吃"的典型个案。周朗朗向王辉提议JM的广告策划案应该与JM的主营业务战略方案做出同步调整，关闭逐渐被市场淘汰的老化金融产品类别，加大对主营产品类别的广告、宣传投入力度，同时积极开拓互联网和小微客户金融产品类别的广告、宣传投放力度，做到以老带新，以面带点，年年稳步增长，始终是集团公司手心里的香饽饽，这是对JM、对王辉来说，最具有长远意义的一个可行性方案。

眼瞧着王辉被说得动了心思，周朗朗点开手机上一则新闻举例说明，苹果（Apple Inc.）公司CEO库克属意的接班人是安吉拉·阿伦茨，这个年薪是库克8倍的传奇女人，曾经是巴宝莉（Burberry）公司的掌门人，她临危受命时，公司财年业绩下跌

10%，利润跌幅达7.3%，安吉拉·阿伦茨在这样的背景下继任，实施的就是放弃与同行竞争的首要目标，把内部整改革新去迎合新生代客户作为首要任务，8年里，公司每年以超过7%的增幅实现利润稳步增长，Burberry股票升值250%，堪称业界奇迹！她周朗朗虽然不是安吉拉·阿伦茨，但她觉得有必要对王辉做出提醒，如果JM愿意采纳这个建议，作为交换，她希望王辉以"甲方爸爸"的资质身份，向AAC提出他们有权决定这单广告合作的操刀人选非她周朗朗莫属。王辉被周朗朗的口头提案打动了，所以"任性"地延长了这次会谈时间，他没有当场答应周朗朗什么，只是在周朗朗起身告辞的时候，第一次主动起身伸手握别，这一细微肢体动作，让周朗朗嗅到了怒放在春天的迎春花气息。果然，有了之后的胡总来电和医院探望，有了大boss的来电，有了今天的这一切。

这一战让周朗朗明白了，职场危机来临时，与其临阵退缩，与其举手投降，不如咬紧牙关迎着风暴前进，如果你连最糟的结果都能承受，你连最辛苦的打拼都能撑过去，穿越风暴，不一定有撞大运的彩虹，但一定有个能驱散阴霾的艳阳天。

自此，方黎输得心服口服，这两个女人之间从暗地过招转变为台面上的较量，甭管是策划会还是项目推进中，方黎是有意见就提，有想法就撂，该争执就争执，该吵架就吵架，她宁可认错绝不认怂，工作态度比从前更积极、凶猛。周朗朗是兵来将挡，见招拆招，她们这种"手拿菜刀砍电线，一路火花带闪电"的工作态度激发出团队小伙伴们的积极工作情绪，大家群策群力，绩效明显，两个月攻坚战打下来，JM的年度广告策划案三稿顺利通过。

情场得意，职场失意，那是过去的老黄历了，现如今的新说法是，职场得意，情场满意。别别扭扭的唐果和浑身是嘴也说不清的许良辰暂时偃旗息鼓挂起了免战牌，许良辰搬回了他们的小家，进门就开始"劳动改造"，擦地、洗床单、清理厨房，连家里的锅底他都用钢丝球差点擦成了镜子！唐果虽然没好意思主动跟许良辰说对不起，但她灵机一动，情知公公老许因为他俩这阵子闹别扭着实担忧闹心，整个人都瘦了一圈，现如今唯一的补救之法，就是她主动登门向公公老许认错赔不是，把老人家哄得消除了心病，这也算是她对许良辰的低头认错态度。想到此，唐果一个人跑去老许家，向老许做了一通自我批评，一通撒娇卖乖，拉起老许直奔超市来了一通大采购，这一老一小拎着几大袋子吃的喝的回了家，许良辰的"劳动改造"基本完工，唐果一撸袖子口出狂言，她要给全家人做一顿正宗的重庆火锅！电火锅是超市刚买回来的，涮锅食材也是一并买回来的，她就负责把这些东西洗洗下到一个锅子里而已，就这已经达到她的厨艺上限了。虽说这顿重庆火锅并不正宗，但老许吃在嘴里甜在心上，没什么比这小两口好好过日子更能让他喜笑颜开的事了。

吃完这顿不正宗重庆火锅没几天，许良辰和唐果"小打小闹胜新婚"的腻歪日子刚过出点甜蜜滋味，许良辰就接到了公司制片人要求他随摄制组团队去甘肃勘景的工作任务，这是一部反映甘肃边远山区地理风貌人文风情的纪录片，从勘景到正式拍摄历时小半年，条件艰苦，工作量大，报酬不高，扛起摄像机的许良辰如同打了鸡血般抖擞兴奋，唐果掐指一算这近两百天的"牛郎织女"日子就眼前发黑、腿肚子发软。

唐果和许良辰"牛郎织女"生活的开启之日，就是他们远程秀恩爱或拉仇恨的开启之日。但凡他们的个人休息时间能接上头，第一时间就是打开 iPad 或手机微信的远程视频，看看对方过过眼瘾，有时候许良辰对着摄像头吸溜着一桶泡面，唐果对着摄像头吃着一份外卖，也就等同于两人一起吃了一顿团圆饭。

更多的时候，摄像头前的他们，各自忙着各自手头的活儿，累了冲摄像头的他（她）看一眼、问一嘴，就觉得这漫漫长夜不那么难熬，身边不那么冷清，他（她）似乎从未远离，就在自己身边，抬眼可见，触手可及。还有的时候，摄像头前的他们，一个躺床上聊着聊着敷着面膜就睡过去了，另一个捧着这帧画面怎么都看不够。

有人说，"70 后"候鸟夫妻为了维系感情把钱花在了铁路上，"80 后"候鸟夫妻为了增进感情把钱花在了长途电话费上，"90 后"候鸟夫妻为了抓牢感情则把钱花在了 4G 移动数据流量费上，这是时代特色，更是不同时期的候鸟夫妻们各具特色的"撒狗粮"恩爱方式。

除了把钱花在 4G 移动数据流量费上，为网络购物和快递物流事业的飞速发展贡献银子、精力和时间，也是"90 后"候鸟夫妻们的一大特色。

从前，唐果最大的休闲娱乐爱好是逛商场，一旦开启"牛郎织女"生活，她的最大休闲娱乐活动就是网购，当网购寄托了一个女人的思念、担忧和祝祷，它就从一项庸俗的剁手活动项目变成了一项有意义有价值的爱情运动项目。

从前，许良辰的最大休闲娱乐爱好是吃饱了睡大觉，或者是睡醒了吃大餐，一旦开启"牛郎织女"生活，他每天最向往的事就是收工之后拿快递、拆快递、向同事们显摆快递。

据剧组同事的不完全统计，许良辰收到的快递数量，许良辰拆快递的速度，快递小哥对许良辰这个VVIP客户的辨识度，都居全剧组NO.1！

许良辰收到的快递品种从各种营养保健品到各种小电炉、小电壶，从哈士奇睡袋到头颅按摩罩，从开光护身符到尼泊尔军刀，琳琅满目到可以开个小百货店了。

不止唐果和许良辰这样远程秀恩爱或远程出糗，周朗朗与唐烨也在酝酿着一场天知地知他们知的"私奔A计划"。

这天午餐时间，周朗朗迫不及待跑到公司大厦的天台上，拨通唐烨电话的那一瞬间，周朗朗就再也忍不住雀跃起来："唐总，唐唐，唐大烨，告诉你个天大的好消息，三天后，我们就要拥抱在一起了，不，这次不是在视频里，不是在信息里，是如假包换的面对面、脸贴脸的在一起，我现在就问你一句，你敢不敢扔掉你的报表、会议和老板，敢不敢跟我来一场说走就走的'私奔'？"

手机那端的唐烨熟知周朗朗不是空穴来风想起一出是一出的冒失鬼、任性主儿，她这么说必然是八字有两撇了，他干脆回答："Yes, madam！"

周朗朗从胡总那儿争取到了一个去伦敦出差的机会，这个机会对别人可能意味着去大英博物馆摆拍几张纪念照，去泰晤士河畔喝杯咖啡，去奢侈品名店"剁手""血拼"，但是对周朗朗来说，这意味着她可以假公济私地与唐烨来一场穿越时空的约会。

周朗朗计算好了这次出差公干之余的私人时间有两天，这两天恰好是难得的星期五和星期六。伦敦到纽约的距离是8个小时一趟的航班，只要像周扒皮算计长工出勤率那样争分夺秒算计好这两天的往返航班时间和约会时间，不论是她去纽约，还是他来伦敦，他们都能实现这场安排周密、节目满满的"私奔"大计。

所以，当周朗朗兴高采烈向唐烨说出她的宏伟计划时，唐烨准确回复："我去找你，你到了之后把酒店地址发我，我向英女王发誓，保证这两天让周朗朗做全天下最幸福的女人！"

登机，长途飞行，到达酒店，与当地公司人员对接，熬夜加班，第二天顶着熊猫眼精神抖擞开会，回酒店与北京同事开视频会议，再接再厉继续与当地公司人员会晤，熬夜加班，第三天顶着熊猫眼精神抖擞开会……

周朗朗如同拿到升级装备的女超人，高效处理公务，圆满完成工作任务，当她把最后一封工作邮件点击发送成功时，酒店房门响起两记叩门声，不是门铃响，是她再熟悉不过的不徐不疾的两记叩门声，她问都不问一声跳起来去打开房门，一头扎进来者怀里，一头扎进胸膛揣着一团火的唐烨怀里。

一刻抵千金的温存缠绵过后，周朗朗火速洗漱、更衣、化妆，她扔掉了平时穿到腻的正装西裤，换上玫粉色的低领连衣裙，戴上长流苏的耳环，背起一只缀着亮片的玫粉双肩背包，把自己打扮成奔赴约会的小女人，把唐烨捯饬成穿廓形卫衣、着八分裤、老爹鞋的街头潮男，然后急不可耐地奔赴电影院看一场老电影，奔赴特拉法加广场去喂鸽子，奔赴泰晤士河畔乘坐伦敦眼摩天轮，再然后，他们还要去坐一次满是涂鸦的伦敦地下铁，看一场刺激的英格兰足球比赛，听一场皇后剧院的音乐剧……

周朗朗像一个怀揣着刚刚偷窃来巨资的小偷新手，一边惴惴不安，一边窃窃自喜，迫不及待、精打细算地把这笔钱花在刀刃上，要花得一分都不剩，要花得心满意足。

于是，电影院里，唐烨给周朗朗买了最大桶的爆米花，她负责看电影,他负责喂她吃爆米花、喝饮料;特拉法加广场上,她负责喂鸽子,他负责给她拍美照;摩天轮上,她负责尖叫惊叹眼底的伦敦美景,他负责欣赏她的孩子气;地铁站里,她负责拿涂料在涂鸦墙上喷画,而他负责给她擦手,负责等候地铁,负责把在地铁车厢里睡着的她背回酒店。

第二天,周朗朗对自己不负责任地睡到日上三竿十分懊恼自责,这么宝贵的二人世界怎么可以用来昏睡不醒呢!懊恼归懊恼,但榨取这一天最大的相守价值仍旧是迫在眉睫的首要任务,周朗朗像接到火警任务的消防员般火速洗漱、更衣、化妆,她打算卷个头发,穿上衣柜里那条金色睫毛蕾丝长裙,外罩一件奶咖色的大毛衫,把自己打扮成一条感性与性感并存的"美人鱼",让她心爱的男人为之倾倒。唐烨早已收拾停当,他冲着在化妆镜前忙得不亦乐乎的周朗朗说:"我去买份报纸,你慢慢收拾,我在酒店大堂等你。"

二十分钟后,周朗朗穿戴整齐,收拾完毕,只差戴上左耳那只玫瑰金色水滴钻石耳环就可以出门了。酒店房门响起两记叩门声,不是门铃响,是她再熟悉不过的不徐不疾的两记叩门声,她问都不问一声跳起来去打开房门,一头扎进来者怀里,嘴里嘟哝:"瞧你这臭记性,是不是又忘带手机了?"

一个低沉浑厚的男中音在周朗朗头顶响起:"你……的耳环……很漂亮。"

周朗朗像被这句话烫着一样赶紧后退,抬头一看,站在她面前的不是唐烨,而是王辉。

第七章 焦虑症候群

周朗朗连连倒退两步，既惊讶又尴尬，一副撞见鬼的表情结结巴巴问道："怎么是你？"

王辉上上下下打量一番周朗朗，一脸惊艳的表情，反问："你是周朗朗么？职业装太毁人了，还是裙子更适合你。"

周朗朗没情绪跟王辉讨论职业装和裙子的问题，她只得硬着头皮礼貌待客："辉总，请进吧，您能找到这里来，说明AAC的广告策划案出问题了。"

王辉点点头："聪明。"

王辉走进客房的外套间落座，周朗朗递上一瓶矿泉水招呼他，手机响，唐烨来电，寥寥两句话，公司那边突然有点急事，他必须立刻赶回去，让周朗朗随后把他的个人物品和行李快递过去。碍于王辉就坐在旁边，周朗朗在电话里不方便打破砂锅问到底，只得一百个不情愿地简单回应。王辉的手机响起来电铃声，他倒是毫不避讳地接听交谈。手机那端的唐烨敏感地问周朗朗："谁在你房间里？"周朗朗本想如实相告，奈何话一出口它自作主张变成了酸溜溜、气鼓鼓地叫阵："想知道是谁你自个儿回来看！"

其实，王辉此行是来为儿子加油助威的。儿子学校举办了一场慈善义卖，他积极踊跃参加，少年不识愁滋味，小小少年根本不知道父母已经离婚，他兴致勃勃给老爸打电话，连撒娇带威胁地要求老爸必须来给自己当拉拉队，必须掏钱买下至少三件义卖商品。

出于愧疚之心，王辉对儿子自然是有求必应，捎带着把离婚证和一些财产分割文件一并带给妻子，哦不，现在已经是前妻的何立琪。

王辉顺利地把儿子打发至一百二十分满意，却始终没机会与何立琪单独见面交接文件。伦敦的华商圈子本来就是熟人撞熟人，周朗朗这次参加的行业展会的组委会评委力邀王辉莅临指导一二，王辉早就从微信朋友圈里得知周朗朗在此，于公于私，他都应该过来打个招呼，顺便把集团公司对JM的战略部署指导意见跟她知会一二，让她负责的年度广告策划案就此作出相应调整。

令王辉万万没想到的是，他的造访非常不是时候，不但撞上了一条主动投怀送抱的"美人鱼"，看到了"美人鱼"惊慌失措、尴尬的可爱一面，而且还嗅出了"美人鱼"的失落和沮丧。

此情此景，王辉转身离开于心不忍，留下来与她谈工作明显不合适。人与人之间的关系就是如此微妙不可言，一个满身盔甲，另一个就刀枪不入，两人之间永远是遇强更强的平行关系；一个坦露软肋，另一个就现出伤疤，两人之间很容易转为敞开心扉越走越近的交集关系。

王辉帮周朗朗拿起白色小挎包，打开大门："难得伦敦今天是晴空万里的好天气，别辜负了这条漂亮的裙子，别拒绝一个刚刚离婚的悲催男人，走吧，陪我出去转转，没准儿天晴了，心也晴朗了。"这一句话，顿时让周朗朗与王辉有了同是天涯沦落人的惺惺相惜之感，一个前不久被婚姻扫地出门，一个刚刚被爱人"放了鸽子",虽然他们职场背景不同,人生阅历不同,凭着都是感情失意者这一点,足以让他们互相安慰、互相取暖了。周朗朗低头看看自己的装束,勉强一笑,点点头,走出门去。

出了酒店,王辉三言两语遣散了恭候一旁的助理和司机,他看了看表,对周朗朗说:"人鱼小姐,从现在开始到日落之后,我都交给你了,现在开始你的'愿望清单'游戏吧。"因为唐烨的不辞而别,周朗朗已经懊丧地忘记这最后一天安排得满满当当的约会节目清单,闻听此言,只得强打精神去每一个约会之地打卡。

因为一部电影《诺丁山》,让诺丁山这个地方成为许多到伦敦的旅行者打卡之地。周朗朗一直心向往之,可惜总是未能成行。这一次,哪怕是不是跟唐烨一起前往,她也决心不再错过。

波特贝露市场,王辉与周朗朗随着拥挤、热闹的人群走走逛逛,道路两旁尽是卖鲜花的、卖水果的、卖旧书的、卖蔬菜的、卖日用品的、卖古董的、卖中国瓷器的、卖廉价首饰的摊位或小店,也有各色风味的咖啡馆、餐饮店和酒吧,随着青石街道蔓延开来,市井而随意平凡,熙攘而活色生香。

一圈逛下来,周朗朗手里多了一束黄色雏菊和紫色薰衣草,两张黑胶唱片,一条波西米亚手链,几本绝版小说,可谓是收获满满。她也渐渐开朗起来,能跟古董店老板风趣地讨价还价,向街头弹唱卖艺的黑人小姑娘主动献花求合影。没多久就发生了一个意外的小插曲,青石板路面对她的鞋跟不太友好,一处豁口子就毫不留情地把鞋跟崴掉了!周朗朗捧着鞋跟哭笑不得:"这是水逆作祟还是'路逆'刁难人?多年不逛街,逛一回街就给脸色看的我到底得罪了谁啊?"王辉搀扶着她走到最近的一处露天咖啡馆就座,对她说了五个字:"我去去就来。"

第七章 焦虑症候群

十来分钟后,周朗朗一杯咖啡还没见底,王辉一路小跑回来,手里拎着一个袋子,打开来是三双款式、颜色各不相同的平底女鞋。穿着那不勒斯手工定制西装的王辉单膝跪地,拿起一只鞋子为周朗朗试穿,周朗朗不好意思地躲闪,坚持自己穿就可以了。周朗朗试穿了一双白色的细带女鞋,偏小;试穿了第二双粉色船鞋,偏大;试穿了第三双米色的套脚鞋,不大不小,正好!

周朗朗穿着新鞋子走了几步,便发现其中奥秘,她半信半疑问王辉:"辉总,您这是一口气买了三个鞋码的鞋子?"

王辉点点头:"聪明!我没买过女鞋,又怕他们这里的欧码跟国内鞋码换算起来有出入,就跟鞋店老板比画了一下你的身高和胖瘦,鞋店老板推荐了中间码,我担心会有偏差,干脆把相邻两个码的鞋子一并买下来,我不知道你喜欢什么颜色的鞋子,只能硬着头皮挑选了跟你裙子相近的颜色,希望能有合适的吧。"

周朗朗心头一暖,由衷说了句:"大恩不言谢。"

王辉趁机提议:"你要真想谢我,简单啊,叫我王辉,这样听着舒服、松弛多了,一被人叫王总、辉总之类的这个'总'那个'总',我就一秒切换到办公室里的紧张焦虑状态。"

周朗朗颔首听命:"王辉,你想吃什么菜?我请客!"

从意大利菜到法国菜,从德国菜到美国菜,最终,王辉走进一间在此地颇为著名的希腊餐厅"Elysee"。他驾轻就熟地点了腌橄榄小萝卜和辣椒作为开胃菜,点了Maryland,是一种鸡胸肉包裹面包粉炸得金黄香脆的主菜,点了希腊烤羊排和Minestrone蔬菜汤,搭配刚烤好的Pita面包,开了一瓶服务生向他们推荐的红酒。

餐厅里虽然食客满堂,但没有嘈杂聒噪之感,服务生虽然忙忙碌碌,但会使得每一位客人的用餐需求得到满足,食物的味道浓郁,红酒香醇,露台上微风拂面,镶嵌着落日余晖的金边的伦敦风景尽收眼底,这样一顿色、香、味、景俱全的晚餐,堪称人间值得。

露台上,坐在角落一张餐桌位置的周朗朗和王辉是真的饿了,他们大口吃肉、大口喝酒、大声欢笑,一旁的服务生阅人无数,把他们当成了来这里旅行兼谈情说爱的东方情侣,殷勤赠送给他们一大杯甜品和一枝玫瑰,周朗朗情知这杯甜品是属于她和王辉两个人的,她不客气地端过去一人独享,王辉看着她孩子般的吃相十分享受。

两个人边吃、边聊、边欣赏风景,第一瓶单宁柔和、齿颊留香、回味醇厚的红酒喝罢,没尽兴,又开了第二瓶。不知何时,露台围栏边缘飞来几只雀鸟,或三五结队,或独自溜达,像是在寻找面包渣当晚餐,又像是在围观露台上食客们的饕餮盛宴。露台外沿的树冠之上,栖息了一对白羽、细长红腿、细长红喙的大鸟,它们或绕颈窃窃私语,或各自认真梳理羽翼,时而警惕地四下张望,时而旁若无人地深情对望,煞是惹人注目。

见王辉被这两只高颜值的大鸟吸引,周朗朗忍不住卖弄一下书袋子:"这两只大鸟是白鹳,它们在这里很出名的,用网络流行语来说,它们是'网红'鸟。"

王辉打开手机百度,输入白鹳两字,跃出注解——白鹳是大型涉禽。其羽毛以白色为主,翅膀具黑羽,成鸟具细长的红腿和细长的红喙。白鹳在欧洲是非常有名的鸟,常常在屋顶或烟囱上筑巢,觅食地大部分为具低矮植被的浅水区。它们是一夫一妻制,但非终身。在欧洲,白鹳有"送子鸟"之称,被认为是吉祥鸟,白鹳是德国的国鸟,也是立陶宛的国鸟,在德国曾经记录到一只

第七章 焦虑症候群

25岁的欧洲白鹳，在一生中总计迁徙了大约500000多公里的距离，秋季大多在8月中下旬至9月初迁离繁殖地，春季于3—4月离开越冬地，迁徙时集成大群，每群常在500只以上，最高记录为21000多只……

王辉问周朗朗："迁徙候鸟，分布地区广泛，被认为是吉祥鸟，凭这些就能成为'网红'？"

周朗朗放下刀叉，深深凝视了那对白鹳一眼，娓娓道来："3年前，有人跟我讲述了它们的故事，我就被深深打动了，我觉得它们不仅有资格成为响当当的'网红'，更有资格赢得人类的尊敬和爱护，它们用自己的方式告诉我们，什么叫坚守执着，什么叫不离不弃。"

人类有句亘古流传的话，"在天愿作比翼鸟，在地愿为连理枝"。用17年时间把这句佳话变为现实传奇的，是一对白鹳。

克罗地亚有一个名为Slavonski Brod的小城，小城的自然环境被保护得很好，成为一些候鸟的理想栖息地。每年春天来临，候鸟们会成群结队飞来这里，白鹳就是其中之一。当地居民早就把候鸟们当成按时造访的老朋友，当然，再华美的乐章中也会有极个别的不和谐音符跳脱出来，1993年，一只雌性白鹳被猎枪击中翅膀，重伤的它蜷缩在角落，奄奄一息。

不幸中的万幸，一位学校看门人老大爷发现了这只重伤的白鹳，善良的大爷心生怜惜，把它带回家救治。在大爷悉心照料下，重伤的白鹳活了下来，大爷给它起名叫玛丽娜，把它视作自己的孩子。玛丽娜虽然顽强活了下来，却从此失去了飞翔的能力，这对一只候鸟来说，意味着它再也不能和小伙伴们南迁北往、翱翔长空，只能蛰伏在大爷家中，适应当一名"宅女"的新生活。

大爷为了让玛丽娜生活得舒服一点，爬上爬下地给它在屋顶搭了个安乐窝，每天给它投喂新鲜的小鱼小虾，陪它聊聊天，开车带它出去兜兜风，让它重温一下风从肋下穿过的快意。每当寒冷的冬季来临时，大爷会把玛丽娜带回自己的屋子里，让它有一个不用长途跋涉迁徙也能如春天般温暖的居所。大爷希望它把这里当成自己永远的家，希望它把自己当成最信任的家人。

"父女"俩的日子就这么平平淡淡、相依相偎地过着，转眼间8年过去了。

2001年的某个早晨，大爷跟平时一样，定时定点爬梯子上屋顶给玛丽娜投喂食物，赫然发现"爱女"玛丽娜的身旁多了一位不速之客——一只雄性白鹳。看着这对小情侣形影不离的甜蜜情形，大爷恍然大悟，自己的"女儿"长大了，需要一个朝夕相伴如影随形的伴侣了！

从此，玛丽娜找到了它的伴侣，大爷有了一个"佳婿"，大爷给"女婿"起名叫大K，大K是个爱心满满的好老公，是个捕食能手，它每天会飞出去捕食，给玛丽娜带回来小鱼小虾等好吃的，更多的时间，大K和玛丽娜形影不离地恩恩爱爱腻歪在一起，大爷看着心里别提多高兴了。

没多久，这对恩爱夫妻就孕育了白鹳宝宝，荣升"奶爸"的大K每天勤劳外出觅食，"奶妈"玛丽娜寸步不离地照料宝宝，宝宝在慈父慈母的精心照料下茁壮长大。宝宝长大了，秋天也来了，白鹳宝宝加入了白鹳鸟群南迁的队伍飞走了，大K虽然一再延后自己南迁的行程，可它到底无力对抗身体内神经细胞对于自然界磁场变化的召唤和感应，为了生存，它不得不辞别爱妻，随着鸟群最后的南迁队伍启程了。

大爷生怕大K和孩子们的离去，会让玛丽娜变得消沉郁闷，他不仅像往年冬天那样，把"爱女"带回自己的屋内，时常开车带它出去兜风散心，还给它播放它和大K、宝宝们的拍摄视频。玛丽娜经常站在屋顶，久久眺望远方，这让大爷很是揪心。

几个月后，冬去春来，一个早晨，大爷走出屋门，惊喜看到大K回来了！长途跋涉的大K十分憔悴瘦削，它第一眼看到"爱妻"，就是把大爷喂它的小鱼送进了玛丽娜的嘴里！

就这样，每年深秋，大K对抗不了候鸟的本性，依依不舍离开"爱妻"，最后一个加入白鹳南迁的队伍；每年初春，大K早早飞回来，回到玛丽娜身边，做一个一心一意陪伴"爱妻"的五好丈夫。

一南一北，一来一往，为了团聚而分离，为了分离而团聚，白鹳大K每年要来回跋涉16000公里，途经索马里半岛，西奈半岛，伊拉克沙漠，一路飞到克罗地亚。永远无人知晓，这一路飞来飞去，大K经历了怎样的恶劣气候，一次又一次从天敌口中逃生，挣脱了死亡的魔爪，扛过了饥饿，饱尝了风霜，只为坚守一个信念，它必须回到玛丽娜身边，让"爱妻"放心，伴它朝朝暮暮，陪它一起到老。

从2001年到2018年，白鹳大K不惜跨越南北半球16000公里也要回家，也要回到玛丽娜身边，年年岁岁如此，这对白鹳夫妻的故事感动了大爷，感动了Slavonski Brod小城，感动了克罗地亚，感动了全世界。据统计，白鹳是世界上最长寿的候鸟之一，正常寿命不过三十来年。这意味着大K已经把它一半的生命用来坚守对伴侣的追随和守候，忠贞不渝。越来越多的小城民众一到初春，就跟玛丽娜一起翘首期盼大K的归来，大K俨然已经成为大家心目中的英雄和爱子。当地媒体报道，视频网站直播，网友之间口耳相传，大K和玛丽娜的故事被印在明信片上，做成了动漫logo，人们一年又一年追踪关注这对候鸟夫妻，记录他们重逢的感人瞬间，是向这对坚韧不拔的候鸟夫妻致敬，是向这种不离不弃的情感致敬，更是寄望于人类的情感也能如此——"在天愿作比翼鸟，在地愿为连理枝"，坚忍不拔，不离不弃。

故事讲完，两个人陷入了片刻的沉默。

须臾，王辉问："3年前给你讲这个故事的人是谁？"

周朗朗："就是今天上午不辞而别的那个混蛋，我希望他是我生命中的大K，他希望我是他的玛丽娜。"

王辉："哪个女人不希望找到自己的大K，哪个男人不希望拥有自己的玛丽娜，从希望到失望之间的距离，就是人生吧！你说这个故事既然已经红遍了网络，那把这个故事的链接发给我，我想一个人的时候再看看。"

周朗朗举杯："来，为大K和玛丽娜干杯！"

二人一饮而尽。两瓶红酒一滴未剩。

酒足饭饱，周朗朗当然没忘记由她请客的承诺，服务生递上账单，她打开白色小挎包，当即傻眼，一下午的疯狂购物早就花光了花花绿绿的英镑大钞，她这才回忆起，为了配裙子她临时拿了这只白色小挎包，银行卡在玫粉双肩背包里乖乖躺在酒店房间里睡大觉呢，这下囧大发了！

周朗朗俯身贴近王辉耳边，心虚发问："上午出门时为了配裙子我换了这只包，包包太小放不下钱包，我只拿了一叠现钞，现在的状况是现钞花完了，银行卡在酒店房间里，手机支付宝、微信应该埋不了单，要不你先把单给埋了，回去我还给你。"

王辉听完脸色一变，赶紧掏西装各个口袋，挨个口袋掏下来比周朗朗的脸还干净！

王辉惨笑："周朗朗，我好歹算是个'总'吧，你见过哪个'总'随身装满大把大把现钞，随时准备数钞票付账的？今天这趟出行纯属意外，我只顾着遣散助理和司机，压根儿没想到把钱和银行卡问他们要过来啊！"

周朗朗刚刚下肚的红酒立刻升腾起一簇簇燃烧跳跃的酒精小火苗，她急得眉毛拧到了一起："这下该怎么办？我们会不会被当成故意来吃'霸王餐'的？我们是不是要被送进警察局？这下丢人真是丢到洋外婆家了！"

王辉略一寻思，提议："华山还有一条路，就看你敢不敢试试了，为了不至于因为一顿霸王餐进局子，咱们只能逃单了！"

"逃单？"

"对，逃单！待会儿瞅机会你先撤，别回头，一直走出这条巷子，左拐，到第一个十字路口等我，我估摸着你的时间差不多了，趁上洗手间的机会悄悄从后门溜走，明天我让司机拿着账单过来付账，这样咱们既不用太难堪，餐厅也没什么损失，这是唯一的两全其美之法。"

"老大！你说得容易！实施起来能行么？人家能眼睁睁看着咱们从他们眼皮子底下溜走？这样都行的话，这餐厅早被吃霸王餐的食客给吃垮了！"

"放心吧，这里是成熟旅游区，食客的素养都挺高的，餐厅老板一年能碰上一两个逃单的食客就算他撞大运了，再说咱们又不是真的逃单，只是特殊情况晚半天付账而已，反正我能想到的就是这个办法了，你要是有更好的解决办法，我听你的！"

此情此景对于周朗朗来说还真是人生头一遭，她不怕改了12稿的策划案被打回来要求重做，不怕横亘在职场女性面前的生育危机，不怕同行之间的"无间道"比拼，不怕公司"后浪"们的虎视眈眈、动作频频，但对眼前这个突发的小意外颇感尴尬，按牌理出牌的话，可能会小事变大，带来不必要的一连串麻烦，如果听王辉的，不按牌理出牌，剑走偏锋一把，或许能小事化无……

见周朗朗仍拿不定主意，王辉给她烧了一把底火："我这个'英国通'友情提醒你一件事，如果因为吃霸王餐进了局子，留下案底，以后你再想入境会被拒签的，后果你可想明白喽……"

王辉话没说完，酒精上头的周朗朗挎上包包起身离座，一咬牙："听你的！"

周朗朗僵直着身体与冲她点头微笑致意的服务生擦肩而过，她梗着脖颈不敢回头，甚至不敢大口呼吸，像个机械人般走出餐厅，走出巷子。她有点缺氧的大脑下意识地分辨了一下左右，机械性左拐，快步疾走到第一个十字路口，急切地回头顾盼，像小时候迷路时望眼欲穿渴盼看到家人的身影那样，眼巴巴渴望看到王辉的身影出现在她眼前。夜幕渐渐低垂，华灯初上，马路上车水马龙，巨大的夜幕裹挟着异国他乡的风土，一瞬间把周朗朗精明强悍的盔甲全部打了个粉碎，她发现卸除了盔甲和伪装后的自己，还是多年以前那个看到爸爸妈妈打架摔东西害怕逃出家门，迷路后心慌意乱蹲在陌生十字路口哭泣的小小姑娘！

几分钟后，王辉一路狂奔而来，二话不说，拉起周朗朗就跑。周朗朗心下惴惴，仿佛咬在她身后穷追不舍的，除了讨账的餐馆老板，还有父母当年无休无止的唇枪舌剑，还有不堪回首的戚戚童年。跑着跑着,从一开始王辉拉着周朗朗奔跑,变成了周朗朗拉着王辉奔跑。夜风从他们耳边划过,夜景从他们眼前呼啸而过,一个路口接着一个路口被他们抛在身后,直到周朗朗跑得上气不接下气,跑得鞋子把自己的脚绊倒,她捂着肚子呼哧带喘地求饶:"跑不动了……真……不行了……是打是罚……我认……都认了……"

夜色里,王辉没什么回应,只是肩头在微微颤抖,腰渐渐弯了下去,双手捧着脸,看不到任何表情。周朗朗觉得有些不对劲,试图扳过王辉的肩膀,他反倒扭过身子晾给她一个后背。周朗朗绕到王辉的正面,用力扯开他的双手,她看到了一张笑到五官大挪移、抽搐到狰狞的面孔,王辉在暗自偷笑!笑得无比阴险,无比开怀,无比有成就感!

望着周朗朗一脸石化的表情,王辉擦了擦笑出来的眼泪,得意招供:"你还是我认识的那个周朗朗么?古语有云'橘生淮北则为枳',怎么人一离开原生环境居然也有这么大的落差?你现在的样子顶多就是个十来岁、流落街头的小女孩,你下属要看见你现在的尊容,回去非得集体造反篡位不可!是时候揭晓答案了,为了报复你晕倒在马场上,搅局了我好端端的一场比赛;为了报复你为了一己私欲把我牵扯进AAC的人事旋涡当中,成为你手中的一枚棋子;为了报复你因为老公的突然离开,把我这个客人晾在门口尴尬极了,我决定看你逃单出糗,看你逃跑失态,看你从大女主变成弱小女子的精彩瞬间,餐厅的单我已经埋了,说好这餐是你请客,所以我现在是你的债主,在你连本带息还清这笔债务之前,请对你的债主务必尊敬、礼貌、和蔼可亲……"

周朗朗听着王辉这番话,脸上的表情由怒转悲,由惊转恨,如果截图保存下来就可以直接当表情包使用了。听着听着，周朗朗的五官渐渐揉到了一起，天鹅般优雅高傲的脖颈一点点低垂下去，她捂着肚子蜷缩下身子，低沉呻吟起来。

王辉的得意和神采飞扬顿时飞到了爪哇国，他知道自己这次的玩笑开得有点大发了，他刚刚想起来几个月前周朗朗才做过一场阑尾手术，术后第二天她就出院去JM跟他恳谈，难道是因为刚才的狂奔触发了隐患？还是看似钢铁女侠的她原本是个弱不禁风的"林妹妹"？

眼瞧着周朗朗的痛楚渐渐加剧，王辉连声紧张问询，急得抓耳挠腮，额头青筋暴起，可周朗朗疼得话都说不利索，也问不清个所以然来。王辉当机立断，拦车，上医院！他屡屡招停出租车未果，恨不得冲到马路中间"人肉"逼停某辆车，把周朗朗迅速送院就医。

就在王辉冲出马路之际，周朗朗身手敏捷地从地上弹起，牢牢一把抓住他，笑得别提多释怀了！

周朗朗一脸得偿所愿的欣慰和满足感："以彼之道还施彼身，我也要让你尝尝被设计、被开玩笑的滋味，怎么样，滋味不错吧？玩得过瘾吧？我知道你现在的心情很复杂，但我必须提醒你一点，你现在是我的债主，我的债主向来是不做赔本买卖的大boss，在我连本带息还清这笔债务之前，请债权人对债务人务必尊敬、礼貌、和蔼可亲，否则……"

王辉一把掐住周朗朗的腮帮子："早知道你如此睚眦必报，当初我就不该出手帮你！"周朗朗抬起一脚用力踢向王辉小腿的迎面骨，王辉疼得抱腿揉搓，周朗朗乐得哈哈大笑；王辉趁机偷袭，一个小擒拿钳制住周朗朗的脖颈，比出一个胜利的"V"手势，自

第七章 焦虑症候群　　127

拍留作纪念；周朗朗反手腕用拇指和中指插向王辉双目，王辉疼得哇哇大叫……

两个长期在职场、商战之中运筹帷幄、杀伐决戮的斗士，此刻甩掉盔甲，扔掉利剑，抹掉看不到七情六欲的冰块脸庞，放下利害和压力，在酒精的挥发下，在异国的释然下，在你来我往的拳脚过招中，在抢夺胜利感的嬉笑怒骂间，瞬间做回最初的自己，找回久违的快乐，把多年来积压在胸口的委屈、疲惫和负累一扫而空，真难得，真好。

闹够了，皮够了，也就到了倦鸟归巢时分。周朗朗掏出手机地图查看一番，强烈要求去两百米开外的地铁站坐地铁返程。

王辉N年没乘坐过地铁了，他歪头认真想了想，上一次坐地铁是什么时候，跟谁一起乘坐的，蓦然，一个尘封的画面闯入他的眼眶：在高峰岗拥挤的地铁车厢里，比现在瘦一圈、头发乌黑浓密的他，和从头到脚透着满满少女感的何立琪，一左一右牵着4岁宝贝儿子的手，一家三口紧紧挤在一起，他们热火朝天聊着儿子喜欢的变形金刚，聊着晚餐吃什么，聊着公司里发生的新鲜事。每一节车厢都像一只差点被挤破口的沙丁鱼罐头，空气污浊，环境嘈杂，可那时的王辉一家三口，脸贴着脸，心贴着心。

时光如梭，后来的王辉，为了事业前程、为了赚钱养家，忙得再没跟老婆看过一场电影，没去给儿子开过一场家长会；再然后，在儿子的教育问题上，何立琪是傲视群妈的"顺义妈妈"，魔系教育投资无上限，何立琪不顾王辉强烈反对，一意孤行带儿子去伦敦低龄留学，他们紧张脆弱的夫妻关系自此每况愈下。

王辉是个男人，是个非常传统的中国男人，他被男人必须功成名就的传统观念给框死了，戴着名利紧箍咒一路打拼升职加薪入董事会当CEO，把自己活成一头困兽，他向往的是低欲望极简生活，是老婆孩子热炕头，可养家糊口的压力，儿子的天价留学费用，不菲的家庭支出和父母养老问题，他只能把自己的理想踩碎，咬牙撑下去。

直到有一天，王辉咬碎了牙也撑不下去了，他打算辞职飞往伦敦与妻儿团聚，这下惹怒了望夫成龙的何立琪，何立琪用离婚威胁，忍无可忍的王辉拿这话当圣旨从了，何立琪一腔悲愤怨怼，她觉得男人就应该有野心搏名利，她为这个家牺牲了全部，怎么就稀里糊涂满盘皆输了呢？她把自己未竟的野心抱负强加到丈夫和儿子身上，变本加厉望夫成龙、望子成龙，却适得其反沦落到离婚收场！

所以，当周朗朗告诉王辉，坐地下铁是她此行的愿望清单之一，他二话没说，从了。

周朗朗和王辉走进地铁口，买票，上车。车厢里没什么人，一个打盹儿的老年人，一对窃窃私语的恋人，三五个或看手机或发呆的年轻人。车厢尾部空荡荡的，顶灯坏掉了，随着地铁的行驶摇曳出明明暗暗的斑驳光影，显现出一抹孤独、冷傲的调性。这调性很对周朗朗的胃口，她径直走到车厢尾部落座，打开手机里的音乐播放器，点开一支英文老歌，戴上耳机，放纵自己沉浸到缓慢、哀伤的旋律当中，一脸的沉醉。王辉并没有跟来，他选了一个远一点的位置坐下，把自己丢到那幅N年前一家三口乘地铁的画面里，任性地反刍、回味，任这番甜蜜又哀伤的思绪尽情流淌。

"每个人的心中都有一座地下铁，通向一个叫作希望的出口；然后，为了爱，他们却在拥挤的车厢里迷失方向，不断地坐错车，并一再下错车,常常迷路,常常失落,常常受伤。不过幸好,他们复原得快。"

这是几米漫画《地下铁》里的一句话,周朗朗过目成诵,从不曾忘。当时只道是寻常,而今却像是为她与唐烨写就的一段旁白。

地铁到站,周朗朗和王辉缓缓步出出站口,许是今晚的红酒太香醇,许是刚才的英文老歌在作祟,许是今晚的月亮太勾人心事,两人边走边聊,聊来聊去,还是落在了彼此最在意的人和事上。

"如果人类能为大K和玛丽娜提供最好的生活环境,最鲜美的鱼虾,它们身边围绕着比大K还矫健英武的雄性白鹳,比玛丽娜还温婉多情的雌性白鹳,人类教会它们索要、依赖,刺激它们的欲望,你说,大K每年还会准时飞回来么?玛丽娜重拾健康能展翅高飞以后,还会跟大爷相依为命么?还会与大K不离不弃么?"

"干吗要做这样的假设,你不是玛丽娜,你老公也不是大K,没有可比性。"

"这些我都知道,可我就是经常情不自禁地庸人自扰,情不自禁地担心、迷茫、自责,经常会想如果当初我们不这样,或许现在就不会有这样的烦恼。"

"不止你,每个人都会这样,我们得到的越多,同时失去的就越多,越来越没有安全感,越来越紧张、患得患失,其实这是一种病,焦虑症!我们每个人都是焦虑症患者,得到的越多越紧张、忧虑,年岁越长越承受不了失败和打击,害怕改变,害怕未来,害怕一切不确定的因素,我们走得太急太快,灵魂已经跟不上了。"

"是的,我们每一天都活在焦虑之中,不停地自我折磨,无休止地心力交瘁。这种焦虑跟候鸟的迁徙或可类比,我们明知道焦虑的危害性,还是饮鸩止渴,候鸟明知道迁徙漫长且一路凶险,还是毅然决然。"

"候鸟的迁徙是为了生存下去，人类的焦虑是庸人自扰。候鸟的迁徙是受神经内分泌系统控制的生理本能，随着日照的延长，通过松果腺的作用，由脑下垂体分泌两种激素，皮质酮和催乳素，这两种激素的综合作用，使鸟类完成了一系列的生理准备，包括生殖腺发育、脂肪积累以及定向能力的增强等。候鸟年复一年地在特定的路线上迁飞，每年均准确地回到各自的繁殖地和越冬地，这表明它们具有精确的导航定位机能。到目前为止，尚未定论候鸟是靠什么来决定航向，它们的方向意识又是从何而来的，但可以肯定的一项研究是，鸟嘴的皮层上有能够辨别磁场的松果体神经细胞，它能感知最微弱的磁场变化，从而做出最利于生存下去的迁徙决定。人类的焦虑，更多的是心理上的一种无法抑制的自虐倾向，明明知道焦虑解决不了任何问题，改变不了任何状况，可我们还是沉溺其中，无法自拔，无从解脱，这有点可悲，有点可笑，却是一个无法回避的事实。"

"我一直以为，候鸟夫妻的身体里面，也有一种类似鸟类松果体神经细胞的物质，可以决定我们的起航和归程，左右我们的航向，约束我们的感情，感知彼此心灵最微弱的磁场变化，从而能成为彼此的'大K'和'玛丽娜'。可此时此刻，我觉得唐烨是我生命中的'大黑'，就是一个跟动漫电影《超能陆战队》里的大白完全南辕北辙的反面典型，我想找人说说话的时候他永远在忙，我生病的时候他永远在千里之外，我遇到事儿的时候他永远是'吃瓜群众'，我的欣喜若狂和泪流满面他都只能遥遥相望，我在白昼，他在黑夜，我们这对CP就是一个歌名《白天不懂夜的黑》!"

第七章 焦虑症候群

"想听听一个婚姻失败者的吐槽么？当年，我和何立琪也有过'大K'和'玛丽娜'的幸福时光，那会儿的我一边幸福一边焦虑。我焦虑一岁的儿子能不能上得起私立贵族幼儿园和私立学校；我焦虑一天天变老的父母和岳父母什么时候能实现有小病不怕药贵，有大病住得起医院的VIP病房，看得起最好的医生，用得起最贵的治疗方案；我焦虑自己什么时候能实现一个男人的功成名就，能成为全家人的顶梁柱。为此，我拼上自己的全部，尊严、理想、健康和生活，我这个CEO是被何立琪给逼出来的，儿子是被何立琪逼去伦敦当小留学生的，离婚也是何立琪强烈主张的。我和何立琪都输了，输得一败涂地。"王辉哽咽说道。

　　周朗朗情不自禁与王辉分享起自己的故事："有一次，我犯胃病留院观察，半夜，我胃疼得在床上打滚，突然收到消息，唐烨回国乘坐的那班飞机遭遇空难！我不敢告诉唐烨爸妈，怕他们承受不了，当时胃疼加上心疼，我浑身冒虚汗，那一刻真是死的心都有！我摇摇晃晃出了病房，悄悄顺走一个打地铺陪护大叔的半瓶老白干，爬上天台，借酒浇愁，脑子里全是唐烨，一边哭一边灌自己酒，用身体的难受抵消心里的难受！天蒙蒙亮时，我接到唐烨的电话，活生生的唐烨！他登机时接到公司紧急开会通知，他无奈赶回公司，因开会无法接听电话，却也因此错过那班空难飞机！我和唐烨通完电话，整个人完全虚脱，缓了老半天，我哭哭笑笑跑出医院，用力敲开一家超市大门，买了一箱那个超市里最好最贵的白酒还给陪护大叔！这次失而复得对我刺激很大，我害怕失去，害怕分离，害怕有一天，我和唐烨会失去彼此……"

　　王辉拍拍周朗朗的肩膀以示安慰："我明白，我理解，你们就是从前的我们，我们可能就是未来的你们。"

"后来呢？"

"后来，我用这些换来了事业成功，换来了家人安乐，我以为实现了对何立琪的承诺，她就能理解我，让我过上心心念念渴望的老婆孩子热炕头的生活，可她不跟我商量就辞职，不顾我反对坚决要带儿子出国留学。当我发觉我们之间问题越来越严重，想辞职去守在他们身边时，何立琪居然拿离婚威胁我，逼我回到CEO的位子上继续谋取更大的所谓成功。我累了，我太累了，实在撑不下去了……"

"婚姻是这样，世间事皆是这样，要得到就必须学会付出，付出之后还要坚持，有了坚持还不够，还要懂得忍耐，做到不抱怨，无怨无悔。没有人能找到不负如来不负卿的双全法，或许你们夫妻之间的症结就是撑得太久了太累了，没有了动力，迷失了方向，这个时候停下来，喘口气，找找航向，恢复恢复元气，没准儿能化危机为生机。海明威说过，'生活总是让我们遍体鳞伤，但到后来，那些受过伤的地方总是变成你最强壮的地方'，咱们共勉吧。"

"或许，焦虑就是一座山，翻过去就好了，希望借你吉言，我能迅速恢复元气，化悲怆为动力，把伤疤变成勋章，到那个时候，我请你喝酒，还去那家希腊餐厅。"

"看来你是吃'霸王餐'上瘾了，我一定奉陪！"

两人说着走着，天下起了雨，凉意袭人，周朗朗入住的酒店就在不远处的街口。一个熟悉的居酒屋映入王辉眼帘，他停下脚步，仔细端详了一下居酒屋的招牌、店门口硕大的一只永动瓷器招财猫，喃喃自语："这家店什么时候从十字街搬到这里来了？有两年没来了，还真想这家的吟酿清酒、河豚刺身和海胆啊，这样的雨夜，温一壶清酒，点上一份河豚刺身，一份海胆，再来一份握寿司，最后来一碗热腾腾的豚骨拉面……"

周朗朗听着听着就饿了，她打断王辉的话："反正已经到了消夜时间，既然有两年没来了，那还不赶紧进去吃一顿'拔草'啊！这顿你请客哈，算是对刚才骗我吃'霸王餐'虚惊一场的补偿！送你一句话，这世上没有什么烦恼是一顿美食解决不了的，如果有，那就两顿！"

没容王辉多说一个字，周朗朗迎着细雨横穿马路，一路碎步小跑扎进居酒屋的门脸里。

王辉缓步走向居酒屋，心情有点复杂，这个熟悉又陌生的地方，对他来说满是回忆，这是他在伦敦来得次数最多的地方，他和何立琪，曾经带着儿子在这里度过一个农历新年，几次周末时光；他和何立琪，曾经在这里举杯庆祝一次次大大小小的胜利；他和何立琪，曾经在这里一次次举杯消愁一次次大大小小的失利和失意。

王辉走进居酒屋，店内环境一如既往的别致清幽，食客寥寥，厨师和服务生井然有序各司其职。周朗朗早已落座，猴急地把他刚刚缅怀的几道特色菜品一一点过。二人对坐，品美味，饮醇酒，畅聊人生得意处把酒言欢，漫谈生活失意时举杯痛饮。不多时便菜过五味、酒至半醺。

吃美、喝美、聊美了之后，王辉埋过单，与周朗朗一起心满意足摇摇晃晃走出居酒屋。周朗朗的酒量着实不如王辉，她喝得少却醉了个七八成，出得门来，冷风一吹、冷雨一淋，酒劲愈发上了头，脚下一个趔趄，跌倒在地。王辉赶紧上前搀扶，周朗朗顽皮，不但没顺势起身，反倒把王辉拽倒了，两个人一个要挣扎起身，一个到底耍赖，一个弄得外套泥泞，一个拍手哈哈大笑。

一束雪亮光柱打过来，一辆出租车驶来停靠路边。车上走下一个衣着优雅、面容风韵十足的东方女人，她走向居酒屋，王辉与周朗朗的嬉闹声引得她蓦然一回首，脱口而出："你怎么在这里？"

浓重夜色里，出租车大灯的雪亮光柱之下，王辉和周朗朗的拉扯打闹显得格外出挑、醒目，王辉听到这句问话，惊得一抬头："怎么是你？"

居酒屋门前，王辉臂下夹持着女酒鬼周朗朗，与一脸匪夷所思的前妻何立琪狭路相逢。仿佛是哪个促狭鬼按下了暂停键，全世界在这一秒陷入僵局……

周朗朗完成出差任务返程回国，下飞机踏上家园热土，她感受到心安和热爱，再加上唐烨在伦敦的突然离去，她因此看清楚自己心意，她不辞职，不去曼哈顿，小孩子才做选择，成年人全都要，爱情、面包和自我，她不做单选，统统都要。

第八章　欲望游戏

曼哈顿。繁华商业街区的一栋地标式高层商务大厦。KPMO公司高层会议室。唐烨坐在会议室内居中的一张椅子上，不卑不亢地聆听着他对面三位公司调查员的问询。

唐烨与周朗朗的伦敦约会华丽丽地进行到第二天上午，他出门买了份报纸，接到公司行政人员来电，通知他即刻返回公司接受内部调查，至于调查的内容，他为什么会被突然调查，一概无可奉告。

唐烨告知对方，他现在正在伦敦与妻子相聚，这是他合情、合理、合法拥有的私人假期时间。

对方公事公办地撂下一句："这是公司向您发出的一级指令，我传达完毕，您看着办吧。"说完挂了电话。

"一级指令"就像一记重磅炸弹，在唐烨头顶炸响。

唐烨知道，对于每一个KPMO员工来说，"一级指令"就是集结号，无论你身在何地，无论你正在处理多么重要的其他事物，都必须放下一切迅速归队，听候具体指示，如有违抗，那就意味着你不想在KPMO继续干下去了。

发出"一级指令"的情况不外这三种，一是公司出现"地震"级变动，二是政策面或业界有突发重大利好或利空信息；三是接受一级指令的这个人出现了重大工作问题。

唐烨自知他作为 KPMO 的一名普通 A1（入职不满一年的新员工统称 A1 或者"小朋友"），收到一级指令的原因不可能是前两种情况，只能是第三种——他出现了重大工作问题！

唐烨赶紧给几个同事打电话打探情况，收集到的有用信息是，唐烨的办公电脑和文件资料均被带走，理由不详。他们部门的另一位 A1 同事，昨天还在企业现场做审计，一个电话被召回公司，神秘约谈之后当场签署离职书，接下来电脑被封，账号被封，交还员工卡等一切工作物品。

唐烨据此判断，他被紧急召回公司的最可能性原因，不是严重处分就是被劝退！不管是处分还是劝退，他都不想告诉周朗朗，不想她为此担心、紧张、徒增压力，这一天相聚时光里周朗朗轻松、甜美的笑容一直在他眼前晃呀晃的，越晃他就越心疼，越晃他就越要隐瞒下去。唐烨决定找个借口在电话里辞别周朗朗，这是他唯一能安全躲过周朗朗"火眼金睛"的办法，他必须第一时间赶回公司面对问题、解决困境，不管情形如何、结局如何，他都会囫囵吞下去，自己消化，自己解决，待到风雨过后，他会向周朗朗报喜不报忧。

所以，他给周朗朗打了一个寥寥几句话就告假返程的电话；所以，他在这通电话里听到周朗朗身边有一个陌生男人的声音时有些小敏感；所以，当周朗朗气鼓鼓怼他"想知道是谁你自个儿回来看"时，他无言以对。

在世界经济发达国家，会计师事务所发展很快，许多会计师事务所联合起来组成规模庞大的合伙公司。不少公司已成为国际性组织，分支机构遍及世界各地，公司业务从以前的审计、代申报税金、公司登记、股票管理、公证、诉讼代理人、遗嘱执行人、破产清算人等，发展到全面提供经济管理和技术管理的咨询服务，业务内容已大大超出会计范围。

在资本市场上，会计师事务所通过向社会披露募股公司的资产重组计划、募集资金的用途、预期收益等信息，引导股民的资本投向。在股票上市流通后，则通过公布上市公司经营业绩，引导资本的流动。在直接投资领域，会计师事务所对企业间的合资、参股、控股、购买等投资活动，通过资产评估、价值认定、财务审计加以规范和引导。在间接投资领域，银行及其他债权人则通过会计师事务所对借款人资信的评估和抵押资产价值的评定做出决策。当今会计师事务所对资本流动已从间接引导过渡到直接引导，这表明会计师事务所已经突破了传统的业务，职能作用在不断扩大。

全球十大会计师事务所中，KPMO位列其中。KPMO总部位于英国伦敦，一向展现的是将人才视为公司最大财富、重视人才、重用人才的企业文化。在全球经济不断出现挑战之际，KPMO持续战略性关注对新兴市场与重点服务领域的挺进，积极招募顶尖人才，公司财年合并营收持续稳步增长，屡创历史新高，这些亮点成为唐烨加入该公司的吸引力，以及他在公司积极表现、超常发挥的动力。

在业内，KPMO以劳动强度"变态"高而闻名，但其工作薪酬也相应地水涨船高；公司员工一般分为五个级别，第一级是入职未满一年的新员工，常被称为A1或"小朋友"；入职一年后晋为普通员工，被称为A2；以此类推，资历越深、职位越高的员工常被简称为"SA1、SA2、SA3",SA1一般是经理级别,SA2是高级经理,SA3为合伙人。

在KPMO内部,一直执行着内部考核评分制,5分为满分,但实际能得到5分的人非常少,4分为优良,3分为一般,分值越低被末位淘汰的概率就越高。员工之间一直流传着这样一句吐槽,"要想在KPMO活下去,只有把女人当男人用,把男人当牲口用"。

正因如此,唐烨才玩命地工作,玩命地用绩效为自己加分,他的考核评分为4分,虽然仍有进步空间,但已经是比下有余了。他始终认为,甭管做哪一行,甭管在哪里工作,甭管干得多累、多委屈,都要干出点成绩来,不能给家人丢脸,不能给国家丢脸,来的时候风风光光,走的时候堂堂正正,这是他的职场底线,也是他的处事基准,因此,对于这次突如其来的内部调查,面对会议室内三位虎视眈眈审视着他的调查员,他心情复杂但不怯懦,五味杂陈但不慌张,在返程飞机上仔细梳理了一遍自己的工作内容,确认自己并无违规、违纪、违法之处。所以,此时此刻,他能按捺各种情绪,用坦然从容、不卑不亢来还击他对面三位调查员言辞犀利的审问。

三位调查员指控唐烨违反公司纪律,甚至触犯法律,犯下了挪用资金罪、收受贿赂罪以及诈骗罪。在为某客户做审计服务期间,唐烨私人账户转入一笔大额资金,与此同时,唐烨通过申报虚假项目、夸大资信价值,恶意误导投资人对该客户做出高风险不当投资,仅凭这一项,唐烨就犯下了诈骗罪、收受贿赂罪;另外,有同事举报唐烨为了私人利益利用职务之便,把A客户的监管资金擅自转入B客户账户,作为其短期拆借资金使用;除此之外,还有证据指证唐烨涉嫌帮客户违规避税,对审核数据造假等若干罪责。

唐烨像听别人的故事一样，心平气和听完三位调查员对他的种种指控，末了，他双手一摊，耸耸肩，用英语轻松反问三位调查员："OMG！太可怕了！既然我犯下了这么多不可饶恕的罪行，你们还等什么？赶紧报警啊！让警察来审问我，这样或许是最佳处理方案。"

"是的，我们已经报警了，在警察到来之前，我们仍然要进行例行调查。"

"很好，既然已经报警了，我现在唯一要做的事就是打电话给我的律师，在警察到来之前，在我的律师到来之前，我有权利保持缄默！"

三位调查员相互对视，其中一位跟唐烨有过几次工作接触的调查员开口劝解："唐，我跟你打过一点交道，说实话，我很欣赏你的才华，认为你是一个不可多得的人才。我喜欢去中国旅游，喜欢用中国制造的商品，喜欢跟中国人做同事，所以，我个人希望，你能把这些事情解释清楚，该弥补的弥补，该退赔的退赔，为自己争取一个留在KPMO的机会。你们中国有句话叫什么聪明人什么墙壁的，你是个聪明人，别做傻事！"

唐烨淡淡一笑："您说的应该是君子不立危墙之下吧，君子是指人格高尚、道德品行兼好的人，我自认还差得很远，我也不认为KPMO是'危墙'，所以，这句话用在这里不太合适。"

一位高大威猛的调查员猛拍桌子："少废话，你知不知道，就凭这些指控，你即便能洗干净屁股逃脱牢狱之灾，被KPMO开除之后其他公司没一个敢聘用你的！劝你赶紧交代清楚问题，退赔赃款，争取从轻处理，这个才是能救你的唯一办法。"

唐烨拍了一下大腿:"你又知不知道,就凭这些子虚乌有的指控,KPMO凭什么开除我?凭什么报警?你们所谓的证据经过警方核实确认么?你们所谓的证人知道诬告罪责有多重么?如果我私人账户里的资金往来有违法操作,你们大可以申请冻结我账户,但我必须明确一点,如果此事查证核实为栽赃陷害和诬告,我一定会起诉KPMO,一定会把这桩笑话发布到网上,我相信,到时候要争取从轻处理的是你们而不是我。"唐烨说着说着不由得激动起来,"什么违规避税?什么数据造假?我做的每一笔账目,都保存有原始凭证资料,这个到时候有必要我会交给警方。我申报的每一个项目,靠的是同事提供的数据采集,执行的是行业申报资格,符合的是国家产业政策,虚不虚报的很好查,找业内评审复核、看项目进度勘测便知分晓。至于受贿资金,这个就更好办了,查银行凭证、消费记录,让黑钱自己开口说话。我重申一下我的主张,我请求警方尽快接管这个案子,孰是孰非自有公断,这些毫无意义、浪费彼此时间的内部调查就到此为止吧,请给我一杯咖啡,在警察到来之前,我想休息一下。"

三位调查员相互交换一下眼神,低头窃窃私语几句,按下桌子上的呼叫器。大门打开,走进两位制服警官,简单向唐烨核实过个人身份信息,一左一右架起他就走。从警察进门,到被警察带出门,整个过程中唐烨一直是处变不惊、泰然自若。唐烨被两个警察带出门外走到电梯口,他们身后突然响起莫名其妙的掌声,唐烨一回头,三位调查员边鼓掌边向他们走来,他身边的两位警察也从紧绷的"判官"表情换上了轻松愉悦的"派对"表情,唐烨一拧眉毛,心里嘀咕:这是要闹哪样?

大家簇拥着唐烨回到会议室,一位人事部女主管带着助理和香槟走进来，举杯向唐烨宣布，他刚刚圆满通过了KPMO的内部考核，直接从A1晋级为SA1，这在公司里是很少见的擢升个案，值得为之举杯庆祝一番。

唐烨有惊无喜，他半信半疑发问："一个神秘的紧急召回电话，一场欲加之罪的会审，三位咄咄逼人的调查员，两个假冒的警察，一杯突如其来的庆祝香槟，KPMO的每一次升职考核，有必要这么匪夷所思兴师问罪么？有必要这么充满戏剧性么？这样的考核，是人人有份，还是只针对外籍、其他肤色的员工？"

女主管一脸尴尬。其中一位跟唐烨有过几次工作接触的调查员上前向他道歉："唐，对不起，或许我们这个'小游戏'是有点过分，请你理解，KPMO是多少人梦寐以求的超级职场舞台，这里有太多的机遇和挑战，太多的欲望和诱惑，太多的迷失和沦陷，为了KPMO，更是为了你，我们要确保每一位入选者，他之前没有违纪、违法，他之后也不会被利益所诱惑，这是为了我们大家好，希望你明白。"

大家微笑向唐烨举杯，唐烨审视了一下杯中酒："好吧，就让我们为这场欲望游戏干杯，祝它早日消亡！"唐烨一饮而尽，众人干杯。

唐烨放下酒杯，向女主管道出一个一直盘桓在他心底的事件，他被公司紧急电话召回后，得知了同一部门的一位A1同事与他有着类似的经历，那位A1同事被电话召回公司，神秘约谈之后当场签署离职书，接下来电脑被封，账号被封，交还员工卡等一切工作物品，自此离职。唐烨想知道的是，这位同事是因为个人工作过失被开除的，还是因为公司原因被劝退的。

女主管耸耸肩："这两者有什么不同么？"

唐烨点点头："当然。如果他是因为个人工作过错被开除的，那是咎由自取。如果是因为公司原因被劝退的，我作为KPMO的一份子，有义务、有责任为了公司声誉和前景考量，提几点工作性建议。"

女主管示意唐烨继续说下去。

唐烨："裁员手段虽然在短期内就能为公司带来降低薪酬开支的成效，但从长期利益来看，用我们中国话来说叫'卸磨杀驴''饮鸩止渴'！危害一是迅速给在职员工带来危机感，人人自危更要自保，自保的后果是一边赶紧主动与猎头公司联系新去向，另一边把主要精力放在为了内部考评分值上的表面功课，这样势必影响工作情绪和工作质量；危害二是裁员的信息一旦上传网络媒体，新闻舆论的力量势必让公司形象受损；危害三是一旦公司的固定客户和潜在客户获知KPMO正在经历'裁员潮'，直接影响到公司未来承接项目的数量和价格，得不偿失啊！我私下调查了一下，我们公司近两个月来，被劝退或离职的员工数量已经接近5%，基本集中在考评分数在4分以下的员工，级别囊括了高级经理、经理、助理经理和入职一两年甚至试用期刚结束的员工，照这个裁员趋势发展下去，上述危害从发生到发酵再到全面爆发，应该在一两个月之后就会全部展开。"

女主管："唐，你多虑了，你所谓的危机不会到来的，媒体方面我们已经做足了功课，公司不仅不会裁员，而且还要实施近年来最大规模的扩招计划，这样会让外界认为我们一直在扩张、壮大，所有人都会对KPMO充满信心和安全感的。至于你说的那位A1同事，他的情况既不是开除，也不是劝退，而是出于他自身对这份工作的不适应，正常的离职流动而已。"

唐烨:"一手裁人,一手招人,这计划看起来很美妙,但实施起来你就会发现是一团糟了,前几天的报纸新闻,一个同行公司,遭到被强迫离职员工的起诉,已经接到法院开出的一张三千万美金的巨额罚单,难道,我们要做下一个被起诉的丢脸对象么?"

女主管摸了摸下巴,示意唐烨继续说下去。

唐烨慷慨陈词:"按说一个多月前各大会计师事务所已经进入传统意义上 Peak Season(忙季),统计数据表明,各大公司的业绩多数没有明显增长,与往年同期相比反而有下降趋势,这表明我们迎来了业界寒冬,一场全球化的业界危机仅靠裁员能平稳度过么?当然是杯水车薪!我认为,要想度过这场寒冬,声称以人为本的KPMO要真真切切做到以人为本,不要跟风搞裁员潮、降薪潮,而是要用高位、高薪留住人才,留住他们手中持有的项目资源和客户资源,提高奖金、分红比例,鼓舞士气、增加向心力。更为重要的是,要改变公司的经营策略,把主营业务核心区域从发达国家拓展为发展中国家,那里有我们更多的潜在客户和庞大市场。根据不同国家、地区的政策需要,让KPMO与当地财务机构或独立会计师结为合伙人,设立办事处、分所、常驻代表机构等不同的服务性质,用灵活多变的服务体系适应不同地区客户的个性化需求。总而言之,裁员潮、降薪潮是下下策,是因噎废食的糊涂办法!能把危机化为生机的,只能是让KPMO拓展新市场,成为'百变'服务专家,满足不同客户的需求,这是根本之策!"

女主管热情发出邀请:"唐,有兴趣去我办公室喝杯私藏咖啡么?"

三天后,唐烨把这番提议做成了一份详细计划书呈交上去。一周后,唐烨接到了委派他去公司伦敦总部接受新项目的任命书。

飞机上，唐烨见到了他的新助理 Arya. James，一位芳龄30岁的澳籍华裔女郎，她眉眼长得有三分像周朗朗，言谈举止有五分像唐果，这让看惯了西方面孔的唐烨备感亲切。

Arya. James 告诉唐烨，她的中国名字叫张安雅，父母都是福建人，她十来岁时跟着父母移民澳洲，她这张亚裔面孔仍旧是一个隐形的"原罪"，让她不无艰难地融入当地社交圈、文化圈。在美国读完大学后她热爱这个充满机遇和挑战的神奇国度，她决定留下来过向往的奔放进取生活，让她痛并快乐的是，她在这里得到很多，失去很多，在这个表面看似自由、平等、包容的大环境里，仍旧暗沉着各种微妙且固执的坚守和成见，比如对自有文化、种族的天然优越感，比如潜意识里的差别待遇，比如在同等条件下的优先排外意识，比如这次她在KPMO遭遇的被劝退……性格明朗的张安雅见怪不怪，极力抗争，努力争取自己想要的工作、感情和生活。

张安雅告诉唐烨，希望他叫自己的中国名字张安雅，这个名字是她爷爷、奶奶给取的，但在这里很少能用得到。张安雅没有告诉唐烨，她就是唐烨慷慨陈词力保下来的那位被劝退的A1同事，在得知自己和其他几个被劝退的无辜同事因唐烨力保而改变不公命运后，她复职的第一件事，就是提出想跟随唐经理工作，哪怕是降职、降薪，她也心甘情愿。

中国有句老话叫新官上任三把火，典故出处《三国演义》，话说诸葛亮出任刘备的军师没多久，就谋划了连续三次火攻曹操的作战计划。第一次火烧博望坡，使夏侯惇统领的十万曹兵所剩无几；第二次在新野先火攻后水淹，使曹仁、曹洪的十万人马几近全军覆没。第三次火烧赤壁，百万曹兵惨败，最后跟随曹操逃出去的只剩27人。当时人们把这三把火称为"诸葛亮上任三把火"，延传至今便成为"新官上任三把火"了。这话大意就是，新官员上任以后，常常会新人新事新气象，做出一些绩效显著的事为自己立威，让众人心服口服。可唐烨到了KPMO伦敦总部走马上任后，非但没有把这句中式俗语发扬光大，反而硬生生演绎成了新官上任往自己头上烧了三把火！

这第一把火，火种来自于总部的同事之间。唐烨初来乍到，肯定是要打起十二分精神投入到新岗位、新工作当中去，与同事们一起共事，自然要有礼有节，分寸得当。

一开始，他觉得与同事们完全可以友好和谐相处，不管是工作会议上，还是下午茶时分，都能有效交流，求同存异。

可时间一长，唐烨眼明心亮地发现，纵使他与同事们能一起煮咖啡，一起聚餐拼酒，纵使在工作会议中他能准确无误向下属传达自己的决策，下属们既有工作热情也有执行态度，往往是点传递出去了，表面上得到共识，实际上却很难真正得到共情，到了执行阶段，下属们有一百个理由拖延、观望、等待，他们打从内心怀疑这位新经理的决策是否正确，跟着新经理干下去是否牢靠，他们观望着新经理的顶头上司的最终意见，他们也说不清自己为什么对新经理如此没有安全感，他们也道不明自己为什么对新经理的决策如此消极，或许，对于他们来说这只是一种潜意识里的本能抗拒，他们在工作中与中国人接触得太少，尤其是以领导者姿态来排兵点将的。

他们对中国人的认知，还迟缓停滞在低素质的国内游客，油腻腻的唐人街中餐馆，廉价的中国制造商品，以及一些哗众取宠媒体的恶意抹黑报道。文化两个字，说来轻巧，实际上却隔着一重又一重山。人们容易信任、接纳与自己类同的人，这是心理本能，同理，人们容易戒备、抵触与自己异同的人，这也是心理本能，理解不代表接纳，认同不代表服从，共通不代表信任，所以，他们对唐烨决策的执行困难，是一种本能抗拒，更是一种自危保护，他们对唐烨又爱又怕，既欣赏又防备，时而觉得这丹凤眼小子真帅，时而觉得这黄皮肤领导太恐怖！

一次会议休息间歇，张安雅跟一个伦敦土著女同事八卦闲聊美白护肤品哪家强，这本是女人之间再正常无趣的热议话题，结果，这两个犟妞活活把一顿扯闲篇儿掐成了世界大战！

伦敦土著妞力挺英国本土品牌的护肤品如何如何贵得物有所值，张安雅力争汉方草本美白护肤品怎样价廉物美、兼具养肤美肤的神奇功效。说来说去，谁也没说服谁，谁也没争出个高低输赢，这下可了不得了，伦敦土著妞急了眼，一抖金色卷发，露出一口雪白牙齿龇牙道："你们亚洲人一门心思追求雪白皮肤，不敢晒太阳，天天把自己泡在各种美白产品里，还热衷打什么美白针、吃美白丸，说白了还不是源自于对我们白种人雪白肤色的潜意识崇拜和忠实追随！"张安雅一脸讥笑怼过去："拜托，别盲目自嗨了，我们东方女人的护肤历史，比你们欧洲近代史都长，论资排辈的话，我们当然第一，甩你们十八条街都不止！说到崇拜和追随，随便拿出一瓶你们贵到离谱的护肤品，哪个成分表里面没有我们用了上千年的草本植物精华所在？谁崇拜谁，谁追随谁，一目了然啊！"

要不是唐烨走进来宣布继续开会，这两个女人势必要战上三百回合一较输赢，从此，她们公事公办，私下绝无往来交集，都把对方当成空气。

有鉴于此,唐烨不得不把更多的精力和时间花费在内部协调沟通方面,这非常影响工作效率和成绩,办公室气氛也越来越微妙、谨慎,唐烨只得继续用自己的一言一行、实际行动来逐渐改变西方同事们对东方文化的认知、理解,期待能早日消除肤色、地域、文化、语言等方面的差异,随着时间的推移,成功融入接纳彼此,习惯彼此的存在,这样才能全力以赴做好工作上的分工调度和协调合作,保质保量完成工作任务,唯有付出必须付出的,才能得到应该得到的,他这个小组领头人,才不至于愧对大家、愧对自己。

这第二把火,火种来自于唐烨接手的第一个项目。这个项目也正是唐烨被调来伦敦的直接原因。该项目的VVIP客户是一家跨国集团公司,旗下拥有若干分公司,分公司业务涉猎面十分广泛,他们需要KPMO对集团公司旗下的中国区域内分公司进行财务审计和税务规划工作,因为中国市场将是他们的重点投放对象,此次审计结果和税务规划方案都将直接影响他们对中国分公司的决策方向,以及在资金、资源、人力、未来发展等方面的投入和扶植力度,所以,他们向KPMO提出,此次工作务必需要一个业务水平一流的审计团队全力以赴,更加需要一个业务出色、值得信任的团队领袖贯穿始终,而且,这个团队领袖最好来自中国,对中国上至国情、政策,下至人文民情都通透了解,让"中国通"领导的财会团队给出拓展中国市场的财报、方案,这样才能确保万无一失、稳中求胜。

基于该VVIP客户的重点要求,KPMO人事部把目光锁定在了符合以上条件的中国籍员工身上,历经层层筛选考察,最后脱颖而出的是唐烨。

唐烨接到这个任务后喜出望外，他喜的不是这个case对他的职业生涯有多意义深远，对他的升职加薪有多大影响力，而是，因为这个case的服务客户在国内，他即将、马上、很快就可以飞回北京与家人团聚啦！

为了项目业绩开门红，这样才能争取到工作话语权和主动权。为了能早日飞回北京工作，兼而与家人团聚，唐烨开了外挂般不知疲倦地投入工作，每天加班是常态。他和团队小伙伴们要在最短时间内整理好客户公司给具的历年财务资料，与客户公司的财务高管没完没了地开会，对接各项信息，确认工作计划和进度，争取对方最大的工作支持和理解。

如此繁杂、庞大的工作量，唐烨可以一边累到两眼发青地加班加点，一边归心似箭地偷着乐，团队小伙伴们可就没这么好服从了，他们一个个虽然跟着唐烨忙成了陀螺，但怨声四起是在所难免的。

日子一长，有出工不出活的，有隔三差五请病假的，有频频出现工作纰漏的，有负能量爆棚拉低团队士气的，唐烨看在眼里急在心里，比他更急的是服务客户，双方对接过程中屡屡出现各种摩擦，对方觉得目前这种不理想的工作状态以及进度缓慢等问题都是唐烨能力有限造成的。双方对接工作陷入僵局。唐烨觉得是时候调整一下工作序列了，当务之急不是一心扑在客户公司的审计项目上，而是开始内部整顿工作，他让张安雅放下手头一切工作，只抓小组成员的绩效考核工作，恢复内部评分制度，一个月一小结，分值第一的重奖，倒数第一的直接扣薪水，连续三次倒数第一的立马出局，他把话放到桌面上，凡是从他这里淘汰出局的人，整个KPMO没人敢收留！

　　一个月后，唐烨说到做到踢出去了一个工作连连出错、评分最低的碌碌无为下属，其他小伙伴的工作效率立刻像点燃的窜天猴儿烟花"噌噌"往上窜，至此，唐烨那火烧火燎得好比火焰山般焦灼的心才算稍稍清凉几许。

　　这天，唐烨正在办公室复核财务数据，张安雅进来通报，客户公司的中国分公司负责人来伦敦总部述职，上次会议报告中唐烨提出的几个关键问题可以由分公司负责人作出详尽解答，今天下午的会议十分重要，请唐烨务必准时参加。唐烨看了看表，提醒张安雅做足下午开会的准备工作，准备好相关资料，提前三十分钟安排车辆出发。

　　两人说话间，唐烨手机响，许良辰来电。唐烨触屏接听时不自觉地皱了下眉毛："喂，你倒是从没在这个时间点来过电话啊，说吧，出什么事了？"

　　电话里的许良辰声音发虚："哥，什么事都没出，我就是想你了……"

　　"没事就是好事，你要真没事我先挂了，这会儿忙，回头打给你。"

　　"别呀，别挂电话，知道你忙，你是咱们全家最忙的大忙人，忙归忙，身体是打拼的本钱，所以……所以……我代表全家，带着真空烤鸭、酱牛肉、老干妈、腊肠特地飞来探班，代表全家对你表示深切的慰问！"

　　"什么？什么叫飞来探班？什么叫深切慰问？"

　　"哥，我人已经落地希斯罗机场了，你能在百忙之中抽空来接一下你的路盲妹夫么？跪谢跪谢！"

唐烨不敢相信自己的耳朵，上次他跟妹妹唐果通电话时，唐果清清楚楚告诉他，许良辰顺利完成远赴甘肃山区的拍摄任务，已经返京盘踞机房进行后期制作了。不仅如此，唐果还十分欣慰地向唐烨汇报，许良辰现在工作态度积极，对她比从前要体贴、包容许多，酒局去得少了，游戏玩得少了，整个人看起来比从前稳重踏实了不少，婚姻果然是一个能让人快速成长起来的训练场。

　　言犹在耳，许良辰就神兵突降了，唐烨心里嘀咕，这小子唱的是哪一出？唐烨抬腕看了看表，摇头苦笑，召唤张安雅和其他同事带上下午去客户公司开会的资料，即刻出发直奔机场。

　　机场出闸口，把脖子伸得跟长颈鹿似的四下张望的许良辰一见到唐烨和张安雅，就自来熟地跟他们热情拥抱、各种关切问候，他把已经在电话里许给唐烨的真空烤鸭、酱牛肉、老干妈等土特产热情好客地转送给了张安雅，把张安雅给感动得立刻拍着胸脯保证为他这次的纽约之行当免费全勤"地陪"。

　　午餐时间，来而不往非礼也的张安雅要自掏腰包请许良辰吃大餐，许良辰流着哈喇子答应了，却被唐烨一挥手给否掉了。唐烨让张安雅开车直奔客户公司附近，就近找了家快餐厅，麻溜点了几份工作简餐。张安雅识趣地把自己和其他同事安排到了距离颇远的另外一张餐桌，把一对一进餐和谈话的空间留给了唐烨和许良辰。

　　唐烨开门见山问许良辰到底出了什么事，如果许良辰再云里来雾里去的胡咧咧不老实招供，他就直接打给唐果问个来龙去脉。许良辰浑身是胆，兴致来了天都敢捅出个窟窿，可一提到唐果他就哆嗦，唐果于他，是甜蜜糖果也是虎狼猛药，是天使也是小恶魔，是他的软肋更是七寸。许良辰此次前来，本就是千里迢迢孤

第八章　欲望游戏

注一掷来搬唐烨这位"天兵天将"救他出水深火热之中的,碍于姻亲这层微妙关系,碍于心底那抹酸楚的羞耻心,他正踌躇着不知该如何开口,唐烨这一主动点题,倒是给他搭了个台阶,让他乖乖地就坡下驴。

半个月前,回到北京的许良辰在朋友攒的酒局上经人介绍,接了一个拍摄网络电影的私活儿,酬劳高,有导演署名权,如果第一部合作愉快的话,以后可以长期合作。

不想当导演的摄影师不是好男儿,这单私活儿让他重拾起上大学那会儿的斗志昂扬和远大理想,让他眼前跳脱出N个从摄影师跻身于名导演之列的大咖身影,许良辰知道他不该背着签约公司接私活儿,不该好高骛远,可怪就怪酒局上朋友们一杯接一杯地劝他喝了好多杯红酒,你一句我一句地把他吹捧上了天,酒精和恭维话的双重发力,让他一下子飘飘然起来、膨胀起来,让他盛情难却地点了头、拍了胸脯。

更糟糕的是,在朋友们的撺掇助攻之下,在梦想和欲望齐飞的酒桌之上,甲方当场就跟许良辰签了合同。第二天上午九点一刻,酒还没醒的许良辰昏昏沉沉收到了甲方支付定金的手机转账信息,他捧着手机转账信息蹲了一个小时的马桶,差点把陈年痔疮给蹲出来,他提起裤子冲水,决定人不知鬼不觉接了这单私活儿,如果能干出点成绩和动静来,他就去公司赔钱解约,如果干砸了,他从此就像掐灭烟头那样把自己所有野心和梦想统统掐灭,老老实实扛摄影机做影视民工。

几天后,许良辰拿到了网络电影的文学剧本,也接到了甲方邀约他和剧组同僚一起赴拍摄地澳门勘景的工作指令。许良辰回公司请了病假,跟唐果和老爸谎称是到澳门参加一个摄影展活动,他不想让唐果和老爸为这事担心伤神,他希望这事八字有两撇了之后,再像唐烨那样当个凯旋的英雄,接受老爸的赞许,接受老婆的崇拜,自此左手梦想在握,右手成绩斐然,告别灰头土脸的蹉跎过往,迎来事业有成、名利双收的灿烂明天。

遍布亚热带美食、美景的澳门,融合了东西方历史文化精粹,自创出亦庄亦谐、宜中宜西的独特人文风貌,既有金碧辉煌的高龄广厦,也有四邻相望的老宅祖屋;既有高奢精尖的娱乐场所,也有随处可闻琅琅书声的学院净土;既有珠光宝气男女觥筹交错的惊艳时光,也有白发老伴儿牵手并行的深巷岁月……这里是一个包容兼济的城市,也是一个有着一肚子好故事的舞台。

由于案头准备功课做得充足,许良辰等人此行诸事顺利,勘景任务圆满完成。返程前两天为自由活动日,大家想逛吃的就尽情逛吃逛吃,要为家人、朋友当人肉代购的就剁手买礼物,想放松一把的就各自找娱乐项目。自由活动第一天,许良辰跑了几个购物中心,用他手机银行里那笔定金私房钱为唐果买了一只名牌包包,为老爸买了两瓶高档威士忌洋酒,又买了一些肉干、杏仁饼等土特产。

自由活动第二天,许良辰结结实实一觉睡到中午,他是被两个男同事的砸门声给叫醒的。三人百无聊赖地在酒店内的餐厅吃过午饭,信步溜达下电梯穿过酒店大堂,就来到了酒店内的赌场。

作为游客,到了澳门小赌怡情一把,就跟第一次去北京要吃一顿烤鸭一样,算是标准的游客体验心理。许良辰他们也一样,抱着猎奇、娱乐心理走进赌场,这下子就跟刘姥姥进了大观园,三个人六只眼睛都不够使了,抬头张望,空气里都弥漫着金钱的味道,金碧辉煌、奢华多彩的欧式室内装修,井然有序的现代化服务设施，一排排免费赠送的饮品、零食，一张张等待客人检阅的赌桌，荷官们（赌场洗牌、发牌和收集筹码者）如行云流水般洗牌、发牌的娴熟姿态，每张赌桌前或喜悦或紧张或贪婪或垂头丧气的赌客神情，一旁的看客往往比玩家还激动还投入，人声鼎沸，娱乐至上。

许良辰一行人不免看得心痒、手痒，也不知是谁带头拿钱去换了筹码，哥儿仨言之凿凿约好了，无论输赢，这就是一张体验票价，绝不追加，反正明天中午就打道回府了，潇洒玩一回。

现实往往是，誓言说得有多响亮，这脸打得就有多啪啪响！半个小时不到，三人手里的筹码一个也不剩！一半原因是没过瘾，另一半原因是不甘心输得这么惨，不知是谁带头又去换了筹码，另外两个人跟着顺水推舟继续就范。

一下午时间说长也不长，三人就在一张张牌桌上流连忘返、乐此不疲地度过了。哥儿仨当中的一个，输了个精光，垂头丧气回房间睡闷觉去了；另外一个，有输有赢，输赢难分之际，制片人一个电话把他叫走做扫尾工作，惹得他一步三回头地离去；最好彩的当属许良辰，先输后赢，押大开大、押小开小、把把和，一众老玩家前呼后拥跟着他下注，还送他一个外号"招财童子"，许良辰从下午玩到晚上，又从晚上一眼不眨地玩到第二天上午，眼瞅着要坐喷气式火箭去机场才能赶上返程航班，他这才恋恋不舍地揣起那张沉甸甸的银行卡离席，火速收拾了行李直奔机场。

回到北京，许良辰揣着那张沉甸甸的银行卡进了商场，当然，他对所有人都隐去了赌场这一段小插曲，从老爸到老婆，从丈母娘到公司领导，他给每个人都追加了一份高大上的奢侈品礼物，也从每个收礼物的人那里收获了喜悦、得意、肯定和赞许有加。

尤其是唐果，当她收到一只最新款的Chanel包包时，满眼都是璀璨的小星星，飙出的惊叫声比张靓颖的海豚音还高亢嘹亮，一头扎进许良辰的怀里恨不得一口把他给吞下！

许良辰第一次从亲朋好友的称赞中找到了当男一号的荣耀感，第一次从唐果的热情殷勤中找到了当霸道总裁的存在感。他觉得这种美妙的感觉跟在赌场里牌桌上的感觉很相像，都能给他带来满足感、成就感，都能让他从一个渺小人肉背景变成一个自带光环、气场全开的焦点男主角。可他偏偏掉以轻心了一件事，初尝甜头是非常有诱惑力的，也是极其危险的，最初的甜头往往会成为一个深不可测的旋涡，让人深陷其中无法自拔，那抹甜蜜，会让人用百倍、千倍、万倍的苦涩来赔付、来偿还。

没过多久，背着唐果和家人，许良辰信心满满又去了一次澳门赌场，结果满当当地进，精光光地出。

许良辰当然不甘心，又是琢磨门道，又是苦练牌技的，澳门毕竟太远，远水解不了近渴，他就跟着几个半熟的"道友"迈进了本地的地下赌场，一次，两次，三次，有小输小赢的，有输输赢赢的，有不输不赢的，把他的胃口吊得越来越大，越来越着迷。

第N次，许良辰赌得正在兴头上，一连赢了好几把，看场子的人尖叫报信儿："警察来了！"所有人惊慌失措作鸟兽散，地下赌场被连窝端，许良辰属狡兔的，腿脚麻溜跑得快，他没被警察抓住，却被借钱给他的哥们儿天天追着屁股讨债，被透支的信用卡天天追着还款。

许良辰私设的小金库早已"弹尽粮绝"，能借的朋友已然借了个遍，老爸许连杰那里他找其他借口张过两次嘴了，再跟老许开口借钱肯定要穿帮，唐果是颗超级炸弹，他当然不敢去碰。

许良辰在心里发了一百次、一千次毒誓：只要能把这赌债的"窟窿"给还上，他保证今生今世再也不赌了！不然他就是王八蛋！混蛋！臭鸡蛋！债务危机火烧眉毛，许良辰思来想去，能救他脱离苦海的唯一一根"救命稻草"非唐果的大哥唐烨莫属啊！

唐烨的经济能力毋庸置疑，他最疼的就是唐果这个妹妹，自然爱屋及乌的要盼着妹妹和妹夫的小日子能顺顺利利过下去。当然，许良辰笃定，"救命稻草"亲大哥唐烨知道了他许良辰的赌博劣迹肯定会勃然大怒，肯定会痛批训斥他一顿，但只要他痛哭流涕保证痛改前非，只要他指天画地保证以后加倍对唐果好，唐烨肯定会帮他的。

借钱，有N种借法儿，最能彰显诚意且效果显著的，只有面对面开口借这一种借法儿。于是，许良辰打起背包，打着办公事借道探亲的旗号，打飞的来到伦敦找"救命稻草"唐烨，以"亲情绑架"模式寻求经济援助了。

因为准备功课做得十分充足，因为对唐烨为人十分了解，在快餐厅里，许良辰对着唐烨竹筒倒豆子般说出了事情的来龙去脉，一五一十，没有丝毫隐瞒。末了，没等唐烨开口痛斥，许良辰抢先沉痛深刻地做了一遍自我批评，把唐烨想骂他的话一一朝自己招呼了一遍，保证了所有能保证的，发了所有能发的誓言。

说到最后，许良辰可怜兮兮央求道："哥，我要不是实在没辙了，能千里迢迢来投奔你借钱么？你比我都清楚，我爸要是知道这件事肯定得进医院，唐果要是知道这件事我肯定得在医院度过下半辈子！你打我骂我都是应该的，我保证绝不再犯，你要不信，我现在就当着这么多人的面给你跪一个、磕一个、发个毒誓？"

说着，许良辰身子一软，膝盖一曲，就要当众下跪谢罪明志。

唐烨一脸尴尬地拦住许良辰，等于间接应允了借钱这档事，他瞪着许良辰，一个字也说不出来，该说的都被这臭小子给说完了，他还能怎样？他哭笑不得地意识到，自己来到伦敦的这第三把火，来自于令他又气又恼却又无可奈何的亲爱的妹夫——许良辰。

良久，唐烨拍拍许良辰的肩："记住，只此一次，若有下次，我新账老账跟你一块算！不赌就是赢，你给我把这句话刻在你脑门儿上、心坎上，别再犯浑！"许良辰点头如捣蒜，一脸的痛改前非，暗暗地松了口气，胃口大开地把面前的食物一扫而光。

张安雅过来提醒唐烨到时间出发去客户公司开会了，唐烨看了看腕表，又看了看许良辰，径直走出餐厅。

半个小时后，唐烨一行人驱车来到目的地的地下停车场，许良辰一看唐烨和张安雅诸同事严阵以待的架势，立刻积极主动保证他就待在车里静心思过，哪儿也不去，绝不惹是生非，好让他们安心开会。

唐烨等人步入会议室，客户公司的接待人员上前招呼他们，张安雅和同事们有条不紊地与对方进入对接沟通状态。会议室门口走进一行三人，接待人员赶紧上前迎接，并热情向唐烨介绍："Mr.唐，这位就是前来总部述职的JM分公司CEO王辉王总，王总您好，这位就是KPMO最出色的华人审计经理唐烨，关于上次报告中提出的几个核心问题咱们可以坐下来慢慢聊。"

唐烨和王辉原本面带职业性微笑向对方致以礼节性寒暄问好，闻听此言均怔了一怔，他们从对方的眼睛里读出了同样的内容，因为周朗朗，他们都提前预知了对方的存在，并且对对方有着天然自带的审视和介意，哪怕这一怔稍纵即逝，也让彼此明白了一

第八章 欲望游戏

件事，他们不可能成为惺惺相惜的朋友，或许还有可能成为一较高低的对手。

会议有序进行中，张安雅与客户公司工作人员你来我往有问有答，唐烨时不时加以补充说明，王辉认真聆听之余更提点一二。

表面上唐烨和王辉看起来都波澜不惊地投入工作状态，实则二人内心里各自惊涛骇浪激起千堆雪。唐烨不由得想起几个月前他与周朗朗的那场伦敦"私奔"，因为公司急电召回，他前脚出了酒店，给周朗朗打去电话解释，王辉紧随其后就"空降"在周朗朗的面前，使得一向自控能力很好的周朗朗当着王辉的面，尽情在电话里对他发泄着不满和委屈。即便事后周朗朗跟他解释了王辉"空降"的缘由，但他还是能从周朗朗的言辞之间捕捉到爱妻对这位霸道总裁超乎工作关系的欣赏和肯定。唐烨早在心目中为这位霸道总裁画了一幅画像，关键词是强势、执着和魅力。王辉早就从周朗朗口中听说唐烨一二，他对唐烨的主观印象是能舍弃那么漂亮、可人的妻子远赴海外发展事业的男人一定是自控能力超凡的硬核直男，能让精明能干的妻子对他情有独钟的男人一定是个会宠溺妻子的高情商男人，能在异国他乡站稳脚跟施展事业抱负的男人一定是个不达目的誓不罢休的工作狂！

王辉情不自禁回想起几个月前他与周朗朗伦敦"一日游"的当晚，在居酒屋门前，王辉臂下夹持着女酒鬼周朗朗，与一脸匪夷所思的前妻何立琪狭路相逢。仿佛是哪个促狭鬼按下了暂停键，全世界在这一秒陷入僵局。

此情此景，王辉本该镇定地跟何立琪打个招呼，他出差至此，捎带着要把离婚文件带给她，喝醉的周朗朗是他的工作伙伴，他先送周朗朗回酒店，方便的话，这两天他跟何立琪约个见面时间把文件转交，这就完事了。

可王辉偏偏没来由地心虚，没来由地紧张，没来由地做出各种越描越黑的胡乱解释，什么"真是太巧了，没想到在这儿遇到你了"，什么"这是周朗朗，我们今天正好都没什么工作，晃荡了一天，经过这家居酒屋就进去了，然后就这么不巧地遇见了你"，什么"周朗朗跟你一样一样的，爱吃海胆，爱喝烫得暖暖的清酒"。他越说越乱，周朗朗听着、笑着、补充着，何立琪的脸色越来越难看，撂下一句"我没兴趣跟酒鬼聊天"转身走人了。第二天，王辉约好了当面呈交给何立琪相关文件，结果见到的却是她的代理律师，这不言而喻的冰冷态度，差点把王辉给冻感冒喽……

手机来电打断了会议进程，也打断了王辉和唐烨各自谱就的回忆畅想曲。

唐烨接到许良辰的求救来电："哥，我被人给打了！"

王辉手下接到司机来电："我这儿抓到一个划车玻璃偷东西的小毛贼，你们赶紧过来支援一下！"

两股力量不约而同往地库方向奔去，等大家赶到现场时，王辉的司机和许良辰正撕扯扭打得不可开交，一个鼻子被打破了，鼻血糊了半张脸、染了半幅衣袖，另一个腮帮子上青一块紫一块的挂了彩，裤脚撕开了一个大口子。两个大男人龇牙裂目骂骂咧咧，从骂战到拳来脚往，过招得不亦热闹乎，像极了两只备受英女王宠爱的柯基犬为了荣誉而战，为了肉骨头而战。

唐烨和其他人上前拉架，唐烨问许良辰为什么会跟对方打起来，许良辰哭丧着脸哀号出事情原委。他在地库闲来无事瞎溜达，看到三四个半大孩子围着一辆豪车一边贼头贼脑打掩护，一边鬼鬼祟祟动手动脚，这几个孩子不过十三四岁，三个白种人、一个

第八章 欲望游戏　159

黑人，他们配合默契，彼此掩护共同进退。

出于朝阳区人民群众自发的警惕性和安保意识，他走过去一看究竟，赫然看到这些孩子划破了车玻璃，一个身材瘦小的孩子探身进入驾驶室，把车内的物件逐一顺给接应的小伙伴儿们！许良辰大声呼叫喝止，豪车司机啃着热狗往回走，见状使出山寨版小擒拿抓住一个有条不紊撤退的孩子，这孩子估计是见惯了大阵仗，根本不怕，面不改色地把手中赃物抛掷给一旁观战的许良辰，操着夹生的普通话对许良辰说："老地方会合！"

另外一个孩子掏出胡椒喷雾剂朝着司机迎面一喷，司机本能地松手护面，孩子们驾轻就熟顺利逃脱。

其实许良辰接过抛掷来的赃物纯属本能反应，却被司机理直气壮当成了同案犯。司机既心疼豪车被破坏，财物受损失，无法向领导交代，外加胡椒喷雾着实辣眼睛辣心、让人着急上火，他不管不顾地抓住许良辰不放，嚷嚷着让他包赔损失、交出同伙和赃物，还要报警抓他。

许良辰是个能用拳头解决问题就绝不会想到用脑袋去解决问题的"练家子"，他哪儿能受得了这份"欲加之罪"，三言两语说不通就用拳脚招呼起来。对方也不是吃素的，从急赤白脸到拳脚相加再到各自搬救兵，"地库事件"大有越演越烈之态势。

王辉是最后一个赶到现场的，按说他原本不必亲自来过问这种琐碎杂务，他在会议室里听到有人议论这事跟刚从国内飞来伦敦的唐烨家人可能有关联，据说是周朗朗小姑子唐果的老公惹出的事端，仅仅听到周朗朗这三个字，就已经足够让王辉坐不住了。

王辉仔仔细细打量了一番许良辰，他虽然只是在之前的广告竞标会上与唐果见过一面，但唐果的干练、靓丽形象，精彩犀利的竞标发言，都给他留下了不俗的印象，他打从心底觉得眼前这个狼狈、狰狞的许良辰配不上唐果，一如那个绅士有余、强悍不足的唐烨配不上周朗朗一样，都让他觉得颇为遗憾。

王辉的本意是看在周朗朗和唐果的面子上，息事宁人，尽快解决这些不必要的小插曲，赶紧回到会议室里步入审计正题，可当惯了霸道总裁的他难免一出口就词锋犀利伤及弱小，他吩咐助理："这点小事都处理得这么难看，你就不用回公司领薪水了，赶紧解决掉，别来烦我！"说完转身离开。

助理是新来的，才跟了王辉几个月，还没有被调教成王辉肚子里的蛔虫，他眨巴眨巴无辜的大眼睛，一口一个"是是是"的作为回复，他火速在脑袋里消化了一遍老大的指令，信心满满地认定，大boss这是在"杀鸡给猴看"，言下之意让他对待肇事者绝不手软、从严处理，这样就能在接下来的审计会谈里取得主动制控权。

助理招呼另外一个男同事上前一左一右挟制住许良辰，把许良辰和唐烨隔离开，接着报警。唐烨没料到助理对待他们的态度如此恶劣，当即据理力争与他理论，要求他们必须解除对许良辰的武力控制，等待警察到来处理此事。许良辰已经从张安雅口中得知这个黑口黑面的霸道总裁是何许人也了，他满心指望唐烨赶来能还他清白，不料这霸道总裁一现身，他就彻头彻尾被当成现行犯对待了。

许良辰哪能受得了如此屈辱，见唐烨跟助理的理论是"秀才遇见兵有理说不清"，他的暴脾气就"噌噌噌"窜上来无数小火苗！许良辰借着一左一右挟制者的夹击力，他深吸一口气来了个屈膝引体向上，然后双脚重重踩踏在两个挟制者的脚面上，痛得

第八章 欲望游戏

两人当即抱着脚哇呀呀呀乱叫。唐烨要拦没拦住,许良辰拿手背一抹鼻子下面的血沫,三步助力起跳,朝着讪讪离去的王辉后背就是一记稳准狠的窝心脚踹过去……

  警察赶到现场,目睹眼前这片热闹、混乱的景象十分讶异,他们无从分辨谁是凶恶毛贼,谁是守法良民。放眼望去,现场每个人都在挥舞拳头加入这场混战,人人精神亢奋、红着眼睛,人人衣衫不整,或多或少挂着彩,像极了当地一年一度的狂欢游戏。

第九章　酒友是怎样炼成的

伦敦的黄昏充满了意犹未尽的沧桑感，狭长的街道延绵无尽头，挺拔的高楼大厦取代了行道树，整齐地并列在道路两侧，尽职尽责地遮挡着金灿灿的夕阳，认认真真为来来往往的车辆指引着前进的方向，每一块砖、每一片瓦、每一条甬道，或许都已经沉浸了百年的风霜，纵使寂寂无声，也自有岁月的痕迹缓缓流淌。这种沧桑感是厚重的，是饱满的，是让人恨不得一头扎进去流连忘返的。

就在如许沧桑的黄昏里，就在某一条不知名的街头，由远及近走来与这抹沧桑感遥相呼应的三个黄皮肤男人，他们是王辉、唐烨和许良辰。

三个男人录完口供从警察局出来，司机去修车，同事回公司述职，警察去抓划车偷盗财物的小毛贼，徒剩下他们三个在街头闲晃。

在黄昏街头的沧桑背景映衬之下，这三个男人的外形十分惹眼，或者说扎眼更准确一点。路人纷纷对他们行注目礼，王辉的白衬衣上狂放不羁地印染着几枚水墨般深深浅浅的灰色鞋印和污渍，颧骨上挂着一面旗帜般鲜艳醒目的青红瘀痕；唐烨嘴角挂了一点彩，袖口豁了一个口子；许良辰的外形最抢眼，原本浪漫的韩式烫发凌乱成了鸡窝头，一只鼻孔堵着一个被鲜血染成红褐色的纸团鼻塞，左眼窝被打成了青黛色的"烟熏妆"，半边腮帮子肿得像含着一枚鸡蛋，一条腿一瘸一拐的，他身上的浅色T恤已经被揉得乌七八糟的鼻血和众人拳脚给扎染成了迷彩色。因为背后偷袭给了JM老大一记窝心脚，所以他是被JM众员工胖揍的焦点人物，唐烨为救他也挨了几下过路拳脚。眼瞅着当时情形混乱，他和张安雅实在双拳难敌众手，为了救下这悲催的妹夫，唐烨只得举起拳头对准王辉开战，两个团队的老大一边拳脚相加一边号叫式沟通。直到王辉明白了唐烨的意图，叫停了手下对许良辰的开火，否则，这两支团队的人恐怕得以聚众斗殴罪到警察局里接着开审计工作会了。

三个劫后流落在街头的狼狈男人，同框在伦敦黄昏里的某个街头，如果再配上一支呜咽低沉的口哨独奏，满可以为之取名为"都市流浪者之歌"以资纪念了。

许良辰率先发了脾气，他把手里的背包往地上一摔："真丧！这都丧到狼外婆家去了！我想喝酒，喝大酒，一顿不够两顿，冲冲丧气！"

唐烨吼许良辰："我看你就是夜空中最丧的那颗星——丧门星！你到哪儿哪儿出事，遇见谁谁倒霉，早知道在机场我就应该给你买张机票把你发送回国，免得你在这里连累一圈人！"

王辉清清嗓子："想喝好酒、大酒的跟我走，先说好，谁先喝趴下谁埋单！"

许良辰闻言跟着王辉就走，唐烨迟疑了几秒，尾随其后跟上去。许良辰走出去几十米了，才想起那只无辜被他怒摔在地上的背包，折回去捡起来，拍也不拍灰尘就背在身后，紧紧追上喝大酒小分队的队伍。

王辉、唐烨和许良辰要喝一顿大酒的目的地是开在伦敦唐人街上的一家小酒馆,小酒馆门面不大,但陈设五脏俱全,装潢陈设跟国内北方城市美食一条街上生意最红火的小酒馆如出一辙,能摆八张餐桌的大厅一定要摆放下十二张桌子,前台墙壁上陈设着高中低档白酒,各色凉菜罗列在进门一侧的玻璃橱柜里,服务员都是嗓门洪亮满面红光,所谓的招牌菜、拿手菜实则是最贵、最坑的"摇钱菜"永远写在菜单最前列。但这里有别处觅不到的亲切所在,充耳可闻的乡音土话,抬眼可见的同族面孔,每一筷子夹的都是家乡味道,每一杯酒喝的都是故乡水。

服务员撂过来菜单,王辉像弹钢琴般把菜单上名列前茅的特色菜挨个点了一遍。许良辰赶紧冲服务员解释:"美女,他刚才点的菜你都记下来了吧?你可得记好喽,他点的菜,统统不要!我们要的是——"许良辰一连翻了好几页菜单,翻到尾页部分,点了几个好吃不贵的经济小炒,要了一盘"花毛一体"、一盘卤鸡爪,这就把菜单交回给一脸大写嫌弃的服务员手里了。

王辉不乐意了:"你点的这些是人吃的么?我就要吃烤鸭、烤黑鳕鱼!"

许良辰一瞪眼睛:"要是你埋单的话,你就是点一盘烤航空母舰吃,我都陪吃到底,可现在的规矩是谁先喝趴下谁埋单,请你们这些'食肉阶级'考虑一下'食草阶级'人民的消费承受力!再哔哔的话咱们就少数服从多数!"许良辰举手表态,见唐烨不愿掺和进来,他强拉起唐烨的手投票,场上票数二比一,王辉闭嘴噤声。

唐烨此时此刻正专注研究酒水单呢,他要选一款酒精度数偏低、曲香清雅柔顺、好喝不上头的保健型白酒,许良辰见状一巴掌合上酒水单:"求求你这个时候姑且忘了你是三好男人、五好上司吧,既然是一场丧到家的打群架,既然是一次千载难逢的'食肉阶级'和'食草阶级'的联盟团建,既然是一顿要喝趴下的大酒,那就必须上二锅头,高度的,再哔哔的话咱们就少数服从多数!"许良辰举手表态,王辉根本不用许良辰强拉,主动举手投票,场上票数二比一,唐烨闭嘴噤声。

酒菜上桌,许良辰自告奋勇总揽全局,给这个夹菜,给那个斟酒,祝酒词花样翻新层出不穷。许良辰的第一句祝酒词是:"来吧,二位总,虽然今天这架打得胜负未分,但这酒必须分出个胜负来,让我们为了即将诞生的埋单英雄干一杯,祝咱们的埋单英雄一辈子吃名牌、穿名牌、身边跟着小女孩!"

王辉举杯:"哥们儿,以后要打架先言语一声,人家好歹是背后动手,你是背后动脚,年轻就是任性啊,为任性干一杯!"

唐烨自嘲:"人家是不打不相识,咱们是不打不喝趴下,要搁咱们大北京,咱仨是怎么也聚不到一个酒桌上的,为了这亦正亦邪的缘分走一个,干!"

话是吐槽,酒可是真喝下肚。

许良辰的第二杯的祝酒词是:"要不是为了钱,我也不会出现在这个舅舅不疼、姥姥不爱的鬼地方,要不是为了钱,唐大哥也不会离乡背井当海漂,要不是为了怕赔钱,王大哥的司机也不能急了眼抓住我当'背锅侠',哦,王大哥现在已经到了'躺着就把钱给挣了'的境界了,所以,让我们为了又爱又恨的钱干一杯,祝我们大家越来越有钱!"

唐烨苦笑:"祝咱们有钱不俗,没钱不奴!"

王辉感慨："成年人的世界，除了容易长胖、容易变老，其他都不容易。凭什么就你们赚钱辛苦，我就'躺着就把钱给挣了'？人家是见过贼吃肉，没见过贼挨打，你许良辰是只见过老板赚钱，没见过老板吐血。告诉你，我为了赚钱吃的苦是你想都想不出来的，胃出血，胆结石手术，高速车祸，被告上法庭，腰里被顶过刀子，收过恐吓信，背过巨额债务，撑不过去的话，我现在就是鞋底泥，撑过去了我就是你眼中的傻有钱土豪。"

唐烨趁机敲打许良辰："想成功就得屡败屡战，想赚钱就要坚持付出。如果你觉得这些很辛苦，那就要学会安贫乐道；如果你放弃了，就记得不要去抱怨；如果你还有野心，那就趁年轻去实现它，如果你讨厌自己，那就像管仇人一样管好自己。你现在的样子是你经历过的每一天、每一件事所决定的，挣钱不易，活成自己满意的样子更不容易，容易的事都是需要付出加倍代价的，希望今天这顿大酒之后，你能活得明白一点，认真一点，喝了！"

三人碰杯，一饮而尽。

夜色渐浓，到了晚餐觅食高峰期，小酒馆的上座率像爆米花一样迅速膨胀起来，进来用餐的食客一多半为黑头发黄皮肤的中国同胞，他们或伉俪成双，或举家聚合，有讲粤语的，有操着一口地道"川普"的，有讲东北话的，这些在唐烨听来，全是温暖扑面而来的乡音。

食客里也有不少是当地"土著"，他们或是慕名而来，或是回头老饕，或是纯属路过，干脆被店里这热腾腾的人气给吸引进来的。老饕们根本不用看菜谱，麻溜儿地报上一串烂熟于心的菜名，目的就为"打牙祭"来的，新食客有捧着菜谱问服务员十万个为什么的，有跟同伴自行认真研究菜谱内容的，有扯着嗓门召唤服务员添水要酒的，有穿梭在餐桌和前台之间DIY半自助式服务的，有围在玻璃橱柜前开选凉菜碰头会的，有直播晒美食的，还有扯着孩子一边溜达一边等上菜的……

　　餐桌与餐桌之间，食客音容笑貌可辨，谈话内容相闻，菜色香味可见，这种在西餐厅、快餐店绝不可见的餐饮环境和场面，一度被国内食客嫌弃的乱糟糟大排档就餐模式，却让唐烨、王辉和许良辰有了一抹别样的感动，TVB剧里有句亘古流传的金句是"最重要就是一家人整整齐齐吃饭"，外国人永远不懂这句话对中国人来说意味着怎样的特殊情感和非凡意义，"最重要就是一家人整整齐齐吃饭"包含了我们对生活最朴素、也是最极致的诉求，奠定了我们的根，塑造了我们的胃，无论我们飞得再高再远，这句话都是一根扯不断、挣不脱的风筝线，偶一牵动，便为之前仆后继。

　　冲这小饭馆里热闹生动的烟火气息，唐烨忍不住跟王辉结结实实碰了一大杯。许良辰或许对这样的画面后知后觉，但他和王辉，经年的他乡漂泊，经年的孤身奋战，所有的感触都在酒里。他借这杯酒谢谢王辉领着大家来到这个小酒馆，慰藉了他的乡愁。

　　许良辰的眼珠子一直在隔壁桌上一位年轻女食客的脸上打转转，秀色可餐地自斟自饮了两杯。唐烨实在看不过眼他这副馋相，夺过他手中的酒杯："别喝了！人家是酒壮尿人胆，你更上一层楼，酒壮色狼胆！要不我给你叫碗汤面吃了醒醒酒？"

　　听了这话，许良辰赶紧把眼神从隔壁桌子收回来，为自己辩解："哥，你不觉得那女孩长得很像唐果么？奇怪，我跟唐果早就是'候鸟夫妻'里的资深会员了，出差再久也习以为常了，这次，这次有点不一样，尤其是现在，我特别特别想她，想她白瞪我几眼，挖苦我几句，都是美滋滋的。"

唐烨从鼻子里哼了一声："这次当然不一样，你这次一是来'劫财'的，二是来'打土豪'的，财借到手了，土豪——"唐烨悻悻瞟了王辉一眼，接着说，"土豪你也打过瘾了，现在就想吃饱喝足上飞机，回去跟唐果各种海吹臭显摆。"

王辉倒是认真端详了隔壁桌上的年轻女食客好几眼，给出意见："许良辰你啥眼神啊？人家跟你媳妇长得根本不是一个类型的，完全没有可比性，非要说像谁的话，我倒觉得，人家的脸盘眉眼有两三分像周朗朗，一样的尖下巴，一样的眼神咄咄。"

周朗朗三个字，如同火药库的导火索，一经点燃，立刻一路噼里啪啦冒火花，浓浓的火药味迸射开来。

唐烨不乐意了，直接冲王辉开火："哥们儿，懂酒桌上的规矩么？莫谈别人家媳妇儿，你犯规了，罚酒三杯！"

"我没议论你媳妇儿唐周氏，我说的是我朋友周朗朗，周朗朗是一个非常有魅力的女人，一个很重要的工作伙伴，一个不可多得的好朋友！"

"饥饿心理！恕我冒昧问一句，您结婚多少年啦？还记得上次跟自己媳妇儿吵架是什么时候的事吗？你们结婚纪念日是几号？怎么一个问题都回答不上来？该不是——你们已经'一别两宽'了吧？"

唐烨这话就像钝刀割肉，疼得王辉直皱眉头，连干三杯酒，唐烨和许良辰各陪饮了一杯。

王辉叹息："女人呐，就是这世界上最自以为是的无解怪物，男人顾家守宅的时候，她嫌弃你没出息；男人四海打拼的时候，她抱怨你没安全感；起初她跟你说只要一个吻，然后要一个拥抱，接着要一个家,要一个娃,有了这些之后,她又要大房子,要跟人比娃、比老公、比家大业大……"

唐烨端起杯中酒一饮而尽:"我倒羡慕你能遇到一个要个没够的女人,至少,你还能用满足她的索要来证明你们之间的感情。我呢,比你更苦闷,因为我爱上的是一个从不索要的女人,她生怕成为我的负担,她一定要成为我的战友,她不贪、不要、不无理取闹,她比我理性勇敢,比我更要强,我在她面前从未形象高大过,从未志得意满过。一个丈夫满足妻子贪婪索要后的满足感虚荣心,满足妻子自私任性后的成就感,这些美妙滋味我统统没有尝到过!在她面前,我总是没来由地谨慎,刻意,加倍努力,我生怕自己不够好,不够成功,这样我就配不上她,甚至还会被她嫌弃,被她抛弃,一想到我或许会有这么悲惨的下场,我就不得不拼命努力干得更好,做得更出色,为了不掉队,不让自己成为她的拖累,可以跟她那样优秀出色的女人永远在一起。"

许良辰听罢,自饮一杯:"你们俩是故意当着瘸子说矮话!一个标榜自己是有钱、有实力、有忠贞、有家庭观念的四有好男人,就是女人太不知足太能作;另一个显摆自己是一支'绩优股',撞大运娶了一支'蓝筹股',小神见大佛地感慨自己的才华和优势无法被崇拜追随;你们俩不用比惨、不用自黑,来,拿我当镜子照照,包你们百病全消,神清气爽!"许良辰灌下一杯酒,继续吐槽卖惨,"我就是个扛活儿的影视民工!每份工作都是临时短工,一个月有半个月在找工作,剩下半个月在死扛失业!我们家这位女神呢,感情上防我跟防贼似的,经济上管我跟管幼儿园孩子一样。她给我起的外号不是'韭菜哥'就是'躺平男',我的钱和人都是她的,可她的钱和人都是她自个儿的。她在公司里是条龙,回到家是条虫,什么脏活累活都是我的,她弱她有理啊,我但凡敢多毛,她就倒打一耙说我欺负她是弱女子!她何弱之有啊?"

王辉的眼睛犹如一台X光机,把唐烨从头到脚透视了一遍:"我见过唐果本尊啊,没想到是这样一位'女利'姐,唐烨,你确定你们俩是亲兄妹么?"

唐烨觉得两颊发烧,语重气短抢白许良辰:"女人结婚后变成什么样子,那得看男人给她的是什么品质的生活,唐果以前不是这样的,你得为她现在的女利作妖负一半责任,不,百分之八十的责任!就冲你这篇儿酒后吐怨言,我得重新考虑要不要当你的债权人了,幸好我还没转账给你,否则,你得把唐果说得更加不堪了!"

许良辰赶紧抽了自己一个大嘴巴,自罚三杯算是谢罪。

唐烨手机来电,他接听起来,主要是对方说,他听,两分钟后电话挂断。

唐烨的神情与刚才判若两人,一脸的又惊又喜,他兴奋地一口闷了杯中酒,朗声向王辉和许良辰宣布:"谁也别跟我抢,今晚这顿我埋单!'韭菜'哥,你刚才想点的那几个傻贵傻贵的菜,统统上!这二锅头你喝着辣心不?要不要换瓶柔和点的好酒?"

王辉和许良辰闻听此言一个摇头、一个点头。

唐烨举杯:"敬各家的不省心女神!干!"

当唐烨、王辉和许良辰因为一起阴差阳错的地库群殴事件成为了临时酒友,围聚在小酒馆里一张酒桌上喝大酒,谈天、说地、聊女人的时候,他们怎么也想不到,数个小时之前,彼时地库群殴事件尚未发生,许良辰在来伦敦的航班上,唐烨在公司核算各种数据，王辉在会议室里听取下属的述职报告，坐标地北京，他们生命中最重要的三个女人——周朗朗、何立琪和唐果，就抢先他们一步，因缘际会地"会师"了。

北京时间下午五点一刻，周朗朗和唐果这对"塑料"姐妹花已经在"老地方"健身馆会合开练了，这家健身馆是她们练出人鱼线、腹肌和翘臀的训练场，更是减压、发泄、充电的流汗地。在北京，能让自己以最健康、最有效方式进行从心灵到肉体"排毒"的场所，就是健身馆。

健身馆内重机械区旁的三角空地上，换上健身服的唐果和周朗朗已进入PK状态。唐果边拉筋边挑衅道："反正咱俩现在都是独守空房的留守媳妇儿，精力过剩、无处发泄，上次比赛根本没尽兴，这次干脆玩大一点？"

周朗朗边做热身动作边回应："看来你又要搞事情了，说吧，我奉陪到底！"

唐果眼珠子一转："30个burpees、50个深蹲、100秒平板支撑、100个仰卧起坐，怎么样？"

周朗朗满脸不屑："你就这么点料啊？最近是不是偷懒没运动？天一冷就顾着胡吃海塞养贼膘了吧？再加50个跪姿俯卧撑，50个跳跃箭步蹲，5分钟跳绳，这才像点比赛的样子！"

唐果追问："赢了怎么说？输了怎么罚？"

周朗朗："不用猜也知道你最关心这个，输了的人要完成赢了的人一个愿望清单，上限金额不超过1万，有效期限为三个月！"

唐果狡黠一笑："这次我赢定啦！等的就是你这句话，我逛街看上的一双鞋子这下有人给埋单喽！"

两人击掌为定。

周朗朗和唐果找来健身教练当裁判,健身小伙伴们也围过来凑热闹给她们掐表计数,教练一声令下,比赛开始。

第一回合,唐果先胜一局。

第二回合,周朗朗胜出一局。

第三回合,唐果再胜一局。

第四回合,两人追平。

第五回合,关键性的决胜局,唐果只要比周朗朗领先一秒钟完成规定动作数量,就胜券在握稳赢了。唐果挥汗如雨全力以赴冲刺,倒计时三分钟,两分钟,一分钟,唐果处于略微领先优势,胜利,就在眼前。

唐果手机铃声响,她略一迟疑,继续比赛。手机铃声似乎跟唐果铆足劲对着干上了,无休止地狂响,完全不识趣,丝毫没有待会儿再打来的暂停意思。观战的小伙伴多了句嘴:"果儿啊,是你老公的电话,接不?"

周朗朗停下动作:"接电话吧,许良辰这会儿打过来,应该是有什么急事吧。"

唐果一听周朗朗这么说,也心神不宁起来,毕竟比赛事小,老公为大,许良辰这次去伦敦跟唐果报备的理由是为公司办差,捎带着借道探亲大哥唐烨,他这个时候差不多落地伦敦机场了,此时一个接一个地疯狂电话call她,应该是出了什么状况。

电话接通,唐果紧张发问,许良辰没心没肺地及时打小报告:"报告女王陛下,我已经跟咱亲大哥接上头了。大哥人瘦了,升官之后气场更大、更威风了,怪不得你总看不上我,我要有个这么厉害的亲哥哥也恨不得天天在家横着走!我这是趁上卫生间的工夫偷偷给你打的电话,有个非常紧急、重要、不寻常的情况要跟你及时报备一下,你可千万别跟朗朗姐说。大哥身边多了一个脸盘漂亮、身材性感、为人开朗热情的甜姐儿助理张安雅,这妞看大哥的眼神别提多含情脉脉了,我严重觉得,朗朗姐的劲敌出现了!你先别跟朗朗姐说,我就是先跟你预个警,你等我的后续追踪报道,这两人要万一真有什么不该有的事,你放心,我一定替咱老唐家清理门户,哦不,清理门外'野花杂草',怎么样,你老公聪明吧?能干吧?你打算怎么奖励我啊?"

唐果翻翻白眼珠,气急败坏嘶吼:"你巴巴地一个接一个夺命电话call就为这捕风捉影的花边八卦?你啥时候从扛摄影机的'火头军'变成'狗仔队'了?你还预警,还后续追踪报道,还清理门户,还要奖励,我告诉你,你就是丧心病狂'偷吃'一百次,我哥也绝不可能对不起周朗朗半次的!你有正事赶紧办正事去,没正事就随便撒欢儿去,别跟我这添堵添乱,我这儿忙着呢,你赶紧滚,有多远给我滚多远!"

眼瞅着胜券在握、彩头大大的一场比赛,最后关头就输在许良辰一通空穴来风的越洋八卦播报中,唐果能不把一肚子怨气冲他撒过去嘛,幸亏许良辰远在伦敦,这要是就在眼前的话,唐果能把他当成人肉沙袋重拳出击一百下!

唐果挂了电话冲周朗朗撒娇:"都赖你,非让我接他这个破电话,什么甜姐儿助理,什么通风报信的,我看他就是成心来砸场子的!我不管,今天的比赛要么直接判我赢,要么现在就追加一局……"

唐果话没说完,周朗朗的手机响起,方黎来电,她起身擦汗接听。接完电话,周朗朗冲唐果一晃手机:"人算不如天算,今天这场比赛是比不下去了,你的稳赢之战也得泡汤了,公司新来了一个董事,指名要见我谈工作,谈工作应该在公司啊,可人家已经定好了见面的地方,待会儿就让方黎把地址发我,我先走一步,比赛下回再约。"

眼瞅着从天而降的大馅饼就要落入袋中之际,却被老天爷挥挥衣袖给收了回去,此乃人生一大恨事,不找补回来点补偿不足以平心头恨。唐果连忙收拾东西跟了上去:"我跟你一起去,谁知道你是不是听到许良辰胡扯八道的预警通报后心生报复,故意跟什么帅哥、帅大爷的董事约会去了。周朗朗我告诉你,我哥可是个老实人,你要敢玩花活儿报复他,我第一个就饶不了你!"

周朗朗头也不回拒绝她:"我真要跟什么帅哥、帅大爷的男人约会,还能让你逮个正着?你也太小看我了吧,你还是省省吧,咱俩就此别过。"

唐果冷冷一笑,脚步加紧追上去:"晚了,我还就跟定你了,你们约的要是公事局,我正好趁机为我们公司当一回商业女间谍,刺探一点商业情报回去找老大邀功请赏,你们要是男女约会局,我正好当一根'搅屎棍',搅黄了你们的奸情!再说了,今天比赛我稳赢,你也得请我吃顿晚饭吧,正好这下三合一了,快点走,别让人家帅大爷等急喽!"

周朗朗哭笑不得,她对这个自说自话,想到哪儿疯到哪儿的"恶"小姑子一点办法都没有。

周朗朗和唐果来到约定地点,是一家环境幽雅的融合菜高级餐厅。周朗朗向餐厅门口的带位员报上姓名,对方款款带着她们直奔餐厅的地下酒窖,打开其中一个包间房门,巧笑倩兮侧身请她们入席。

周朗朗走进门来，屋内光线柔和之余略显暗沉，首先映入眼帘的是可着一面墙壁打造的顶天立地的巨幅恒温酒柜，里面摆着琳琅满目的各式红酒，以及与之相匹配的各色酒具。屋子居中摆着一张圆形的六人餐台，餐台上醒着一瓶刚打开的红酒，四碟与红酒相得益彰的开胃前菜。餐台主位上坐着一位从头到脚妆容精致、衣饰精致、连笑容都十分精致的风韵熟女，偌大的房间内只有她一人，她看到周朗朗微微一笑，看到周朗朗身后的唐果略显诧异。

要不是精致女人主动开口打招呼，周朗朗肯定以为是带位员工作疏忽，引领她们走错了房间，她对眼前这个女人完全陌生，陌生到她笃定她们从未谋面，从未有过交集。

精致女人并未起身，她明明是冲着周朗朗微笑，却让周朗朗感觉到了一丝寒意。她微笑着缓缓开口："周总请坐，我是何立琪，上次伦敦一别，近来可好啊？"

何立琪，伦敦一别，周朗朗赶紧把这个名字输入大脑记忆库里，一通检索，调集出记忆资料：何立琪，王辉前妻，38岁左右，回归家庭之前曾是风控分析师，精明能干，脾气暴躁，他们有一个在英国读书的儿子，王辉口中的权欲女王、魔系教育的"顺义妈妈"。

上次周朗朗去伦敦出差，与王辉同游一天，当晚在日料店门口撞上何立琪，可惜当时的周朗朗因为唐烨提前一天飞回纽约心情不佳，在日料店里贪杯喝了个酩酊大醉，所以，她对后来的这场三人邂逅，以及王辉和何立琪这对拆伙夫妻的言辞交锋，印象模糊，即便是有，也是酒醒之后往回找补的记忆碎片，以周朗朗的性格，她只会自扫门前雪，哪会管别人家的瓦上霜。

岂料峰回路转，短短数月间，何立琪从路人甲变成了AAC新董事，她周朗朗从局外人变成了自家人，她不禁暗暗思量：今天这饭局挺有意思的，这位新董事唱的是哪一出呢？

既来之则安之，周朗朗坦然落座。

周朗朗向何立琪和唐果做了简短的互相介绍，不卑不亢道："何董，接下来咱们要是谈公事的话，我就让唐经理回避一下。"

唐果何等的鬼马机灵，她已经从何立琪的脸上和饭局的气氛里感受到，这女人根本就是冲着周朗朗过招来的，公事只是幌子，她们要谈的肯定是私事，而且八九不离十跟男人有关系。这么精彩的好戏，她怎能错过？

唐果抛洒出来她应该留下来的十个理由，何立琪既没点头也没摇头，只是很有耐心和风度地示意服务生倒酒、布菜。周朗朗一看何立琪这架势就全明白了，她拿起手机给唐果发了一条微信：健身房那场比赛你赢了，一分钟之内你还不离开这个房间的话，比赛结果即刻失效，倒计时现在开始，60，59，58……

半分钟之内，唐果就像一阵旋风，来得快，去无踪。

房间内归于平静，周朗朗和何立琪对视几秒，何立琪举起酒杯："上次见面太仓促，你也醉了，这次咱们好好聊聊，从今往后，咱们在AAC同进同出，请多多关照。"

周朗朗举杯，先为之前的居酒屋醉酒失礼、失仪致歉，后为今天的这顿酒宴致谢，两人干了第一杯。

周朗朗放下酒杯，侃侃而谈AAC近几年的宏观商业布局，经营战略方针，内部改革调整，年度财报表现，乃至她们部门的重点项目概况、人事配置和未来发展纲要，一一知无不言言无不尽。

何立琪听得忍不住侧身打了个呵欠，她举杯打断了周朗朗：

"这些'书袋子'你还是留到董事会上再背吧，这么轻松的场合，这么可口的酒和菜，咱们还是聊点轻松的话题吧，比如你的家庭规划是什么？打算什么时候结束'候鸟夫妻'的状况跟老公团聚？喜欢小孩子么？计划生一个还是两个宝宝？"

周朗朗立刻明白过来，何立琪约她赴宴的醉翁之意，与公事无关，与AAC无关，何立琪真正想了解的是，她周朗朗会不会成为自己和王辉之间的威胁。换句话说，何立琪虽然已经与王辉离了婚，但仍旧十分在意王辉与其他女人之间的关系，她仍然关心、在意前夫，或者说余情未了。

周朗朗整个人立刻放松下来，只要何立琪不是她职场上的对手，那就没什么好令她紧张兮兮的了。周朗朗举杯："在聊这些之前，我好奇想问一句，您为什么会选择加入AAC呢？"

何立琪转动着手中的高脚杯，目光迷离起来："以前，我活得比你还精彩还野心勃勃，生完孩子以后，我经历了漏尿、轻度抑郁、产后焦虑。双方父母劝我把自己身体养好，把孩子照顾好，他们说我是女人，必须以家庭为重。同事抱怨我老公是人肉提款机干吗要跟刚需的年轻人抢工作机会，上司嫌弃我精力下降、家中杂事多、年龄越来越大。那个时候，没有一个声音是支持我的，我一点一点否定了自己、放弃了自己，一次工作出现失误，我干脆拿失误当借口辞职回家做了全职主妇。我用尽全力照顾家庭，辅佐丈夫，辅导儿子，却适得其反离婚收场！我的离婚财产分割和赡养费还算殷实，国内商机无限，所以我就回来了，打算给自己找点事情做，现在的我已经承受不了创业的艰苦，我入股好友公司做职业投资人，发展前景好的公司、有潜质的项目我们公司都有兴趣参与进来，选择你们AAC，是因为霍骁城，更是为了公司利益,与你没有半毛钱关系,这点职业操守我还是有的。我们的重逢,是天意安排,或者说我们'英雄所见略同',你我选公司的眼光精准,选老公的水准也不差,所以才能跨越半个地球再次重逢。听说,你跟你老公也是一对'候鸟夫妻',所以,我作为过来人提醒你一句,千万别学我,把老公培养成雄鹰,把自己蹉跎成家雀,那就真的是凉凉了。"

说罢,二人干杯。

见何立琪说得动容,周朗朗也敞开心扉:"我跟辉总没什么私交,工作上的交集也不多,伦敦那一天纯属意外,那一天我跟老公安排了满满当当的约会节目,却临时被他放了鸽子,我状态很差,辉总出于绅士风度,陪我散散心,一个被老公放了鸽子的女人,和一个刚离婚的男人,一起喝点酒,吐吐槽,发泄一下平时伪装得很好的脆弱,就这些。"

何立琪自饮一杯:"其实你不用跟我解释这些的,我跟王辉已经离婚了。"

周朗朗浅浅一笑:"可你们依然没有走出彼此的生活,辉总跟我说起你,和你跟我说起辉总的眼神、语气都是一样一样的。"

何立琪摇头苦笑:"身为一个离异中年女性,已经没有什么试错机会了,因为试错成本太大,因为输不起。"

周朗朗也摇摇头:"不,是你误会你自己了,大多数女人,包括我,如果搁到你的位置上,未必敢离婚,即便是离了婚,也不敢不设防接受霍总那样有故事的男人的火热追求,未必有勇气这么快重返职场。你人到中年,依然敢犯错,敢失去,敢追求,离婚是你主张的,霍总是你选择的,工作是你选择的,你一直在追求想要的一切,从不等待,从不妥协。"

何立琪举起酒杯:"太意外了!最懂我的人竟然是你!干!"

周朗朗举杯相碰,一饮而尽。

喝到兴起,何立琪干脆打开了点歌器,周朗朗拿起话筒,你唱一首《勇敢》,我唱一首《泡沫》,你唱一首《听说爱情回来过》,我唱一首《身骑白马》,两个女人一直唱到嗓子沙哑,唱到为歌词笑、为歌词哭,唱到把胸腔内的委屈和负累一扫而光,唱到重新燃起对明天的美好希望,这才醉意蒙眬地惺惺别过,各回各家。

周朗朗蹑手蹑脚回到家,公婆已经入睡,唯有胖猫"腊八"仍旧尽职尽责守着客厅等她归来。周朗朗疼爱地抚摸了腊八的脑门几下,捋捋它的胡须,喂了它一根鸡肉肠,这才道了晚安走进卧室。

卧室里有个小卫生间,周朗朗在卫生间里洗澡时,听到了手机微信的视频通话铃声,她知道,这是唐烨打来的,要么是有什么重大事情要跟她汇报,要么是"交粮日"的功课时间到了。不管唐烨是哪一个缘由打来的电话,此时此刻,她都不想接。此时此刻的周朗朗,忙碌工作了一整天,跟小姑子唐果健身比赛了一场,晚上赴了何立琪的红酒局,可以说是身心俱疲,软瘫成泥。她实在无心无力像平时那样,夫妻两个用电话做媒介,穿越从朝阳区到曼哈顿的距离,在声音和只言片语里互诉思念、营造激情以及释放激情,只有这样,他们才能向自己证明、向伴侣证明,一东一西的他们,还是夫妻。

周朗朗胡乱往脸上涂抹了一层面霜,迅速钻进被窝,她甚至没有力气吹干头发,没有力气按照护肤流程认真拍爽肤水,涂抹精华液、眼霜、乳液,她索性戴着干发帽躺了下去,伸手关掉台灯。

迷迷糊糊间,手机响起微信提示音,她迷迷糊糊点按了那条语音,唐烨声音响起。可这一次,周朗朗什么都没回复,而是默默关机,入睡。她太困了,太醉了,太累了,从头到脚,从身到心。

唐烨并没有饶过睡梦之中的周朗朗,昏昏入睡的周朗朗梦到了唐烨,以及她和唐烨的远距离恩爱情景,梦中的画面比现实还要清晰,唐烨的脸庞比生活中还要英俊。

第二天一早,头痛欲裂的周朗朗是被闹钟给轰炸醒的,她眼睛都没睁开就条件反射地去摸床头的手机,开机,一条未读微信提示赫然显示在手机屏幕上,点开,是唐烨的留言:"亲爱的老婆大人,告诉你一个惊天地泣鬼神的好消息,下个月公司派我回国处理一单业务,并加入KPMO北京分公司的筹备小组,少则几个月,多则一两年,干得好还有机会留在北京,咱们团聚的日子到了,候鸟要回家了,高兴吧?惊喜吧?乖乖等我回家好好慰劳你,么么哒!"

看完信息,周朗朗扪心自问了一下自己的心情,无惊,无喜,似乎反而有些乱七八糟的思想负担。这太不正常了,她赶紧甩甩头发,让自己的意识回归正常状态,她回复了一串高兴啊、惊喜啊之类的文字,觉得不妥,删除了。接着发送了一段类似内容的语音,觉得太夸张做作,删除了。歪头想了想,她打开表情包,点击N个"龇牙""微笑""得意""坏笑""嘿哈"的小人以及"玫瑰""拥抱""亲亲"的表情包发送过去,这才松口气交了差,赶紧洗漱更衣,跟公婆汇报过唐烨归来的重大喜讯,匆匆出门上班去了。

一路上，周朗朗一边开车，脑子里一直重复循环着姥姥的另一个忠告："朗朗啊，谈恋爱那会儿，你要考虑决定的是喜不喜欢这个人，你们适不适合在一起。结婚以后，你要三思的是，你喜不喜欢现在的自己，如果婚后你变得自卑、易怒、劳累、不快乐、失去自信，对未来丧失向往，那就证明这个婚姻不适合你。如果人人都说婚后你变得更漂亮了，你更喜欢现在的自己，对未来充满信心，那就证明你嫁对人了。"

周朗朗抬头望着后视镜端详自己，自问：周朗朗，你觉得自己漂亮么？快乐么？你喜欢现在的自己么？你对未来是否充满信心？请回答。

第十章　小重逢

北京首都国际机场为4F级民用机场，是中国三大门户复合枢纽之一，环渤海地区国际航空货运枢纽群成员，世界超大型机场。北京首都国际机场拥有三座航站楼，有两条4E级跑道，一条4F级跑道，共开通国内外航线252条。北京首都国际机场年旅客吞吐量位居亚洲第1位、全球第2位，它日复一日、年复一年的目睹了多少人的来来往往、奔波打拼，见证了多少人的起起落落、聚散离合。临近年底，机场里的旅客似乎比平时更多了，有的为了完成年度工作业绩在做最后冲刺，有的辛劳一年度假出行，有的思乡情切返程探亲，有的只是为了奔赴一个地方，或者见一个人。

机场出闸口，挤满了形形色色的接机人群，有手捧鲜花的，有高举名牌的，有焦急张望的，有扯着欢迎横幅的，有冲着闸内亲人挥手欢呼的。唐果和许良辰算是接机人群里两朵灼灼醒目的"奇葩"，唐果背对着出闸口，根本不关心出闸人群中有没有她亲哥唐烨，她气鼓鼓着一张俏脸，眼神带着小飞刀射向许良辰，嘴里不停叨叨："你离我远点，再远点，别让人看出来咱俩是一起的，我这是来接我哥，你来瞎凑什么热闹啊？平时让你下楼拿个快递都得求爷爷告奶奶的央求你大半天，这次听说我来接机，你就跟一张甩不掉的狗皮膏药似的非要跟着来，你不是会看上那个张安雅了吧?"

许良辰呢,穿了一件橘红色卫衣,脚蹬一双左脚蓝色、右脚红色的高帮 AJ 板鞋,戴着一副彩色镀膜墨镜,举着一块真人大小的张艺兴海报牌,在人群里特别扎眼,已经有 N 个围观者上前向他打听张艺兴乘坐哪班航班,啥时候落地,知道的他这是来给自家亲人接机的,不知道的还以为他是大龄粉丝来疯狂追星的!

许良辰振振有词解释道:"我上次去伦敦,大哥对我嘘寒问暖、照顾备至,比亲大哥还亲!大哥这次回国公干,你说我不应该来接一下机,推一下行李,当一回专职司机么?"

"别以为我不知道,你这是醉翁之意不在酒,在乎美女张安雅也!"

"瞅瞅你那拈酸吃醋的小样儿,你还是我深深爱着的高大上女神唐总唐果么?大哥那么忙,哪里有时间、有精力对我面面俱到,我从住宿到出游,从购物到吃饭,人家张安雅可是彻头彻尾当了一把全程免费地陪啊!这次是人家第一次来北京,咱们不应该略尽地主之谊么?别说是大哥的得力助手,是我伦敦之行的全程地陪,就是一个陌生老外来了北京,咱们不还得热情高歌'北京欢迎你,有梦想谁都了不起,有勇气就会有奇迹……'"

"打住!你的欢迎方式就是用张艺兴啊?这哪儿是'北京欢迎你'?这是劲歌热舞明星欢迎她嘛!"

"张安雅跟我提过一嘴,说国内的明星她最喜欢的就是张艺兴了,喜欢他的歌舞,喜欢他的努力,不光她喜欢,她的一些朋友也喜欢,我这算是投其所好嘛。再者说,正好我朋友公司有这么一个道具牌,我就顺手牵羊给顺过来了……哎,大哥!安雅!我们在这儿等你们老半天了,欢迎回国,欢迎回家,热烈欢迎!"

唐果一听上前踹了许良辰一脚："安什么雅？你跟人家有那么熟么？我可警告你，你要连这把'窝边草'都惦记着吃一嘴，我先把你的兔子牙给拔光喽！"

许良辰一边躲闪着唐果的"无影脚"，一边冲向走到出闸口的唐烨和张安雅，他头也不回给唐果撂下一句风凉话："你就把你那颗醋心踏踏实实放回肚子里吧，我再愚笨也有这点自知之明，这把'窝边草'堪比仙草，我这山野灰兔是没资格吃的，要吃怎么也得是'玉兔'才有资格，比如你大哥。哈哈哈哈，你这是皇后不急宫女急啊！"

眼瞅着唐烨和张安雅迎面而来，唐果只能硬生生把这团心火给咽回嗓子眼里，摆出一副天下本无事的表情迎了上去。

张安雅果然对许良辰双手奉上的明星海报牌十分惊喜，爱不释手又是合影又是发朋友圈的。许良辰接过唐烨的行李推车，唐果向唐烨和张安雅的身后打量半天，这才忍不住问："怎么就你们俩？这趟公干不会就你们俩吧？就你们俩这算怎么回事啊？"

唐烨随口问："朗朗怎么没来？"

唐果嘴一撇："我要是周朗朗，也一准儿工作忙得来不了！"

许良辰扯了扯唐果衣袖，示意她这里是公众场合，口下留情，他向唐烨解释道："哥，朗姐哪次不是亲自来为你接机、送机的啊？今天他们公司老大要开紧急会议，朗姐急得不行不行的，叮嘱我们务必替她跑这一趟，她说开完会就回家，爸妈在家做了一桌子硬菜等着把你喂成北京填鸭。唐果，你现在给爸妈打个电话，他们肯定早就等着急了，我先走一步去停车场提车。"

唐果给爸妈打过报信儿电话，许良辰把车开到航站楼外的临时停靠点，一行人上车时，唐果有意安排张安雅坐在了副驾驶位置上，她和唐烨一起坐在车厢内后排位置上。

车子徐徐前行，司机许良辰一秒切换导游模式，他边开车边热情地向张安雅介绍北京的知名景点、代表性建筑和特色美食，什么好吃的、好玩的、好看的，许良辰知无不言言无不尽。

因为许良辰是土生土长的上海人，小许跟老许在家里会习惯性用上海话交流，因此做了上海媳妇的唐果是能听、能说一点点上海话的，她虽然比不上老许和小许的上海话地道，但绝对能让张安雅这样的外来客听不懂半个字的。唐烨天南海北遍地跑，身边的同事来自五湖四海，国内哪个省份的都能集齐一套召唤神龙，他虽然不会说各地方言，但听个五六成是不成问题的，许家的上海话对他来说已经达到耳熟能详的程度了。

趁着许良辰和张安雅在车内前排聊得热火朝天，后排的唐果压低声音用上海话跟大哥唐烨窃窃私语："你们公司'福利'真是厚厚啊，回国公干还发给你一个美女同事一路同行陪伴左右的，你想过你老婆的感受么？"

碍于前排的张安雅，唐烨无法口头回答这个问题，他悻悻白了妹妹唐果一眼，拿出手机给她发微信文字作为回答："呵呵，你想多了，回国的不止我和安雅，还有其他同事，只是碰巧我和安雅是同一个航班飞回来的。这是工作而已，我老婆没你这么八婆！"

"你老婆再英明、伟大，她也是个女的，而且是个可怜的跟老公长期两地分居的留守女性。没听说过一句话么，女人在爱情里的智商为零，在老公和别的女人暧昧的时候情商为负数。"

"你到底想说什么吧？"

"作为你的亲妹妹，我必须提醒你，远离漂亮女助理，防火防盗防暧昧，这是你疼你老婆最好的方式，没有之一！一个性感火辣的张安雅，已经把许良辰迷得五迷三道神经错乱了，我可不想眼睁睁看着你也陷进去。"

"你平时不是挺喜欢跟朗朗对着干么？什么时候你俩变得这么统一战线了？"

"我跟她互掐那叫'人民内部矛盾'，生命不息互掐不止，但只要出现'外敌'，肯定是要先攘外安内的，这个主次之分我还是拎得清。朗朗那人虽说长得没我漂亮，工作没我出色，性格没我活泼，但你远走高飞这几年，人家对咱爸咱妈，对你妹妹、妹夫，对这个家，那可算得上是尽心尽力，现在哪个女人能做到？搁我早就揭竿起义老娘不伺候了，可人家不仅没有怨言，还把自己的事业经营得有声有色。就冲这些，我服她，力挺她，必须替她说几句公道话，替她铲除家门外的'花花草草'！"

"什么'外敌'？什么'攘外安内'？你要干什么？你想让我干什么？"

"第一，先把你的漂亮女助理送到她预订的酒店去；第二，从今往后，你跟你的女助理不能有任何私下往来；第三，不要让周朗朗看到她，不要在周朗朗面前提到她；第四……算了，说多了你也记不住，先做到这三条，我替你密切注视着周朗朗的动态变化，咱们再随时追加补充吧。"

"我已经邀请安雅去咱们家吃饭了，她也答应了，作为她的北京上司，我是不是应该尽一点地主之谊，表示一下待客之道？"

"等你尽完地主之谊，咱家差不多就该八级地震了！你好好琢磨琢磨周朗朗今天为什么没来机场接你，再预测一下咱家多愁善感的老父亲，护儿媳妇护上瘾的鹰派作风老母亲，他们二老看到你带着张安雅回家吃饭会是怎样一个局面?地主之谊这事你不用管了,我就是通知你一声,大不了让许良辰替你表示一下待客之道吧。"

不容唐烨说no,唐果用上海话交代许良辰,待会儿把他们兄妹送到小区门口,他就带着张安雅去吃个烤鸭、鱼头泡饼之类的特色北京菜,然后直接送她到酒店,他们夫妻俩兵分两路各司其事,完事在唐家会合。

到了小区门口,唐烨被唐果生拉活扯地给拽下了车,许良辰对着张安雅一通天花乱坠的插科打诨。张安雅望望被妹妹推搡着越走越远的唐烨,看看身边眉飞色舞的许良辰,冰雪聪明的她当即回过味来,无可奈何一笑,听之任之地跟着许良辰去寻觅京味美食了。

唐氏兄妹俩大眼瞪小眼,嘴里嘀嘀咕咕地进了家门。比过年还丰盛的饭菜酒水摆满了一张餐桌,犹嫌不足的唐妈叶翠兰仍旧在厨房里忙个不停,唐爸唐大年一边开酒一边跟老伴儿打嘴仗,已经开完会回到家里的周朗朗在一旁帮厨,捎带着给二老的打嘴仗帮个腔、敲个边鼓,斗嘴声和笑声一路传播到了客厅,洒满屋子的每个角落,唐烨嗅到了浓浓的家的味道,这就是久别重逢的小确幸吧。

唐果一进家门就扯着嗓子报信儿:"爸,妈,你们光荣且骄傲的大儿子回来啦!你们嫌弃又神烦的小女儿来蹭饭啦!饿死了,饿死了,赶紧开饭吧!"

叶翠兰和唐大年闻声一前一后冲过来,争先恐后抱着儿子上上下下瞧个没够,叶翠兰迭声说:"瘦了,又瘦了,我就知道咱们中国人的肠胃不能天天拿热狗、汉堡的瞎对付,妈做了你爱吃的水煮牛肉、叉烧、酱肘子，待会儿多吃点，你总算是回来了，今后一天三顿都得在家吃，妈要好好给你补补。"

唐大年插话道："烨子，别听你妈的，光吃肉会得'三高'的，多吃点青菜水果，这几天吃个七分饱就行了，不然顿顿大鱼大肉十分饱，人没养胖先把肠胃给吃坏了，得不偿失！累不？要不要先换个衣服、休息一会儿，我昨天去买的上好的'冻顶乌龙'，你最爱喝的，要不咱爷俩先来一杯尝尝？"

唐果拿手在老爸眼前晃了晃，又去拍拍老妈的肩头："爸，妈，你们也太偏心了，都说远香近臭，以前我还不信，今天我可真涨见识了。你们围着儿子前呼后拥，激动地连哭带笑就跟铁杆粉丝给明星接驾呢，对我这个女儿不闻不问地像没看见一样，你们要再这么厚此薄彼，我明天就向公司申请去非洲分公司就职，让你们尝尝跟我三年见一面是什么滋味……"

唐果拈酸吃醋地自说自话，叶翠兰和唐大年压根没听见她在唠叨什么，仍旧围着唐烨说长道短团团转。

长别离，小重逢，此时此刻，唐烨最急着要见的人当然是周朗朗了，他应付过爸妈的热情围攻，穿越了各色水果和乌龙茶的包围圈，三步并作两步迈进厨房，与端着一盆浓浓鸡汤的周朗朗差点撞了个满怀。

唐烨的眼睛定格在周朗朗的脸庞上，深情凝望："朗朗，我回来了。"

周朗朗的眼睛里全是唐烨的身影："小心，刚出锅的鸡汤很烫，赶紧洗手吃饭吧，边吃边聊。"

肥猫"腊八"端坐在餐桌旁属于它的一个小凳子上，冲着众人风情万种地喵喵叫了几声，那意思是："热烈欢迎大哥回家，本喵饿了,馋了,赶紧开饭饭吧。"

餐厅的饭桌上摆满了杯盘碗碟,从生猛海鲜到肥美家禽,从私房小炒到卤煮牛羊肉,从青翠菜蔬到京味小吃,个个都是色香味俱全的横菜、硬菜。叶翠兰往唐烨碗里夹了一筷子水煮牛肉:"你的最爱,水煮牛肉,你就是不在家,妈每个月也要做上一两回,妈怕时间长了不做这道菜,等你回来一吃菜不对味了可如何是好。你赶紧尝尝,是不是这个味,妈这颗心可在嗓子眼儿悬着呢。"

唐大年夹了一块蜜汁叉烧直接送入儿子口中:"来,先吃一块叉烧,有日子没吃想这口儿了吧,要搁以前你一个人就能干掉一整盘呢。知道你好这口,爸前天一早去菜市场选的最漂亮的一块梅头肉,回到家洗了又洗,戴上老花镜拿镊子挑干净皮毛,拿盐、糖、酒、红葱头、陈皮、甜面酱给它按摩了半个小时,石头压着放冰箱里腌了两天,今天接到你们电话,掐算着时间上烤箱烤的,这肉啊多烤一分钟就柴,少烤一分钟就腥。你赶紧尝尝,尝尝老爸的手艺地道不地道。"

叶翠兰不高兴了,脸一沉,筷子一放:"烨子这才刚进家门你就要跟我打擂台啊?眼瞅着这一年马上过去了,你又老了一岁,能不能有点长进?能不能别总当着孩子们的面跟我比试高低输赢?能不能安安生生把这顿饭顺顺溜溜地吃完?"

"你真是属手电筒的,光会照别人,就是瞧不见自己个儿!一个巴掌能拍响啊?一个人能唱一台戏么?我说我的,你别掺和进来不就太平无事了嘛。儿子这才刚刚下飞机赶回家,连你都说了,他瘦了,瘦了一大圈,他那吃惯了炸酱面、京酱肉丝的肠胃生生是被汉堡、热狗给虐待坏了。既然说得头头是道,干吗一开席上来就逼他吃你那辣死人不偿命的水煮牛肉？吃点酸甜适口的补中益气养养脾胃有什么错？亏你还是他亲妈，连这点道理都整不明白，白活！"

叶翠兰一听这话就戳心窝子，心火就给拱出来了："我生的儿子随我，大块吃肉、大口吃饭，光明磊落做人，坦坦荡荡做事！不像某些人，一辈子小肚鸡肠抠搜心事，当面一套背后一套，一北方老爷们儿，天天不是吃清汤寡水的就是甜咸口，知道的说你矫情，不知道还以为你被哪个南方小娘们给喂成猫了呢！"

旧事重提一万遍，当着儿子、儿媳和女儿的面，唐大年依然没学会好汉不吃眼前亏，依然没学会委曲求全，他硬生生顶了回去："别以为儿子回来了，就有人给你撑腰壮胆保驾护航了，告诉你，我身正不怕影子斜，你要再信口开河，阴阳怪气搞打击报复那一套，正好趁孩子们都在这儿，咱们正式分家，你走你的阳关道，我过我的独木桥，从此井水不犯河水！"

此情此景，对于周朗朗来说是何等熟悉和亲切，自打她迈进这个家门，唐烨的父母就是这么大吵三六九、小吵天天有地锵锵过招，饭菜咸了淡了，谁霸着电视遥控器不撒手了，谁上完厕所忘记冲水了，这些诸如此类的鸡毛蒜皮的事都可以让二老嘎嘣脆地吵上大半天。

若在以往，周朗朗会习以为常地在唐大年和叶翠兰的争吵声中该吃吃该喝喝，可这一次，她却听着听着二老的争吵声悲从中来：爸妈都这么大岁数了，为什么要在吵闹争执中走过婚姻下半场？他们为了生计已然错过了、蹉跎了前半生的幸福婚姻时光，难道连下半场的幸福时光也要眼睁睁一再错过么？作为儿女，难道顺从、听之任之他们这样稀里糊涂折腾下去就是最大的孝顺了

第十章 小重逢

么？儿女们个个精明强干、独当一面、事业小成，为什么就不能抽出点时间和精力帮助爸妈纠正这些"历史遗留问题"，帮助他们化干戈为玉帛，去追求去争取所剩无多的幸福日月？爸妈如果一辈子就这样彼此纠缠磋磨下去，我们纵使再功成名就，怕也会有许多心结和遗憾；爸妈如果能过得和和美美乐在其中，我们是不是也能安心释怀一些，或许这才是真正的孝顺，真正的为人子女之道吧。

想到此，不等唐烨出招和稀泥，周朗朗一正面色放下筷子："爸！妈！咱能不能不吵不闹地把这顿饭吃完？你们自己说说，为了饭菜咸了甜了，为了争夺遥控器所有权，为了睡觉谁去关灯，为了子女到底跟谁最亲近这些鸡毛蒜皮的事你们吵吵闹闹了半辈子，吵出胜负输赢来了么？吵出谁对谁错来了么？你们没吵累，我都听烦了，咱能不能把这些旧账统统翻篇儿，从现在开始，打盆说盆打罐说罐，凡事向前看，为了唐果和许良辰，为了唐烨和我。爸，妈，你们也得改改这老毛病了，先从这一顿饭做起，能少说一句就少掐一句，不挑头、不煽火，咱有说有笑吃个饭不好么？爸，您是一家之主，大人有大量，您先带个头，妈，您是咱家的定海神针、镇宅之宝，您也表个态。"

唐烨略略吃了一惊，周朗朗这是怎么了？一贯对"饭桌小吵"听之任之的她怎么突然严肃表态？一贯是个五好儿媳妇的她怎么突然变成秉公执法的居委会主任？唐烨往父母脸上各瞄了一眼，父母脸上均写着一个大大的问号，身为和稀泥专业户的他赶紧发话往回找补："爸，妈，这话其实是我要说的，被朗朗给抢了先，我们这是为了这个家好，为了你们好，既然朗朗勇敢地抢先做了这个'恶人'，我这个'罪魁祸首'就再补充几句，你们说咱家如今还缺啥？儿女都挺懂事、能干的，自给自足，比上不足比下有余，你们二老身体硬硬朗朗的吃嘛嘛香，钱不多但够花，房子不大但够住，咱家啥都不缺，就缺你们二老化干戈为玉帛，从今往后停止争执吵闹，停止翻旧账，停止动不动就说各过各的井水不犯河水！你们和和美美了，我们在外面才能安心工作，你们妇唱夫随了，我们才能有样学样把婚姻经营好喽，你们要再这么一吵、二闹、三翻旧账、四分家下去，我今儿把话撂这儿，信不信我和唐果我们兄妹俩，先就被你们给'传帮带'地把自己的小家庭、小日子给折腾零散了！"

唐果添油加醋道："二老知不知道我和朗朗为啥都不敢生宝宝？生个宝宝出来，让孩子们看到爷爷奶奶或者姥姥姥爷天天掐架掐得跟乌眼鸡似的，我们怎么跟宝宝解释？宝宝肯定觉得爷爷奶奶或者姥姥姥爷是这世界上最可怕的大怪兽啊，你们还让宝宝们怎么快乐、幸福地茁壮成长啊！"

唐大年喝止唐果："够了！你少给我胡扯！你们几个是商量好了要开我们的批斗会的吧？批斗就批斗，别给我瞎扣帽子，一个巴掌拍不响，这么多年我举白旗举得胳膊都废了，人家也不肯鸣锣收兵，我能怎么办？只能陪吵、陪打呗，你们说的道理我都明白，举双手赞同，只要她能高抬贵手放我一马，我绝对能保证不挑事、不煽火，让她三个回合！"

叶翠兰一拍桌子："别扯这些没紧要的闲篇儿，我跟他唐大年已经吵闹了半辈子，如果要我不吵不闹地从早到晚对着他，我还真不知道这日子怎么打发过去！趁着今天人齐全，我还正琢磨着怎么开口跟你们几个说生孩子这个事呢，没想到你们自己倒送上门来了！既然你们把不生宝宝的理由开罪到我们两个老家伙的头上，我就得跟你们掰扯掰扯，你们兄妹从生下来就看着我和你爸吵吵闹闹过日子，你们俩不也健康活泼地长了这么大，也不比谁差，你们各自生了宝宝，这宝宝肯定能继承这一优良传统，抗击打能力和心理承受能力都是百里挑一的，比你们还青出于蓝而胜于蓝！再者说了，你们结婚是为了父母么？你们生宝宝是为了父母么？我这当妈的必须苦口婆心劝你们一句，既然做了夫妻就得朝朝暮暮，就得秤不离砣，就得开花结果，否则你们就算是男的成了比尔盖茨，女的成了女马云，那也是浮华来去一场梦！朗朗，你是大嫂，先带个好头，这不烨子也回来了，你抓紧调养身体、积极备孕，争取过罢春节，今年夏天就有好消息！果儿，你也得跟上形势，高龄产妇可不是闹着玩的，趁你们年轻好生养，身材恢复得快，赶紧十月怀胎生一个，生两个当然就更好了，现在辛苦一点，等你们到了我这岁数，就知道有金有银是'豆腐'，有儿有女才是幸福！"

唐烨连连点头："您教训的是，我们就是这么打算的，二老就踏踏实实等我们的好消息吧。"

周朗朗眼前闪现出唐烨在伦敦酒店不辞而别的画面，闪现出在诺丁山时王辉为她俯身穿鞋的画面，闪现出何立琪与她把酒吐槽的画面，闪现出她与母亲在街头争执的画面，闪现出健身房内唐果当着她的面与许良辰越洋电话聊到张安雅的画面……

周朗朗淡淡一笑，答非所问："我常常提醒公司里的年轻女孩子一句话，女孩子趁年轻就是要多拼事业、多赚钱，不然遇到给你发一个520红包的男人，你就以为遇见爱情了！我现在常常提醒自己一句话，女人一定要把事业当天职，把婚姻当兼职，不然遇到一个肯跟你生孩子的男人，你就以为遇见幸福了！其实婚姻和生孩子是两码事,婚姻是爱情的归宿,生孩子是家庭责任和社会责任的双重确认,不是每个结了婚的男男女女都有资格为人父母的,婚结错了可以一别两宽,为人父母不及格可是害人害己后患无穷,这个担子太重了,我得再想想。"

唐果迭声附和道:"就是就是,你们可以上网搜一搜'职场女性为什么不敢生、不愿生'这类文章,吐槽者能从咱家排到长安街上去,我们女人跟男人一样,在学校寒窗苦读十几年,在公司辛辛苦苦打拼了这么久,难道就是为了回家生个娃?公司又不是慈善机构,为什么要花钱请你这个带娃妈妈来拖后腿,来影响团队业绩和工作士气?好吧,如果公司不疼还有老公爱,那我们女人好歹也算是有失有得了,就怕给孩子洗洗涮涮、做吃做喝、辅导作业,变成黄脸婆的我们已经无法与往日的职场丽人同日而语,这个时候,老公的疼爱怕也就是天边的云彩,风吹一吹就散了。到那个时候,我们既无立身之本,又无安家之策,上有垂垂父母,下有嗷嗷小儿,找谁哭去?找谁买后悔药去?还是别天真了,先打好自己的江山,绸缪好未来的积蓄和资本,再谈生不生孩子也不迟……"

叶翠兰抄起手旁的一盒纸巾朝着唐果劈头盖脸砸过来:"你给我闭嘴!少在这里胡咧咧!我就知道,就是你老这么信口雌黄风言风语,才跟小许天天吵吵闹闹把日子过得鸡飞狗跳一团糟的!有本事你先生出来一个,看看你的工作会不会丢,小许会不会跑,你们家的小日子会不会黄!整天闲着没事自己吓自己玩,那么多生了孩子的女人不照样过得有滋有味的,没见谁像你说的生了孩子天就塌下来了,就世界末日了。"

唐大年鲜有地没有反驳老伴儿的意见,而是顺着老伴儿的话一板一眼驳斥儿女们的言论,瞧二老一唱一和的默契劲儿,压根儿看不出来就在十来分钟前,他们还为了水煮牛肉和叉烧肉吵得面红耳赤势不两立呢。

正说话间,门铃响,唐果起身开门,许良辰像个擒了贼寇、平定了边疆的有功之臣一样大摇大摆地走进来。他与唐果窃窃私语咬了半天耳朵,不外是跟老婆大人汇报他安置张安雅的来龙去脉。唐烨一瞧许良辰和唐果这番"奸计得逞"的得意劲儿,不由得心头发堵,一连喝了两杯闷酒,周朗朗冷眼旁观,心里都明白,嘴上只说:"饭菜都凉了,我去热一热,小许赶紧去洗手吃饭。"

周朗朗麻溜地把饭菜重新热了一遍,一家六口人围坐餐桌继续吃饭,许良辰用鼻子一闻就嗅出了餐桌上的高压气氛,他故意聊了一些社会热议话题、工作趣事、奇闻八卦,唐果和唐烨配合着热聊热议,餐桌上的高压气氛旋即扭转得轻松畅快许多,满桌的硬菜、大菜顷刻实现了"光盘"。

吃过饭,收拾了餐桌和厨房,叶翠兰往外轰唐果和许良辰:"你们这就回去吧,唐经理忙着打江山呢,许导演也急着奔前程,等你们什么时候怀上了孩子,再来登门报喜!"

许良辰嘟哝道:"妈,我可没得罪您,您别冲我撒邪火啊。"

唐果拉着许良辰就往外走:"你可真没眼力见儿,没瞧出来今天这一桌子好吃的都是为人家宝贝儿子做的?咱俩算哪根葱?充其量也就是陪吃陪喝的闲杂人等,吃饱了喝足了还不走,等着在这里挨数落啊?"

唐大年追到大门外递给唐果三个打包好的餐盒:"别得着便宜还卖乖。知道你俩一个比一个懒不爱下厨做饭,别老叫外卖,那玩意吃多了伤胃,这里面都是你爱吃的,吃完了给我打电话,我接茬儿给你们做。傻孩子，这不是轰你们，你哥刚回来，你得给他们小两口留点私人空间吧。"

唐果和许良辰满载而归。

唐大年转身回屋正要关门，被叶翠兰一把给推出家门，顺手撂给他一件羽绒服："识趣点，咱俩也是闲杂人等，也得把自己个儿给轰出来，咱俩去街心公园溜达溜达，顺便逛逛超市，屋里这两个孩子挺不容易的，让他们过过二人世界吧。"叶翠兰回头冲屋内的儿子和儿媳交代，"你爸没出息又吃撑了，我带他出门遛遛弯消消食。"

众人说散就散，这个刚刚还热闹、喧腾的如同戏台子一般的家，瞬间切换成寂寂无声的图书馆模式，静得能听到加湿器的电流声，听到"腊八"悠闲地在沙发上舔舐前爪的窸窣声，听到窗外的北风呼呼，听到唐烨和周朗朗一快一慢的心跳声。

沙发里，周朗朗把"腊八"揽抱在怀中，一下一下抚摸着它圆滚滚的脑袋，肉嘟嘟的爪垫，毫无与唐烨攀谈、详聊的意思。唐烨心里明白，他这次回来，周朗朗对他的态度明显跟从前有些不一样，少了一丝甜蜜，一丝关切，一丝亲密无间。虽然他们二人都努力找回从前的状态，却不得不承认，他们之间出现了一些剪不断理还乱的麻团，似乎是因为张安雅、王辉，可也不全是因为这些，还有更为重要的一些内因在鼓噪，比如他们之间无法再像从前想到什么就说什么，他们对彼此都有一些说不清道不明的审视和猜想，他们对彼此有了新的要求和不满，做了N年候鸟夫妻的他们霍然发现已经不适应面对面的零距离相处。唐烨心里还明白，如果不及时把他们夫妻二人这些微妙的心理障碍化解、清除掉，任其像滚雪球般越滚越大，后果轻则貌合神离，重则积重难返、分道扬镳。

唐烨主动走到周朗朗身边，俯下身子，主动开口："朗朗，咱们好好谈谈吧，有些话我早就想跟你说了。"

周朗朗逗弄着"腊八"，垂着眼皮回应："随便。"

唐烨见状皱了皱眉，挥手赶走了无辜的"腊八"，他坐到周朗朗身边，言辞恳切："你这一句随便我就不知道该从何说起了。夫妻之间有隔阂是正常的，咱得面对问题、解决问题，一辈子那么长，不可能一帆风顺到白头的。我先说说自己的问题，我知道，上次伦敦约会我的不辞而别让你心里很不舒服，你觉得我当时没跟你实话实说，是认为你没能力替我分担，跟我共患难，是怪我报喜不报忧。我不想替自己开脱，是的，我当时就是这么想的，我当时就是想一个人扛下去消化掉，不想让你替我担心。如果连我自己都无法解决的工作问题，我相信你纵使知道了也是束手无策，但我这么做绝对不是对你不信任，而是不想把一个人的困难扩大成两个人的困难，把一份煎熬扩大成两份煎熬。这就像你在处理工作问题时的方式一样，我是最后一个知道你昏倒在马场的，我也是最后一个知道你手术后第二天就出院去见王辉说服他帮你扳回败局的，我还是最后一个知道你跟王辉的诺丁山一日游的。还好，哪怕是最后一个知道，也总算是知道了，那还有没有其他我不知道的事呢？你的这份不告知，是不是也是因为你觉得我没有能力替你分担，没能力跟你共患难，我应不应该怪你报喜不报忧呢？跟朝朝暮暮相守的夫妻不一样，我们有更多不为人知的苦衷和忧虑，有更多进退两难的处理方式和决定，我相信，我们这样做的初衷不是对彼此不信任，不是轻视彼此，而是情非得已。如果你觉得我这么做让你心里不舒服了，我跟你道歉，向你保证以后不会这样了。我可以在你面前做一个透明人，希望你能看得到我的心。"

唐烨如此坦白，周朗朗也不得不从沙发里直起腰身，有一说一："如果那天不是因为你的不告而别，我也不会窝着一口气跟王辉去什么诺丁山。倒不是因为我们之间有什么见不得光的，他是个大忙人，我手头也一堆的事，只是伦敦约会是我用心谋划了好久的，行程安排也是我向往已久的。这对于普通夫妻来说不算什么，这次有事去不成，大不了下次再去，可对于我们来说，结婚连个蜜月之行都没时间安排，我在心里把这次伦敦约会当成是补度蜜月，这次达不成的愿望，我真不知道还有没有下一次，下一次是何年何月！我理解你用心良苦的报喜不报忧，在这一点上，我跟你是同类，可你知不知道，我是个女人！就像唐果说的，我是个长期独守空房的留守妻子，我就是钢筋铁骨做成的一个人，也有脆弱到倒地不起的时候，也有想抱着谁哭一场的时候，也有想能被谁捧在手心宠溺的时候。每到这个时候，你都在哪儿呢？张安雅跟许良辰绘声绘色描述了你为她'英雄救美'的全过程，许良辰跟唐果有鼻子有眼地汇报了张安雅对你无微不至的生活照顾，在餐厅里她连黄油都为你亲自涂抹到面包片上，牛排也是切割好递给你的！这次回国的不止你们两个人，可为什么偏偏就你们两个同行双飞？是的，这些都是小事，达不到上纲上线的地步，可哪一个妻子遇到这些能心里舒坦松快？能眼里揉着沙子过日子？我不是非得给你扣帽子，说你们俩有什么。我想提醒你的是，做丈夫的对别的女人敬而远之、泾渭分明，才是对妻子最大的尊重！反之，丈夫对别的女人含含糊糊、听之任之，甚至纵容、享受这种暧昧关系，就是对妻子最大的轻视和狂妄！"

一听周朗朗提到了张安雅，唐烨有些发急，连忙解释："你误会了，或者说，是我做得不好让你误会了，其实不是这么一回事，你听我说，哪儿有什么'英雄救美'，张安雅她其实就是个黄皮肤的西方人，她对汉语、汉文化一知半解，常常闹出不少笑话……"

手机来电，是张安雅。唐烨接听来电，张安雅在电话里认认真真地问他，酒店房间内水龙头里的水可不可以直接饮用，去哪儿能够买到转换插头，酒店提供的牙刷、牙膏是否需要另外付费，酒店的工作人员接不接受小费……

唐烨耐着性子一一回答了张安雅的"十万个为什么"，二十多分钟后才结束通话挂断手机。他一回头，沙发上空空如也，周朗朗不知道去哪儿了，"腊八"也不知道去哪儿了。

因为唐烨的归来，周朗朗和他从候鸟夫妻暂时做回了朝朝暮暮夫妻。谁都以为从远距离婚姻到零距离婚姻，会是一个皆大欢喜的局面，可大家都错了，相望容易，相思唯美，真要到了朝夕相对、日日厮守且相看两不厌的境地，反而是个技术活。

唐烨每天早出晚归，既要总揽王辉公司的审计工作，也要参与KPMO北京分公司的筹备工作，加班加点、出差是习以为常，把工作带回家继续开夜车更是家常便饭。周朗朗每天也是早出晚归，她亲力亲为的几个大case均在有序推进中，应酬客户，给出文案修改意见，与广告明星经纪人敲定档期，拍摄现场监场，听取各方意见反馈，向胡总汇报项目成果，一天天忙忙碌碌下来，吃饭像打仗，觉都不够睡。

唐烨和周朗朗常常是早上一前一后相继出门，晚上一前一后陆续进门，进家门以后，一个往左，一个往右，一个进书房，一个回卧室，双方各据一方领土，继续加班加点，困了洗把脸就卧倒，第二天继续冲锋陷阵。两人偶尔会在餐厅或卫生间碰个头、打个招呼、扯几句闲篇儿，俨然是一对同一屋檐下的匆匆过客。唐大年和叶翠兰看在眼里、急在心上，这俩孩子到底是怎么了，明明是夫妻团聚了，怎么比以前更忙、更累、更公不见婆？真就比总统还忙，还是故意躲着对方？照这样下去，大胖孙子能从石头缝里蹦出来啊？夫妻感情能从天上掉下来啊？不行，他们当父母的得给孩子们想辙！

可怜天下父母心，老两口绞尽脑汁合计来合计去，也无他法，只能是每每做好了晚饭，一个电话接一个电话的催唐烨和周朗朗回来共进晚餐。但凡唐烨到家，他们必定使出浑身解数像收风筝一样把周朗朗召唤回来；一旦得到周朗朗休息的确切日子，他们或装病、或假装吵架、或派出唐果，绑也得把唐烨给绑回来，硬生生把这小夫妻俩往一起凑。还别说，唐烨虽然觉得他跟周朗朗的婚姻到了一个干燥的季节，缺了水分丢了鲜活，两个人之间毛躁得随时随地都可以摩擦出火星来，但看在家人的一片苦心上，也不得不打起十二分精神在周朗朗面前积极表现。周朗朗虽然觉得她跟唐烨是曾经有过春色无边的好时光，可早就在南飞北往、各自为政的候鸟夫妻生涯中消耗殆尽了，但看在婆婆叶翠兰为他们着急上火的舐犊情深上，也不得不放下一身傲骨，接纳唐烨的主动示好和积极表现。两人之间渐渐有了起色，之前即便一个餐桌上吃饭，也不过勉强应付说上三两句话，如今能在唐大年和叶翠兰的推波助澜之下，一家人说说笑笑共进晚餐。

即便再忙，一两个星期之内，唐烨和周朗朗也总要在父母的屡屡督促之下外出看场电影、吃个网红美食；只要一有空，全家人就为唐烨和周朗朗制造二人世界的机会；此番种种，让周朗朗心生感恩和感慨，刚结婚那会儿，她以为她嫁了一个比翼双飞的亲爱老公，现如今她恍然大悟，她嫁的是一家子爱她、疼她的亲爱家人！虽说这家人天天吵吵闹闹、互掐互损，公婆时时刻刻锵锵过招，小姑子随时随地跟她夹枪带棒，关起门来谁也比不上这家子接地气儿地把日子过成沸沸扬扬的戏台子。一旦有外敌来袭，一旦家庭成员有了异动，全家人不用预警、不用动员，上上下下心往一处想，劲往一处使，抱团取暖，谁也别想掉队，谁也别想出圈。这对于从小缺失父母疼爱、家庭温暖的周朗朗来说，弥足珍贵，她不忍也不舍辜负公婆和小姑的一片苦心，打从心底把这一家人都当成了与她血脉相连的亲人。

周五晚上，唐烨事先跟周朗朗约好了来接她下班，二人难得地不用加班，不用把工作带回家，路过万达广场时临时兴起想去看一场口碑不俗的文艺片。因为是周末，看电影的人多，唐烨好不容易抢到两张位置好又连座的票，看了一下入场时间，来不及吃晚饭了，他让周朗朗先入场，自己去去就来。周朗朗凭票入场就座，玩了几分钟的手机，唐烨就回来了，递给她一个沉甸甸的纸袋，打开袋口，一股熟悉的香味扑面而来，周朗朗惊喜地脱口而出："是金枪鱼饭团便当么？"

唐烨一瞧见周朗朗这百合花一样灿烂、无邪的干净笑容，劳累疲乏一扫而光，他一脸的宠溺神情，点点头："不光有金枪鱼便当，还有三文鱼手握、北极贝手握、芝士蟹柳、甜虾美奶滋，哦，还有你爱喝的蜂蜜柚子茶。知道你工作时候一忙起来吃饭都是对付一口是一口的，你先吃点这些垫垫吧，看完电影咱们再好好找一家馆子踏踏实实吃一顿。"

周朗朗已经迫不及待从便当盒里取出一只金枪鱼饭团狠狠咬了一大口,狼吞虎咽道:"还真被你给算准了,我今天可是饿惨了,从早到晚忙活,就吃了一块三明治哄哄胃,你这个便当买来得太是时候了。"

唐烨给周朗朗打开饮料瓶盖:"慢慢吃,都是你的,喝口柚子茶,别噎着。"

周朗朗这才抬头发现唐烨只看不吃:"你怎么不吃?"

唐烨咽下口水:"本来我中午吃得挺多、挺饱的,结果一看你吃得这么有滋有味,还真有点馋了,你拣爱吃的多吃点,不爱吃的我来'打扫战场',不够的话我再去买……"

周朗朗拿起一只三文鱼手握塞进唐烨嘴巴里:"你老婆是一枚吃货不假,但且当不上大胃王呢,一起吃,吃完我还得惦记着看完电影那一顿大餐呢。"

夫妻俩有说有笑,有吃有喝,电影开场,两个人带着一份好心情一起沉浸到徐徐展开的电影剧情当中去。

电影剧情刚刚铺垫出个头绪,男一女一渐次登场,第一个故事包袱才抛洒出来,唐烨手机来电,张安雅惊慌失措的声音清晰传来:"喂,老大,你能过来一趟么,我刚出了地铁站,钱包和手机被偷了!"

唐烨连连追问:"你在哪个地铁站口?人怎么样?有没有伤着?报警了么?你用的是谁的手机?"

张安雅呜咽起来:"我没事,没事,我只能记住你的号码,借了好心路人的手机给你打电话,我这就把位置发给你,你大概多久能赶过来?"

第十章 小重逢

唐烨一再叮嘱："你就站在原地别动，我马上过去。"

挂了电话，唐烨赶紧组织语言跟周朗朗汇报请示："老婆大人，我得跟你请一个小时的假，安雅的手机和钱包被偷了，她初来乍到人生地不熟的，我过去帮她处理一下，来来回回一个小时管够了，保证不会耽误看完电影陪你吃大餐。"

周朗朗霍然起身，径直走出放映厅。

万达广场门口，周朗朗给唐烨撂下一句话："一个人看爱情片儿等同于投喂自己吃'狗粮'，这可比丢手机、钱包的惨多了，我打车回家，你自便。"

唐烨知道周朗朗刚刚才多云转晴的心情这一刻已然晴转严重雾霾了，可他来不及多作解释，掉头就走的周朗朗也不肯给他解释的机会，他只能目送周朗朗疾步离去，然后转身直奔地库取车，向着张安雅的方向疾驰而去。

有了第一次，就陆陆续续有了第二次，第三次，第 N 次。张安雅给唐烨打来的求援电话像应时而生的冬日寒流，该来的时候来，该退的时候退，来的时候理由充分、应时应景，去的时候悄无声息，却留下一地的枯木和薄冰，唐烨和周朗朗的情分就在这一浪一浪的寒流里乍暖还寒、欲语还休，就在这不动声色的寒流里后知后觉地步入了三九四九冰上走的隆冬时节。张安雅的求援电话花样百出，什么笔记本黑屏文件丢失，什么被手机导航给带迷路了，什么她公寓门口经常有贼头贼脑的男人晃来晃去……张安雅一边使出十八般武艺做唐烨工作上最得力的助手，一边在生活中化身为孤立无援的傻白甜把唐烨当成她的哆啦 A 梦。唐烨对于张安雅的多番求援，一开始是不好拒绝，后来是无法拒绝。他知道周朗朗对此有微词，可这也仅仅是微词而已，他自认为身正不怕影子斜，他除了帮助张安雅答疑、解惑、出困境，并没说任何不该说的话，没做任何不该做的事。他觉得，别说张安雅是一个年轻女子，就是一个大爷、大妈、毛头小伙有事找他帮忙，他也无法说个"不"字，更何况，张安雅的确是个不可多得的出色助手，在工作上帮他分担了许多，于情于理他都没做错。他也理解周朗朗，把这视作周朗朗的拈酸吃醋，视作因为多年来的两地分居，周朗朗对婚姻的本能担忧和恐慌心理而已，唐烨这个钢铁直男偏偏忽略了一点，女人天然自带的"第六感"，即除了听觉、视觉、嗅觉、触觉、味觉外的第六感"心觉"，俗称直觉，往往准得可怕。周朗朗冷眼旁观这一切，心里一直有个念头在盘旋环绕——莫非，这个张安雅找他去答疑、解惑、出困境是假，想借他这个人是真？可旋即她就被这个突兀的念头给吓得忍不住讥笑自己：周朗朗！瞧瞧你那点出息！唐烨不是那样的人！你是不是"早更"啦？怎么会冒出这种"醋坛子"想法？

一天晚上，唐烨在卫生间洗澡，他手机响，周朗朗瞄了一眼，是张安雅。她按下接听键，明知故问："喂，哪位？"手机那端的张安雅听到周朗朗的声音有些意外，但并无半点慌张，她开门见山道明来意，她住的公寓里的电路出故障了，每个房间的顶灯皆不会亮，但冰箱、电视走的那趟电路却有电，她给物业打过几个电话，大概是过了工作时间，维修师傅并未上门，她要彻夜赶一份策划案，明天会议上必须要用的，能不能请唐烨过去帮忙解决一下。说完这些，张安雅顺便用崇拜的语气把唐烨夸了又夸，比如Mr.唐是她见过最稳重、有责任心和担当的男人，是她遇到的最有魅力、最厚待下属的好上司，末了补充一句："周，你嫁给这样的好男人可真幸福啊！"同样是女人，周朗朗听得出来，张安雅给唐烨点这32个赞的语气是深深崇拜的，是发自肺腑的，是无法自抑的，这让她有些不受用，心里微微泛酸，可她周朗朗在张安雅看来是幸福满满的，是令人羡慕嫉妒的，这又让她觉得回味清甜，嘴角骄傲地微微上扬。周朗朗暗暗思量，水至清则无鱼，至亲至疏才是夫妻，生活中，难免遇到类似张安雅这样的迎着火光扑过来的飞蛾，飞蛾没错，扑火是它的本能，火光也没错，灼灼夺目才是它的光彩所在，如果因为一只只扑火而来的飞蛾，就意气用事掐灭了火光，这岂不是买椟还珠舍本求末的荒唐决定？既然她也贪恋火光的华彩夺目，那就应该想办法守住这团光、这团热，甚至，让它燃烧得更加灿烂热烈，让飞蛾因为熊熊炙热无法靠近、无法企及，这才是一举三得的解决之道。

周朗朗正出神发愣间，唐烨擦着湿漉漉的头发从卫生间走了出来："刚才谁来的电话？"

周朗朗怔了一怔，说出张安雅来电的意图。

唐烨一听，赶紧换上出门的衣服："明天的会议眼巴巴等着她那份策划案呢，我就是把维修师傅从被窝里揪出来，也得让他给张安雅恢复照明用电……"

周朗朗听不下去了，她追上去展开双臂一把箍紧了唐烨的后背，一语双关道："不准你去，你不去这天塌不下来，我不想把你借给别人！从今往后，谁都不借！"

唐烨温暖的手掌在她交叉紧扣的手背上拍了拍："好，不去，我哪儿也不去，咱不借，谁都不借！"

周朗朗庆幸及时理顺了自己的心意，理透彻了一件事，如果不想把老公借给别人，如果不想让自己受一丁点委屈，那就做个聪慧悍妇。捍卫自己的婚姻，怎么彪悍都不为过！

第十一章　鲇鱼效应

因为周朗朗下了"禁借令",唐烨拒绝了张安雅在非工作时间、非工作环境下的一切求援要求,答应周朗朗做一个绝不外借他人的不借老公,小夫妻的围城日月渐渐步入了"立春"季候。唐家上下明显跟着温度回升、气氛回暖,就连一向不吵闹就过不下去的唐大年和叶翠兰,也一天到晚乐呵呵地进进出出,老两口的拌嘴、招架功力明显减弱,大吵降级为小吵,小吵改成碎碎念,只要唐烨和周朗朗一进家门,碎碎念也偃旗息鼓变成了嘘寒问暖。惹得唐果上门来一个劲儿抱怨父母偏心,她跟许良辰都吵成乌眼斗鸡了,也没见唐家一个人站出来替她鸣不平、为她出气。唐家上下对唐果奶凶奶凶地发小姐脾气早已司空见惯,压根儿没人把这当个正经事,反而觉得如果哪天唐果进家门不发一通小姐脾气,那才真是太阳打西边出来,要出点什么事呢。

转眼间进入了腊月,过了腊八就是唐大年的生日,前几年老唐的生日都被远在曼哈顿的儿子唐烨完美错过,今年难得全家人整整齐齐大团圆,所以今年这个生日必须要大操大办热闹起来。唐果知道老妈心头有个遗憾,二老当年结婚时没摆酒、没度蜜月、没拍婚纱照,别的还好说,唯独这穿婚纱一直是老妈心头抹不掉的"白月光"。唐果曾经要带老妈去婚纱店圆个梦,别看老妈平日里跟铁娘子一样，可到了这事上头死活不同意，说是师出无名惹人笑话，其实，别人也没谁有工夫笑话她，她是怕老伴儿唐大年拿这事当千年老梗，时不时提起来讥笑她老了还有一颗火热的恨婚纱少女心。这一次，经周朗朗提醒，唐果先做通了老爸的思想工作，让老爸开口提议补拍婚纱照，老妈一听立刻举双手赞同了。

圆了老妈的婚纱梦，当然还要圆老爸的聚会梦，唐大年一辈子好面子，爱结交朋友，喜欢热闹，只是碍于叶翠兰的高压管制，有好长时间没跟那帮老哥们儿热热闹闹地大块吃肉，大碗喝酒了。这一次，唐烨兄妹安心要帮老爸完成这个心愿，他们提前订好了饭店包间，安排好了酒菜，提前邀请了老爸的那帮老哥们儿，到了老爸生日的前一天，按照约定计划，周朗朗带着叶翠兰去天津吃官府菜、逛瓷房子，唐大年在儿女订的饭店包间里与老哥们儿把酒言欢侃大山，吃饱喝足了去KTV唱红歌、怀旧金曲，把那群老哥们儿给高兴坏了，也玩疯了，唐大年是最高兴、最得意的一个，活到他这个岁数，有一双贴心的儿女，有一群意气相投的老伙伴儿，有一个能吃、能喝、能唱、能笑的好身体，夫复何求！

到了生日正日子这天，孩子们一下班就纷纷往家里头赶，周朗朗带着提前预约好的星级大厨，此大厨精通粤菜和川菜，十分符合唐大年和叶翠兰的饮食偏好。大厨带着一个助理，以及采买好的食材、厨房用品、餐具等，一行人浩浩荡荡直奔唐家。

比周朗朗早到家一步的唐果，已经给老妈化好了精致淡妆，给老爸吹好了精神抖擞的大背头。大厨就是大厨，进家门不过一个小时，八个凉菜摆上席面，八个热菜、两个汤准备齐全候在灶火旁，就等开席了。唐烨进门时带回来一个老爸最爱吃的栗子生日蛋糕。许良辰是扛着摄像机进家门的，他要用镜头记录下这珍贵时刻。

生日宴开席,唱生日歌,许生日愿望,吹蜡烛,吃蛋糕。摆在唐大年面前的是白切鸡、捞鱼生、胡椒浸生蚝等他喜欢的粤菜,摆在叶翠兰右手边的是夫妻肺片、棒棒鸡、椒麻兔丁等她中意的川菜。老两口各有所爱,嘴巴都被美食给占住了,谁也腾不出功夫来斗嘴。许良辰扛着摄像机各个角度跟拍,从特写、近景到全景,从正拍、斜侧拍到背拍,十八般武艺展现得淋漓尽致。唐果一个人顾着两张嘴,既要把美食塞进自己嘴巴里,也要见缝插针地把美食塞进劳苦功高的许大摄像师的嘴巴里。唐果拿出来两张去马尔代夫豪华游的旅行团票当作生日礼物献给二老,唐烨干搓手追问:"糟糕,我没单独准备一份生日礼物啊,这马尔代夫之行算我跟朗朗一起送的大礼包行不行?"

唐大年和叶翠兰异口同声:"不行!不作数!你赶紧求朗朗给我们生个大胖孙子,这是我们明年最巴望收到的生日大礼!"

唐烨为难地挠挠头:"求啦,求过N次了,她没点头也没摇头,总是回我一句'你就是个大猪蹄子'!我这顶配颜值加上顶配才华,怎么会跟猪蹄子联系到一起?你们谁能告诉我,大猪蹄子是啥意思?这是夸我呢还是骂我呢?"

唐果忍住笑一脸正色道:"你家周总这是夸你呢,这是流行于网络的溢美之词,意思就是夸你是一只浓香可口的红烧猪蹄,还是那种肥美丰腴的大猪蹄子,人见人爱,谁都想把你给一口吞进肚子里!"

许良辰插话道:"哥,别听唐果乱说,大猪蹄子是个网络流行词,是她们女人用来吐槽男人变心,说话不算数,一块榆木疙瘩不解风情的,再直接点就是骂咱们男人没一个好东西!"

唐果笑着怼许良辰:"好你个大猪蹄子!怎么哪儿哪儿都有你插嘴卖乖?一边待着去!"

叶翠兰现学现卖:"这词儿听着就解气,以后某某人再找我别扭,再没理犟三分的话,我就直接骂他是个大猪蹄子!又臭又硬的大猪蹄子!"说完,叶翠兰狠狠剜了老伴儿唐大年一眼,嘿嘿冷笑。

唐大年朝叶翠兰一撇嘴:"悉听尊便!我要是大猪蹄子,你就是酱肘子!大猪蹄子和酱肘子天生是一对,绝配,咱俩谁也别嫌弃谁,谁也不高攀谁,怼上一辈子再分高低输赢!来,酱肘子女士,大猪蹄子给你夹了一筷子黄油烤松茸,赶紧尝尝,你再唠叨下去,这一整盘烤松茸都被咱那胳膊肘往外拐的亲闺女投喂她家小猪蹄子喽!"

一片欢声笑语中,门铃响起。唐烨起身去开门,登门来客居然是张安雅!

张安雅把手中的文件递交给唐烨,同时踮着脚尖望了望他身后那张热热闹闹、色香味俱全的餐桌,咽了咽口水:"唐,总部那边刚刚发过来的,说是急件,我查了员工信息资料,按那上面登记的地址找来的。什么味道这么香啊?光是闻着这味道我都能吃下去两大碗白饭!今天一天我忙得没顾上吃口饭都快饿死了,你家天天都吃得这么好么?我已经很多年没吃过正宗的中国家常饭菜了,能不能让我加入你们美餐一顿?求你啦,别拒绝我,否则我会掉眼泪的。"

唐烨进退两难,僵在原地。按咱们礼仪之邦的好客传统,别说是一个尽职尽责的下属因为工作原因登门撞上你家生日宴席了,就是一个只见过几次面的熟人在饭点儿时候来登家门,也理应让座、看茶、加副碗筷，可偏偏不是旁人，而是这个集矛盾和焦点于一身的话题女主张安雅，唐烨就不敢擅自做主给她让座、看茶、加副碗筷了。

唐烨边看文件边在想说辞劝退张安雅，她却推开他径直走到餐厅，冲着居中而坐的唐大年和叶翠兰鞠了一躬，嫣然一笑："叔叔，阿姨，我是张安雅，是唐总的助理，您家的饭菜太香了，我太热爱它们了，我可以坐下来跟你们一起吃饭菜么？我不会吃太多的，吃完饭我可以洗碗，我洗碗一级棒，我上大学时候的零花钱都是从洗碗池里赚来的！"

唐大年冲张安雅招招手："你是唐烨的同事啊，欢迎欢迎，过门是客，赶紧入席，千万别客气，爱吃哪个菜就多吃点，后面还有好几道硬菜呢，咱们慢慢吃。"

大厨助理为张安雅送上一套杯碟碗筷，许良辰为她加了一把座椅，唐烨给她盛了一碗鸡汤。唐果拿胳膊肘捅了捅周朗朗，姑嫂两个人低声咬耳朵。

"打死我都不相信她纯粹是为送份文件跑这一趟的。"

"人家把话都说到这个分上了，咱还能硬着脸面把人家推出门外不成？"

"瞧瞧她这自来熟的架势，完全没拿自己当外人，你在公司的八面威风都跑哪儿去了？我可提醒你，你今天要不把她给拉下马去，没准儿哪天她真就把你家的大猪蹄子给一口吞下去了！"

"如果我家的大猪蹄子那么容易就被别人给吞了，那我还真不屑于跟别人抢食。是我的，谁也抢不走，不是我的，我怎么守也守不住！婚姻真正可怕的危机，从来不是外敌，而是内因。"

姑嫂俩嘀嘀咕咕间，张安雅已经把每一道菜都尝了个遍，把每一道菜都夸了个遍。叶翠兰看着张安雅吃得是着实香甜可口，忍不住一个劲给她夹菜，问长问短的，"孩子，你怎么长得那么好看呐？有男朋友了么？喜欢什么样的？阿姨给你介绍一个！你几岁出国的？国内还有什么亲戚？瞧瞧这孩子吃得那叫一个香哦！澳洲那边有这么好吃的中国菜么？以后想吃家常饭了你就过来，我做饭的手艺比这还棒！"

吃着吃着，张安雅瞧见了一旁的生日蛋糕，追问今天是谁的生日。许良辰抬手指向唐大年："老寿星在此！你可真是个有口福的吃货，撞上了这桌国宴水平的生日大餐。"

张安雅赶紧放下筷子："我不知道今天是唐叔叔的生日，该罚该罚！"

唐果冷着面孔问："该罚？你倒是说说，该怎么罚你啊？"

唐大年呵斥唐果："人家又不知道今天是我的生日，罚什么罚？你给我好好吃饭，好好说话，今天有外人在场，你别由着性子胡闹。"

张安雅起身倒了满满一大杯红酒："叔叔，我不知道今天是您的生日，要知道的话我绝对不会登门添乱的，的确该罚。第一，罚我喝一大杯酒！"

说着，张安雅仰脖干了这满满一大杯红酒。

张安雅擦擦嘴巴："第二，我明天就去给叔叔补选一份生日礼物。"

唐大年笑着连连摆手："不用，不用，你吃好喝好就当是送我一份礼物了。"

张安雅伸出三根手指："这第三嘛，我现场表演一个小魔术，为这场生日宴助助兴，也让我减少一点愧疚，吃得心安理得一些。"

许良辰第一个鼓掌："好！来一个！美女表演魔术肯定比刘谦的魔术更有看头和彩头。"

唐果在桌子底下狠狠踢了许良辰一脚，许良辰赶紧闭嘴。

在唐大年、叶翠兰和许良辰的掌声中，张安雅开始表演魔术。张安雅把餐桌旁的一块脚垫当成了临时舞台，她站在"舞台"中央，自信满满、浅笑地看着台下观众，台下观众也都把目光对准了她。张安雅示意唐烨把包包给她递过来，唐烨从命。张安雅从包包里掏出一支唇膏，旋转出一截艳红醒目的口红膏体，娴熟地当着众人的面涂抹到自己的丰唇上。她掏出一包纸巾，抽出其中一张打开来，对着自己的鲜红丰唇稳稳印了下去，洁白的纸巾上登时盖上一枚红艳欲滴的诱人唇印。张安雅拿着这张唇印纸巾绕着餐桌展示一周，途中还停在唐大年和唐烨身边让他们进行勘别检查。展示完毕，张安雅回到"舞台"中央，把这枚唇印纸巾按原样叠好，放回那包纸巾当中，并朝着它吹了一口气。张安雅冲众人展示她的迷人笑容，她再次打开这包纸巾，一一抽出来打开检查，每一张纸巾都雪白无瑕，那张唇印纸巾不翼而飞了！

整个魔术过程，唐大年看得是目瞪口呆，叶翠兰看得津津有味，许良辰不甘心地上前检查那包纸巾和口红，找不出一丝破绽。唐果暂时顾不上她对张安雅的戒备之心，也跟着东张西望，企图找出这个魔术的破绽。唐烨是一边看魔术，一边看周朗朗，两头兼顾心好累。周朗朗倒了一杯红酒，慢慢摇着酒杯，慢慢品着酒液，冷眼旁观着张安雅从进门时的公事公办到入席后的娇憨可爱，再到现在魅力四射的魔术耍宝，她的脸上不愠不怒，挂着一丝模糊的微笑，继续看戏。

唐果低声问周朗朗:"你瞧出来那张唇印去哪儿了么?"

周朗朗拿起手机给唐果发了一条文字微信,然后低声嘱咐她:"答案我发给你了,你现在别看手机,你是个脸上藏不住事的,等魔术师表演完毕你再查收答案不迟。"

唐果点点头,依言而行,她觉得这个魔术越来越有意思了。

等大家对那张唇印纸巾找够了、猜测够了、议论够了,还是一无所获时,张安雅这才含笑开口:"大家静一静,我已经听到那张纸巾对我的召唤了,可我现在还缺一点找到它的能量和胆色。来,让我们一起举杯祝寿星一杯,祝唐叔身体健康,万事如意!喝了此杯,就让寿星唐叔赐予我能量吧!"

大家知道张安雅在耍宝,难得的是她能耍得让全家人这么高兴开怀,这就值回票价了。全家人共同举杯一饮而尽,在一杯杯红酒的醺染下,在张安雅的精心营造下,家里的气氛此时已经嗨到不分老少、全员狂欢的程度了。

张安雅倒了一杯酒,她举着这杯酒问大家:"咱们不妨玩个游戏,如果我找到了那张失踪的唇印纸巾,作为奖励,我是不是有权利指定一个人喝了这杯酒?"

众人回应:"必须的!"

"如果我找不到唇印纸巾,说明我功力不够,还得回去跟老师再学习几年,作为惩罚,我是不是要喝掉这杯酒?"

众人回应:"必须的!"

张安雅满意地点点头,放下酒杯走向众人,她驻足在唐大年身边故作神秘地侧耳倾听,上下打量,惹得唐大年以为自己就是答案持有者呢,既兴奋又紧张,可张安雅摇摇头从他身边经过。张安雅经过叶翠兰身边,亲昵地为叶翠兰添了添杯中茶水,叶翠兰激动地赶紧翻检自己的毛衣口袋,结果空空如也,张安雅遗憾地耸耸肩一笑而过。张安雅瞧出来唐果和周朗朗对她的态度明显是坐壁上观的,所以她也不去主动招惹她们,而是蜻蜓点水地从她们身边掠过。经过许良辰身边时,张安雅露出如释重负的表情,盯着许良辰的连帽卫衣口袋含笑不语,伸出纤纤玉手探进他的卫衣口袋,从中掏出一张叠成小方块的纸巾!大家惊呼,鼓掌,许良辰一脸愿赌服输的表情,大大咧咧端起一杯酒仰脖灌下。张安雅这才徐徐打开纸巾,纸巾雪白一片,并无艳红唇印。

许良辰一脸中毒的惨痛表情:"这,这,这是闹哪样啊?合着我被白白骗着喝了一杯酒?"

张安雅调皮地拍拍许良辰的肩膀:"许,还没到揭晓谜底的时间呢,这杯酒可是你自己主动喝的,这锅,我可不背!"

一片哄堂大笑。

张安雅走到唐烨身边,唐烨主动起身翻遍了自己身上的每一只口袋,皆空空如也。唐烨一摊手:"我都找了三遍了,纸巾肯定不在我这里。"

张安雅并不肯就此放弃,她围着唐烨转上三圈,上下打量,歪头思索,在唐烨脑后打了个响指,十分笃定地指着唐烨的左胸口位置说:"我听到它对我的召唤了,这个'小恶魔'一定就在这里,我要把它给取出来。"

唐烨尴尬地举起双手,张安雅十指纤纤打开唐烨的羊绒开衫,探向他左胸口的衬衣口袋,她用一只手在口袋里搜索了几下满意而出,众人目光皆死死盯着她这只手,这只手缓缓划过众人视线,缓缓落到餐桌的吸顶灯光下,缓缓打开,手心里躺着一张叠成小方块的纸巾,众人屏息敛气,她继续慢条斯理地打开纸巾,纸巾雪白一片，正中一枚艳红唇印！

惊呼声、赞叹声响起。唐果拿起手机打开周朗朗给她发送的那条未读微信，内容是：唇印纸巾一直在张安雅那里，魔术尾声时她肯定会从唐烨身上"找"到它。唐果豁然开悟，心服口服地给周朗朗回复一个"赞"的微信表情。

张安雅举起刚才那杯设为赌局筹码的红酒，递给唐烨："按照咱们刚才的约定，我赢了，有权指定一个人喝了这杯酒，就你了！"唐烨接过这杯酒，绛红色的液体在玻璃杯和灯光的折射下显得格外晶莹诱人，酒杯口印着半枚若隐若现、似有还无的口红唇印，像极了一张缀满欲望宝石的丝网。唐烨既不忍心扫了父母的兴致，也不甘心从了张安雅的设计，更不能狠心无视周朗朗的感受，他觉得自己遇到了一个不大不小的难题。

在许良辰的起哄下，唐家父母的催促下，张安雅的温柔等待下，唐烨把酒杯送到了嘴边。周朗朗起身，一把夺过唐烨手中的酒杯，含笑轻轻放下，拿起酒瓶斟满自己的杯中酒，扫了张安雅一眼，冲大家开了口："Arya.James一进咱家门就说了，她是来送一份加急文件的，唐烨的酒量她心里没数，咱们家里人心里还没数么？喝下这一杯他就看不了文件、回复不了邮件了，玩闹事小，工作事大。这杯酒我就替他喝了，因为是替喝，我自罚添满多一倍的酒，这样就能画上一个皆大欢喜的句号了！"

说完，周朗朗举起酒杯豪迈喝下，一滴不剩！

第一个带头鼓掌的是张安雅："厉害！好酒量！我有个小请求，周，哦不，朗朗，你能不能别叫Arya.James，在这里大家都叫我张安雅，我喜欢我的中国名字，希望你叫我安雅吧。"

周朗朗一笑了之。

厨房里继续上菜，大厨助理端上桌一汤盆银耳莲子羹，众人分食。周朗朗红酒上头，有点燥热，起身进卧室去换件衣裳。她前脚进卧室，唐烨后脚就跟了进来。

唐烨反手锁门，捏着耳朵可怜兮兮冲周朗朗说："老婆，我错了！"

周朗朗边换衣服边问："错哪儿了？"

"我错在不该把小狐狸当成小绵羊，自己不检点让小狐狸有了非分之想。以前唐果跟你说她是醉翁之意不在酒，我还不信，今天我信了，她是冲我来的，她对我的所思所为已经超越了纯洁的同事关系。"

"我之前就跟你说过，做丈夫的对别的女人敬而远之、泾渭分明，才是对妻子最大的尊重！反之，丈夫对别的女人含含糊糊、听之任之，甚至纵容、享受这种暧昧关系，就是对妻子最大的轻视和狂妄！如果张安雅知道我们夫妻情比金坚，聪明如她应该不会去做这些主动靠近你、撩你的事。如果你让张安雅知道她无论怎么做、做什么都没戏，她今天不会主动登门，处心积虑成为这个生日宴上的焦点人物。她从你身上看到了希望，看到了可能性，才有了为你而战的勇气和斗志，所以，我认为这世界上之所以有觊觎别人老公的女人，是因为先有了让她们产生幻想和希望的围城男人！"

"老婆大人，我知道，我错了，外面一家人都在，咱们时间有限，您先给个指示，咱们现在怎么能让小狐狸知难而退啊？"

"人家毕竟没有明着扑你，所以你也不能跟人家挑明了拒绝，今后你们毕竟还要共事，撕破脸大家没意思，硬攻不行只能智退。"

"怎么个智退之法？"

换好了衣服的周朗朗，一扭脸色眯眯地朝着唐烨走过来，她步步紧逼地把唐烨逼退至墙角，两人鼻尖碰鼻尖，眼睛对眼睛，心跳可听，呼吸可闻，就这么对视了几秒钟。周朗朗一副女色狼的馋相让唐烨心虚想躲，她伸出一只手臂堵住去路，"壁咚"得他无路可退，她抬起另一只手，用食指指尖挑起他的下巴："傻瓜，人家会玩魔术，咱夫妻俩难道不会唱一出双簧么？这出双簧不唱别的，就唱小夫妻怎么高甜秀恩爱，秀得她牙酸嘴苦，心知肚明知难而退。"

唐烨闻言扑上去狠狠亲了周朗朗一口。

周朗朗用力推开他："傻瓜，要亲当着她的面亲去，在这里亲她又看不见！"

周朗朗和唐烨先后走出卧室，周朗朗直奔餐厅入席，唐烨转身进了厨房。

厨房里继续上菜，大厨助理端上桌一汤盆长寿面，张安雅抢先起身，麻溜地给唐大年盛了一碗寿面，乖巧可爱地把她毕生所知道的祝福用语全部背了一遍，其中当然有语法不通、词意不达的病句，但这些难得听到的奇葩祝福语反而把唐大年和叶翠兰逗得哈哈大笑，十分欢喜。

厨房里继续上菜，一身白色厨师服、戴着厨师帽和卫生口罩的大厨亲自奉上了一托盘芒果布丁甜品，每人一份。今天的芒果布丁做得爽滑可口，甜度适中，香味浓郁，这是周朗朗的心头好，所以大厨给周朗朗奉上的这份芒果布丁分量是别人的双倍。唐果也爱芒果布丁啊，一瞧就不乐意了，冲着大厨发难："大厨！这就是你的不对了，你太厚此薄彼了，凭什么我们的就是这么小一块，她的就是满满一大杯？做个饭还要看人下菜碟，这次你完了，我一定给你差评!"

唐果正吐槽间,原本埋头大吃芒果布丁的周朗朗突然掩着嘴巴尖叫一声,低头吐出来一只亮晶晶的指环,定睛一看,是当年她和唐烨的结婚戒指,戒指有一对,周朗朗的那枚是时戴时不戴,唐烨在海外工作,怕结婚戒指丢了无法交代,所以他的结婚戒指一直安安静静躺在周朗朗的首饰盒里,这会儿怎么不翼而飞到了周朗朗的芒果布丁里面?

周朗朗正举着戒指发蒙,一旁的大厨迎上去稳准狠地朝着周朗朗狂风暴雨般地吻了下去!全场人登时傻眼,大厨莫不是失心疯了?周朗朗难道被下了降头?这两个八竿子打不着的人怎么能众目睽睽之下如此疯狂?张安雅是第一个反应过来的:"大厨是唐,唐是大厨!"

唐果上前拽起大厨,定睛一看,果然是她亲大哥唐烨!

唐烨伸出左手的无名指:"周总,麻烦你给我戴上这个戒指,从今往后我再也不摘掉它了,戒指是注定要被戴在手上的,就像我注定是要把你当作归宿,一辈子的归宿。"

周朗朗给唐烨戴上了戒指。

唐烨恳求道:"求你了,老婆大人,咱们生个宝宝吧!我想当菜鸟奶爸,我想给我闺女赚奶粉钱,我想带着你们娘俩周游全世界,我想给你们娘俩当一辈子的长工!爱情要有你才般配,婚姻要有娃才完美,我保证,生娃前你是我的女主角,生娃后你是我这辈子的女王!有了宝宝以后,奶粉钱我来赚,遛娃、洗尿布的活儿我来干,将来辅导孩子写作业的高风险工作我全包了……"

周朗朗打断唐烨:"行了行了,别说了,这种场合说这些,你脸皮怎么比城墙还厚啊!"

唐大年笑了："今天这场合说这些再合适不过了，我最盼望收到的生日礼物就是白白胖胖的大孙子！朗朗啊，别说你送我们的生日礼物是马尔代夫游，你就是送我们一个月球游、宇宙游，都不如送一个大孙子让我抱抱来得舒心、高兴啊！"

叶翠兰也跟着恳求起来："朗朗啊，你要是妈的好孩子，就赶紧给我点个头！你是不知道啊，妈看见邻居家的大胖孙子有多眼馋，都恨不得从人家手里抢回来！你们这几个孩子里头妈最疼你了，你可别让我们失望！"

唐果目睹此情此景，联想到她跟许良辰的互掐夫妻日常，气鼓鼓夹起盘子里的一块肉，鼓着腮帮子狠狠大嚼特嚼，仿佛口中那块肉是许良辰的肉，嚼碎成肉馅才解了心头之恨呢！

许良辰压根儿没瞧出来唐果的脸上早已由晴空万里转为沙尘暴加冰雹的极端灾害性"气候"，仍乐颠颠地赞叹道："大哥就是大哥，大嫂不愧是大嫂啊！大哥今天这精彩表现，都够我学上两三年的啦。果儿啊，你也好好看看，跟着好好学学，大哥大嫂就是咱们奔幸福的榜样力量，哎哟喂……疼……救命啊……"

许良辰话音未落，唐果使出一招二指禅偷袭了他腰间的一块赘肉，那块倒霉的赘肉差点就被活生生给拧了下来。

许良辰没忍住，惨叫连连，疼痛难忍之下把大实话一股脑给吐了出来："我就搞不懂你们这些女人，嘴里是蜜里调油的亲热，其实暗地里各种较劲，比美，比老公，比幸福。但凡长了眼睛的人都能看出来，你就是嫉妒你嫂子，你样样比不过人家，回回拿我当人肉沙袋出恶气。我招谁惹谁了？我不就夸大哥大嫂两句，而且这夸的也不是别人家的，是你的亲哥哥亲嫂子啊，你这个不讲理的女魔头真是难伺候！"

唐果急赤白脸地甩给许良辰一句："你个笨蛋！我嫉妒？我攀比？我是嫌弃你哪壶不开提哪壶！我就是我，姓唐名果，我唐果是独一无二的，干吗要学人家？干吗要变成人家？你不嫉妒，你不攀比，那你干吗在你那些大学同学、同行哥们儿面前把自己从头到脚武装成成功人士、业界未来名导，总提你那些升职、加薪、有署名、有代表作品的事，虚的能说成实的，死的能说成活的，三分的能浮夸成十二分！"

张安雅意味深长地感叹道："今天这顿饭，我不但吃到了色香味俱全的中国家常菜，吃到了祝福满满的生日宴席，我这个'单身狗'还结结实实吃下了你们撒的三份美味'狗粮'。我从刚认识的中国朋友们那里恶补了很多网络新名词，没有恋人、单身一个人就叫'单身狗'，成双成对的情侣秀恩爱叫'撒狗粮'，叔叔和阿姨在小事上习惯斗嘴互娱互乐，在大事上妇唱夫随，你们给我投喂了第一把'狗粮'。唐果和许，你们是真吵、真闹、真翻脸，但却怎么都吵不散、打不开，吵完打完还能继续和好如初，你们用这种不可思议的吵架生存法给我投喂了第二把'狗粮'；周和唐，你们两个人看起来十分独立、能干，是我见过的最不像夫妻的夫妻，可是，你们既擅长独立打拼，也适合团队作战，风平浪静时一分为二，风起云涌时合二为一，你们联手给我投喂了第三把优质'狗粮'。今天这顿大餐，我吃得是记忆深刻、终生难忘。"

唐烨揽着周朗朗的肩膀对张安雅说："你还年轻，还不知道爱情和婚姻不是一码事，中国人的婚恋观里，爱情是一加一等于二，婚姻是一加一等于一。"

张安雅越听越糊涂："二比一大啊！这样的婚姻有什么好？"

周朗朗娓娓道来："在数学范畴里，二比一大，在婚恋观里，一比二大。爱情是把一块泥，捻一个你，塑一个我，婚姻是将你我一起打破，用水调和，再捻一个你，再塑一个我。我泥中有你，你泥中有我。所以，一加一等于一，你加我等于我们，你中有我，我中有你，无从分割。西方婚恋观注重爱在当下、在乎自己的感受，东方婚恋观追求合二为一，你中有我，我中有你，生死相随。"

　　唐果接着晒起了书袋子："他们说的这些出处是一首古词，这首古词后面还有一个小故事，中国古代有一个大才子叫赵孟頫，他是继苏东坡之后诗文书画无所不能的全才大家，他的妻子叫管道升，是个女才子，善画竹，著有《墨竹谱》传世。赵孟頫官运亨通，年近五十岁的时候萌生了纳妾的念头，安雅你就理解为娶小老婆、一夫多妻的意思吧。赵孟頫的妻子得知后写了这首《我侬词》，'你侬我侬，忒煞情多，情多处，热如火。把一块泥，捏一个你，塑一个我，将咱两个一起打破，用水调和，再捏一个你，塑一个我，我泥中有你，你泥中有我。与你生同一个衾，死同一个椁。'这首词的意思就是夫妻之间要经历各种困难和考验，结为夫妻就是一体，无从分离，活着要睡一张床，死了要葬一个墓穴，连生死都分不开他们夫妻，何况是一个女人、一点诱惑、一份贪念呢？赵孟頫得词，反复吟诵，感悟出妻子的一片真情和苦心，打消了纳妾的念头，夫妻二人从此白头到老。《我侬词》是我哥最喜欢的一首词，他今天跟你分享这首词，就是说他早就找到了他要生死不分离的人，这个人非周朗朗莫属，他祝福你早日找到一个能跟你一加一等于一的好男人，他的意思你明白了吧？"

　　唐大年和叶翠兰听不懂这几个孩子在打什么哑谜，但是觉得气氛怪怪的，只得劝张安雅吃好喝好，喝好吃好。

生日宴圆满结束，张安雅吃好喝好谢谢款待告辞出门，周朗朗嘱咐唐烨去送客，张安雅反而提出希望周朗朗送她到小区门口。

出了家门，周朗朗和张安雅裹着厚厚的羽绒服，踩着清冷的月光，呵气成霜地边走边聊。

张安雅率先开口："我一直相信，无论我遇见了谁，他都是我生命该出现的人，绝非偶然，他一定会教会我什么，或者成为我的谁。我认为唐就是这样一个人，他是我生命里出现的一道光。我都已经失去了这份工作，是他帮我找回来的；我都已经对男人丧失信心了，是他让我第一次觉得这世界上还有这样温柔、细腻、有才华的男人可以朝夕相对。是的，我喜欢唐，喜欢一个人是没有错的，可是，你今天狠狠打击了我，我不喜欢你。"

"喜欢或者不喜欢谁是你的权利，但是，你得尊重你喜欢的人也有不喜欢你、拒绝你的权利，这样才公平。喜欢不是爱情，喜欢是放肆的、自私的，爱情是克制的、是需要牺牲精神的。最好的爱情，不是你现在这种放弃自尊，让对方为难，不是你的自以为是，让对方受到伤害。最好的爱情，应该是互相成就，互相成全，是精神上的门当户对，是生活里的守望相助，你不应该是冲着他的光芒狂奔而来的，而是应该在他被困在泥潭里时，你有勇气、有能力冲他伸出救援之手，在他被生活打磨得普通、平凡、乏味时，你永远把他当成独一无二的至尊宝。"

"周，你别总是用这副教训小孩子的口吻教训我，我承认自己没你强大、能干，但是我比你更爱他。如果我跟他在一起，我们绝对不会去做什么见鬼的候鸟夫妻，我要我们天天待在一起，天天谈情说爱，天天你侬我侬。对，唐最喜欢的就是这个《你侬词》，他就是希望跟相爱的人天天你侬我侬，你太自私，把事业放在第一位,老是让他坐冷板凳,你知道么?我们公司喜欢唐的女孩子可多了,即便没有我,也会有其他女人成为你的对手的。"

周朗朗懒得跟张安雅去纠正《我侬词》,她想问这个勇敢无畏的女孩几个问题:"你知道一个人为什么越长大越难爱上谁?有些人为什么宁肯单身也不肯谈一段将就、凑合的恋爱?为什么有的伴侣吵也吵不散?为什么能一起玩、一起吃、一起周游全世界的伴侣却走着走着就散了?"

"恋爱是正常发生的,分手也是正常发生的,这就像生老病死都是客观存在的,拥有的及时享受,失去的及时止损,你们干吗非要纠结在'为什么'上,哪有那么多为什么?我不知道他们为什么,我只知道我要什么!"

小区门口,网约车如约而至,分别前,周朗朗语重心长劝道:"好吧,撇开这些'为什么',最后奉劝你一句,矫情的话要尽量咽回嗓子眼里,天亮之后你会庆幸没有把它说出口,放肆的喜欢要学会趁早放手,走过这一段路后你会发现幸好没让自己太狼狈。"

张安雅打开网约车的车门,抛下最后一句话:"一个人只有一辈子,要是连这点野心和执念都没有,会被无趣又无情的现实给一口吞掉吧。"

张安雅的出现并没有搅乱唐家这一池春水,也没能让唐烨和周朗朗之间产生嫌隙,反倒是她的出现和蠢蠢欲动,让唐烨和周朗朗产生了自省之心。唐烨不再像从前那样一心扑在工作上,放弃了所有的生活趣味和夫妻情调,他尽量减少把工作带回家,刻意避免在家中饭桌上谈工作。他在备忘录上加了一笔重要备注:每天要跟老婆聊天十分钟,每周要帮老婆按摩一次,每个月要和老婆外出约会一次。有一次，周朗朗跟客户应酬到半夜，进家门时候已经醉了六七分，唐烨心疼地帮老婆脱掉高跟鞋，给她榨了冰冰凉的梨汁，哄着她喝下后，又笨手笨脚地帮她用卸妆水、化妆棉卸妆，他想了想她平时的操作步骤，去她梳妆台上找来了面膜，给她妥妥敷上，二十分钟后揭掉，手忙脚乱地给她拍爽肤水、精华、乳液和面霜，最后帮她换上松软的睡衣，帮她把浮肿的双脚垫高，熄灯入被窝，拥着她沉沉入睡。

第二天一早，唐烨先起了床，沏了一杯蜂蜜水搁在周朗朗床头，这才去卫生间洗漱。他刷牙刷到一半，周朗朗睡眼惺忪地起了床，看了看床头的蜂蜜水，摸了摸自己的脸，一脸欣慰地走进卫生间，一把揽住他的腰，用一个热切浓烈的吻迎了上去。

"别闹，我这一嘴的牙膏泡泡。"

"咱俩的kiss有过红酒味的、草莓味的、柠檬味的，我今天想尝尝牙膏味道的。"

"瞧你那么累，我把你的闹钟给关掉了，你干吗不多睡会儿？待会儿我送你去上班。"

"别说，你这卸妆、做面膜的手艺还挺不错的，以后我这张脸的保养功课就交给你了。"

"没问题啊，以后我给你卸妆、做面膜，你给我刮胡子、挤痘痘，男女搭配，干活不累。"

周朗朗朝唐烨的翘臀上用力拍了一巴掌："行啊，有长进啊，这应该都是张安雅的功劳吧，要不是她的蠢蠢欲动，咱俩这审美疲劳的老夫老妻哪儿还能重现这第二春啊？"

"这就是鲇鱼效应嘛，鲇鱼在打乱搅动鱼塘里其他鱼类的生存环境的同时，也激活了其他鱼类的求生本能。为了好好感谢一下这条'鲇鱼',咱们得再接再厉,今天晚上你早点下班,我去接你,晚上我跟爸妈说一声,咱们加班太晚就不用回家了。"

"为什么不回家?晚上去哪儿加班啊?"

"去酒店加班啊,开个豪华套房,咱们加班加点开启造人计划啊!"

"坏蛋!"

"宝贝!"

"我爱你!"

"Me too!"

周朗朗打从心眼里认同唐烨所说的"鲇鱼效应",正是张安雅这个微妙访客的到来,激活了他们夫妻之间沉淀许久的温吞情感,激活了蛰伏心底的斗志,让他们因祸得福地找回了曾经的甜蜜和激情。

第十二章　年会迷情

　　一到年底，年会成了兴盛于各大酒店、食府、度假村、KTV等饮食娱乐场所的第一网红力量。年会搁以前叫单位年底聚餐，搁南方叫尾牙宴，其实就是企业在岁末年底通过举办丰富的集体活动来增进公司与员工的感情和互信的有效途径。岁岁年年花相似，年年岁岁年会不同，年会的形式和内容从一开始的年底集体聚餐，渐渐演变丰富成为涵盖行业特点、传递企业文化、汇报企业业绩、鼓舞员工士气、增加员工向心力的一种集吃喝玩乐中大奖等于一身的大型综合娱乐型节目。对于企业来说，年会的内容不外是答谢客户、公司总结、员工个人魅力展现、公司联谊、年终奖励、公司聚餐等。对于员工来说，一年一度的公司年会是表现自己的良好机会，业绩优秀的员工能让领导和客户对自己留下深刻印象，才艺不俗的员工能在这里找到展示魅力的舞台，单身的员工能在这里结识令你眼前一亮的异性，运气好的员工能在这里抽到巨额大奖，新晋员工能在这里找到榜样力量。总之，这是一个皆大欢喜的party，这是一次辛苦一年后的岁末狂欢。

　　AAC的年会比其他公司的年会都来得更晚一些，地点选在北京近郊的一家温泉度假村，整个行程为两天，第一天是上午到达签到，中午自助餐，下午开会，会议内容不外是年终总结、业绩肯定、奖金发放和来年展望等环节，晚上是隆重晚宴，有各部门员工表演的助兴节目和抽奖环节。周朗朗手下的小伙伴们一个个多才多艺，有独唱的，有跳街舞的，有表演脱口秀的，她们团队超额完成了表演任务。至于最最令人憧憬的年终奖环节，部门小伙伴在她的带领之下全年业绩突出，在公司团队中排名数一数二，年终奖的回报自然也是令大家满意的。在年会之前，周朗朗已经以个人名义组织小伙伴来了一次团建，肯定了大家的努力，感谢了大家的抱团取暖，展望了来年的新目标新方向，用满满士气为今年的奋斗画上了一个圆满的句号。

周朗朗在这个年会上可以说是无事一身轻，她是抱着吃好、喝好、玩好的心情来给自己放大假的。本来嘛，辛苦忙碌了一年，这一年经历了不少起伏意外，若非她竭力争取，她现在的位置、业绩早已假手他人，她本尊只怕已经在香港分公司业务总监的位置上顾影自怜呢！这一年除了工作，婚姻的答卷也令她舒心满意，唐烨倦鸟归巢，并且是高升而归，夫妻团聚，开启造人计划，张安雅这个小插曲反倒令他们夫妻感情更上层楼。全力以赴之后尝到的胜利果实格外香甜，周朗朗觉得这样辛苦劳作获得回报的生活才是她追求的，才是她安心并且舒心的，她为这样认真生活的自己骄傲。骄傲之余，她发现自己一身劳累，是该趁这个难得的岁末年尾松口气好好休养调整一番了，一来为健康补养充电，二来为备孕打基础，三来为来年的业绩更上层楼做好充足准备。

年会第二天是自由活动，这个度假村占地几十亩，远处有山峦，有人造滑雪场，近处有绿林，有采摘大棚，有马场、射击场，室内、室外有多处温泉环绕，地下有电影院、游戏厅、台球室以及酒窖。除了硬件娱乐设施诱人以外，据可靠消息称，有三家公司的年会在这个度假村举行,这对每一个在年会现场的"单身狗"来说,都是一个地表最强福音!据更可靠消息称,三家公司的领导层一合计,择日不如撞日,年底本来就是领红包和相亲的最佳时机,是时候为单身员工举办一场相亲party了!于是,年会第二天的晚上,在度假村的一个酒吧里,诞生了一场以相亲为主题的化装舞会。组委会之所以煞费苦心地要把相亲大会搞成一场化装舞会,就是希望区别于平时那种干巴巴的、直眉楞眼的集体相亲大会,让单身男女在一个浪漫、唯美的如梦似幻场合里展示自己,接触对方,找到令自己怦然心动的恋情。

由于化装舞会上大家都是戴着假面的,所以在神秘和新奇之外还有一丝不言而喻的轻松,卸下平日里繁重的工作压力,摆脱日复一日的公式化刻板生活形态,尽情放松身心,发挥自己的搞怪创造力,为自己设计与众不同的形象,扮演自己喜欢的角色,体验一把新鲜刺激的神秘世界,尽情释放自己在现实生活中隐藏起来的另一面,燃烧激情、展示平时难得一见的别样魅力。

非常人性化的年会组委会事先向大家传达了这场化装舞会的主题和意义,单身男员工们一个个摩拳擦掌地准备好了舞会"战衣",苦练胸肌和舞技,单身女员工们勤学苦练各种堪比易容术的化妆术,天天不是嚷嚷着减肥就是勤敷面膜,找点空闲就三五人聚在一起幻想到时候在舞会上能淘到个侧颜像盛一伦,眼睛长得像朱一龙的超级大帅哥,有憧憬的人生就是美妙人生啊!

周朗朗当然不打算参加这个化装舞会,她把这一天的自由活动安排得满满当当的:早上不要闹钟,饱饱地睡到自然醒,吃过午饭约上几个志同道合的朋友去滑雪场玩一下午,返程途中去采摘大棚过把农妇瘾,如果时间充裕的话去射击场小试身手,晚饭后回房间舒舒服服打个盹儿，带上一瓶青梅酒去泡温泉。为了避开白天时候的人群嘈杂，她特意选在晚上去泡温泉，让自己像一片碧螺春茶叶般在温水中渐渐舒展开来、松懈下来，且浮且沉，自斟自饮，与这夜幕、星斗、山峦、水脉融为一体，自得其乐。周朗朗发现，随着年龄和阅历的渐长，独处空间对女人来说越来越重要，纵使事业得意，婚姻顺遂，女人就更需要放空身心，理清思绪，与自己对话。保持自己与生活、工作和情感的独立性和理性距离。

周朗朗的完美计划一一兑现，上午睡到了自然醒，吃了一顿清爽可口的午餐，约上三五朋友去了滑雪场，返程采摘了一提篮新鲜的大棚草莓，射击成绩没有打出一个漂亮的十环但也从无脱靶，晚餐吃得十分香甜，回房间舒舒服服打了个盹，带上一瓶青梅酒直奔她早就选中的那处户外温泉。

到了温泉，人还没来得及进更衣室，周朗朗就被自己手下的两个娘子军给强行绑架去了假面舞会。周朗朗手下这两员女将，一个叫大米，一个叫大王，这两员女将在工作上是所向披靡，战绩赫赫，但个人问题迟迟解决不了，属于长期严重单身女性，父母逼婚，自己恨嫁。这两位职场上的"霸王花"、情场上的"塑料花"盼甘霖般盼来了这场化装舞会，早就下功夫做好了一切准备功课，每天早上练健身，晚上玩减肥，一天两张面膜，准备了三套舞会"战衣"，报了明星化妆速成班和交谊舞舞王速成班，就等着在这个化装舞会上一举擒获一个Mr.right，从此志得意满终结自己的单身生涯。

通常来说，化装舞会的面具造型不外是这么几个类别，或仙气可人或妖气逼人的羽毛眼罩，可高大上可穷挫矮的金属网状面具,或呆萌或恐怖的中世纪小丑面具,栩栩如生的狐狸（其他动物也可）脸面具等等。这次三家公司年会联手打造的化装舞会门口展台上,供大家选戴的假面面具摒弃了这些传统造型,选择了让大家惊叫连连的漫威人物面具,有雷神、钢铁侠、美国队长、金刚狼,有魔形女、暴风女、蜘蛛女、黑寡妇,有霍华德怪鸭、火箭浣熊、树人格鲁特等等,应有尽有。

　　大米和大王各自选了中意的面具戴上入场,惊喜发现这个盛会上什么神仙妖魔鬼怪的都到齐了,有一袭黑衣的女巫,有穿着公主裙的白雪公主,有青面獠牙的吸血鬼,也有一身刺绣汉服的名门闺秀……经过一番观察和接触,两支舞曲跳下来,大米锁定的目标是一个披着红斗篷、戴着"奇异博士"面具的瘦高男子,大王锁定的目标是一个身材珠圆玉润、戴着"绿巨人"面具的幽默风趣男子,她们姑且把他们称作"奇异博士"和"绿巨人"。

　　大米和"奇异博士"、大王和"绿巨人"这两对本来聊得好好的,直到会场门口走进来一位穿着黑色镂空透视长裙,盘着发髻,戴着一张死亡女神面具的身材火辣女子,她走进会场左顾右盼,似乎拿不定主意是去是留,"奇异博士"和"绿巨人"就一前一后撇下大米和大王直奔"死亡女神"面前大献殷勤,各种讨好了。其实不仅仅是"奇异博士"和"绿巨人",前仆后继过去的还有"钢铁侠""恶灵骑士""洛基"等一众人等,这也难怪了,死亡女神本就是灭霸最喜爱的一个女神,同时也是灭霸永远得不到的女人。在漫画当中,死亡女神一手掌控着灭霸,引导着灭霸滥杀无辜,走向不归路。舞场中的这位"死亡女神",个头高挑,身材曼妙,举手投足间散发出浓浓女人味,当然引得无数英雄竞折腰。

　　当着一众神仙鬼怪的面,大米和大王不甘心自己一番苦心选中的Mr.right目标男就这样轻易被勾引走，失男人事小，失面子事大啊！两人一合计，自己本事有限，要想挽回面子，只能找军师出山了，这个军师非周朗朗莫属，平时在工作中，她们遇到什么挫折，周朗朗总能给她们出谋划策，在生活中失个恋，遇到个渣男，周朗朗也能帮她们及时止损、自救，这种非常状况，更加需要周军师献计献策了。于是，大米和大王乘内勤电瓶车，迅速找到温泉旁的周朗朗，强行把她绑架了来，给她撂下一句话："老大，姐妹们的荣辱体面就全靠你给挣把回来了，今晚你要不帮我们出了这口恶气，回去我们就集体闹罢工！"周朗朗知道这两员女将的火暴脾气，也觉得"奇异博士"和"绿巨人"着实有点太没风度，人走茶凉的做法的确难免让姑娘面子上挂不住，既尴尬又难堪，更架不住这两员女将的连央求带威胁，只有随她们走这一遭。

更衣室内，周朗朗把装满洗漱用品的袋子和羽绒长棉服存进了储物柜，低头瞧了瞧自己一身随意过了头的休闲装束，一件马海毛的彩虹毛衣，一条黑色闪银丝的弹力裤，一双半旧的老爹鞋，兀自哑然失笑。大米和大王明白，要想工其事必先利其器，她俩献宝一样献上各自的几套备用"战衣"，周朗朗逐一拿起审视一番：一件薄如蝉翼的白色欧根纱长裙，低胸，裙摆高开衩，女神范儿十足；一件blingbling闪瞎眼的银色亮片超短小礼服，裙摆短到大腿根儿，前面是深V领，后面是半裸背，性感得不要不要的；还有一件堪比紧身衣的复古织锦缎旗袍，即便是一个可口可乐易拉罐身材的女人咬牙切齿把自己塞进这件旗袍里，也能立刻紧致勾勒出堪比可口可乐瓶子曲线的性感三围曲线来。周朗朗逐一审查完这几件"战袍"，一件都没瞧上眼："难怪你俩到现在还孤家寡人呢，瞧瞧这些东西，你们这是打算让我把'奇异博士'和'绿巨人'都收到自己的石榴裙下么？"

大米和大王连连摇头："当然不是！"

"那你们还等什么，去群里朝兄弟姐妹们吼一嗓子，谁有帅死人不偿命的舞会男装给我找一套来，赶紧的！"

周朗朗利索地给自己画了个英姿飒爽的中性妆容，把一头短卷发用发蜡拢到了耳后，穿上一套稍显宽松的骑士装后，她立刻从休闲熟女风摇身变成了一个痞帅痞帅的中世纪骑士。

一行三人来到会场入口，周朗朗看看展台上琳琅满目的各色面具，选了一副万磁王的面具戴上，霸气全开地步入会场。在漫威世界里，万磁王是个超级大反派，是X战警的头号死敌，他可以控制地球磁场，并且利用磁场让自己飞起来，与X教授曾是多年好友。因为经历过二战的残酷，以及人类对变种人的疯狂打击，使得万磁王极度憎恨人类，并屡次与阻止他的X战警、复仇者联盟等超级英雄团队为敌。

舞会入场口，英姿飒爽、史上最痞帅的"万磁王"非常绅士地牵着大米的手入场，二人时而深情对望，时而交头私语，缓缓步入舞池中心，在一曲华尔兹的音乐背景之下，二人翩翩起舞。"万磁王"和大米随着音乐节拍舒展身姿、滑动舞步，或前进交叉，或迂回扭动，或侧面走步，或原地旋转，大米的舞步灵巧、裙摆飞扬，她与"万磁王"互动频频，亲密有余，默契十足。这样一对"棋逢对手"的娴熟舞伴儿立刻引起了全场人的高度关注，在大家眼中，他们分明就是一对在舞池中擦出小火花的俊男靓女，男的殷勤体贴，女的柔情似水，魅力四射。一曲舞罢，全场掌声送给他们，带来舞会的第一个小高潮。之前弃大米而去追随"死亡女神"的"奇异博士"心下升腾起丝丝悔意,大米柔美灵韵的肢体、高超妩媚的舞技瞬间就征服了他的眼球,躁动了他的小心脏,他暗暗抱怨自己刚才的有眼无珠,不该舍她而去,再看看自己眼下不凉不热的处境,"死亡女神"身边盘旋着若干殷勤讨好的登徒子,压根儿就轮不到自己。

　　第二首乐曲响起,大米朝着座位上的大王一招手,大王走下舞池,加入大米和"万磁王"的组合,两女一"男"踩着节拍火辣起舞。这下全场人眼睛都直了,一男一女跳交谊舞的不稀罕,一男两女跳交谊舞的可实属罕见,而且,他们三人配合得高度默契、娴熟,男舞伴左拥右抱,只见"万磁王"左手带着大米侧面走步,右手引领着大王原地旋转,或是"他"左手带着大米进退迂回,右手引领着大王前进交叉,一左一右舞步翻飞,令人眼花缭乱。大米和大王还时不时来个交叉换位,互相尬舞,精彩程度更上层楼,惹得全场尖叫连连。大米、大王和"万磁王"越跳越嗨,三个人更是加入了即兴互动和表演的内容,把一支原本中规中矩的交谊舞玩转成了赋予它内容、情感和自带魂魄的迷你三人舞剧,其他舞者不由自主把他们三人拥聚在舞池中央,围绕着他们滑动舞步,围绕着他们喝彩连连,整个舞池都沸腾狂欢起来了。一曲舞罢,三人鞠躬答谢,引来全场掌声、尖叫声、口哨声,一些按捺不住的男粉丝、女粉丝们跑上来鲜花,其中就有"奇异博士"和"绿巨人"。"万磁王"把大米的手交给了"奇异博士",把大王的手交给了"绿巨人",自己功成身退。

　　第三支舞曲响起,大米和"奇异博士"、大王和"绿巨人"随着乐曲缓缓滑入舞池,随着舞曲翩然起舞。大米虽然跳的是女步,但明显强势带领着"奇异博士"的男步,在她的引领之下,"奇异博士"笨拙地或前进或后退，或侧步或旋转，犹如一只粗壮的大鹅落入泥潭，不得章法地左右腾挪起伏，力不从心累出一身臭汗，惹来周围舞者阵阵讥笑。随着舞曲节奏的加快，大米带动"奇异博士"的舞姿幅度更大，舞步频率更快，在一个交叉垫步动作中，"奇异博士"的左脚踩了右脚，大米故作不知地依旧带着他前进扭动身躯，导致他失去重心向前栽去，戴着面具的脸庞与地板来了个亲密接触，可想而知美工纸材质面具覆盖下的挺拔五官在剧烈撞击之后会有怎样酸爽的感受！

与大米的简单粗暴还击模式不同的是，大王与"绿巨人"倒是一对相当和谐投契的舞伴，两人配合默契，有说有笑。大王似乎全然忘记了"绿巨人"刚才撇下她而去的零绅士作为，忘记了自己被晾在当场的尴尬，反而对"绿巨人"的回归报以热情回应。大王与"绿巨人"边舞边聊，"绿巨人"抬臂引领着大王做了一个旋转动作，可惜大王不得要领没做好这个动作，十分遗憾，"绿巨人"耐心给她做讲解，大王仍旧一知半解，建议"绿巨人"亲身示范动作，他当然乐为人师。在大王的勤奋好学下，"绿巨人"转了一圈又一圈；在大王的惊喜赞叹中，"绿巨人"转了一圈又一圈，简直停不下来。在大王一声声的佩服、赞叹外加崇拜之情下，"绿巨人"越转动作幅度越大，越转脚下速度越快，突然，大王一松手，犹如旋转陀螺般的"绿巨人"失去重心迅速弹了出去，他与周围几个舞者擦身而过，撞向舞池边的彩灯护栏，一串电光火石般的闪烁和巨响之后，"绿巨人"变成了"绿茄子"，躺在一片狼藉之中"哎呦"连连。大王冲着"绿巨人"，哦不，冲着"绿茄子"冷笑两声："宁得罪小人，莫得罪女人！这就是不尊重女人，连最起码的社交礼仪都做不好的左右逢源之辈的下场！"

回到座位,"万磁王"给大米和大王各递上一杯香槟酒:"'奇异博士'和'绿巨人'如果知道咱们几个曾经拿过区交谊舞比赛团体第一名,估计刀架脖子上都不敢跟你们跳这支舞!"

大米:"对付不尊重女人的傻老爷们儿无须客气!"

大王:"今儿可真痛快!这些左右逢源、见风使舵的臭男人就该给他们一个小小的教训!"

三人碰杯,开怀畅饮。

一支支舞曲轮番放送,一对对俊男靓女牵手入场,在面具的掩饰下,在背景音乐的激励下,他们或热情舞动,或青春洋溢,或因对方释放出来的激情和魅力而一点点互相靠近,或在这样特别的夜晚尽情释放自我,享受美好。大家不约而同卸除了平时的拘谨、忙碌和刻板,卸除了白日里的戒备和矜持,把长久以来压抑在心底的那团火、那团热、那团吼叫,统统宣泄出来,那叫一个痛快!

DJ上台告诉大家,最后一支舞曲即将送出,这是今晚的压轴舞——乡村舞,它来自传统的英国民间舞蹈,后成为兴盛于欧洲上流社会的一种宫廷舞蹈,它最大的特点是男女分开各站一行,或男人围成外圈、女子围成内圈,一支乡村舞由若干个舞段组成,男女边跳舞边交换舞伴,目的是以舞会友,方便在舞蹈游戏中进行互动交流。DJ找来舞伴现场教授乡村舞的几个基本动作,动作简单易学,大家都是耳聪目明之人,一学就会。DJ友情提醒大家,主办方选定这个舞蹈的良苦用心是为了让单身员工在有限时间内尽量多接触一些异性朋友,多给彼此一点互动的机会,请单身贵族们且跳且珍惜,错过今天,就要等到明年年会上去"脱单"啦!单身员工们集体起立举起双臂欢呼感谢公司,喊起脱单的口号,群情激奋,舞会气氛高涨爆棚。

舞曲响起,大家纷纷涌向舞池,大王和大米一左一右架起"万磁王"加入其中。

"万磁王"极力挣扎:"我们不一样,你们跳你们的,赶快去找你们的小目标,我已经是上岸的鱼了,就不跟着你们瞎折腾了。"

大王和大米不依不饶:"你现在是男儿身,只能跟女舞伴跳,碍不着我们什么,大家一起玩嘛,我们万一遇到不来电的男舞伴,还能找你当一把'垫背的'!"

"万磁王"一边摇头,一边跟着她们滑入舞池。

舞曲进行中,男舞者围成一个大圈,女舞者在其中围成一个小圈,男女一一对应,每跳完一小段舞蹈,在过门伴奏中男舞者原地踏步,女舞者前进一个序位,自此组合成一对新的舞蹈搭档,进行下一段舞蹈。每一段舞蹈也就是一分多钟的时间,舞蹈动作很简单,男女前进交叉,迂回扭动,侧面走步,目的就是在简单的肢体动作掩映下,方便双方做一个初步的简短交谈和互动。如果双方都有意的,可以留个事后联络方式,或者当即就离场自去私聊;双方都无意的,一分钟后便点头致谢自此成为路人,免去诸多尴尬,尚有下一个人间希望在前方等着,也是合情合理的安排。

"万磁王"的第一位舞伴是大米,第二位舞伴是大王,她跟这两位舞伴跳得配合默契,十分轻松享受。舞曲进入过门伴奏环节,"万磁王"迎来了她的第三位舞伴"死亡女神"。"死亡女神"目睹了刚才"万磁王"联手大米和大王对"奇异博士""绿巨人"以舞惩戒的全过程,因此对"万磁王"好奇心起,她想知道这个"万磁王"来舞会的目的是什么,什么样的女舞伴能征服"他"。因此,"死亡女神"在与"万磁王"的交手舞蹈动作中,故意地试探、撩拨,摆明了要以舞会友、以舞技较高下。"万磁王"看出了"死亡女神"的来意,但却无心缠斗,只想顺水推舟敷衍过去,于是在旁观者看来,"死亡女神"犹如孔雀开屏般各种炫技撩拨,各种强势进攻,"万磁王"连连躲闪,步步退让,全无邪神霸气,甘拜下风。

送走了"死亡女神",迎来了灭霸的女儿"卡魔拉"。"万磁王"与"卡魔拉"一搭手,脚下走了两步舞步,"万磁王"就判断出这个"卡魔拉"跟她一样玩了一出雌雄换位。这个"卡魔拉"是个如假包换的纯爷们儿,根本不会跳交谊舞,一上来就探头探脑的,紧紧盯着左前方的"黄蜂女",一看到"黄蜂女"跟男舞伴"X教授"有说有笑地不亦乐乎,"卡魔拉"那打桩机般的舞步就恨不得把地板砸出几个大坑来。周朗朗扮"万磁王"是临时起意,她本来就没打算参与这场化装舞会,但团队小伙伴的人都知道,大王扮的是谁,大米扮的是谁,方黎扮的是谁,让这位男扮女装"卡魔拉"心心念念的"黄蜂女"正是方黎,周朗朗心下一动,这"卡魔拉"难道是潜伏在公司里倾慕方黎已久的男粉丝?他此举是来吃醋的,还是来表白的?

"万磁王"一边暗暗观察"卡魔拉"到底是何许人也,一边又走马灯似的换过了三四位舞伴,下一位站在她身边的是"黑寡妇"。这位"黑寡妇"果然够黑,一袭从头到脚的黑丝绒斗篷,看不出曲线玲珑,但个头倒是比"万磁王"还高大挺拔,音乐响起,一出脚就习惯性迈出了男步,"万磁王""扑哧"一声笑了出来,今晚这舞会是撞什么邪性了,怎么这么多须眉不爱武装爱红装?

"万磁王"与"黑寡妇"翩翩起舞，这恐怕只能是在这个年会上才有如此辣眼睛的奇观异景了吧："万磁王"婀娜多姿，"黑寡妇"英姿飒爽，二位都瞧出来对方是须眉还是蛾眉，谁也不点破。"黑寡妇"老是改不掉男步，"万磁王"就干脆随着他跳起了女步，这一来明显与其他人的舞姿反向逆生了，众人投来诧异目光。倒是这二位自得其乐兼自娱自乐，懒得理会旁人的目光，他们都看得出来，彼此都不是来这里寻人的，也不是来生情的。"万磁王"是既来之则安之，"黑寡妇"是专心来跳舞的，他或许早就知道有这么一场舞会，他或许就是想来跟某人跳一段舞，跳完了就完了，安心离开。

　　果然，这曲舞罢，"黑寡妇"心满意足离场。"万磁王"周朗朗趁此机会也打算打道回府，她走出舞池，低头看了看自己身上这套已经功德圆满的骑士服"战衣"，拿起手机给大王打电话，一是告诉她自己玩了一整天，太累了，这就要回酒店房间休息去，二是问她要更衣室储物柜钥匙。当时大王生怕周朗朗不肯尽力帮她和大米一雪此辱，因此扣押了她的储物柜钥匙，言明必须大功告成她才能功成身退。

　　此时此刻的大王刚刚跟舞会上相识的一个英俊IT男搭上线，二人悄悄退出舞会，寻寻觅觅到了舞会会场左拐角电梯井厢旁的一个无人僻静角落，展开了犹如老中医号脉望闻问切的一番知己知彼深入了解，正在关键时刻，哪里走得开？周朗朗只好按她说的地址一路摸索着寻来，"黑寡妇"冷眼旁观"万磁王"也跟着她退了场，他瞧着"万磁王"一路鬼鬼祟祟地似是寻人觅物，一时好奇心起，便也远远尾随着跟了过来。"黑寡妇"犹不自知，螳螂捕蝉黄雀在后，他身后还跟着两位大神，一个是"黄蜂女"，另一个是"X教授"。

会场地方太大，偏僻角落不少，周朗朗找来找去连个鬼影都没找到，给大王发微信人家干脆不回，她只得无头苍蝇般绕来绕去乱飞乱撞。周朗朗在前头寻寻觅觅，"黑寡妇"紧随其后躲躲闪闪，"黄蜂女"和"X教授"包抄后路，"卡魔拉"贼头贼脑垫后追踪，几路人马草蛇灰线，遥相呼应。

找来找去，功夫不负有心人，周朗朗终于在一处昏暗逼仄的花架角落瞧见了大王穿的那条黑丝绒裙摆探头探脑貌似在向她招手。周朗朗一肚子的没好气，大王！王思玛！这个死丫头也太有异性没人性了吧，这才刚跟帅哥搭上头，就不把她这个顶头上司放眼睛里了，一定得给她点颜色看看，让她知道，得罪顶头上司是没有好果子吃的！想到此，周朗朗屏息敛气，蹑手蹑脚，拿出家里肥猫"腊八"的无声无息步法一步步向花架走去。

花架后一男一女的窃窃私语声越来越近，越来越清晰可闻，周朗朗像一只下山猛猫突然从花架旁跳将出来，先声夺人地"喵呜"大叫一声："你们可真让我这一通好找啊！"说着，她把手一伸："大王，赶紧把钥匙给我，我快困死了，否则，我拍下你俩的罪证硬照发咱们群里去晒晒啦！"

花名大王的王思玛闻声不但没做出回应，反而羞涩地把头往男士的怀里一扎，不肯露脸。这男士虽然戴着灭霸的面具，但仍能感觉出他十分尴尬，一边护着怀中的美人，一边对周朗朗说："你认错人了，赶紧走吧。"周朗朗觉得又好气又好笑，上前拉扯大王："大王，你就给我继续装纯情少女吧，这少女羞涩你演得挺到位的，可以上台表演了。你能骗得了人家男士，可骗不了我，赶紧把钥匙给我，刚才我帮了你那么大一个忙，你这会儿不能……"

美人猛地一回头,气急败坏低吼:"周朗朗!是我装纯情还是你演无辜啊?你演技可以当影后了,一晚上阴魂不散地追着我不放,我都躲到这里来了,你还不依不饶的,你到底想怎么样?"

周朗朗定睛一看,这个跟大王穿着颜色相同、款式近似的黑色鱼尾长裙、挽着发髻的女人是何立琪!那她身边的男人是谁?周朗朗浑身一哆嗦打了个激灵,听声音、看形体这个男人不是王辉!

周朗朗一拍脑门:"不好意思,刚才多喝了两杯,眼神不济的把您当成我们部门的王思玥了,我们私底下都喊她大王。您跟大王身材差不多,发型差不多,裙子差不多,这不就看花眼了嘛,对不住了。对不住您和辉总在这清静之地聊点体己话,你们继续,我先撤。"

何立琪和"灭霸"听了周朗朗这话都没有继续掰扯下去的意思,她挥挥手,算是一别两宽了。

周朗朗松了一口气,微笑作别,赶忙掉头就走,走出没两步,一头撞到一个厚实伟岸的胸膛上,她抬头一看,倒吸了一口冷气,她撞上的不是别人,正是王辉!

王辉正是尾随周朗朗一路而来的"黑寡妇",他男扮女装戴上黑寡妇的面具,披上一件从头及脚的黑斗篷,就是不想显露自己的行迹,也不想招惹不该招惹的人,他此行前来就是想碰碰运气,看看能不能遇上他想遇到的老熟人,欣赏一下对方的舞姿,如果能共舞一曲,那就不虚此行了。完成心愿的他,本想就此离开,是周朗朗找东找西寻寻觅觅的鬼祟形迹引起了他的好奇心,让他一路尾随,却意外撞见了他做梦都梦不到的奇葩场景,他那离婚

第十二章　年会迷情　241

没多久的前妻，居然与"灭霸"在此幽会，而且，当周朗朗把"灭霸"误以为是他王辉时，何立琪竟然默认了李鬼是李逵！

王辉拉着周朗朗直奔何立琪和"灭霸"而来，冲着他们朗朗质问："'灭霸'先生，可否摘下面具露出真容相见呐？"

"灭霸"瞧了何立琪一眼，欲语还休。

何立琪看到王辉当即面色成灰，声音都打起颤儿来："你怎么在这儿？事情不是你看到的这个样子，咱们先回家，有什么事咱们回家说去。"

王辉冷冷扫了何立琪一眼："他就是你铁了心要跟我离婚的真实原因吧？"

何立琪带着哭腔哀求起来："别这么刻薄！这里是三家公司的年会现场，上千双眼睛眼睁睁看着呢，你我跟这三家公司的关系不是董事就是VVIP客户，咱们先离开这里，求你了！"

王辉心里一软，是的，他跟何立琪结婚多年，她一向要强好胜，这还是她第一次开口求他，为了面前这个面具男人，为了眼下这个尴尬场面。

周朗朗低声劝解："辉总，毕竟夫妻一场，您就是谁都不顾及，总要顾及一下儿子的感受吧，换个地方你们夫妻好好聊聊吧。"

王辉高昂的头颅慢慢地、慢慢地垂了下去："也是，反正离都离了，这个男人是张三还是李四又有什么差别呢？反正是回不去了，回不去了。"

何立琪冲"灭霸"低吼一句："还不赶紧滚！"

"灭霸"这才晃过神来，匆匆与王辉擦肩而过，迅速离开。

此时此刻，一路追踪而来的"黄蜂女""X教授"和"卡魔拉"前仆后继迎了上来。他们几人没听到刚才那番细枝末节，只远远瞧着周朗朗、王辉和何立琪说得热热闹闹的，还以为接下来要上演大团圆ending呢。"卡魔拉"率先迎着"灭霸"热情开口："大表哥，你不是说没空来舞会瞎凑热闹嘛，怎么突然又改变主意来啦？你猜我是怎么认出你来的？我老远就瞧见你手腕上这块百达翡丽表了，限量版啊，就这样硬生生把一套房给戴手腕上了，豪！真豪！我对这块表流口水流了好几大碗了，见表如见人啊，我聪明吧，大表哥，啥时候你借我戴戴这表拍个照发朋友圈呗。"

"灭霸"摘下面具，露出霍骁城那张气得七窍生烟的嘴脸："聪明你个鬼！你给我死一边去！"

"黄蜂女"摘下面具，原来是方黎，她气冲冲上前一把打掉"卡魔拉"的面具，冲她老公张勇怒吼："死鬼，怎么哪儿哪儿都有你？你干吗跑我们年会上瞎捣乱，瞧瞧你这身打扮，要死啊，给我丢脸死了，还不赶紧滚回家去！"

张勇理直气壮争辩道："老婆打扮得花枝招展来年会上勾搭小白脸儿，我这当老公的有权到此行使监督权、管理权和暴力执法权，让我走也可以，你先让我揭开你身边这个小白脸的面具，看看他的庐山真面目！"

方黎身边的"X教授"主动揭下面具："男人吃起醋来，简直就是醋精转世啊！我可不是什么小白脸儿，我是你老婆的上司的老公，是不是有点绕？绕着绕着你就明白了！我是唐烨，今天下午刚到，是来参加三家公司其中一家年会的，他们刚刚跟我们公司签了合作意向书，合同还热乎着呢，我参加舞会是想给老婆大人一个惊喜，结果到这里先遇上了方黎，我俩倒是聊得挺愉快的，这不，远远瞧见了朗朗，我和方黎一路跟着来凑趣，不料这里这么热闹，这倒真是出乎意料了！"

方黎揪着老公张勇不依不饶,张勇拉着唐烨又是道歉又是盘问,唐烨挽着周朗朗话家长里短,这边倒是热热闹闹的,一旁的何立琪、王辉和霍骁城三人反倒是分外冷场。

沉默半响,霍骁城率先开口:"辉哥,其实我跟立琪什么事都没有,我们俩只是……"

没容霍骁城说完,原本呆立着像个木头人般的王辉突然拧身出击挥拳朝霍骁城腮帮子就是一记老拳,只一拳,便把霍骁城打出了一腔鼻血,嘴角绚烂爆开,整个人连连倒退好几步。王辉一言不发乘胜追击,左一拳,右一拳,一拳连着一拳,拳头雨点般冲着霍骁城砸了下去。虚胖气短的霍骁城远远不是魁伟健硕的王辉的对手,只有招架之功毫无还击之力,眨眼工夫,他白白胖胖一张脸就红的、紫的绽放开了肉花……

面对此情此景,方黎吓得六神无主,何立琪羞愤交加掩面哭泣,张勇号叫着要上前帮大表哥教训教训王辉,唐烨左拉右劝越帮越忙。幸亏这是在十分偏僻的一个角落,舞会会场内震天响的音响掩盖了他们几个人的号叫、哭泣和打斗。

周朗朗既不帮谁,也不拦谁,更不劝谁,她精疲力竭地退到一处墙角,席地而坐,眼前渐渐升腾起团团迷雾:哪种生活才是我们真正想要的、需要的?哪个人才是能携手共度此生的最佳伴侣?这世上从来没有唾手可得的知心人,没有一蹴而就的幸福,置身迷雾之中更要咬牙前行,要么勇敢穿越它,走出它,要么只能眼睁睁被它恶狠狠一口吞噬掉!

第十三章　冒险有多美

年会过后，紧接着就是热热闹闹的新春佳节，过年，在中国人眼中一直是一件非常隆重、很有仪式感的大事件。就像刘天王刘德华在歌曲《恭喜发财》里唱的那样，"我恭喜你发财，我恭喜你精彩，最好的请过来，不好的请走开"，人们用尽一切方法和仪式来驱散消除过去不好的事，不开心的记忆，为即将到来的崭新一年祝祷祈福。新年钟声敲响时，周朗朗许下的新年愿望是——愿她爱的人和爱她的人在新的一年里平安顺遂。

若在以前，周朗朗的新年愿望都是非常具体的一个个小目标，比如今年要换辆什么档次、什么牌子的新车，今年要做到什么职位，拿到几位数的年薪，今年要带着家人去马尔代夫旅游，今年要签下多少亿的大单……周朗朗曾为了这些小目标的实现或即将实现雀跃、欢欣、得意，也曾为了这些小目标没有实现而懊丧烦恼，然后摩拳擦掌越挫越勇，不达目的誓不罢休。那个时期的周朗朗，把自己活成了一团火，张扬，热烈，我行我素，要么灼亮别人，要么炙烤自己，总要活得尽兴，痛快，极致。步入婚姻，阅历渐丰，岁月更替，她发现自己不知不觉变了，从一团跳跃的火变成了一汪一眼看不到底的水，那些鲜明具体的小目标对她的诱惑力渐渐没那么大了，个人的荣辱得失也不再那么重要，她现在越来越看重的是一些精神层面的东西，看不见摸不着，但真真切切能感受得到，比如长久的陪伴，静好的家园，一眼能看得到头的日子，以及一份不用跌宕起伏的平和心情。

周朗朗默默反省，这一年下来她经历了许多，得失了许多，她发现自己真正想要的，在意的，剔除那些浮华其表，也就是一个平安日月，一个平和心境，有了这些，什么刀山火海她都能闯过去；失去这些，她纵然拥有天下，也是惶惶不可终日。周朗朗一点一滴悟出，真实有效的成长过程，不是诉求越来越多，不是欲望越来越贪婪，相反，却是一个做减法的过程，知道自己想要什么，需要什么，更加要知道哪些东西是次要的，是弊大于利的，是需要渐渐剔除的。修剪欲望，舍弃浮华，放下执念，远离喧嚣，而后，做一个简单澄明的人。

心境一变，整个人就变了，这个春节，周朗朗除了去养老院陪伴姥姥，给都不在身边的亲爸亲妈各发了一个拜年视频和微信红包，其余的一切应酬活动她都谢绝了，窝在家里，撸猫，晒太阳，打盹儿，看闲书，听婆婆叶翠兰八卦朋友长亲戚短，看唐烨施展冲泡手磨咖啡的绝技。日复一日，周朗朗能吃能睡地胖了四五斤，气色白里透红，素颜也能当女神，困扰已久的睡眠问题不治而愈，颈椎痛也没有发作，即便小姑唐果大年初二回娘家故意挑事儿找她掐架，她都抖擞不起丝毫斗志，让唐果捶胸顿足痛呼以前的周朗朗去哪儿了，这个"棉花糖"大嫂太不好玩了。这样现世安稳不变不移的小日子，让她打从心底觉得，就是给她个神仙当都不换！

走得最快的总是最闲散的安逸时光，新年假期像泥鳅般溜滑即逝，转眼间就来到了年后第一个工作日。年后上班第一天，一向有"拼命三娘""工作狂魔"之称的周朗朗，居然不可思议地睡过了头，一整夜睡得香甜无梦，口水流得打湿了枕头！周朗朗一边抓狂地求着自己内心的心理阴影面积，一边手忙脚乱地收拾一番急匆匆出门。

到了公司，方黎、大米等人瞧见周朗朗均露出一副"士别三日当刮目相看"的神色，也难怪，AAC上上下下的同事们谁都不曾见过眼前这个随随便便的周朗朗——她随随便便把一头卷发束在脑后扎成一个秃尾巴小鬏鬏，穿了一件半旧的墨绿大衣，却拎了一只扎眼的猪肝红包包！这还罢了，更令人不可思议的是，一向穿衣、配饰颇有心得造诣的周朗朗，居然从头到脚没有一件精致饰物，耳垂上光秃秃的，脖颈里空荡荡的，衣襟上连胸针也没有别一个，就连她那张一向妆容精致的俏脸上，也只是懒洋洋地淡淡涂了一层粉底、抹了个裸色口红而已，什么睫毛膏、眼影、腮红之类的职场女性彩妆神来之笔统统消失无踪了。

方黎一惊一乍问："头儿，出什么事了？"

大王心直口快："姐，你跟姐夫闹婚变了？"

大米捶了大王一把："别胡说，老大，你是不是流感中招了？"

大刘和小许："头儿，我们两个钢铁直男都不是吃闲饭的，文武行全拿，有事您发话！"

周朗朗被大家伙这番话给气乐了："呸呸呸，这大过年的，你们一个个不是咒我婚变，就是说我生病，还能不能盼着我点好啊？正确答案是，我今天早上睡过头了，没工夫捯饬头发、配衣服、化妆，就随随便便出门了。怎么？就许你们平时上班素颜朝天，两天不换衬衫三天不洗头的，就不许你们头儿放飞自我一把？"

大家跟着乐了："头儿你没事我们就放心了，主要是大家经年累月看惯了你随时能走红毯的全副武装模样,乍一看你这副随时要直奔菜市场的模样有点被吓到了。""没事,没事,我们习惯习惯就习惯了!""其实你这样挺接地气儿的,挺亲民的,我们零压力,干活更轻松,咱们部门从此少了个高高在上的女王,多了个平头平脸的女班头儿,好事!"

周朗朗眼睛一瞪:"班头儿在此,赶紧都给我站好喽,一个一个来领开工红包,领了红包统统滚回自己位置上开工干活去,谁偷懒今晚的开工聚餐就由他掏腰包请客!"

大家异口同声:"Yes madam!"

新年第一个工作日的上午,周朗朗就在发红包、领红包、开大会、开小会当中完美度过了。

散会后,周朗朗打开手机,看到何立琪给她发了几条微信,约她会后去公司楼下喝咖啡,不见不散。

咖啡馆角落里的一个小小隔间内,何立琪比周朗朗早到一步,她背门而坐,想是不愿意被人瞧见她那一脸的憔悴容颜。周朗朗姗姗来迟,一落座,一抬眼,就被何立琪的憔悴神色给吓了一跳,这才几天不见啊,何立琪就从年会上的性感妩媚女神变成了眼袋比眼睛还大、面色比菜色还晦暗的沧桑中年女。虽然她依旧是一身的精美华服,依旧是一身的珠光宝气,但从眼底眉梢流露出来的懊恼和沮丧是无法掩盖伪装的。

已经到了午饭时间,周朗朗点了一份意面,她没开口问何立琪所为何来,不问她也知道,而且还知道只要何立琪一打开话匣子她就没什么胃口了,所以,她也给何立琪点了一份海鲜炒饭,撂下一句话:"先吃饭,吃饱了咱们才有力气吐槽臭男人。"

何立琪其实没什么胃口,这个年她都在自虐中度过,虐待自己的胃,虐待自己的睡眠,可她瞧着周朗朗大口大口香甜地吃着盘子里的意面,硬生生把一盘普普通通的炒意面吃出了米其林餐厅的美味和满足感,不由得被引诱着胃口渐开,不知不觉半盘海鲜炒饭就下了肚。

落地窗前洒满了暖洋洋的午后阳光,饱餐一顿后,来上一杯香浓的现磨咖啡,周朗朗心满意足地窝在沙发里眯起眼睛自言自语:"吃饱,喝足,就着这暖暖的阳光,美滋滋打个盹儿,赛神仙啊!"

何立琪唤来服务生点了一大份的抹茶冰激凌。

冰激凌上桌,何立琪直接推到周朗朗面前:"赶紧吃,透心凉,吃完你就清醒了,等你醒过神来咱们聊正经的。"

周朗朗平时对抹茶味道的冰激凌十分不感冒,她的最爱是芒果绵绵冰,够香,够浓。

第一口抹茶冰激凌下肚,周朗朗倒尝出平时从来尝不出的清新、爽口、不甜不腻的口感,入口细润,回味有淡淡的茶香,但毫无茶叶的涩口。

一大杯冰激凌转眼之间一扫而空,周朗朗的饕餮吃相让何立琪看傻了眼:"朗朗,你是不是过年过傻了?刚刚一盘子意面下肚,这又加上一大份冰激凌,你不减肥了?不要身材了?难道这就是传说中已婚女人的幸福肥?"

"以前我总是拿'顺其自然'这句话来敷衍生活中的荆棘坎坷和种种不如意,直到现在我才明白过来,真正的'顺其自然',其实是竭尽所能之后的不强求,而非两手一摊的不作为,是尽心尽力之后的放自己一马,是坐看云起时的恬淡自在。"

"姐提醒你一句,婚姻对于女人来说不是终点站而是战场!老公对你的甜言蜜语其实就是糖衣炮弹！你穷尽前半生练就的十八般武艺不能在婚姻里生了锈，成了废铁，有朝一日等你蜕化成婚姻的附属品，你会发现，老公嫌弃你跟嫌弃一盒过期的牛奶、一件过时的旧衣服没什么区别！我就是你最好的前车之鉴，醒醒吧，以后少吃一点，吃好一点，把精力和钱多花在健身和护肤上面，女人保养是老样子，不保养是样子老，自己才是自己最大的本钱！"

周朗朗意犹未尽地舔舔嘴角："放心吧，我没有自暴自弃，我永远不会把老公当成宿主或寄主，把婚姻当成寄居壳，我只会把这些当成我生活当中的一部分，非常重要的一部分。可能是春天来了，春主生发阳气上行万物复苏嘛，有点莫名的情绪高涨，胃口小开，这也难怪，大家都压抑了一整个寒冬了，迫切需要给自己提提气。你今天请我吃午餐、喝咖啡，不会就是来跟我说教女人的保养之道吧？"

"既然吃饱喝足了，那就替我分分忧吧。我跟王辉的情况你都知道，现在他不接我电话、不见我，去英国接了他那宝贝儿子，爷俩一起去北海道赏雪过春节了。"

"辉总毕竟是个男人，你们俩毕竟是多年夫妻，你和霍总的新恋情，他需要时间消化！"

"其实，事情不是你们想的那样。王辉和霍骁城本就是两个世界的人，王辉是创业一代，霍骁城是富二代，他俩虽说是有了大学同系师兄弟这层关系垫底，但两个人平时交集仅限于商务往来应酬，私交寥寥。也就是这两年，长袖善舞的霍骁城看好JM前景无限，想入股JM当个董事分红，两次入局未果，这才与王辉互动密集起来，可王辉不吃霍骁城那一套，不想跟他抱团取暖、合作谋划，屡屡往外推他。霍骁城也是个明白人，见吃不动JM这块肥肉，干脆死了这条心，只拉着王辉赴酒局、牌局谈师兄弟情谊，可王辉一直不冷不热的，我觉得过意不去，毕竟都是一个圈子里混的人，谁还没有用着谁的时候，总不好临时抱佛脚吧？所以，王辉拒绝人家五次，我就趁着有合适的饭局回请一次算是找补，王辉对此没点头也没摇头。一来二去的，我跟霍骁城也算是有了一点交情。霍骁城是个人精，见人说人话，见鬼说鬼话，他见我跟王辉相处得貌合神离的，就主动说起自己两次失败婚姻，说到动情处也是眼泪汪汪的，一杯酒接着一杯酒地往肚子里倒，我跟他自此就有了惺惺相惜之处。"

周朗朗倒吸一口冷气："难不成，你跟王辉离婚是他的主意？"

何立琪摇摇头："离婚是我一个人的决定，我是想让王辉好好当他的CEO，别老惦记着告老还乡，离婚这事跟霍骁城半毛钱关系都没有。"

"这么说来，霍骁城是在你离婚后才开始追求你的？"

"一听你这话就是没离过婚的天真烂漫人！我的傻妞啊！他离过两次婚，两次婚姻给他留下了一儿一女，我离了一次婚，带着儿子在伦敦当陪读妈妈。中年男女的世界哪里还有什么非黑即白，不过是一些充满暧昧和挑逗的灰色地带罢了。其实，在我离婚之前，霍骁城就对我极尽奉承溢美之词，不是羡慕王辉何德何能才能娶了我这样出色的女人，就是感慨他为什么没能早王辉一步认识我，他偶尔逢年过节也会送我几件小饰物，比如一对珍珠耳环，一条海蓝宝石项链之类的，都是质地精良但绝不会奢华贵重到让我有压力有负担的适度礼物。不得不说，霍骁城很懂女人，拿捏分寸恰当，多一分则下流，少一分则无趣。"

"现在看来，离婚并不是你真正想要的，你仍旧放不下王辉，你在意他的感受，吃他的醋，曾经把我当成你和他之间的假想敌，你希望通过努力修复你们的裂痕，可你对霍骁城也挺欣赏在意的。可是问题来了，霍骁城和王辉之间，你到底选谁？"

"我现在就是一脑袋糨糊！一会儿埋怨这个，一会儿担心那个，我也不知道我想怎样，该怎样，能怎样，这两个男人在我脑海里就没消停过，他们不是互相打擂台、一较高低，就是不可思议的合二为一，我觉得我都快疯掉了！我想跟王辉好好聊聊，聊聊我跟他还有没有可能性，可他屏蔽我了，压根儿不给我一丝机会！更懊恼的是，自从年会以后，霍骁城脸上的伤还没好利索，就每天快递一束玫瑰花，天天打电话发微信约我吃饭、看电影。昨天晚上，他跟个神经病一样用无人机挂着一枚钻戒飞到我家院子里，我这跟他八字还没一撇呢，他就直接来求婚了！"

"看吧，我们女人就是这样，所有处心积虑做出的决定，到头来并非是真正选择了哪一种幸福，却更像是选择了宁可受哪一种苦。想要的得不到，不想要的甩不掉，得到了却深受其苦，失去了又纠缠放不下。"

"我现在才发觉，自己怎么走着走着就走到一块烂泥地里去了，前进不行，后退不得，提起王辉我就一肚子的委屈和怨气，一想起来那天他看到霍骁城那副受伤的表情我是有点小得意，有报复之后的快感，可之后还是会心疼不已；说到霍骁城，他对女人的热情、浪漫、细腻是挺让我受用的，有做女王的满足感，但受用之余会有深深的不安，既然他这么懂女人，为什么会离两次婚？他出身富贵、生财有道，对女人舍得花钱、花时间、花心思，应该有大把女人扑他才对，他为什么会选择我？一到深夜，我头疼得睡不着，两杯红酒下肚，人就发起癔症来，要是这两个男人能取长补短，合二为一那该有多好！那我就再无委屈和遗憾，不用左右摇摆取舍两难了！"

"哈哈哈，你这不是癔症，是白日梦！我必须给你泼泼冷水，你不管跟谁在一起，都会互相埋怨的，都会互相厌倦的，这就跟当初你们真的好过、亲吻过、拥抱过一样，都是不可分割的一部分。所谓的幸福终老其实是骗傻子的，厌倦到终老才是美满婚姻的真相。你再厌恶他、抱怨他，都舍不得跟他分开，而他也是一样，纵使你做了那么多伤害他的事，却始终舍不得离你而去，那得需要多么深厚的感情和力量才能坚持下去？能对抗这些负面东西不离不弃的一对儿，才能白头到老。"

"朗朗，你到底经历了什么，怎么会有这么独到的感触？我似乎有点明白了，为什么王辉那种冰块男都会对你另眼相待，你有拨云见日洞悉真相的能力，有能让人安静、释怀的魅力，王辉见腻了漂亮女孩、性感尤物，对你这样难得一见的心灵捕手肯定会过目不忘的，我要是男人，也会不由自主被你所吸引的。"

"我没你说的那么玄妙高深，其实我爸妈就是一对候鸟夫妻，我在他们的吵闹争执中长大。他们一拍两散各奔东西，洞察世事的姥姥把她的生活智慧灌输给了我。后来遇到唐烨，走进唐家，见识了唐烨爸妈那一对吵架到终老的夫妻，还有唐果和许良辰那对相爱相杀的活宝。这么多可圈可点的特色教材让我想通了许多以前想不通的事，比如唐烨的爸妈大吵三六九、小吵天天有，吵了一辈子没分出个胜负输赢，却吵得不亦乐乎，吵得秤不离砣。他们才是大彻大悟的一对儿，既然跟谁做夫妻过日子都有吵闹磕绊，都有相看两生厌的时候，那就选个心甘情愿跟他吵一辈子、闹一辈子的人纠缠到终老。我们都不完美，我们都不坚强，但却在互相纠缠、互相亏欠中无从分离藕断丝连。"

"拜托你赶紧给我出出主意,现在我该怎么办?"

"我倒觉得,现在的关键问题是你,不是他们两个的态度。你把他们俩都放一放,最好谁都不见,等你理清楚自己心里装着的到底是谁,再做决定不迟。感情事最忌讳的,一是报复心态,二是找备胎,三是病急乱投医,等天黑透了以后,就离日出不远了。"

何立琪听了周朗朗给出的"药方"低头不语,缓缓搅动杯中的咖啡,若有所思。

周朗朗一看何立琪这低头不语的闷葫芦样子,就知道她需要时间消化这番恳谈,周朗朗觉得自己是时候撤退离开,把这段独处思索的时间留给何立琪是再合适不过的了。她收拾包包起身,却被何立琪给拦住了:"坐下,你以为我会为了这点一己私事就把你这个大忙人给硬生生拽出来喝咖啡?你也太小看我了!"

周朗朗笑了:"大过年的还能有什么事,难不成要给我发开工红包?恭喜发财,红包拿来!"

周朗朗伸出手掌索要红包,被何立琪一把打掉:"红包你个头!等我跟你说了这件事,你就满头包啦!"

周朗朗一撇嘴:"小气!你别卖关子赶紧说吧。"

何立琪开门见山:"你小姑子唐果的老公是叫许良辰吧?他是纪录片导演吧?你们最近有联系么?他近况如何?"

周朗朗被问得一头雾水:"许良辰是拍纪录片的,年前、年后家庭聚餐的时候他都在场,他还是那副精力过剩、活蹦乱跳的老样子,他那行当跟咱们这个圈子不搭界啊,你这么一问,我突然有种不好的预感,他是在外面招猫惹狗了,还是跟谁掐架了?也不对啊,他即便在外面惹是生非,就是东北风转西南风,这股风也吹不到你这投行高层的耳朵里。快说,他到底怎么着了,别让我着急上火地再吃你两大份冰激凌!"

何立琪开门见山告诉周朗朗,年前她接到下属递交上来的季度项目评估报告,下属向她特别请示,这一批因评估分值过低被pass掉的项目里,有一个项目的负责人叫许良辰,他拿着一个纪录片筹拍策划案找了好多投资公司、独立投资人,四处拉关系、找筹拍资金,均被婉言谢绝。

下属提醒道:"据说这个许导媳妇儿的哥哥是KPMO驻京分公司的审计总监唐烨,他目前'奉旨办公'在查辉总的公账,为了辉总考虑一二的话,许导这个投资项目咱们是不是再斟酌一下,缓上一阵子再见分晓更稳妥?"

何立琪出于对王辉的顾虑,找了个由头暂且压下这份评估报告,转身托熟人朋友悄悄去打听许良辰的近况,以及这个项目的来龙去脉,这一打听不要紧,许良辰的赌债窟窿就再也捂不住了!

原来,许良辰自打上次打飞的跑到伦敦找唐烨借钱清还了赌债之后,的确如他向唐烨信誓旦旦保证的那样,洗心革面痛改前非,一头扎进工作里誓要干出一番作为。他咬着牙过了一段人五人六的作为日子,可架不住时间一长,誓言就抛到了脑后,雄心斗志就不知不觉化作了郁郁不得志的长吁短叹、怨天尤人。工作上的辛辛苦苦、营营役役自不必说,苦得、累得扛不住的时候他就格外怀念牌桌上意气风发、挥洒自如的快意时光。同行、师兄弟们不论哪一个拿奖了、成名了、被大公司大项目重用了,对他来说都是一记嘲讽、鞭策的响亮耳光。唐烨虽然从没催他还钱,也并没向唐果吐露半个字,但他怕见唐烨,也躲着唐果和老爸,欠唐烨的那笔钱成了压在他心上的一块巨石……

终于，当许良辰参与拍摄的一部片子因资方撤资而不得不停工烂尾时，他就像是一头被最后一根稻草压垮的骆驼，喘着粗气，红着眼睛，拖着疲惫泥泞的身躯，发疯一样冲向了地下黑赌场，唯有坐上赌桌，拿到筹码，他才觉得自己跟那些自己羡慕嫉妒恨的天之骄子、上帝宠儿一样，拥有了发牌权，拥有了翻盘的机会，拥有了咸鱼翻身、反败为胜的最后一线曙光！

可惜，真正的机会从来不是给投机者准备的，更不是给赌徒准备的，许良辰十赌九输，他没有看清楚赌局的陷阱本质，而是执着于偶尔一次两次小赢的精神麻痹和快感当中。

从地下赌场到网上赌球，再到网上骰宝、网上轮盘等各种网络博彩，许良辰沉溺其中一发不可收拾，他不但把本该分期分批还给唐烨的钱再次赌了进去，还编尽一切借口借尽所有能借人的钱。眼瞅着借款期限纷沓而至，他只得拆东墙补西墙，直至迈进了网络借贷的深坑。自此，许良辰就活在了人间炼狱之中，白天他戏精上身勉强应付着家人和工作，十个来电八个都是讨债的，一到晚上，他不是去借钱就是在躲债，逮着机会更要赌上几把以期能够以一赢百、反败为胜。

为了早日偿还赌债，许良辰能想的辙都想了，他把心肝一般的动漫手办拿去二手店廉价卖掉了，他把比自己眼睛珠子还珍贵一百倍的绝版老相机、高逼格单反相机以及专业镜头等配件物什逐一拿去变卖给发烧友或同行了。

除了这些压箱底的宝贝能一解燃眉之急，他还剩下最后一个筹码，就是他耗费五年心血从选题、素材笔记、台本到拍摄手稿都由他一手炮制的纪录片筹拍项目。

这是一部把拍摄目标锁定在一线城市至贫困山村等几个颇具

特色的丁克家庭、多胎家庭的现实题材项目，通过对这些家庭孕育理念和现状的观察展现，反映出目前人口结构现状的种种利弊、根本症结和趋势方向，引导观众对生育这一家庭问题乃至社会问题进行观察、思考以及智慧型决定，简单概况，就是一部深挖我国生育率下降和出路方向的人文纪录片。

许良辰有信心能把这部纪录片拍摄好，有信心参赛拿奖杯、拿奖金，有信心能凭此摆脱瓶颈站上事业舞台新高度。除了这些，他还有个私心，只要拉到项目投资，第一笔钱他就可以还清赌债，从此戒赌，剩余资金他一分不少全部花到这个项目上，他把自己的命都押到这个项目上，何愁大功不成！

诸葛亮是万事俱备只欠东风，他许良辰是万事俱备只欠资金，建组需要钱，拍摄需要钱，后期制作需要钱，哪儿哪儿都需要钱。人家诸葛亮鹅毛扇一挥借来了东风，打了胜仗成就了自己，可他许良辰就是一个无名之辈，任凭他把手里的项目说成一朵牡丹花，任凭他把胸脯拍得当当响，可没有一个人肯看好他，看好这个项目。大家宁肯一窝蜂地捧着钱袋子去贴名导演、大明星的冷屁股，追捧商业炒作出来的所谓IP大项目，也没人肯花上一杯咖啡的功夫认真看一遍他的项目文案，为他这个无名之辈的无名项目走一遍专业的审批流程。许良辰把北京城的影视公司和投资公司都跑了个遍，处处碰壁，可他屁股后有追债的，口袋里没有隔夜薪水，肚子里还有一颗熊熊燃烧的野心，只能拿着这最后一枚筹码见人就聊，见投资商就拜，拜着拜着，他就拜到了何立琪入职的投资公司门下，被心思敏锐的何立琪查了个底朝天！

何立琪安心要把许良辰找投资这个人情送给周朗朗，因为周朗朗的背后就是唐烨，唐烨关联着王辉的审计结果，而她对王辉的心思，剪不断理还乱。

周朗朗当然明白何立琪的心思，她赶紧表态："大恩不言谢！你可帮了我们家大忙了！我得赶紧去找唐烨商量。哦，对了，许良辰那个被 pass 的项目，你尽管按公司章程处理，唐烨为人我清楚，你放一百个心，别说是他妹夫的项目被 pass，就是 JM 现在跟我周朗朗终止一切商业合作，他唐烨经手的账目，丁还是丁，卯还是卯！他绝不会有一星半点儿夹公带私！咱俩回聊，我得先走一步了。"

周朗朗说完起身就走，何立琪也坐不住了，跟着起身埋单。

两个女人一前一后走出咖啡馆，何立琪仔细端详着周朗朗的背影，一副若有所思的模样，又走了几步，她到底没忍住，紧跑几步上前拉住周朗朗："你是不是怀孕啦？"

周朗朗被何立琪这话吓了一跳："怀孕？我？怎么可能！我现在能吃能睡能文能武的，既不呕吐也不闹心，脾气不大，胸口也不涨。是，我是有点月经不调的老毛病，因为过年放假放得我是有点不够注重仪容仪表，单凭这些你就觉得我中招怀上了？"

何立琪乐了："傻妞！你瞧瞧你那张脸，从前油光水滑、干干净净的，现如今额头、嘴角爆出来多少颗痘痘？有人怀孕是吃什么吐什么，闻见稍微浓郁的气味就恶心，可也有人是食欲大增、胃口奇好，吃面条都能吃出来鱼翅味道，比如刚才一盘普通意面就被你吃得喷喷香挺勾人馋虫的。我再问你，你最近是不是觉得自己有点头痛体乏的低烧症状，体温比往常略高一些？你近来是不是懒懒的？性情也有点变化？还有……"

何立琪话没说完，周朗朗起身就走，何立琪要陪她去医院做孕检，被她给婉拒了，一个小小孕检，她可不想兴师动众的。

周朗朗对何立琪就一个特别要求，在孕检结果出来以前，何立琪要把自己嘴巴给打上封条，对谁都不能走漏半点口风。

何立琪是过来人，她当然明白周朗朗的用意。如果检查结果周朗朗确实怀孕了，于私，她希望自己亲口告诉老公唐烨和家人这一天大喜讯；于公，她希望选择一个对自己最有利的时机、对自己职场未来妨碍最小的方式来宣布这件事。

职场事事不易，职业女性难上加难，孕期、产期和哺乳期历来是职业女性的三重敏感期，如何处理好孕期、产期和哺乳期的工作内容、人事关系以及维稳职位薪酬，对职业女性来说，是个如假包换的技术活。

周朗朗一个人进了医院，一个人出了医院。虽是一个人进进出出来来去去，但整个人却是转眼之间从春入夏。进医院时她是一脸的期待，一脸的紧张，出医院时她是一脸的激动，一脸的喜悦。医生和孕检报告均明明白白告知她已经怀孕40天左右了，B超子宫内胎囊清晰可见，其他指标一切正常。

周朗朗顿时觉得，进医院时她是一个人，出医院时她已然是两个人了，她腹中孕育着一个小小的、柔软的新生命，这是一种前所未有的感觉，令人兴奋、激动，又莫名忐忑、担心，十分复杂，十分甜蜜。

听完医嘱谨记一条条注意事项后，周朗朗第一件事就是拿出手机打给唐烨，一连打了两遍无人接听，她失望地收起手机，自言自语："怎么每次都是这个样子啊！但凡我有重要的事找你，你必定接不了电话，以前在国外是这个样子，现在在身边还是这个样子。我要狠狠报复你，让你最后一个知道这个喜讯！"

第十三章　冒险有多美

接着，周朗朗给何立琪打了一个电话，一是向她报喜，二是嘱咐她继续保密，尤其是对AAC的人，一个字都不能吐露，眼下她一手主抓的广告项目都到了关键期，如果此时她宣布怀孕消息，顶头上司胡总找旁人取代她的位置，那她之前为项目付出的心血和最终取得的业绩全都拱手让人了，她不甘心自己的苦心经营就此功亏一篑。

周朗朗盘算过，以她的体能和现在的零妊娠反应，她是有把握平稳度过妊娠早期和中期的，4到5个月后，项目收尾、业绩已定，她完全可以带着这份功劳簿全身而退，安安逸逸赋闲养胎备产，休完产假她回到AAC，更是可以凭着这些赫赫"战绩"和对公司的诸多重要贡献强势复出的，她辛苦打拼多年的地盘、位置和资源，不会被一个生育环节所拖累，不会因此全然流失。

不仅仅是在这进出医院的半天时间内，早在唐烨回国时，周朗朗就开始思索这些问题了，孩子和位子她该如何取舍，家庭和事业她该如何选择取舍。她一时想舍小我成全大家，一时想指望公婆帮她带娃，一时想把自己的生活重心从工作转移到家庭，一时想有了宝宝无论如何都要告别候鸟夫妻生涯，唐烨必须在北京工作、生活，她和唐烨轮流带娃……

想来想去，周朗朗都没有定下来个准主意，可就在她看到B超图的那一刻，医生告诉她哪里是胎囊，哪里是胎心胎芽，她突然滋生出一股勇气来，她为了取得今天的职场成绩付出了多年的努力，她为了腹中这个尚处于萌芽阶段的宝宝愿意付出毕生心血，凭什么要她选一个舍一个？她为什么不能贪心地两个都选，两个都要！小孩子才做选择，成年人全都要，爱情、面包和自我，她不做单选，统统都要。

事业和孩子对于女人来说，一个是生活的底气，一个是生活的动力，这二者并不矛盾，也不冲突，只要她愿意，只要她勇敢，她两个都不撒手，两个都要牢牢把握！

何立琪作为过来人当然明白周朗朗的良苦用心，明白周朗朗既想做一个职场女强人，又想做一个好妻子、好妈妈，周朗朗既想自己活得精彩，又想成为家庭的支柱，成为孩子的榜样力量，这样的女人才是活明白、通透了。

何立琪当然全力支持周朗朗，她在电话里嚷嚷自己已经开始羡慕嫉妒周朗朗了，如果她能够早一点想明白这一层，或许，她和王辉就不会走到今天这样的破败局面。

何立琪还在电话里跟周朗朗连撒娇带吐槽，另一个电话打进来，是唐果。唐果气急败坏地说：“你在哪儿？我现在就过来找你！”

周朗朗一听唐果这语气，就知道这个小姑子摊上事了。

半个小时后，周朗朗和唐果街头相见，周朗朗一见唐果脸上的乌云密布，就打消了告诉她许良辰嗜赌的消息。

周朗朗虽然不知道唐果摊上了什么事，但以她对唐果的了解，如果此时告诉她许良辰嗜赌，借了一屁股的债，眼瞅着就赌上了自己的事业、前程和全部家当，那唐果肯定会血红着眼睛去找许良辰打架索命的！

唐果见了周朗朗一开口就要去健身会馆过过招，出出胸中怨气，周朗朗情知自己现在的情况基本就告别剧烈运动了，谎称自己前几天做运动肌腱拉伤，附近有个不错的广东菜馆，反正也到了晚饭点，她们正好去化悲愤为食量大快朵颐。

唐果白了周朗朗一眼：“你没瞧出来我一张嘴就能喷出来火苗么？现在只能以毒攻毒、以火攻火去吃巨辣巨辣的重庆火锅了！”

周朗朗额头三滴汗，只得从了。

　　火锅店里，唐果点了一个特辣的九宫格火锅，上面漂着厚厚一层红彤彤的红油、红辣椒和绿藤椒，看着就浑身燥热，闻着就忍不住打喷嚏，她点了毛肚、黄喉、鸭肠、鸭血等特色菜，又点了两大盘只见辣椒面不见肉的麻辣牛肉，要了两份全是辣椒碎的辣上加辣干碟。周朗朗一瞧就笃定了七八分，唐果应该是工作和婚姻双双出问题了，不然不至于如此穷凶极恶地跟辣椒王国杠上了，这是摆明了要以辣椒攻心头火吃坏肠胃进医院的找死节奏！

　　唐果把全副注意力都投入到面前这锅热腾腾火辣辣的火锅当中去了，先吃黄喉，再涮毛肚，接着下牛肉，然后捞鸭肠，等她横着腮帮子吃出了额头、鼻尖上的微汗，等她"哧哧溜溜"地把嘴巴吃出了肿胀辣爽的淋漓快感，这算第一个密集冲锋告一段落。周朗朗递给她一罐酸梅汁，看着她仰脖灌下，这才开口问道："辣得过瘾吧？痛快吧？你的胃也不是铁打的，让它缓缓，说吧，我这个人肉'树洞'等着你吐槽呢。"

　　唐果重重放下酸梅汁："咱俩是同行，知己知彼，我跟别人讲不明白的事，到你这里一点就透，所以，我不爱跟别人瞎哔哔，就想找你倒倒苦水，你说，干咱们这一行的容易吗？在客户面前要装孙子，在上司面前要当孙子，在同行面前要玩孙子。每一个项目从创意缘起到呱呱落地，都不亚于十月怀胎生一个孩子。孩子要是个'学霸'，给老板赚了大钱，给商家客户带来了高销售，那咱这'亲娘'也沾不上多大光，只能跟着听几句表扬的水词儿，然后你就得接着埋头苦干'怀胎'，生出来一个比一个成绩更优异的娃，才算是你没白拿这份薪水，没白坐这个位置！万一有个项目'流产'了，'夭折'了，或者生下来先天不足，成了'学渣'，老板脸黑得跟锅底似的，天天拿你当眼中钉，遇上不讲理的客户不仅连尾款不给打，还恨不得要你包赔他前几期投放款项的损失！"

"怎么？案子搞砸了？遇上不讲理、不要脸、不负责的'三不'客户了？你们头儿为了自保或者面子这是要甩锅给你背了？"

"你说咱就一辛辛苦苦做项目的广告民工，专业做出来的策划案客户见一个否一个，非得外行领导内行，拿他的个人意淫当艺术体现，那做出来的广告能看么？老板也是，恨不得花大白菜的钱买一颗南非白钻，我递上去的制作预算他不是齐头砍就是拦腰砍，十八线制作水准能整出来一级大片么？白日做梦！被他们胡乱指挥、卡经费、省开支勉强攒出来的'怪胎'广告，要能有回响那就奇了怪了！可他们不这么认为，甚至是揣着明白装糊涂，把屎盆子都扣到底下干活的人头上了，扣奖金，取消休假，考核分值降级，一系列不要脸操作，这还让不让人活了！"

"你消消气，我给你下的黄喉、毛肚什么的可以捞起来吃了，你吃着，我说着。其实，任何行业都有这样的糟心事，好在，大多数的客户还是尊重、认可咱们的专业水准的。你听我一句劝，这次就当是个经验教训，一口吞下去，以后长记性。遇到喜欢外行指挥内行的客户，要在合同里细化明确责任条例。遇到喜欢甩锅的上司，每份执行文件你都要亲自找他签字确认。拿不到充足经费不能开工，与其事后黑脸对红脸，不如事前在会上平平静静摊开来谈。记住，咱不把自己当孙子，就不必干那矮人三分的受气活，我们是凭本事赚薪水，赚得应当理直气壮。"

唐果边吃边点头："以后我绝不心慈面软，被他们三句好话就给糊弄过去，与其事后背锅，不如事先立好原则。哎，你光顾着给我夹菜，你怎么不吃啊？今天这火锅挺地道的，你陪我多吃点。"

周朗朗只得硬着头皮夹起一片青笋勉强放进嘴巴里。

唐果夹起一筷子鸭血放到周朗朗面前的碗碟里："你尝尝,这家的鸭血是新鲜鸭血,特别嫩滑可口,据说还有排毒养颜的效果,多吃点。实话告诉你,我还留着一手呢,年前就有猎头找上我,邀我跳槽,给我开出的职位跟现在的一样,月薪和年终奖比这里高百分之二十!还有一个港商,三番四次找我跟他合伙开广告公司,他出钱我技术入股,赢利六四分,我且拖着没回复呢。要不是我念旧,冲这次他们甩给我的这口大锅,我早应该另谋高就了,此处不留爷自有留爷处……"

唐果吃着说着,情绪阴雨转晴。

周朗朗建议道："你点了这么多菜咱俩根本吃不完,要不喊许良辰过来陪吃陪喝,这么多菜,吃不完剩下怪可惜的。"

"打住!你跟我提谁都行,就是别提那个混蛋!我这儿才刚好了伤口忘了痛一点点,你又拿他来恶心我!"

周朗朗笑了,即便她不提及许良辰半个字,唐果吐槽完上半篇儿的工作怨气,吃上两盘涮菜补充一下体能,也会接着吐槽下半篇儿婚姻里的一团乱麻,她必得把许良辰拎出来吊打个痛快,今天这场吐槽大会才算完美收官。

请将不如激将,周朗朗故意堵唐果的话头："好好好,今天谁敢再提许良辰一个字,罚她喝一碗这个火锅红油!"

糖果闻言,"啪"地放下筷子,开始痛斥许良辰近来的种种不是,历数他的种种罪状:他天天嚷嚷着要搞一番大事业,却是光打雷不下雨,他视作眼珠子的纪录片项目永远在找投资阶段,永远是望梅止渴。

许良辰近来没接到一单活儿,干他这一行的,开机才有工钱,不开机就是自己吃自己，他接不到活儿，天天坐等老婆唐果养家，唐果单单养家也就认了，毕竟她对此早就习以为常了，可许良辰以跟人谈事儿、谈合作为名，三天两头找她要请客吃饭钱、攒酒局钱、应酬往来钱，唐果一次次往外掏钱，却没见他这项目有丁点进展，心疼肉疼这些打了水漂的血汗钱，不肯再支持他继续攒这个纪录片项目了，夫妻俩为此吵了一架又一架，许良辰抱怨唐果不支持他发展事业，唐果讥笑许良辰就是个扶不起来的阿斗！

两天前，唐果大扫除时发现书房书架上许良辰收藏的那些宝贝古董相机少了几个，再三盘问之下，许良辰招供他为了筹措跟人谈项目所需的应酬资金，把相机给贱卖了。唐果气得肝儿颤，这许良辰就是一个防不胜防的家贼啊！二人免不了又大吵一架。

昨天下午，唐果越想越不对劲，悄悄查了许良辰的信用卡账单，这不查不知道，一查吓一跳，他这几个月光是上万的透支、转账记录就有几十笔！

唐果回家跟许良辰算账，问他这一笔笔钱都去哪儿了。许良辰左一个障眼法、右一个瞎话的，唐果又急又怒又痛心，她认定满口瞎话、拒不交代的许良辰八成是在外面包养小三儿了。小两口越吵越凶，吵着吵着真动起手来。他俩是伤敌一千自损八百，家里的瓶瓶罐罐摆设物件，也被唐果砸了一半，许良辰负伤逃出家门，唐果哭湿了枕头一夜没合眼。

周朗朗听着吃着，她夹起碗碟里的一块鸭血送进嘴巴里，嚼了两口，一股腥膻之气直冲脑门，这腥膻之气犹如一把软勾子，滑溜溜探进她嗓子眼，迅疾勾扯起她的胃一阵翻扯抖擞，她按捺不住吐出鸭血，捂着口鼻大作干呕。

唐果一百个看不明白了："鸭血、鸭肠是你吃火锅必点的大爱之物,这家食材地道、味道正宗,我吃得根本停不下来,你今天怎么了?基本不动筷,你才吃了两口反应就这么强烈,你这火锅侠是对火锅过敏了还是hold不住这特辣锅底?"

周朗朗拿起矿泉水漱漱口:"你的吐槽大会开完了吧?那我来开一个报喜大会,虽说你现在摊上了一脑门子的官司,但还是有喜气临门的,恭喜你,要当姑姑了,到今年秋天,你应该能抱上白白胖胖的大侄子或者大侄女了!"

唐果又惊又喜:"天哪!你啥时候怀上的?你怎么那么沉得住气啊?这还吃啥火锅、吐槽啥窝心火啊。记住,你一定要给我生个粉嘟嘟、软嫩嫩的大侄女哈,我超级超级超级喜欢女孩。走,赶紧回家报喜去啊!"

唐果说话间麻溜儿召唤服务员埋单,打包没吃完的涮菜,拉着周朗朗回家。

回家路上,唐果迫不及待给爸妈打了报喜电话,给大哥打了报喜电话。

打完电话,唐果看见路边有个超市就一头扎了进去,周朗朗左右拦不住,唐果买了一堆孕妇奶粉、红枣、核桃以及各色水果。路过婴儿用品区时,姑嫂俩对着琳琅满目的婴儿奶瓶、各色玩具、小裙子、小鞋子爱不释手,两人欲罢不能地选了几件放进购物车,满载而归。

一进家门,叶翠兰和唐大年像迎接功臣一样簇拥着周朗朗问长问短,问她饿不饿,想吃什么,医生说了哪些注意事项,B超图怎么才能看出来他们的大孙子,以后工作千万不能累着,高跟鞋不能穿了,化妆品不让用了,电子产品统统扔一边去,以及种种起居饮食的注意要点。老两口又是激动又是操心又是高兴。

厨房里，叶翠兰早已备下了几样素淡清口的菜，唐大年犹嫌不足要出门去买周朗朗爱吃的卤味、酱菜。

周朗朗拦着唐大年不肯让他奔波，正拉扯间，唐烨进门，左手捧着一大束怒放的玫瑰花，右手拎着好几个购物袋，卤味、酱菜、水果、奶粉、零食一样都不少，几乎要把整个超市给搬回家来。

唐烨着实是高兴坏了，给周朗朗献花时，当着全家人的面就忍不住狠狠亲了周朗朗一口，又一口，再一口。

唐果做呕吐状："大哥，你还能再肉麻点吗？你都把你老婆那张脸给亲歪啦！爸，妈，早知道你们这么稀罕抱孙子，我就赶在朗朗前头怀上一个给你们玩玩了。"

唐大年一撇嘴揶揄女儿："你怀的宝宝跟朗朗怀的宝宝能一样么？你怀的姓许，是外孙，没听说那句老话嘛，外孙就是姥姥家的狗，吃完一抹嘴就走！"

唐烨笑着接话："爸，妈，赶紧开饭，你们大孙子在朗朗肚子里嚷嚷着饿了，要吃好吃的呢。"全家人张罗开饭，这顿晚饭吃得是热热闹闹、喜气洋洋。

吃完晚饭，周朗朗拉着唐烨出门散步，唐果留在家里陪父母嗑瓜子追电视剧。

周朗朗是刻意找机会避开唐果的，她把从何立琪那儿得知的许良辰的情况向唐烨如实告知。唐烨气得直跺脚，他这才告诉周朗朗，上次许良辰打飞的去伦敦找他借钱一事的始末。夫妻俩双双犯了愁，纸里包不住火，唐果早晚要知道真相，知道这一切的唐果会做出什么过激举动，他俩心里都没底。许良辰这事就是一颗急速恶化的肿瘤，再任由其发展下去，恐怕就积重难返无力回天了！

楼下，夫妻俩合计来去，也没别的办法，只能是快刀斩乱麻了。唐烨给许良辰打电话，一遍又一遍，电话怎么也打不通。

唐果背着包包下楼，她跟大哥大嫂道别打道回府，周朗朗推了唐烨一把："说吧，实话实说，再晚就来不及了！"

唐果停下脚步，唐烨一咬牙，如实相告许良辰的嗜赌劣迹。

唐果听罢整个人都炸了，就跟点燃了一盘十万响的爆竹，噼里啪啦炸了足足有十几分钟，恨不得磨刀霍霍向猪羊了！

唐烨开车带着唐果满世界找许良辰。兄妹俩东找西找，在一家KTV里，唐果找到面红耳赤喝到醉醺醺的许良辰。他向一个家里有矿的土豪推销纪录片项目拉投资，土豪先是让他穿性感女装跳韩国女团舞，接着花样百出灌他各种酒取乐寻开心。唐果目睹像小丑一样被戏耍捉弄的许良辰，冲上去狠狠给了他两耳光，打着打着，唐果号啕大哭起来。

唐烨知道唐果的脾性，由着她发泄完满腔怒火，直到她胸口的怒火转化为成串成串滚落的泪珠，他这才架着醉醺醺的许良辰，吆喝着咬牙切齿的唐果离开这个是非之地。

第二天，许良辰彻底清醒过来，唐烨让许良辰整理一个准确、详细的债务资料，该报警的报警，该偿还的偿还，如果还款有困难，他和周朗朗愿意兜底。

唐果抹着眼泪也开了口，她要求许良辰必须把这件事告诉双方父母，向父母发誓、立字据保证从此戒赌，如有再犯，他必须无条件答应跟她离婚。除此之外，许良辰所有工作、经济、应酬往来，都要向她报备、经她允许，直到唐果确认他的确戒掉赌博回归正途方可。

第二天，许良辰去向唐家父母负荆请罪，向老许坦白忏悔。

第三天，许良辰进了派出所报案，民警受理此案迅速侦办，他因赌博被处以十五天治安拘留。出来之后，在唐果的严厉监督下，在唐烨夫妇的倾囊相助下，许良辰把该还的债逐一还完，抖擞振作起来，从头来过。

唐烨对许良辰此事从头忙活到尾，如今算是告一段落，他刚刚放下这头牵挂，又对周朗朗隐瞒孕情继续在AAC冲锋陷阵忧心起来。

自从得知周朗朗怀孕，唐烨比全家所有人加起来的那份高兴还要高兴，虽然周朗朗肚子里的宝宝个头可能还没有鸡蛋大，他却已经开始辗转反侧地给宝宝起了N个女孩名字、男孩名字、英文名字。

因为实在是放心不下，唐烨又带着周朗朗去了他认为是北京最好的妇幼医院做了一次全面检查并且办理的孕妇建档手续，预订了VIP产房和月子中心。月子中心他去了两三趟，被唐果讥笑他是老婆奴加孩奴，被周朗朗嫌弃地称他要成为全国奶爸的笑柄。

除了这些，唐烨还跟着周朗朗一起看孕期保健书籍，听胎教，上孕妇瑜伽课，总之周朗朗走到哪儿他就跟到哪儿保驾护航，万一他公事缠身走不开，也得指派老妈前去帮忙。周朗朗每天的饮食他一一核算营养是否达标，周朗朗孕吐他跟着反胃恶心，唐烨最喜欢做的事，就是得空便牵着周朗朗的手逛商场母婴专柜，专柜里那些小巧、粉嫩又精致的各种婴儿用品、玩具、衣物让他怎么也看不够、买不够。

唐烨最担心的事，就是周朗朗一直对AAC的同事隐瞒孕情，继续像往常那样做一个职场拼命三娘。

唐烨劝过周朗朗，他事业前景一片大好，他有能力赚足奶粉钱，让周朗朗做个一心养胎的闲散孕妇。他希望周朗朗能为孩子和自己身体着想，及早跟胡总报告孕情，让出总监职位，换个活儿少、不用加班和出差的低薪工作。如果她愿意，她甚至可以休假或者辞职，他完全能养得起这个家，能照顾好她们母子俩。

　　唐烨每次认真谈及这些问题，周朗朗都领情但不从命。她告诉唐烨，她希望选择一个对自己最有利的时机、对自己职场未来妨碍最小的方式来宣布这件事。她感激并领情唐烨对她的种种体贴和照顾，姥姥也总说她嫁对了人，要她保重身体，听唐烨的话。她知道唐烨有能力赚钱养家，照顾好她们母子，但是，她更希望唐烨继续做回从前那个全力支持、帮助她的最佳拍档，而不是眼下这个坚持要她改变、要她服从的"主场"、强势的一家之主。

　　周朗朗告诉唐烨，眼下她一手主抓的几个广告项目都到了关键期，如果此时她宣布怀孕消息，顶头上司胡总找旁人取代她的位置，那她之前为项目付出的心血和最终取得的业绩全都拱手让人了，她不甘心自己的苦心经营就此功亏一篑。

　　周朗朗把自己的职场计划向唐烨一五一十做了交代，她定期去医院做检查，每天合理营养饮食，适度运动，以她的体能表现和检查结果来看，她是有把握以现在的工作强度平稳度过妊娠早期和中期的，4个多月后，项目收尾、业绩已定，她带着这份"功劳簿"全身而退，换一个不用加班、出差的朝九晚五岗位安安逸逸养胎备产，休完产假回到AAC，她可以凭着这些赫赫"战绩"和对公司的诸多重要贡献强势复出，她辛苦打拼多年的地盘、位置和资源，不会被一个生育环节所拖累，不会因此全然流失。

　　唐烨和周朗朗每次一谈及这个问题，总是公说公有理婆说婆有理，谁也说服不了谁，谁也不听谁的劝，一次次不欢而散。

每次唐烨看到周朗朗加班回来的一脸疲惫，看到她出差归来泡进足浴盆里的浮肿双脚，他都忍不住的心疼，忍不住旧事重提，可周朗朗总是有一百个理由拒绝他，有一百个理由去做她认定了的事。唐烨沮丧地明白一件事，周朗朗永远是周朗朗，她永远要按照自己的意志去热烈生活，什么唐烨的妻子、孩子的妈妈，这些身份名衔永远只能排在周朗朗这块金灿灿的名衔后面，她从不妥协，从不牺牲，从不认输。

这天晚上，唐烨应邀参加一个商务酒会，他是最厌烦这种应酬场合的，所以抓紧时间跟该应酬的人一一应酬一番，瞅个空子便悄悄撤退溜了出来。他跟仍在加班的周朗朗发了微信，问她饿不饿，想吃点什么，他现在就动身去接她。

唐烨走出宴会厅，行至走廊尽头，斜刺里闪出一个人影拦住了他的去路。唐烨定睛一看，是曾经有过一面之缘的霍骁城。唐烨与霍骁城从无交集，所以不想在霍骁城身上耽搁时间，简短打了个招呼就要离开，霍骁城再次拦住唐烨的去路，声言自己就是冲着他来的，想跟他谈一个合作，一个互惠互利、两全其美的深度合作！

第十四章 亲爱的对手

唐烨从酒会上偷偷溜出来早退，是急着要赶去接仍在 AAC 加班的周朗朗回家，不料半路杀出个霍骁城拦住他的去路，声言要跟他聊个合作。唐烨本就无心逗留，再加上他对霍骁城的行事作风略有耳闻，知道他是个长袖善舞、哪里有好处哪里就绝少不了他的投机钻营之徒。所谓道不同不相为谋，唐烨勉强敷衍了霍骁城两句就要全身而退，霍骁城望着唐烨匆匆离去的背影，稳稳抛出一句："早有耳闻唐总不爱名、不爱利，唯独对家中娇妻视若珍宝，如果我们的合作能助尊夫人周总监在 AAC 扶摇直上，尊夫人满意了唐总也该满意了，尊夫人高兴了唐总就该更高兴了，你说这个合作是不是有点意思？"

唐烨停下脚步："霍总您到底想干什么？不论您想干什么，我都得把丑话说在前面，您打别人的主意我没兴趣参与，您动谁都别动我媳妇儿，否则，我奉陪到底。"

唐烨听明白了霍骁城这话的弦外之音，霍骁城是在明明白白威胁他，如果他不答应这次合作，霍骁城凭借自己在 AAC 的人脉、资本关系，既能让周朗朗扶摇直上，也能令周朗朗坠入十八层地狱，周朗朗在 AAC 的命运是好是歹，全看唐烨对这次合作的态度和作为了。唐烨最讨厌这种小人嘴脸，既然对方摆明了要拿他的软肋加以威胁和利用，那他只能不卑不亢迎战了。他一贯为人处世的态度是，没事不惹事，遇事不怕事，遇上纠缠侵犯的，那他奉陪到底。

霍骁城何等老辣，他自然听出了唐烨的回复是绵里藏针，他引导着唐烨走入走廊尽头的一个幽僻的休息隔间，两人双双落座，他的话锋立刻软了三分："唐总果然是爱妻如宝啊！你别多想，我这人没别的，就是爱才心切，觉得你堪以重用，希望你早点结束给老外打工的漂洋过海日子，早点跟夫人结束这种候鸟夫妻的境况。你我联手创业共展宏图，既能施展才学抱负又能夫妻朝夕相对，岂不快哉！"

唐烨点点头，并不接话。

霍骁城继续游说："你，我，周朗朗，何立琪，方黎，我们这些老朋友、新朋友早就该联手一起做大事赚大钱，一起潇洒人生嘛。"

"您好像是漏掉了一个老朋友，辉总？"

"是的，我正要说到他呢。辉总这个人你是打过交道的，刚愎自用，嫉贤妒能，明面上一副犀利鹰派的企业家风范，骨子里其实就是只手遮天独断专行的JM土皇帝。你也知道，我是辉总的师弟，他理应对我关照一二，可他非但没有对我略加关照，反倒屡屡对我施以打压报复！是，我现在是在向何立琪求婚，可他们早已离婚了啊，难不成他希望前妻孤独终老无人疼爱照顾，他才能一解心头之恨吗？"

唐烨心说：敢情绕了这么一大圈，这才刚刚开始切入正题，不然，谁会对着一个不相干的外人家丑外扬？唐烨看了看表，他是真的心不在此，要急着赶去AAC公司，于是，他抱歉地打断了霍骁城的娓娓道来、自晒家丑,希望他能言简意赅一语中的。霍骁城只得顺着唐烨的意思开门见山。

霍骁城向唐烨坦白,在商言商的他一直以来想入股JM,却遭到王辉的反对和背后小动作,因为JM有一个内部规定,入局董事会的新董事一定要获得董事会半数以上的老成员投赞成票,王辉利用职权串联一部分老成员一直弹压他投反对票,造成他入局无望。因此,霍骁城希望唐烨在审计JM账目过程中能做些手脚,矛头直指王辉账实不符、漏账、错账,有挪用、侵吞公款中饱私囊的不争事实,凭这些实证他们就能把王辉拉下马,灰溜溜滚出JM。

霍骁城淡淡一笑:"据我所知,王辉现在对周朗朗是极尽各种殷勤献媚之能事,司马昭之心路人皆知,你这不仅是在帮我,也是在帮你自己踢开绊脚石!等我入局JM,没准儿下一任CEO就是我呢,只要王辉离开了JM,条件任你开,除了满足你的条件,我还附赠你一个厚厚福利,我保证周朗朗今后在AAC只会高开高走,升任高层以后拿到最优厚的入股条件,跟我并肩成为AAC的董事!"

唐烨冷笑:"您描绘的蓝图很诱人,只是,您应该知道审计常识的,口说无凭,任何审计结果都要票据、账据、物证、人证一一核实的,我空口白牙指证王辉,这不是自己挖坑自己跳么?"

霍骁城拍拍唐烨的肩膀:"放心,只要你点个头,我就能化身孙悟空,拔根汗毛来它个七十二变,把你所需要的东西一样不少给变出来,我给你遣兵点将车马粮草,你来排兵布阵运筹帷幄,这场战役咱俩必须携手合作才能双赢。"

"霍总如此胸有成竹,想必是处心积虑布局良久,只是翘首以待借我这股东风了吧?"

"聪明！你是JM总公司请来的大神，你说一句话顶我说一百句，你撂出来一个结果就够他王辉跳进黄河洗上三年了！"

"您万事谋划周到，唯独有一个bug，就是您选错了人，我没有条件可开，我更不想我媳妇儿平步青云、事业辉煌，我只想跟她做普普通通的夫妻，过普普通通的日子。"

"谢谢谬赞，我怎么可能选错了人呢？我不仅知道周朗朗有王辉这么一个裙下之臣，还知道AAC有多少人觊觎她的总监位子。我还知道，你父亲最近迷上了一个保健品传销组织，把老两口的微薄积蓄扔进去了一多半，你母亲为此跟他吵闹不休，天天逼着他去退药把钱给要回来。你妹夫嗜赌，没工作敢找他，一屁股赌债都是你帮他还的，可他那个无底洞你什么时候才能填满？你妹妹主抓的一个广告项目烂尾了，被客户投诉，公司对她连打带罚，她做不下去正四处找新工作呢。你一个人要扛起整个家，实在令人钦佩！"

"哪个家庭不是这样长长短短过来的，谁的日子不是在一路冲关打怪兽，这些太平常了，我自问能应付过来。"

"除了这些，更关键的问题是，你知道KPMO的规矩，以你的华人身份，哪怕你业绩再出色，也就是目前这个局面了，已经做到头了，升无可升。KPMO迄今为止没有一个中国籍合伙人的，你的付出和回报很难对等，你唯一的出路就是单干，自己开会计事务所。我给你全资注资，你想把事务所开在哪儿就开在哪儿，你想开多大的就开多大的，你需要多少资金我给多少资金，签字权和财务权都是你的，你想拿多少分成就拿多少分成，全听你的，过瘾吧？爽吧？这样的合作够愉快吧？"

唐烨起身告辞："很好，非常好，但是，不适合我，我能力十分有限，自问做不到与狼共舞！"

望着唐烨离去的背影，霍骁城自言自语："后会有期，你会回来找我的，我跟你赌一杯'血腥玛丽'！"

初春的北京夜晚依然是寒气袭人的，马路两旁的枯木并未吐露新芽，行人依旧裹着厚厚冬服，从街头小饭馆的棉布门帘缝隙里还是能飘荡出白色的氤氲水蒸气。春天的娇嫩绿意和粉嫩蓓蕾目前只能委屈跳跃在盼望春天快快到来的人们的眼睛里。但唐烨的心里却揣着一盆红彤彤、暖洋洋的炭火，这炭火自打周朗朗怀孕以来就越烧越旺、越烧越暖，让他滋生出前所未有的斗志、底气和果敢。周朗朗调侃他这是"奶爸元年"效应，因为多了一重新身份，便赋予了自己一份新的使命感，因为多了一份期待，便对他们的未来多了一份厚望和规划。

唐烨心中揣着一盆火热热乎乎赶到AAC公司楼下时，周朗朗已经被倒春寒冻得鼻尖儿发红、腮帮子发青地在路边吸吸溜溜等他20分钟了。唐烨的车还没停稳，周朗朗就急不可耐打开车门跳了上来，口中埋怨道："要不是我车今天限号，这个点我早就到家了，我说我自己打滴滴回家吧，你偏不让，非要秀把恩爱来接我，说好的时间，你晚到20分钟，我都快冻成冰棍了，你闺女都快冻成小冰棍了！"

唐烨一手握方向盘，一手探出去抚摸副驾驶位置上周朗朗的平坦小腹："sorry，'大冰棍'！sorry'小冰棍'！我本来是算好了时间赶过来的，不成想被人硬生生给截道拦住聊了几句，只此一次，下不为例，我认打认罚。"

"谁拦你尬聊？该不会是张安雅对你发动新的进攻模式了吧？"

"不是张安雅,经你这么高段数的老婆大人一出手调教,她自知不敌已经甘拜下风了,现在她对我就是再公事公办不过的工作关系了。我倒挺佩服她收放自如、拿得起放得下的利落劲头,历练个五六七八年,她活脱又是一个周朗朗!"

"那是谁这么没眼力见儿啊?"

"别提了,这种场合怎么会少了蝇营狗苟之人呢?你是最厌烦这种人的,从头说一遍肯定败坏你的心情和胃口,咱们换个话题,聊点我最关心的。你今天加班累不?脚肿不肿?胃口如何,午饭和晚饭吃得怎么样?这会儿饿不,有没有什么特别想吃的?'小冰棍'今天表现怎么样,有没有折腾你?"

"还别说,你这么一问,还真饿了,容我们娘俩想想吃点啥,嗯……有了,'大冰棍'想吃东城的'馄饨侯',西城的'都一处'烧麦,'小冰棍'想吃地安门的豌豆黄,簋街的小龙虾,还有,还有万寿路地铁口出来向北走有个小饭馆的特色菜水煮黄辣丁,那叫一个麻辣鲜香嫩,不能说了,再说我口水要流一地了!"

"大胃王,这些你都想吃啊?"

"我最近也不知道怎么了,脑子里就跟打地鼠一样,一会儿冒出来一样好吃的,一会儿冒出来一样特别馋的,禁也禁不住,打也打不下去。我这A4腰眼瞅着就要胖两圈胖成A2的腰啦,真愁人,可我还是管不住自己这张嘴,怎么破啊?"

"破什么破,我就喜欢你的A2腰,我就喜欢你从拼命三娘变成个超级吃货!你现在是一张嘴吃两个人的饭,所以想吃什么就吃什么,想什么时候吃就什么时候吃,千万别忍着,我心疼!走,咱现在就吃去,我陪着你一样一样挨个儿吃个遍,谁先吃不动算谁输!"

第十四章 亲爱的对手

"别呀,你别太宠我了,小心把我给宠坏了就戒不掉啦!咱们就近去吃'麻小'吧,吃完早点回家睡觉,再给爸妈打包带回去两份,妈也爱就着这口边吃边看韩剧。"

夫妻二人边聊边开车,直奔美食目的地。

说话工夫就到了夫妻俩常去的那家私房菜馆儿,周朗朗不用看菜单就点了一份麻辣小龙虾,一份蒜香小龙虾,又点了一份"花毛一体",要了两瓶矿泉水。此时不是用餐高峰期,也就四五桌客人,他们没等多久,小龙虾就红彤彤、热辣辣地被端上桌了。这家店的小龙虾着实香气扑鼻卖相诱人,周朗朗戴上一次性手套伸开"魔爪"钳住一只小龙虾就开始大快朵颐了。唐烨看周朗朗吃得浑然忘我,忍不住一会儿帮她把发梢撩到耳朵后,一会儿替她换换盛虾壳的盘子,一会儿给她擦擦被汤汁乱涂乱抹的嘴角。

眨眼工夫,半盘小龙虾就被周朗朗一个人给消灭掉了。吃着,聊着,周朗朗觉得小腹下面隐隐下坠且作痛,她摘掉手套,起身去卫生间。唐烨闲着没事,索性戴上手套给吃虾狂魔老婆剥虾壳,他才剥了两只虾,就看到周朗朗灰着一张脸回来了。

周朗朗神情紧张地抓起唐烨就往外走:"赶紧,上医院,我下面见红了!"

唐烨一听这话,浑身汗毛立刻竖了起来,他立刻起身结账,夫妻俩上车直奔医院。去医院的路上,周朗朗电话跟她的主治医生保持联系,医生查问了她一些基本情况,并嘱咐她该怎么做,怎么观察自身状况。唐烨一听医生说周朗朗这情况属于流产先兆,再听周朗朗说下腹痛和阴道少量流血情况一直持续,他脑门的汗都冒出来了:"朗朗,你可一定得坚持住,咱们马上就到医院了,你和孩子都会好好的。"

"你安心开车,医院那边已经准备好了等着我们了,我就是有点紧张,有点疼,'小冰棍'脾气大,任性,等到了医院让医生好好教育教育她就没事了。"

"朗朗,求你答应我一件事,真的求你了,这次要能化险为夷,你就别硬撑着加班加点赶工当女强人了。别说你现在是个孕妇,单说你长年累月这个超额巨大工作量,就是一个纯爷儿们也扛不住啊。听话,明天你就去给胡总递交怀孕调岗报告,等你平平安安生下孩子,你就是要上月球拍广告、去火星出差接项目我也不拦着你!"

"好好好,听你的,都听你的,别教训我了,好好开车。"

周朗朗虽然嘴上一口一个好,可脸上遮掩不住难受的痛苦表情,她伸手拿纸巾往下一探,再抬起来时纸巾上一片殷红血迹,唐烨看得心如刀割。医生再次打来问询电话,周朗朗如实相告,医生催促他们尽快赶到医院,照她现在这种情况,再耽搁下去胎儿有可能保不住了。唐烨一听医生这话,为了争分夺秒,为了保住腹中骨肉,他下意识地握紧方向盘、紧踩油门,超越前方一辆辆车,怒睁双眼闯过红灯,疾驰而去。他知道闯红灯的代价是什么,扣分,罚款,甚至是吊销驾照,给生活带来极大不便,可此时此刻,他没得选!

数分钟后,唐烨行车至医院门口的一条辅道上,眼瞅着医院在望,可辅道出口因为路面临时维修被路障牌围堵了一半宽度,过往车辆必须减速慢行才能勉强通过,偏偏就有一辆胆大妄为、无视交通法规的私家车临时停靠在了路障牌后面,车主下车扬长而去,而且车屁股甩出路面一尺宽,严重影响了后面车辆的通行。唐烨开的是大型SUV,他目测了一下车距路宽,根本无法正常通过,他车前面是两辆中小型私家车,他们均一边抱怨着缺德乱停车主,一边小心翼翼收起自家车的右侧后视镜,打着方向盘任左侧车轮胎与几十公分高的绿化带道牙蹭出一条白痕,方才勉勉强强挤过这条关卡。

唐烨行至道路最窄处,眼瞅着死活过不去,下车绕着乱停车辆转了一周,没发现车主留存联系电话,他看看表,看看弓着身子一脸痛苦的周朗朗,一咬牙重回车上,他学着前面通行车辆的例子,收起自家车的右侧后视镜,打着方向盘任左侧车轮胎与绿化带道牙蹭出一条白痕,一踩油门,任凭自己车辆右腰身与乱停车辆左侧摩擦出一道火花加惨烈声,加速通过飞奔驶向医院!

医院车辆入口,焦急等待的护士们把下车的周朗朗搀扶上急救床,推向门诊手术室……

手术室外的唐烨站也不是,坐也坐不住,来来回回在走廊上盘旋,急得团团转了八百圈,这才一拍脑门,想起来跟父母打个电话。半个小时后,先赶来的是唐果和许良辰,他们接到了叶翠兰的电话,被惊得吃不住,麻溜儿赶了过来。

唐果揪住大哥唐烨打听周朗朗的情况,唐烨刚把来龙去脉说了个大概,就看到老爸唐大年和一个陌生中年男人一左一右搀扶着老妈走了过来。唐烨和唐果一看老妈膝盖破了,手肘也擦伤了一大块,真是火上浇油,急上加急。

事故原委是叶翠兰接了唐烨的医院来电后心急火燎收拾东西下楼去找在邻居家打牌的唐大年,天黑,小区内灯暗,叶翠兰一心求快,压根儿没看见从对面斜坡上俯冲下来的滑排轮少年。这少年也是个全身心沉浸在排轮世界的毛手毛脚孩子,一心玩得欢畅,丝毫没看到从对面急匆匆走来的叶翠兰,这一老一少结结实实撞在了一起，小的翻肚儿，老的受伤！

　　少年的家长和唐大年闻讯先后赶来，少年家长先赔不是，一听说叶翠兰他们要赶着往医院来，就自告奋勇开车送他们，一是着实抱歉，二是自家孩子莽撞肇事，做家长的理应带他们看伤赔医药。唐烨一听，觉得老妈叶翠兰毕竟是上了岁数的人，看伤口这形势只怕还有其他未知的内伤，既然已经到了医院，最好去专科找医生做个全身检查才能安心。可叶翠兰一心牵挂着周朗朗母子的安危，懒得去做检查和伤口处理，好说歹说就是不肯走，非要亲眼看着周朗朗出手术室，母子平安才放心。唐烨、唐果、许良辰、唐大年和肇事少年的家长，一行人纷纷劝说叶翠兰，偏叶翠兰稳如磐石不为所动。

　　一家人正口干舌燥、焦头烂额间，一黑衣黑裤的健硕壮汉急匆匆赶过来，扯住唐烨问他车牌照是不是京N×××××，唐烨一听没错，点了点头，壮汉挥拳就打，唐烨毫无防备之下被打了个腮帮子开花！唐果是个一点就着的炮仗脾性，一看大哥吃了眼前亏，她不管三七二十一，顺手抄起墙角的灭火器稳准狠地朝着壮汉砸了过去，壮汉脑袋被砸了道口子，血流汩汩。壮汉哪肯受此暗算，朝着唐果飞起一脚，唐烨挺身护妹，与壮汉动起手来，许良辰打电话报警，唐大年、叶翠兰在旁边急得哇哇叫，手术室外的走廊上不一会儿围起了人墙，乱成了一锅粥。

　　110出警，制止了壮汉和唐烨的打斗，壮汉这才报上身份，他就是唐烨带着周朗朗进医院之前在辅道出口剐蹭违章停车车辆的车主本尊！他是看了行车记录仪上的记录，一路追寻而来，他浑然忘了自己的违章行为在先，反而对唐烨危急关头的无奈之举睚眦必报，也算是可叹可嘲。

这时，周朗朗被推出了手术室，医生告知唐烨等患者家属，周朗朗的流产先兆情况是因为宫口打开，羊膜囊已经突出2×2厘米，这是宫颈机能不全的征象，需要做宫颈环扎术来保胎。宫颈环扎术的手术原理说浅显易懂一点，就是靠一根线和一枚弯针把宫颈像扎麻袋口似的扎起来，让打开的宫口扎紧，把羊膜囊人为地保护在子宫内，周朗朗的宫颈环扎术已经顺利完成，术后观察半天即可出院回家休养，待到孕36周，也就是分娩前返院拆线即可。医生继续嘱咐唐烨，孕妇术后四五天的安心休养是必要的，需卧床休息，但也不是"绝对卧床"，适当下地走动、散步也是应该的。必要时还需要服用保胎药物，以及一些忌口食物注意事项。唐烨一一牢记。

观察室内，病床上的周朗朗看着浑身上下几处擦伤的叶翠兰，一脸焦急的唐大年，又哭又笑的唐果，跑前跑后的许良辰，脸上挂彩的唐烨，她心里懊悔急了，懊恼自己不该一连七八天天天加班到半夜，悔恨自己不该拽着唐烨跑去吃刺激性食物麻辣小龙虾，身体过度劳累加上肠胃受到食物的强烈刺激，双管齐下，造成了如今人仰马翻的局面，再晚一步，后果不堪设想！如果再连累婆婆因此有个意外好歹，她能对得起谁？她还有什么面目在这个家待下去？

周朗朗放心不下叶翠兰，一个劲儿催着她去做全面检查，叶翠兰本不想去，可架不住周朗朗要下床陪她前往，她只得安抚过周朗朗跟着唐果和肇事少年家长去做检查。警察做了各方调查，目睹了周朗朗的危急就医情况，壮汉在警察的盘问和目击者证词下承认是自己先动手打人。多方情况汇总之后，警察就唐烨和壮汉的打斗事件进行调解，建议他们私下和解处理，至于另外一起交通事故，则移交交警依法处理。唐烨同意赔付壮汉医疗费和修车费，壮汉理不直气不壮，见自己再闹也闹不出什么花样来，就偃旗息鼓签字同意了。

该处理的事情一件一件处理完毕，唐果、许良辰陪同唐大年和叶翠兰先行回家。等他们到家时，天际已经露出了鱼肚白，大家草草洗漱、休息。叶翠兰放心不下周朗朗，给她打了一个电话，又去厨房煲了一锅周朗朗爱吃的红豆粥，这才一瘸一拐上床休息。

家人散去，夜入深沉，唐烨陪护着周朗朗在医院观察室病床前眯了几个小时。上午九点左右，他们各自往公司打了个请事假电话，周朗朗给胡总的请假理由是轻微车祸，医嘱要求留院观察半天，回家休养5天，胡总表示过上级的热切关心后，准假。

5天假期，从工作狂模式一夜切换到宅女模式，周朗朗还是颇为受用的，本来她就是个从工作到家两点一线的人，不喜欢附加的应酬，拒绝一切无效社交，宅在家里，看看平时没时间看的书，追追平时没工夫追的剧，煮一壶手磨咖啡，插一瓶开得灿烂的花，窝在落地窗前的沙发里晒晒太阳，吸猫，打盹儿，发呆，都是她乐此不疲的。唯一让周朗朗无福消受的是，自从她医院归来，全家人都不再把她当成过去那个女强人周朗朗，精明能干周朗朗，而是把她当成了孱弱病号周朗朗，毫无生活自理能力的笨蛋孕妇周朗朗！从早到晚，只要周朗朗这边略有动静，便会有家人上前嘘寒问暖，问她饿不饿，累不累，要不要吃点这个，喝点那个，身体有没有不舒服，没什么事还是回床上躺着为好。

休假第一天，一瘸一拐的叶翠兰干脆把一日三餐用托盘给周朗朗端到了床前，周朗朗挣扎了几次要下床去餐厅和大家一起吃饭，都被叶翠兰给强行阻止了。叶翠兰的理由很充分："医生说的要卧床休息你又当成耳旁风了？都是要当妈的人了，你不顾念自己也得心疼肚子里的宝宝啊，我都这样了，你能不能让我少操点心！"婆婆把话都说到这个分上，周朗朗只得乖乖听话缩回床上，老老实实吃完她的病号孕妇餐。

休假第二天，周朗朗实在在床上躺不住了，趁唐大年出门去打牌、叶翠兰出门去买菜的空当，偷偷溜到客厅里活动活动，与"腊八"嬉闹玩耍一会儿，玩着玩着，她一抬头看到阳台上晾晒的衣服早就干透了，便走过去收拾衣服。

唐大年进门撞上这一幕，可把他给吓坏了，一惊一乍跑过来拦阻周朗朗，灰白着一张脸问她肚子疼不疼，要不要上医院检查检查，说着就给唐烨打去电话。唐烨被老爸夸大其词的电话给唬得不轻，不明真相的他生怕"历史"重演，情急之下打了120。

120救护车赶到小区楼下时，叶翠兰拎着两手的菜蔬肉蛋正好碰上，上前一问是自己家叫的救护车，老太太立刻联想到两天前医院那惊心动魄的一幕，眼前幻化出周朗朗一脸惨痛、下半身血迹斑斑的恐怖画面，当即心脏骤紧、眼前一黑、两手的菜蔬肉蛋散落一地，整个人就天旋地转地倒了下去。

120医护人员一看傻了眼，来的时候指挥中心给的通知是来接一个有流产先兆的年轻孕妇，现在躺在眼前的是一个突然晕厥的老太太，这是先把老太太抬上车回医院急救？还是上楼去接孕妇？还是这一老一小一起接了送医院？

唐大年听说救护车到了，死活非要搀扶着周朗朗去医院检查一番，下楼，上救护车，一看自己老伴儿在车里面双眼紧闭躺着呢，当即吓得腿脚发软、心口发紧、额头冒虚汗、呼吸困难，医护人员一看老先生这情况也不妙啊，赶紧让唐大年平躺，解开他脖颈衣扣，给他配备了一个便携氧气包吸上了氧。周朗朗虽说自己没什么事，可一见二老一先一后倒了下去，一个双眼紧闭，一个面色铁青，一个输着液，一个吸着氧，就是心理素质再强大的人也得被吓得六神无主、方寸大乱。周朗朗央告120司机赶紧开车回医院救治爸妈，一路上，她眼泪汪汪地守着二老，一会儿喊喊妈，一会儿照看照看爸，把什么孕妇、流产、假期的统统抛到九霄云外去了。

救护车前脚到医院，唐果后脚赶来，唐烨最后一个上气不接下气地匆匆赶到。周朗朗自己都搞不清楚到底发生了什么，为什么他们这一家人三天两头要往医院赶，她只能把自己看到的二老情况如实告之。唐果听着听着就慌了神，当着医院里人来人往的各色人等放声大哭起来。唐烨深吸几口气稳稳心神，迅速打开手机电话簿，调集他认识的一切医护方面人力资源，问询心脑血管专家，介绍父母情况，探究最坏情况下的可能病情，甚至连手术、住院等相关资讯都一一详细打听……

周朗朗和唐氏兄妹慌乱如热锅上的蚂蚁，不多一会儿，唐大年被护士搀扶着走出急救室，此时的他已经不用吸氧了，脸色渐渐缓了过来，行动如常。唐大年其实就是在看到老伴儿直挺挺躺在救护车上被吓到了，加上这阵子一直在邻居家打牌到深夜，熬夜肺火旺，血压一下子就飙了上去，肺火化痰堵在嗓子眼，造成了腿脚发软、头晕目眩、透不过气来的急症。医生给他做了相应治疗，开了对症药物，交代了医嘱，大家这才松了半口气。

唐大年开口的第一句话是："你妈呢？她怎么样了？"唐果闻言第一个冲进急救室，挨个隔间找叶翠兰。推开第N个隔间的隔断，唐果赫然看到叶翠兰躺在雪白的床单上双目紧闭，她身子一坠跪倒在老妈病床前,泣不成声。

一个护士赶过来低声喝止她:"哭什么哭?要哭外面哭去!别干扰我们的正常工作!"

唐果抽抽搭搭问:"护士,拜托您跟我交个底,我妈这病是不是太严重了?人已经昏迷了?"

护士一听,摇了摇头。

唐果心都揪到嗓子眼了:"不是昏迷?那我妈为什么一直醒不过来?难不成,难不成她已经成植物人了?"

护士一听,抿嘴乐了:"你应该是你妈的亲闺女!别胡猜瞎想了,老太太心脏是有点老毛病,但问题不大,你们家最近是不是事情特别多、特别乱,老太太是不是没吃好、休息好,一直精神紧张外加过度操劳?"

唐果一通猛点头:"你怎么知道的?我们家这阵子三天两头往医院跑,前天全家人在医院折腾了一宿,我妈回到家也还是睡不着,吃不下……"

"这就对了,你妈是过于疲劳,精神高度紧张,心脏的老毛病就勾起来了,再加上今天这一受刺激,可不就倒下了么?"

"求您救救我妈,我妈可不能倒下,我妈可是我们家的顶梁柱、定海神针啊!"

"放心吧,老太太倒不下,她且硬朗着呢,她现在不是昏迷,不是植物人,而是过度疲劳踏踏实实睡着啦!"

"什么?睡着啦?这……这样也行?"唐果一脑门的黑线,她瞧瞧自己跪倒的双膝,眼泪、鼻涕糊一脸的惨相,一万分尴尬击中了她!

如果说,上一次周朗朗因为有流产迹象进医院把唐家上下折腾了个人仰马翻的话,那这一次唐家二老阴差阳错的医院之行就是把唐家儿女闹了个哭笑不得、虚惊一场。上一次是周朗朗十分懊悔,这一次是唐烨惭愧不已,如果他当时能耐心多问老爸几句,如果他能再给周朗朗打个电话确认一番,那就不会让父母备受惊吓,不会有今天这番在医院里的西洋景一幕了。

唐家一家人疲惫不堪地回到家,唐烨叮嘱老爸遵医嘱按时吃药、多休息,晚上十点必须熄灯休息,把打牌、下棋之类的游戏活动改在白天,唐大年自知今天这一场闹剧全是因他而起,耽误了儿子、女儿的工作,让全家人出了洋相,因此,儿子说一句,他从一句,并无二话。周朗朗跟叶翠兰也进行了一番恳谈,她当着婆婆的面原地转上一圈,力证自己经历了跟随救护车去医院,在医院陪护半天的一番经过后,她和腹中宝宝全须全尾、毫发无损,这足以证明她可以正常地起居饮食、有节制地活动,婆婆对她发号的那些——24小时卧床休息,一日三餐都要在床上吃,不能提重物,不能上下楼梯台阶,不能做任何家务,不能工作等等禁令可以取消了。

周朗朗揽着叶翠兰的肩膀道:"妈,您是咱家的大boss,是咱家的老宝贝,我这才孕早期,您就差点把自己给累垮了,这叫我们于心何忍!您就该像往常那样,该跳舞就去跳舞,该遛弯儿就去遛弯,该跟我爸斗嘴就接着斗,咱家的日子不能慌、不能乱。我保证听您的话,听医生的话,好好吃饭,好好休息,心情舒畅,绝不劳累,您和爸都要好好保重身体,几个月后我一朝分娩,还得指望你们从早忙到晚帮我带宝宝呢,宝宝一出生,就能看到健健康康的爷爷奶奶围着他、护着他,宝宝该多高兴啊!"

叶翠兰听得是频频点头,周朗朗说得句句在理,她眼见为实的是周朗朗跟着从家到医院折腾这么一大圈，整个人的确是结结实实的，一根头发丝都没少。叶翠兰因此放心不少，解除了对周朗朗的N条禁令，力求让全家人尽快回归到正常生活当中，放松身心，调养好身体，全力以赴迎接几个月后宝宝的到来。

休假第三天，唐家上下都在自我调整、休养中安然度过。

休假第四天，也依然是岁月静好，时光脉脉。唐烨按时下班，叶翠兰和唐大年准点做好了晚饭。周朗朗饱饱睡了一下午的回笼觉，跟"腊八"逗玩了半天，下楼在小区里散散步，接到了下班归来的唐烨，也接到了唐烨给她买的鲜花和各色零食，妇吃夫随的上楼进家门。晚餐荤素搭配，滋味丰富不油不腻，十分对周朗朗的胃口，她比平时多喝了一碗汤，多吃了小半碗饭，又是夹青菜又是夹鱼肉的筷子根本停不下来，叶翠兰看得是眉开眼笑，唐烨也不由得跟着媳妇儿胃口大开，筷子根本停不下来。

晚饭尾声，"大王"王思瑀来电，周朗朗接听电话，大王的哭腔女高音扑面而来："姐！救命啊！制作组的同事们都罢工了，棚里现在的气氛是擦火就燃，我实在搞不定，只能找你救命了！"

周朗朗安慰她别哭别急，慢慢说。

大王吸溜吸溜鼻子，咽下委屈和焦躁，这才把事情原委说清楚。原来，按照工作计划，今天要拍由周朗朗一手操刀的JM的第二支广告片，从拍摄文案、拍摄团队到广告演员都是周朗朗一手敲定的，她原本是要今天去监场的，因为遵医嘱休息这才没去，可事情坏就坏在她没监场了。

周朗朗指派大王去监场，姑娘工作很卖力，可惜年轻、资历浅，hold不住场面，大家的配合度实在欠奉：原本定好的5号摄影棚非给改到9号棚，还延迟了几个小时，惹得大家怨声载道，工作热情明显受挫；因为棚内制景有出入，导演临时要改剧本，这一改，演员不乐意配合了，嫌修改后的剧本内容太多，动作难度大，耽误收工时间，影响他们去赶下一个片子的拍摄……几方角力，难为的是大王，大王掌控不了局面，导致拍摄继续不下去，现场乱成一团麻，她只得向周朗朗求助。

周朗朗听罢，情知这是在电话里遥控指挥完成不了的工作，她必须去现场走一趟才能协调、处理这些繁杂状况。周朗朗起身进卧室换衣服、整理仪容，转身出来跟爸妈打过招呼，她取了包包走到门口，唐烨双手抱臂、苦笑着一张脸严严实实堵在大门口。

周朗朗知道唐烨不想让她去监场，怕她累着，担心她再出现流产先兆情况，只得像小学生向老师立保证那样跟唐烨承诺："报告，唐老师，学生周朗朗保证早去早回，在现场只动嘴不动手，绝不累着、饿着、冻着，绝不乱跑、乱跳，决不让唐老师和爸爸妈妈担心。周同学保证说到做到，如有违纪现象，罚我挨打手心二十大板！"

唐烨并不买账："医生的话你忘了？前几天的医院历险记你也忘了？咱妈因为什么病倒的你都忘了？AAC离了你照样转，你和宝宝不能有丝毫闪失！"

"这不是突发状况嘛，我就是去协调解决一下各方矛盾，我现在还是总监，还是这支广告的负责人，这是我应当应分的分内事！我都说了保证早去早回，保证宝宝安然无恙，你还要我怎样？"

"你知道我要你怎样，我要你踏踏实实在家安胎休养，要你暂时放下工作，做个不让老公担心、不让爸妈担惊受怕的好媳妇儿，做个能让宝宝顺利长大、健康足月生产的好妈妈，我的要求过分么？"

"我跟你说过,我是个贪心的人,孩子和工作我都要,我既要当个好媳妇儿、好妈妈,也要做一个出色的职场人,做一个活得像花一样的周朗朗,这些不是单选项,并不互相抵触,你怎么就那么自私、任性,只考虑自己的感受呢?"

唐烨渐渐情绪激动起来:"我自私?我任性?因为你差点流产,我平生第一次闯了红灯!平生第一次蓄意剐蹭别人的车!平生第一次被陌生人追着打!平生第一次差点给医生跪下来!平生第一次哀求你!可我做这些不是为了我自己,是为了你,为了宝宝,为了咱们这个家!朗朗,及时回头吧,别再胡闹下去了,你是女人,结了婚,怀了孩子,就应该把家庭放在第一位,就应该尽早适应母亲这一身份,我会做个尽职尽责的好丈夫、好爸爸,照顾好你和孩子,给你们安全感,别再自私地只为自己考虑,人活在世,谁能只做自己想做的事,只过自己想过的日子?"

周朗朗的手机再次响起,她扫了一眼,还是大王来电,她没有接听电话,而是向唐烨摊牌:"我本来不想说这些,是你逼我不得不说的,因为你的自私任性,把爸、妈、唐果都搞得紧张兮兮、一惊一乍的,爸妈是被你给洗了脑,天天精神高度紧张,食不知味夜不安眠,这才闹到进了医院,可你却还不知道反思!因为你的大男子主义,因为你有照顾我们母子的能力和优越感,我就必须牺牲小我成全大我么?我就必须把苦心经营的事业付之一炬么?如果我牺牲了,服从了,那我还是你当初爱上的那个周朗朗么?我把话撂这儿,我不会放弃我的工作,我也会照顾好我的孩子,你要么像从前那样支持我,要么,你就给我闪一边去!"

唐大年和叶翠兰原本不想过来掺和儿子、儿媳的事,一听他们是动了真气,赶紧过来劝劝这个,说说那个,企图息事宁人,可唐烨和周朗朗都是大主意一定八匹马拉不回头的主儿，二老的劝说谁也听不进去。

大王再次来电，周朗朗挂断电话，昂着头一步步向唐烨逼近："我没时间跟你理论下去，这条路你让不让开，我都过定了！"

说着，周朗朗动手推开唐烨，唐烨只是嘴上据理力争，却着实不敢跟她还手，一则怕误伤她母子，二则怕她动了真气，再次引发流产迹象。周朗朗对唐烨可是真推搡真踢打，唐大年和叶翠兰在一旁急得干搓手。周朗朗狠狠踢向唐烨小腿的迎面骨，唐烨疼得惨叫一声躬身蹲了下去，周朗朗趁势推开他，打开门匆匆离去。

唐烨心痛加腿疼，在地上蹲了好半天才缓缓起身，他僵直走向餐厅，机械地打开一瓶威士忌的瓶塞，给自己倒了满满一杯，一口气灌下去，脸瞬间紫红，泪瞬间涌出来，他一连干了三杯，一个字没说进了卧室。

唐大年关上家门，叶翠兰藏起威士忌，二老头对头连连叹息，默默收拾着残羹剩饭，屋子里笼罩着一片愁云惨雾。

卧室里，醉醺醺的唐烨拿起手机，拨通霍晓城的手机号码："喂，我是唐烨，上次你我聊的那个合作还有兴趣进行么？"

霍晓城朗声笑道："哈哈，有兴趣，当然有兴趣，预祝我们合作成功，皆大欢喜！"

晚上十点半，周朗朗履约了她早去早回的保证，如期归家。家中一片肃静，二老已然入睡，她特意买了唐烨爱吃的广式肠粉、蒸凤爪、豉汁排骨等消夜，打算回来负荆请罪。周朗朗留出一半消夜放进冰箱保鲜室，这是要留给二老明天当早餐享用的，她拎着另一半消夜蹑手蹑脚进了厨房，拆开包装分装盛盘，拿了两双筷子、两罐饮料，她托着一托盘美食蹑手蹑脚进了卧室，她笃定这一托盘唐烨的心头好美食，加上她的诚恳道歉和美人计，一定能让唐烨消痛去火，忘记刚才那场争执重修旧好的。卧室内漆黑一片，周朗朗放下托盘打开墙壁上的开关，灯亮了，屋内空无一人！

这一夜，周朗朗孤枕难眠，她平生头一次遇到唐烨的不告而别。

从这天起，唐烨跟换了一个人似的，不再多问周朗朗的事情，不再干涉周朗朗的工作，她几次向他赔罪道歉，都被他给敷衍过去，既不借机发作，也不因此释怀。周朗朗问他什么他就回答什么，不问他便各干其事，他对她的态度，既冷不下去也热不起来，既不亲近也不疏离，父母旁人瞧着他们还是从前相敬如宾的一对儿，唯有他们彼此知道，他们之间有些东西渐渐变了味、跑了调、褪了色。

半个月后，AAC人事部下达了一项人事变动通知，有人升职，有人降职，有人调离，有人解职，令周朗朗万万没想到的是，她居然榜上有名！她被调离去了信息服务部，平级调动，取代她位置的是方黎！广告战线的人都知道，信息服务部基本划分到一个公司的后勤保障队伍里去了，工作量、薪酬、升职前景跟一线部门根本没法比，她周朗朗明明就是冲锋陷阵的好材料，白白给扔到火头军里充数，岂不是大材小用？按照公司惯例，中层职员的人事变动，应该由顶头上司事先找其私下谈话告知的，可这一次，胡总完全没找过她，甚至连一个眼神暗示、一句口风泄露都没有！周朗朗正一头雾水呢，方黎率领大家给她举行了盛大欢送宴，宴席上诸位下属送给她的皆是婴儿用品，有送奶瓶的，有送玩具的，有送尿不湿的，大米给她送了一大盒婴儿洗护用品，大王送了两套婴儿衣服,方黎出手最大方,送了一辆进口豪华婴儿推车!周朗朗明白过来,看来自己怀孕的消息已经天下皆知,这才惹来了人事变动,一个"女职员孕期不宜担任繁重工作量要职"的理由就足以封她的口、堵别人的嘴了,往大了说,这是公司怜孕惜弱、体恤员工,往小了说,一个孕妇早晚要回家生产、哺乳,早退晚退都是退!事已至此,周朗朗只得服从人事安排,抓紧时间与方黎进行交接手续,以便给人家腾出位置,她也得去信息服务部一个萝卜一个坑地上任了。

这天,周朗朗坐在信息服务部的办公室内闲得直打盹儿,何立琪来电,约她楼下咖啡馆一叙。

周朗朗以为何立琪是要来安慰她这个被赶下马的前业务部总监呢,哪知两人一见面,何立琪郑重其事向周朗朗宣布了一个不可思议的确切消息,就在前天,JM总部专程派人来找王辉私密会谈,昨天上午JM人事宣布王辉被停职,停职理由暂时没有公布,据何立琪安插在JM的"内线"告知,JM内部传得最沸沸扬扬的辉总停职理由是渎职和受贿。

何立琪非常担心王辉,却一直联系不上他,实在没辙,她央求周朗朗能不能抽空约王辉聊聊,开解开解他,最好能够问个所以然出来,她这边也好帮王辉想想办法、出出对策。

以前,何立琪总觉得王辉是屹立不倒的靠山,如今,这个屹立不倒的靠山坍塌在即,她恍然醒悟过来,什么叫夫妻一场,什么叫打断骨头连着筋。

周朗朗安慰了何立琪一番,她似乎比何立琪更早一步、更深一层看明白了这位糊涂前妻对王辉的感情。

周朗朗奉何立琪之命主动约了王辉几次,均被王辉找各种理

第十四章 亲爱的对手

由给软拒了。她在电话中跟王辉多聊了几句，他情绪稳定，思路清晰，言谈从容。周朗朗顿时松了口气，辉总还是从前那个辉总，没有被对手给打趴下，他在养精蓄锐伺机而动，他在卧薪尝胆绝地逆袭，顺境不膨胀，逆境不沮丧，这才是成大事者应有的水准风范。周朗朗向何立琪如实转告这一切，嘱咐她照顾好自己和儿子，照顾好双方父母，这就是对王辉目前最大的支持和守望。

每天早九晚五，周朗朗在信息服务部上班不迟到不早退，不享受孕妇特权待遇，分内工作不仅亲力亲为而且效率高，她不但这样自我要求，对部门下属也是如此，要求大家不要拿后勤部门的二级标杆自我要求，全世界任何一家公司的任何一个部门都不会养闲人的，你不在现有岗位上百炼成钢，就无法开启职场的上升通道，你不把自己磨砺成公司的人力资本，那就只能蹉跎成公司的人力废料，被降级、下调、清除是早早晚晚的事。大家对周朗朗的行事作风早有耳闻，如今一共事，才发现传言不虚，虽说现在比从前累一点，但士气大涨，绩效不俗，人人有想法、有目标、有奔头，连偶尔串门到此一游的胡总都由衷佩服，哪里有周朗朗，哪里就能从菜市场变成战场！

周六的午后，周朗朗在家陪叶翠兰看电视剧，看着看着，她被电视剧里的一碗云南米线给勾起了馋虫，坐卧不安，胃里百转千回的惦记。周朗朗拿起手机打开美食搜索APP，附近还真有一家云南米线馆，可惜不送外卖，她犯了犹豫，为了一碗米线下楼走一趟吧，孕妇犯懒迈不开腿，不吃吧，孕妇还心心念念惦记它那浓香酸辣的特别滋味。叶翠兰瞧出了周朗朗肚子里的馋虫，也瞧出了她的犹豫。叶翠兰径直把躲在卧室里的唐烨给喊了出来，告诉他："妈突然想吃云南米线，小区附近有一家云南米线，你去给我买两份,多放辣椒和酸菜,快去快回。"母命难违,在叶翠兰的声声催促下,唐烨只得穿上外套出了门,周朗朗搂着叶翠兰甜甜叫道:"母后大人万岁!"

眼瞅着马上就要吃到热腾腾、香辣辣的云南米线,周朗朗坐不住了,一趟趟往返厨房和客厅之间拿碗筷、芽菜和醋,又想起来上一周大王送她的云南玫瑰饼、玫瑰花茶正好吃完米线清清口呢,她赶紧回卧室翻找。

周朗朗在卧室床头柜里一通翻找,抱着玫瑰饼和玫瑰花茶的盒子起身要走,床头柜上唐烨的手机响起了一连串的微信提示音,她顺势扫了一眼,居然是霍骁城一口气发来的三条微信:初战告捷,诚邀兄弟共饮一杯;知道你不喜见陌生人,庆功会就咱俩;不准拒绝,接下来还有要事要谈。周朗朗反复咀嚼着短信内容,心脏越跳越快,她忽然觉得,唐烨变得陌生起来,模糊起来。

不一会儿,唐烨端着热气腾腾的米线进了家门,周朗朗吃了几口米线,推说味道不正宗地道便撂下筷子,倒是叶翠兰吃得有滋有味,一碗米线顷刻一扫而光。

周一中午,周朗朗忙完手头的活,带上几盒台湾凤梨酥回了"娘家"业务部"常回家看看",大王、大米、方黎等人都在,大家有吃有喝聊得不亦乐乎,瞅个空当,周朗朗甩下一屋子人拉起方黎就走,美其名曰让方黎陪着孕妇散散步、消消食气。

周朗朗拉着方黎哪儿也不去,直奔了楼顶天台。这个季节、这个时间,天台上当然空无一人,方黎有恐高症,不愿意逗留,周朗朗一反手把天台门给锁上了,接着就没收了方黎的手机。方黎顿觉事情不妙要撤退,周朗朗走向天台边缘,拿出方黎手机和天台大门钥匙探出去悬在半空中,方黎是想把它们给拿回来,可她只往前走了几步，瞄了一眼天台下面如蝼蚁的人群、如甲虫的车辆，再加上耳畔呼啸的风声，顿时两腿发软、心脏狂跳，眼前发黑，再也迈不出半步了。

周朗朗把方黎手机和钥匙装回自己口袋里，背靠着天台一米高的围墙，抱臂相问："这里是整个大厦最安静的地方，咱们好好聊聊？"

方黎面色如纸："要聊什么回去聊，这个鬼地方我待不惯。"

周朗朗笑了："好不容易把你诓骗上来了，我怎么舍得轻易放你回去？我经常来天台散心、想事情、发呆，所以对这个地方既熟悉又有感情。你可能不知道吧，这个季节的天台够冷，风够硬，所以没什么人愿意上来，保洁员每天早上来打卡一次，保安每天晚上来签到一次。这个钥匙是我偷偷配的，没人知道，你说出去也没人相信，所以，你还是乖乖给我待着吧，我问什么你答什么，知无不言言无不尽，否则，你知道的，孕妇的情绪很容易激动，一旦得不到想要的答案，亢奋激动起来，没准儿会拉你到围墙这儿看看楼下的风景，带着你在护栏外鸟瞰一下北京全貌，或者踩着护栏外的玻璃栈道来个高空漫步也不错啊！"

饶是周朗朗这么一吓唬，方黎的恐高症就已经发作起来，她高喊疾呼："救命啊！有没有人在，救命啊！"

周朗朗走到围廊下的藤椅上坐下，耐心看着方黎使出全身的力气高呼大叫。

几分钟后，方黎的嗓子就哑了。

周朗朗这才开口："据说你这个样子有助于减压，你最近见不得人的事是干多了、听多了，心里憋屈吧，晚上睡不踏实吧，喊吧，喊喊更健康，我有的是耐心，等你累了，喊够了，咱们再好好聊。"

方黎情知呼救没用，转而哑着嗓子苦苦哀求："周总！周姐！咱俩往日无怨、近日无仇，你干吗要这样对我？你明知道我有恐高症的，有什么话咱们可以好好聊嘛，干吗非要整得这么惊悚可怕？你就是不担心我，也得为你肚子里的宝宝考虑考虑，这里又高又陡风又大，万一有什么闪失，你后悔都来不及！"

"我肚子里的宝宝随我，他跟我一样，喜欢这里安静、自在，光明正大，藏不得阴霾邪恶，所以，他也喜欢这个地方。既然你愿意跟我好好聊，那我问你，你是怎么坐上业务部总监的位置的？霍骁城做了哪些手脚？唐烨有没有份参与？你们为什么要对JM的辉总下手？你们到底想干什么？"

方黎矢口否认，推说她什么都不知道。

周朗朗也不多费口舌，拉起方黎就往天台边缘走，方黎拼命后退，奈何她纵然使出浑身力量也远远较量不过经常健身的周朗朗，愣是被拖着往天台边缘拉扯了过去。方黎还有一层顾忌，周朗朗毕竟刚刚发生过一次流产危情，如果她此次误打误撞致使周朗朗发生流产意外，那公司所有人都会把矛头指向她，还没暖热的总监位置不保不说，恐怕还得摊上降职、离开公司、去派出所走一趟等破事儿，唐烨那个宠妻狂魔今生今世都不会放过她！既然周朗朗诓骗她到天台是有备而来，想必是听到了什么风声，她苦瞒是肯定瞒不住了。既然周朗朗已经把这些事情串联了个七八成，那她说与不说也都逃不了干系，事已至此，伸头是一刀、缩头也是一刀，那她唯有坦白从宽，或许能逃脱眼前困境。

想到此，方黎举双手投降："我说，我说，我全都告诉你，你听了可千万别后悔！"

周朗朗松开手，回到椅子上稳稳坐下："说吧，有一说一，别夸大其词，也别矫枉过正，据实说，我要听真相。"

方黎把她所知道的和盘托出，她表哥霍骁城是找大boss打过一场高尔夫，席间，他向大boss透露周朗朗已经怀孕两个多月了。稍后，胡总向大boss举荐了方黎，一并汇报了方黎近来高人一等的出色业绩能力和业务表现。没多久，人事部就下达了此次的人事变动公函。方黎并不知道周朗朗怀孕一事是谁透露给霍骁城的，她只知道，霍骁城一再叮嘱她要在业务上多用心、事事亲力亲为，要把核心客户资源都掌握在自己手上，要把自己训练成第二个周朗朗，今后必有重用。

周朗朗问："霍骁城、唐烨和王辉之间的事，你知道多少？"

方黎一脸苦瓜相："这个我是真不知道，霍骁城的城府你应该有所耳闻吧，他要干什么、想干什么，怎么会对一枚棋子交代呢？我跟他是表亲，更是上下级，我这么依靠他，还不是因为我嫁了个丝毫指望不上的混蛋老公！我今天跟你说了这些，被霍骁城知道的话，他会怎么处置我，我不说你也知道，所以我没必要说一半藏一半的。就这样还得求你替我保密，千万不能把我给抖出去，其实，不论是跟着你干，还是跟着表哥干，我都是尽心尽力做事而已，从没害过谁，从没不劳而获。作为一个有着'丧偶式婚姻'的悲惨女人，我只想做能赚钱养家的正经工作，我只想能抓住别人给的千载难逢的机会，我自认不是一个坏人、恶人，就是一个左右摇摆、想过好日子的尿人！"

同为女人，方黎这番话让周朗朗动了恻隐之心，她相信方黎说的是实话，是肺腑之言，她相信方黎没胆量参与霍骁城的计划，她只是一枚弱势的、有苦衷的棋子。周朗朗起身去打开了天台大门,她叮嘱方黎:"天台是我的地盘,咱们今天的谈话你知、我知、天知、地知,我保证不会有别人知晓,这也是我为什么要带你上天台的原因。送你一句话,从今往后,不论你做东家还是做西家,不论你做总监还是做实习生,在职场一定要凭本事打天下,再苦再累都有熬出头那一天。千万别指望站队伍能赢,队伍站错了,早晚被踢出局;队伍站对了,你也永远是一枚被动到底的棋子,有利用价值的话会被主人捏死软肋、逃不出他掌心,没有利用价值的话你就只能沦为炮灰、替罪羊。你好自为之!"方黎频频点头,独自离去。

　　周朗朗没有着急下去,她待在天台上吹了好一阵的冷风,希望借此能让自己滚烫的大脑冷冷静静理出个清晰脉络:她坚信何立琪不会向霍骁城泄露自己怀孕的消息,她虽然结识何立琪时间不长,交情也不够深,但女人之间的友谊就是这么见微知著。周朗朗相信,以何立琪的年龄、阅历和性格,她是不会做这种出力不讨好的事。周朗朗被调离后何立琪既不曾来安慰过她一次,也没做过半分解释,这不是何立琪粗心大意,而恰恰说明她心细如发,她的不解释、不安慰就是为自己最好的自证清白!除了何立琪,知道自己怀孕并与霍骁城有联系的人就只剩下了一个——唐烨!

　　虽然,这是周朗朗最不愿意面对的局面,但她不得不承认,上次她要去监场跟唐烨大闹一场夺门而去,唐烨对此一直耿耿于怀,保不齐唐烨因此产生了逆鳞!霍骁城和王辉一直以来是对手关系,唐烨夹在二人中间,翻云覆雨、或敌或友都有可能,再加上她意外看到的霍骁城和唐烨的微信内容,怎能不疑云陡生:从霍骁城向何立琪求婚,到她周朗朗被调离,再到王辉被停职,这是巧合还是一盘棋?霍骁城下的这盘棋到底意欲何为?唐烨在其中扮演了什么角色？

唐烨，是她周朗朗在这世上最亲爱的人，最信任的人，最依赖的人，可现在，周朗朗已经分不清、辨不明，唐烨还是她最亲爱、最信任、最依赖的那个人么？或许，这个亲爱的伴侣，亲爱的拍档，已经悄无声息变了，变成了亲爱的对手！

想到此，周朗朗再也待不住了，她要立刻去找唐烨问个清楚，她要问他到底想干什么，她要他悬崖勒马，她不能眼睁睁看着何立琪嫁错郎，不能任由别人摆布自己的命运，不能冷眼旁观王辉变成他们陷阱里的猎物！

午休时间，周朗朗赶到唐烨公司，春困不觉晓，大多数人都在埋头打盹儿，也有玩手机的、干私活的、纯聊天的。

唐烨一接到周朗朗要赶过来的微信，就知道她来者不善，因为她从来不是一个闲来无事爱对老公查勤、巡岗的无聊妻子，她也不是一个捕风捉影就跑来老公单位混闹的泼妇，她来找他，必然是有等不了、按不住、忍不下的大事要跟他商议，既然如此，那他唯有原地待命。

唐烨在办公室门口等到了一脸凝重的周朗朗，周朗朗一开口就是："找个安静点的地方，我有话要问你！"

唐烨一瞧周朗朗这副赤裸裸的兴师问罪架势，心下明白了三分，办公室的隔音效果不好，而且三面都是落地玻璃，他大白天的带着老婆大人进办公室就赶紧落下所有百叶窗，更会让外面的下属觉得奇奇怪怪、浮想联翩。

唐烨想了想，带着周朗朗走到走廊尽头，拐进了消防通道的楼梯间。楼梯间的旁边是大厦电梯机房，再旁边是杂物储藏室，这里是手机信号的死角，所以平时根本没人到此一游，这是唐烨觉得整个办公大厦最隐蔽也最安静的地方。

二人站定,周朗朗声声追问:"说吧,你跟霍骁城到底做了多大一笔买卖?"

唐烨大打太极:"周总,我从来不做买卖,只做账、查账,这个你应该比我更清楚。"

"好吧,既然你撇得一干二净,那我就从头开始盘问得仔细一点!我问你,我怀孕的消息是不是你告诉霍骁城的?我被调离到后勤,是不是你跟霍骁城'四手联弹'的杰作?王辉被停职一事你参与了多少?霍骁城头一阵向王辉前妻求婚,第二阵就跟王辉打擂台,他到底要下一盘什么样的棋?你是他的军师还是旗子?你们是狼狈为奸还是被他逼迫?"

"我的老婆大人,都说孕妇火气大、脾气大,我今儿还真长见识了,你先消消火,职场就是职场,每天都有升迁调离这类事情发生,这是再正常不过的职场变数,你干吗非要把这些八竿子打不着的事往一块联系、攀扯?你最近是不是陪老太太看谍战片看多了,还是你做腻了女总监,要当女柯南过过瘾?"

"你别跟我打马虎眼,我来这一趟就是要听你一句实话。"

"好好好,我认真回答你的问题。第一,我没有跟霍骁城'四手联弹';第二,王辉只是被停职,走内部审查流程,一个公司有一个公司的行政手段和流程,我认为目前这些没有不正常因素作用其中,目前没有任何解职公文,也没有任何白纸黑字的罪状,何来我的参与?第三,霍骁城下了一盘什么样的棋,你觉得他会告诉我么?他会让我看棋谱么?第四,我不是他的军师,也不是棋子,没有狼狈为奸,没有逼迫,你真的是想太多了,都快有被害妄想症了!今天早点下班,我带你去做个Spa放松放松,晚上睡个好觉。一觉醒来你就会发现，天没塌下来，地球照样转，祸之福所依，你踏踏实实养胎，我勤勤恳恳赚奶粉钱，咱家的红火小日子这才刚刚开始呢！"

听了唐烨这么说，周朗朗放心了大半，她何尝没有用唐烨的回答劝慰过自己，她何尝愿意看着唐烨变成亲爱的对手？只是，女人的第六感总是让她无法自我说服、自我麻痹，总是让她冥冥之中想寻求真实的答案。现在，她当面锣对面鼓地与唐烨把这些疑窦掰扯清楚，看着唐烨认认真真交出了答案，她悬在嗓子眼儿的心总算是放下了，她觉得自己这一趟没白跑，从这一刻起，她可以放心了。

可是，可是，还是有一些填不平、修复不了的bug啊，周朗朗一想到霍骁城发给唐烨的微信内容，那文字，那语气，既不可能是发错了，更不可能是走过路过打个招呼问个好那么简单的，可唐烨为什么从没提及过他与霍骁城的交集，微信往来，以及微信里提及的庆功宴？

唐烨拉起周朗朗的手："时间不早了，我送你下楼，我下午还有个会呢，你要是还不满意，下班回家晚上我任凭你开堂接着审！这里是我给宝宝赚奶粉钱的地方，可不是咱们夫妻俩耍花枪的地方，别闹了，乖哈，晚上回家我给你买慕斯蛋糕带回去，吃点甜的，人也开心一点。"

周朗朗反扣一把抓住唐烨的手，一眨不眨死死盯住唐烨的眼睛，一字一句念出她在唐烨手机上看到的霍骁城微信内容："初战告捷，诚邀兄弟共饮一杯；知道你不喜见陌生人，庆功会就咱俩；不准拒绝，接下来还有要事要谈。"

唐烨一惊，倒退一步，本能要抽出手来，却被周朗朗死死抓住不放,他的手心变得汗涔涔起来:"你,你怎么知道这些?不可能,不会的。"

周朗朗冷笑,故意诈他:"你还想听么?还要我继续说下去么?送你一句话,纸里包不住火!"

唐烨面色大变,语无伦次地结巴起来:"老婆……老婆你听我说,那天,那天你实在是太伤我了……我……我喝了……喝了几杯烈酒,昏了头……我不知道自己做了什么,不对,我知道,我心里早就想这么干了,第一次,我拒绝了霍骁城,第二次,我拒绝了霍骁城,可第三次,是你亲手把我送到了霍骁城的猎场门口,还狠狠推了我一把!"

周朗朗简直不敢相信自己的耳朵,站在她面前的这个人还是从前那个无比熟悉无比信任的丈夫吗?她一直以为自己所爱的男人不过是个事业心重,过分看中家庭主导地位的"主场"男,他不过是野心勃勃要当婚姻"头鸟",她万万没料到,从开启候鸟夫妻生涯到她怀孕,短短几年间,就让"主场"男刚愎自用一意孤行变成了婚姻精算师!只计较得失输赢的精算师!

周朗朗急火攻心怒斥道:"你变了!变得我都不认识你了!你太让我失望了!早知如此,当初我就不该放手让你去曼哈顿!不不不,或许,当初我们就不应该结婚!不该……"

周朗朗的话对唐烨来说就是一把扎心刀子,一字一句扎得他疼痛得丧失理智,他气急败坏脱口而出:"我为什么会这样?还不是因为你!如果当初在伦敦,你答应辞职跟我去曼哈顿,那就不会有王辉的介入!如果你没有跟王辉越走越近,那就不可能有张安雅的出现!如果你听话乖乖安心养胎,那就不可能……"

周朗朗听到"张安雅"三个字,顿时醒过味来。她以为张安雅是"小三来袭",她摩拳擦掌捍卫婚姻,要把唐烨这个唐僧从妖精的盘丝洞里拯救出来,原来唐烨这个唐僧才是幕后主导者。张安雅对唐烨只是崇拜、服从,唐烨利用张安雅制造鲇鱼效应,刺激周朗朗产生婚姻危机感,从而把他放到第一位,迫使周朗朗为了保全婚姻牺牲事业!

周朗朗万箭穿心,唐烨这个精算师算计得也太狠了,狠到让她无路可退,狠到让她想手撕全世界!

唐烨整个人变形咆哮:"我那么在乎你,紧张你,以你为生活轴心,可我在你心里什么都不是,比不上你的广告项目,比不上你同事的一个救场电话。这些我都认了,可我不甘心的是,你可以忽视我,你可以不拿我当回事,但你不能不把宝宝放在第一位,你不能让宝宝冒一丁点风险。你不是个好妈妈,我就是想教你怎么做个尽职尽责的好妈妈,我不想让我的孩子像我小时候那样……"

"所以,你跟霍骁城达成了合作,你帮他铲除王辉,他帮你打压我,你们初战告捷,相约喝酒庆祝,然后密谋第二步、第三步合作,他为了不当牟利,你为了剪掉我的羽翼,让我变成你圈养的家禽!"周朗朗边说边冷冷甩开与唐烨紧扣在一起的手,气冲头顶转身下楼梯速速离开,离开这个亲爱的对手、亲密的敌人,离开这场龌龊、可怕的阴谋。

唐烨为自己辩解:"不是你想的那样,你听我说,霍骁城跟我提出的合作条件跟这个恰恰相反,但我没有答应他,王辉的事我真的没有份参与,我只是……只是那天晚上喝醉了酒,跟他诉苦,让他帮你调个闲职,事后……事后我也后悔,可没想到他这么快就办成了,但我真的什么都没帮他干啊……"

气炸了肺的周朗朗根本听不下去,她只想迅速逃离这龌龊不堪的场面，逃到一个安全、温暖的角落独自舔舐伤口，独自疗伤止痛。

可唐烨生怕她就此一去不回头，他再也没有机会为自己辩解、挽回，一个要走，一个要留，一个拼命要甩开对方的手，一个死死抓住不撒手，两厢争执角力之下，唐烨一个不留神，周朗朗趁空挣脱开来，疾步逃离，鞋跟一趔趄，她失去重心滚下楼梯！

唐烨跨步飞跃跑下楼梯，在楼梯转角平台上一把抱住失足滚落的周朗朗，他俯下身去对周朗朗仔细查看、问长问短，她一言不发稍作喘息后从唐烨怀抱里挣扎起身，掸掸衣服上的尘土，理理头发，看都不看唐烨一眼，一步一个台阶慢慢离开。

唐烨瞧着周朗朗的神情和步态一切如常，他跳到嗓子眼儿的心刚刚咽回去，却触目惊心发现，周朗朗身着浅灰色西裤的内裤腿自上而下渐渐泛出来洇湿的水渍痕迹，他瞪了瞪眼睛仔细辨认，那水渍渐渐变粉，由粉转为刺目锥心的深红！

第十五章　至亲至疏夫妻

周朗朗流产。

周朗朗流产的噩耗对唐家人来说，是一场比史上最寒冷的倒春寒还要极寒的恶劣季候，家里一直笼罩着低气压寒流，人人顶着一张冰块脸，家人望向唐烨的哪里是眼神啊，分明是一根根冷硬戳心的冰溜子！

家人偶尔跟唐烨交流几句，话里话外都簌簌掉着冰碴子！为什么？因为唐烨实在不知道该如何跟家人解释周朗朗流产这件事，只能说这是一个意外，当天周朗朗去找他商量事，两人起了争执，他一失手，周朗朗一失足，就成了如今这样惨烈的下场。

家人追问唐烨，他们夫妻俩到底商量什么事，能闹出这么大动静，能把孩子给"商量"没了？唐烨支支吾吾，只说是共事，便没了下文。

叶翠兰素有打破砂锅问到底的性格，等周朗朗做完了清宫手术，在病房里恢复得脸上渐渐有了血色，她便逼着周朗朗说出实情。周朗朗知道婆婆的秉性，不告诉她这事肯定没完，但也担心二老的心脏和血压问题，便避重就轻地告诉婆婆，当天她是去质问唐烨为什么要背着她搞小动作把她调离岗位，她觉得唐烨这么干非常不尊重她，所以两人起了争执，发生了意外。

叶翠兰知道真相后，气得一个星期没搭理亲儿子，一个星期没给亲儿子做过一碗饭！

周朗朗从流产入院到出院，从待在家里休养到痊愈复工，她都像往常那样，对二老十分顺从听话。叶翠兰让她喝鸡汤她就喝鸡汤，让她睡觉她就睡觉，唐大年给她买爱吃的卤味，她就故意当着二老的面吃得香甜可口，唐大年给她买营养品，她就按时服用，好让二老放心。

叶翠兰和唐大年知道这是周朗朗孝顺，怕他们担心，他们时常感叹，他们得了一个好儿媳，生了一个好儿子，可好儿子和好儿媳为啥会发生这种惋惜、遗憾的糟心事呢？

周朗朗休养期间，对任何人、任何事都是随之任之，只一样例外，她懒得搭理唐烨，不准唐烨进卧室，即便是公婆故意在她面前提及唐烨，她也是淡淡地不急不恼不悲不喜，像听到一个陌生人的消息。

唐烨几次三番跟周朗朗道歉、解释，周朗朗不是戴上放着音乐的耳机，就是出卧室找叶翠兰挡驾。有一次被唐烨说急了，周朗朗拿了行李箱打开家门要出走，吓得唐烨赶紧住口，他心酸地发现，周朗朗这是把他从亲爱的、信任的、可依赖的亲人名单上给一笔勾销了！

休假结束。复工第一天，周朗朗为自己选了一套提气增色的肉桂色职业套装，淡扫了腮红，涂了肉桂色口红，冲着镜子里的自己用手势比了个爱心，出门时她嘱咐叶翠兰晚上别做晚饭，她要请全家人出去吃饭，庆祝她复工。

迈进公司，周朗朗气色饱满、步伐铿锵有力地直奔胡总办公室。胡总一见周朗朗，当然是热情地打着官腔对她进行嘘寒问暖关切问候。寒暄完毕，胡总一副要起身送客的意思，周朗朗微微一笑，从包里拿出两份文件拍在胡总面前，一份是她的体检报告，一份是她的复职申请。

胡总草草扫了几眼面前的文件，眉头拧成了麻花："朗朗，你这是几个意思？"

周朗朗笑得更灿烂了："胡总，您真是贵人多忘事，当初把我调离业务部，官宣理由是'女职员孕期不宜担任繁重工作量要职'，为此我特别感谢公司领导体恤员工做出的妥善安排。可惜，老天爷惩罚我，觉得我目前资质还不适合做一个合格妈妈，更适合做一个优秀的广告人，于是，我只能'奉天承运'回来复职了！体检报告证明我身体健康，完全能出任业务部工作，请您详细看看申请书，我的申请复职理由一条一条都在上面详细写着呢。"

胡总面露难色："朗朗，你这不是故意难为我么？人事安排是公司董事会的决定，我哪儿有话语权左右一二？再者说，这人事调动生效不足两个月，你就要'收复失地'，你这一纸申请书一下子就打了人事部、董事会和方黎的脸，赚一赔三，值当么？"

"依您说，我怎么做才算值当？"

"我给你个建议，你先稳稳当当在信息部干着，以你的本事，在哪儿都能干出一朵花来，到了年终考核，以你的综合评分，以大boss的火眼金睛，你肯定能脱离后勤回归一线阵营的。"

"我是个急性子，现在才初春，我可等不了春夏秋冬一年这么久，而且，我不想去其他一线部门，我就想回到我原来的位置上，接着干我没干完的活，接着做我喜欢做的事。"

"你怎么这么轴呢？在哪儿干活不是干？在哪儿领薪水不是真金白银？你也是职场老人了，记住，跟别人过不去就是跟自己过不去，为难大家就是让自己无路可退！"

周朗朗收起笑容，缓缓起身："看来，我这份申请报告您是既不愿意审阅，也不想递上去了？"

"不是我不愿意，是我比你冷静、客观，知道胳膊拧不过大腿，知道什么事能做，什么事不能做，什么不能做的事勉强挣把着做了，就是搬起石头砸自己的脚！"

"好吧，咱们公司有规定，任何公务都要逐级反映上报，您是我顶头上司，我已经按规矩向您报告了，您知情但不作为，那我就继续逐级反映上报，直到这事有个批复结果为止！"

说罢，周朗朗转身离开。

胡总瞧周朗朗一脸不达目的誓不罢休之神色，心里有点发虚，赶紧拦住她的去路，继续苦劝："朗朗，你在我手下干了多少年了？咱们之间的交情比其他同事都要厚上三五分，这事但凡有三分希望，不用你开口，我都得替你张罗去！可现实明摆着，你复职可能性为零，既然如此，咱们干吗非要鸡蛋往石头上碰？我跟你说的那个迂回之计，你再想想，再琢磨琢磨，课本上是两点之间直线最短，现实生活中往往是两点之间曲线最短！"

"好，您跟我说到交情，那我也跟您论论交情，我在您手下干了这么多年，亲力亲为签了多少大单，做了多少个响当当的项目，给您挣把了多少荣誉、资本、话语权和绩效回报，您数得清么？我没敢指望您能有多护着我、帮着我，但最起码看在这些交情分上，您不能舍大我利小我吧？您不能毫不念旧地往外推我吧？我就是顾念这最后一点上下级交情，今天才先来您这一亩三分地点个卯报个到，您要是迷途知返，我就不打算亮出底牌，您要是执迷不悟，那也别怪我脸硬心狠，把我为什么会被调离的真实原因摊到公司董事会桌面上,让大家给评评理,让所有人都看个明白曲直,我相信,公道自在人心,只手遮不了天!"周朗朗说着,又从包里拿出来几份文件,信手摊在胡总的办公桌上,"好好看看吧,你们以为天衣无缝,其实不过是欲盖弥彰!"

胡总半信半疑低头翻看这些文件资料,这里面有胡总、妻子和儿子一家三口的合影照;有胡总儿子去美国读中学的照片;有其美国中学申请表的影印件,担保人为霍骁城;该中学缴费记录信用卡户名为霍××……

胡总看得一头冷汗。

周朗朗收拾起这些文件,把文件交付到胡总手里:"时间仓促,不然的话猛料不止这些,你别问我这些东西是从哪儿搞来的,若想人不知除非己莫为!我本来是想把这些东西交到上头去的,可我到底还是狠不下这个心。如果这就是您舍大我利小我的原因,这就是您毫不念旧地往外推我的苦衷,那我得提醒您一句,今天这些看起来是恩惠、福利、天上掉馅饼,来日这些就是他人要挟、利用您一辈子的把柄!记得之前我已经提醒过您了,我已经不是五年前的周朗朗了,所以同样一道选择题,如今的我不会作出被动挨打的选择!"

胡总汗颜道:"朗朗,既然咱俩都掰扯到这一步了,我干脆跟你打开天窗说亮话,要方黎取代你的不是我,是霍董。我之前提醒过你,霍董这个执行董事跟大 boss 走得有多亲近,方黎是霍董的嫡系,谁不想培养自己人接班?谁不想一手掌握公司的咽喉和命脉?我和方黎都不过是一枚棋子而已,霍董早就想培植自己的人马势力,在重要岗位上扶植自己人迅速成长、壮大,这样一来进可以把 AAC 变成'霍家庄',甚至慢慢蚕食吞了它,退可以快速复制出第二个AAC，好在国内广告界开疆扩土分羹食肉。我这个人胆小，怕老婆，成不了大气候，一辈子就是个马前卒的命，可霍董捏准了我的软肋，我怕老婆跟耗子怕猫一样，老婆一心要望子成龙，儿子是个学霸，老婆恨不得儿子赢在起跑线上，她想送儿子出国都想魔怔了。我无能，自己这样一辈子也就认命了，可霍董给了我们全家希望，我没法拒绝，我要是不答应的话，不用别人出手，我老婆就能把我给灭了！"

"霍骁城还让你做其他事了么？"

"我能做的事基本就是这些，他在上头煽风点火，我在下面要么酝酿发酵、要么布局埋线，达成首尾呼应效果，或是促成他想要的人事动迁，或是为他招兵买马壮大队伍，反正就是熙熙攘攘皆为利往。"

"JM高层地震你听说了么？辉总被停职了，据说跟霍骁城也有千丝万缕的干系，你对这些知道多少？"

"我只听霍董提过一嘴，大意是辉总不买霍董的账，挡着霍董发财的道，霍董只得把这块'绊脚石'给踢开，至于细节、过程、牵涉的人和事，他肯定不会跟我透漏半句。霍董就是个商人中的商人，他就是要利用我们每个人的弱点为己所用，扩展自己的商业版图，从中谋取最大利益。朗朗，你看我把自己知道的、不知道的、该说的、不该说的，统统跟你坦白交代了，你能不能大人有大量，放我一马，别把那些材料递交上去？我老婆是个自己没赚过一毛钱的家庭主妇，儿子的前途和我们全家的长期饭票可都捏在你手心里呢！"

"我要是一心要把你的材料递交上去的话，还会亮给你看么？还会跟你掰扯这么多么？放心，我不会撕了你们全家的长期饭票的，那我的复职申请书呢？"

"你放心，你放一百个心，我这就抓紧时间看，看完签上自己的意见递交到人事部，我保证尽快走完流程给你一个交代。霍董那边，你千万别把我给卖出去，我再想想其他辙，看跟他怎么交代才能蒙混过去。"

"我已经替你想好怎么交代了，你就跟霍晓城说，我是打着唐烨的旗号来要挟你的，让霍晓城找唐烨讨一顿酒喝，他自然就明白了，绝不会为难你。"

胡总如坠云雾之中："唐烨？他跟霍董还有啥水面下的私交？你们仨这是唱的哪一出啊，我真是越看越糊涂了！"

"人知道的越多越烦恼，你按我说的转告霍晓城就能保你安全过关，我还有一个要求，今后不论霍晓城让你干什么，你都得第一时间告知我！我既然能为自己所热爱的事业付出所有，那我就有足够的能力捍卫我的尊严，巩固我的劳动成果。我是凭本事站在这里的，谁要赶我走，可以，我愿意被更优秀的人取代，我接受公平竞争的结果！"

胡总起身目送周朗朗离开办公室，当办公室大门把周朗朗苗条的背影和窗外阳光一并关在门外时，胡总这才惊觉他前心、后背的衬衣早已不知不觉全然湿透。他像被抽筋剔骨般瘫软在椅子里，对刚刚从这里离去的漂亮女人又爱又恨、又敬又怕。

如同什么都不曾发生过一样，周朗朗到信息部继续上班，度过了普通又忙碌的一个工作日。临下班时，她把饭店地址发给公婆和唐烨，自己驱车去了酒庄，选了一瓶中意的红酒，直奔饭店包间。

周朗朗点好菜、醒上红酒，唐烨带着爸妈到场入席了。酒菜上桌,周朗朗举杯,第一杯酒她要敬叶翠兰和唐大年,因为她流产一事,让二老这些日子太辛苦太操劳,她着实过意不去,唯有借这杯中酒聊表心意,她打从心眼里希望,二老今后能过上轻松、舒心的自在日子。唐大年频频点头,一饮而尽。叶翠兰望着周朗朗的眼神除了心疼就是欣慰,她喝了杯中酒,告诉周朗朗:"我们老了,打个喷嚏,可能都要震断一根肋骨,广场上看见个帅老头,心脏狂跳几下,以为遇见了爱情,可医生告诉我其实是心律不齐!"唐大年接过老伴儿的话继续往下说:"我们老了,对人生已经不迷茫了,但走着走着经常会迷路,你们这些孩子不知道,我们看着你们犯错,看着你们吵闹,我们心里都是羡慕的,年轻真好啊!趁年轻,你们要好好地活,做你们想做的事,我们高兴给你们看家护院,别操心我们,我们这把老骨头还结实着呢!"

第二杯酒,唐烨举杯向周朗朗赔罪,他再一次当着父母的面,向周朗朗道歉,他为自己的一时糊涂懊恼不已追悔莫及,经过这件事,他才发现自己心里住了一个小恶魔,他才知道对周朗朗的伤害有多深。失去宝宝是对他的最大惩罚和教训,他知道错了,也知道怕了,他希望周朗朗能原谅他,给他一次纠错的机会,他不会令她失望的,不会令全家人失望的。

唐大年和叶翠兰眼巴巴地望着周朗朗,二老虽然没开口替儿子向她求情,但二老脸上明明白白写着焦灼和希望呢。周朗朗深吸一口气,接过唐烨的道歉酒,干了。唐大年和叶翠兰连声说:"这就好,这就好,你们好好的,我们就放心了。"

第三杯酒,周朗朗举杯宣布,明天开始她要在公司附近租一套小小的单身公寓,她想搬出去自己过一段时间,她是接受了唐烨的道歉,因为凭着多年夫妻情分,她相信唐烨此举的出发点不是恶意的。但也恰恰是因为做了多年夫妻,她从心理上接受不了这个打击,她现在无法假装像从前那样跟唐烨恩恩爱爱、亲密无间,她无法再像从前那样对他十分信任和依赖。所谓"至近至远东西,至深至浅清溪,至高至远明月,至亲至疏夫妻",周朗朗需要一个冷静期,需要慢慢理清楚一些心里的想法,再决定何去何从。搬出去过一段独身生活是她深思熟虑过的,她觉得这样对家里每一个人都好,尤其是二老不必天天看着她和唐烨的形同陌路而跟着操心着急,为了不让二老担心,她找好房子就会交给叶翠兰一把钥匙,方便公婆想她了随时过去看她。

周朗朗搂着婆婆深情地说:"妈,我和您还有爸的亲情,早就突破婚姻这张纸的束缚了,我是不是您儿媳都不要紧,我做定了您和爸的闺女,一辈子的闺女!"

叶翠兰一下子就哽咽了:"傻孩子,你跟我一样,都是个倔脾气!你能不能不搬出去,你要不待见他,就叫他搬出去,他是个男人,在哪儿都能凑合,你不一样,你这身子还没好全乎呢,搬出去谁给你煲汤谁给你做饭?妈不放心啊!"

周朗朗耐心地搂着叶翠兰各种好言宽慰、软语相劝,叶翠兰明白周朗朗不是个轻易会改变主意的人,她虽然心中有万般不舍不愿,也只得试着一点一滴去接受这个无奈现实了。唐烨听到周朗朗要搬出去的决定,知道她纵然可以原谅自己,目前也无法再次接受自己了。唐烨心如刀割,却什么也不能做,什么也不能说,他知道周朗朗不会因此改变决定,也知道自己现在无论说什么、做什么都是给她加重压力,都是逼迫她离自己再远一点,再逃离一步。唐烨默默地一连干了两杯酒,望着对面就座的周朗朗,望着这个一直住在他心尖儿上的女人,想冲她笑一笑,男儿泪率先夺眶而出无法抑制……

一星期后，周朗朗在房介公司的协助下，找到满意的房型，办理过租房手续，开始着手乔迁新居。星期六是公认的搬家黄金日，这天天还没大亮，周朗朗早早起床收拾妥当，带着几个早早收拾好的行李箱悄无声息离开唐家，她不想惊动公婆，不想看着婆婆抹眼泪，不想在二老的唉声叹气下愧疚离去。"腊八"通灵性，整个早晨它都恋恋不舍地围绕着周朗朗打转转，拿脑门摩擦周朗朗的裤脚。周朗朗抱起"腊八"好一通摩挲抚慰，喂了它一把最爱的小鱼干零食，然后放下它，鼓足勇气与这个家说再见。几天之前，唐烨就默默地看着周朗朗在卧室里收拾衣物、日用品，看得心里难受、胸口堵得透不过气来，他就出家门去健身房发泄一通，直到把自己累得站不起来才罢休。星期六一大早，唐烨端坐在客厅沙发上默默看着周朗朗打点行装，默默目送她出门而去，他整个人如泥塑枯坐发呆，胸口钝刀割肉般生疼，这痛楚一刀一刀慢慢切割着他、分离着他，让他亲眼目睹自己化整为零、支离破碎。

周朗朗到了新居，她提前找保洁公司对房屋进行过彻底打扫清洁，她这个新一家之主只需把带来的行李各归各位就算齐活儿了。周朗朗归置行李才一半儿，唐果不请自到！唐果刚刚从大哥唐烨那里得到周朗朗搬家的消息和地址，她是个一点就着的炮仗脾气，听了这消息先把大哥劈头盖脸吼了一顿，吼他聪明一世糊涂一时，干吗要背着老婆搞小动作，落得如此惨烈下场！唐果吼完大哥收拾一番就出门了，她明白大哥的意思，他是不放心周朗朗，想让她过去帮忙收拾一下，陪陪周朗朗，暖暖新居。唐果去

第十五章　至亲至疏夫妻

了一趟超市，采买了鱼虾肉蛋菜蔬，以及一些调料、饮料，她照着大哥发来的新居地址，按图索骥不请自到。

周朗朗一瞧唐果这满载而归的自家人架势，乐了，她没跟唐果客气，让她进屋负责收拾整理厨房。唐果进门先把每个房间、角落都参观了一遍，接着按分派开始干活。唐果干活麻利，嘴也没闲着，一边归置物品一边跟周朗朗神聊。

"朗朗，那间储物室我先占下了，回头我跟许良辰吵架吵烦了，就离家出走来你这里度个假，让他以为我失踪了，着急上火起一嘴燎泡，我才解恨呢！"

"朗朗，你这房租一个月多少银子？要不我把许良辰撵回他爸那里，咱俩同居合住，你不用付房租，咱俩一个月的伙食费你承包了就行。"

"哎，我说朗朗，我现在回去收拾自个儿的东西光明正大搬到你这里行不？你是不知道我最近过得有多丧，这日子煎熬得有多闹心。公司事事闹心，许良辰就更让我扎心了，他因为赌博的黑历史，一直找不到正经活儿，现在已经沦落到逮什么拍什么的窝囊地步了，什么手机视频、'野鸡'公司的微电影，婚庆摄影，公司大型活动摄影等等吧，瞎忙活也挣不着什么钱，一群同行笑话他，他现在都成业界黑典型了……"

门铃响，周朗朗去开门，何立琪让司机抱着一箱红酒和一袋子熟食，她拎着一个精致果篮，抱着一大束芬芳四溢的香水百合专程登门。何立琪一早就知道周朗朗的新居地址，她是特意来登门暖房的，司机放下东西自行离去，她则撸起香奈儿的针织衫袖子，有说有笑地投入到归置队伍当中，三个女人一起干活，一起说笑，中午时分彻底完工。

新居第一餐十分丰盛，厨房里的周朗朗把何立琪带来的各色熟食分类装盘，把唐果从超市买来的新鲜食材挑选几样做了一个清蒸鱼，一个凉拌秋葵，一个蒜蓉西兰花；唐果负责拿着筷子站在锅沿儿旁边试吃；何立琪负责插花、开红酒、摆餐具。酒菜上桌，三个女人举杯开席，她们边吃、边聊、边闹，欢声笑语像阳光一样洒满了房间的每一处角落。

方黎也在周朗朗乔迁新居的宴客名单上，周朗朗等人酒过三巡，她才拎着一个水果蛋糕姗姗来迟。周朗朗是特意邀请的方黎，她并没有因为霍晓城搞怪就把方黎视作敌人对手，相反地，因为上次她们二人在天台上的对话，周朗朗反倒对她格外怜惜起来，女人何苦为难女人，尤其是步入婚姻的职场女人，哪一个不是负重前行，哪一个不是艰辛不易！周朗朗希望能尽自己所能地给方黎一点温暖和守望相助。职场女人更懂职场女人，这年头谁稀罕处处树敌、一较高低，稀罕的是化敌为友、抱团取暖、众志成城。

方黎迟到了，周朗朗推她入席，何立琪问她迟到原因，她一开始说是路上堵车，接着说是找错了小区。

唐果要罚酒，方黎拿"大姨妈"来了当借口讨饶，何立琪和唐果当然不依，两人一个拦截、一个抄后路要灌方黎喝酒，三个女人乱成一团，热闹得差点掀翻屋顶。

周朗朗笑着去厨房打算切一个果盘，刚削了一个苹果，就听到方黎"哎呦"惨叫一声，接着又是几声惨叫，周朗朗赶紧丢下苹果跑出来。原来是唐果和何立琪刚刚把方黎放倒在沙发上，两个人按住了方黎的手脚要灌她酒，方黎痛得失声大叫，唐果和何立琪吓得赶紧从她身上弹开，两人面面相觑，一脑门的问号。

周朗朗搀扶方黎起身："到底怎么回事？这里没外人，你到底怎么了，赶紧说！"

方黎还想继续掩饰下去："没怎么，就是刚才闹过火扭着胳膊了。嗨，我一贯娇里娇气的，走，喝酒去。"

周朗朗一把拉过方黎的胳膊，撸起她的袖管，一道道触目惊心的青紫瘀痕爬满了整个手臂！周朗朗黑着一张脸迅速检查了方黎的前胸和后背，俯下身去要检查她的下肢，方黎再也忍不住了，扑进周朗朗怀里啜泣起来："别看了，别看了，哪里都一样，但凡是衣服能盖得住的地方，都被他打得没有一块好肉了！"

唐果怒问："谁打的？什么时候打的？你报警了么？走，咱们上医院！"

何立琪最先回过味来："我记得公司年会那天，你老公就一路跟踪你，他当时的言谈举止我印象挺深的，该不会是他对你实施家暴吧？"

方黎点头如捣蒜："是他，就是他，除了张勇那个混蛋还能有谁！"

在众姐妹的关切追问下，方黎含泪道出个中缘由。原来，方黎是个十分要强爱面子的女人，可她那千疮百孔的婚姻偏偏让她饱经委屈和磨难。在嫁给张勇之前，方黎有过一段闪婚闪离，她与第一任老公是一对候鸟夫妻，举行了婚礼还没领证，她留守北京，身为通信工程师的第一任老公常驻非洲，二人聚少离多渐生隔阂，终于走着走着就散了。

离婚后方黎遇到过几个追求者，她最终选择了张勇，让她选择张勇的原因有两个，一是张勇也在北京工作、生活，结为夫妻后他们可以朝夕相守互相依靠；二是张勇对她的追求攻势最为热烈和迫切，天天以她为自己的生活圆心，那个时候的她以为自己遇到了真爱，现在才明白，这不过是张勇心胸狭窄、善妒、爱猜忌的原始化雏形！方黎接受了张勇的求婚，却向他隐瞒了自己的上一段短暂婚史。婚后头一年，两人虽偶有小摩擦，但整体上过得还算和和美美，张勇除了总爱腻歪在她身边，喜欢干涉她的私人空间，喜欢贪恋杯中物，别的还算说得过去。

没多久，张勇从别人那里听到方黎有过婚史的风言风语，回家质问她，她只得如实相告，并向张勇道了歉。这下可捅了马蜂窝，张勇不但不依不饶要找她和前夫对质，从这一天起，张勇就再也不信任方黎了！方黎的微信消息、通话记录、银行卡账目他都要一一监管，方黎的社交活动要随时随地接受他的突击查岗！

甭管张勇是在外面喝多了酒，还是在公司受了气，只要他心情不佳，就要把这点陈芝麻烂谷子抖搂出来翻旧账，夫妻俩为此不知道吵了多少架，方黎为此没少挨过张勇的拳头。方黎曾经萌生过离婚之心，可张勇死活不肯离，他指天画地发誓要改过，要好好疼她，他吃醋、善妒都是因为他太爱她。

方黎要强、爱面子，已经有过一次失败婚史的她当然不想第二次婚姻仍然以失败收场，她只能默默忍受、默默煎熬，以为他们有了孩子就能渐渐弥补这些伤痕。直到女儿都三四岁了，张勇不但没因为当了爸爸有所改变，反而破罐子破摔，不仅还是经常拿这些陈芝麻烂谷子跟她纠缠，而且工作也不好好干，三年换了五份工作，收入越来越少，脾气和酒瘾越来越大。

因为着实指望不上张勇赚钱养家，方黎这才痛下决心把女儿送回上海的姥姥家，由父母帮忙照看，她一咬牙去做了绝育手术，一心要在事业上挣出个名堂来，失去了老公和婚姻依靠的女人只能转战职场，拿事业收成和经济实力作为她和孩子下半辈子的依靠。

两天前，张勇再次失业，在外面喝得烂醉的他一进家门就找茬儿跟方黎闹，方黎自从跟周朗朗在天台恳谈之后正陷入深刻自省阶段，哪儿有心情应酬、敷衍张勇的没事找事，夫妻两人吵着吵着就动起了手。张勇打累了、打够了，一头栽到床上呼呼大睡，方黎哭累了、哭够了，从地上爬起来收拾残局，天亮后自己去的医院，检查结果是多处皮下出血，多处软组织挫伤，她跟医生谎称是骑自行车被撞伤的，拿了药匆匆离去。

今天方黎应邀到了周朗朗家，唐果和何立琪跟她闹着玩，失手触及她的伤处，这才让她隐藏多年的伤痛和委屈大白于天下。

听完方黎的含泪倾诉，周朗朗气得仰脖灌下一杯酒，唐果气得猛飙脏话，何立琪陪着抹眼泪，一场庆祝乔迁新居的暖房宴变成了女人们的复仇密谋会议。女人就是见不得姐妹受渣男欺负，她们决心要惩戒渣男，帮方黎走出困境。

在周朗朗的新居，周朗朗、唐果、何立琪和方黎即刻组建的"女人帮"，围绕着如何惩戒家暴渣男，如何帮方黎走出千疮百孔婚姻的中心议题，展开了热烈讨论。

方黎是悲观派掌门人，她不认为老公张勇能够被她们几个女人的力量给改变，她之前做过很多努力，拿出过足够的耐心，接纳过他的一次次忏悔，可到后来，他们的婚姻还是每况愈下，她还是挣扎在沼泽泥泞中的困兽。

周朗朗是乐观派掌门人，唐果是推崇以暴制暴的猛张飞，何立琪是智多星军师，她们相信，不管是候鸟夫妻，还是朝朝暮暮夫妻，还是其他婚姻类型的夫妻，这世上从来没有"从此公主和王子过上了幸福生活"的童话婚姻，只有逢山开路、遇水搭桥的经营模式，遇到问题消极拖延、回避、虚耗，只能让问题更加严重，唯有积极从根本上解决问题，才能我的婚姻我做主！

三个女人认真向方黎提问，如果张勇能改掉家暴、善妒的恶习，能积极投入工作，找回对家庭的责任感，她还愿意给张勇改过重来的机会么？她还想维护这份婚姻么？方黎低头想了想，认真回答两个字：愿意。

"女人帮"马上进入下一个议题：如何惩戒、改造渣男，让他迷途知返，帮方黎修复破损婚姻。几个女人轮番抛出自己的想法和建议，大家围绕这些议题展开热烈讨论，有赞同的，有反对的，有争得面红耳赤的，最后举手投票表决，大家一致同意的此次惩戒行动宗旨是：不违法！不暴力！不伤及无辜！大家一致通过的此次惩戒行动步骤是：第一步，向渣男实施当面警告；第二步，给渣男实施经济断供；第三步，武力制裁；第四步：最终谈判。步骤实施要视渣男的改过程度和表现而定，如果渣男能及时回头是岸，那后面几步就可以暂停或终止，如果渣男顽抗到底，那就必须以牙还牙让他吸取教训。

"女人帮"拟定好详细行动方案和细则，共同举杯预祝此次行动圆满成功，大家各司其职分头行动。

行动第一步，向渣男实施当面警告。"女人帮"知道，在此之前，从方黎到方黎家人，对张勇就此问题肯定进行过 N 次的沟通和争执，如果此次再由方黎或方黎家人出面，根本收不到任何效果，必须找一个能 hold 住场面、有公信力的这么一号人物出马，才能起到警告和震慑作用。这个人是谁呢？"女人帮"思来想去，非律师莫属，最好是专门打离婚官司的律师，替委托人胜诉无数，搬出来的法律条文掷地有声，给出的警告振聋发聩，这样才能跟张勇一过招就一击即中。

　　能找到这样专业人士的"女人帮"成员，非何立琪莫属，她朋友圈里有不少律师，她挑来选去，认定了一个最适合的人选陈律师，委托他来进行行动第一步。陈律师听完何立琪的讲述，接了这个活儿，而且是免费的，他希望更多的职业女性不要职场上是条龙，婚姻里是条虫，要懂得用法律武器保护自己，要学会不在婚姻里忍受，要在婚姻里享受。陈律师对何立琪和方黎提出的唯一要求是，他无偿帮助了她们，希望她们能把这个无偿帮助接力赛延续下去，以后遇到类似需要帮助的弱势个体，也尽力无偿相助，让更多人生活得有力量、有希望。

　　张勇谋到新工作去上班的第一天，在新公司工作岗位上迎来了黑口铁面的陈律师。陈律师向张勇出示了方黎的委托书、家暴验伤报告以及离婚起诉书，有理有据地对他摆出了若干相应的法律条文，让他清清楚楚知道家暴已经触犯了国家法律，他要为自己的肆意妄为付出对等的代价。张勇面对陈律师的诘问陈词，从一开始的气焰嚣张到后来的灰头土脸，部门主管跟陈律师聊了半个小时后，直接走过来开除了张勇！一个上午的时间，从入职到被开除，从被律师诘问到遭受同事们的白眼和鄙视，张勇经历了冰火两重天的魔幻境遇，从这一刻起，他知道"怕"字怎么写了，"法"字怎么写了。

　　张勇被踢出公司的第一个反应就是找方黎算账，他打通方黎的电话，还没来得及咆哮，方黎先一步通知他，她被公司派遣出差一周，他想用拳头报复她的话就来香港找她吧！从这一刻起，她不会再给他一分钱让他买酒喝、买烟抽，她不会再给他洗一双臭袜子，他是个有手有脚的成年人，养活自己是天经地义的事。

说完，方黎关机。这正是行动计划第二步，给渣男实施经济断供！

马路上，张勇气得跺脚，又跳又骂的，路上往来行人像看小丑一样对他侧目而视，一个大妈拿他教育哭哭啼啼的小孙子："你要是不做个上进、明事理的好孩子，就会像这个又吵又闹的怪物叔叔一样，被扔到马路上变成垃圾的！"

行动第三步，武力制裁。这一招是唐果全盘制定的，她美其名曰"以恶制恶、以暴制暴"。按照唐果的指示，方黎出差归来见的第一个人就是霍骁城。表兄妹一见面，方黎就诚惶诚恐向霍骁城连连赔不是，她要引咎辞职。方黎搞砸了霍骁城指派的新任务，她无奈拿出家暴验伤报告，把搞砸任务的原因都推到老公张勇的头上。霍骁城近来在AAC收到周朗朗打算复职的风声，正寻思对策，这又接到方黎因为"后院失火"搞砸任务的不幸消息，难免气不打一处来。霍骁城复又回想起公司年会的舞会会场外，张勇扒漏揭穿他的身份，让他在大庭广众之下丢人的旧账。新账旧账一起涌上心头，霍骁城强压心头火，他拍拍方黎肩膀，安抚她先回去休养一阵子，其他事从长计议。

第二天，霍骁城佯装不知道方黎与张勇之间的夫妻恩怨，找了个由头约张勇去高级会所吃空运生猛海鲜、喝人头马XO，张勇受宠若惊如期赴约，吃饱喝足聊够了兄弟情后二人分手，各回各家。

张勇步行走到路口要打车，迎头撞上了一个低头玩手机的精瘦年轻路人，精瘦年轻人的一杯奶茶全盖在张勇外套上了！年轻人连连道歉，张勇口出恶言不依不饶，两人吵着吵着动起手来。

张勇原本想倚强凌弱，讹诈年轻人给些金钱赔偿，可年轻人不出手则已，一出手就令围观者看得眼花缭乱，令张勇只有挨打毫无还手的能力，张勇被年轻人教训得一头是包、浑身挂彩，围观人群还为年轻人喝彩叫好。

年轻人在喝彩叫好声中扬长而去，张勇爬回家躺了三天下不来床。

所有人都以为张勇这是点背、活该，谁叫他得理不饶人，非要拿芝麻换个西瓜，结果遇到了不怕恶势力的身怀绝技"扫地僧"，连张勇自己都悻悻认为这是夜路走多了难免遇见鬼。唯有霍骁城知道，这年轻人是个曾经拿过国际散打比赛冠军的散打教练，这年轻人没有早一分钟、也没有晚一分钟出现在张勇面前，把奶茶洒在他身上，从而引发了一场街头斗殴，都是他一手安排的结果。目的有二，一来为安抚方黎，二来为自己出口恶气。

张勇伤重卧床不起，心里翻江倒海琢磨起来了，他跟别人一样日出而作日落而息，他跟别人一样娶妻生子，为什么别人的日子过得越来越有滋有味，为什么他的日子过成了家比冰窖还冷、老婆不疼、孩子嫌弃的鬼怪模样？物业上门收费他假装不存在，电卡用完了他没钱去充值，冰箱空了他喝自来水喝到打饱嗝！别人用力把日子过成春晚现场，他怎么就昏头昏脑把日子过成了车祸现场？张勇就这样懊丧一阵，自问一阵，昏睡一阵，夜半醒来一睁开眼，床前比窗外还黑还冷清，他不禁鼻子一酸，格外想念起老婆和女儿来。

张勇思来想去，鼓足勇气给方黎打了一个认错电话。方黎就住在周朗朗家，周朗朗掐指一算，到火候了，方黎是时候跟张勇摊牌做最后一次谈判了。

谈判在咖啡馆进行，方黎与张勇一对一进行了最后一次恳谈，这一次，方黎没有心软，没有委曲求全，而是把自己对张勇的要求和期望都摊开来讲明白。这一次,张勇没有发誓赌咒,没有惺惺作态,没有写保证书,而是认认真真听完方黎的诉求,反省了自己的错误,请求方黎给他三个月的观察期,为了防止酒后无德动手打人,他决定戒酒,他会尽快去找新工作,好好工作好好赚钱,尽早把女儿接回来一家三口团聚。

最后,张勇拿出来一份他已经签字、摁了手印的离婚协议书,协议书上写明离婚理由是因为他家暴,财产分割房子和孩子都归方黎。张勇诚恳表示,为了让方黎安心,为了给自己改过自新找一个动力,思来想去,这份离婚协议书是他主动切断自己一切退路的最好证明,是他告别过去重新开始的坚定态度,如果他还是不能成为一个对老婆、孩子担负起责任的丈夫和父亲,那方黎随时可以在这份离婚协议书上签字、生效,结束他们的婚姻。

方黎从张勇的这番言行上看到了他与从前不一样的决心和改变态度,愿意再给他一次机会。夫妻俩这一次聊了很多,聊得很深,方黎也反省了自己的不足之处,表达了自己对婚姻的寄望,肯定了自己对张勇的感情,她希望张勇能放下心结,戒掉酒精和暴力,成长为一个能为家庭挡风遮雨的保护伞。夫妻俩聊着聊着,女儿和姥姥的视频电话打了过来,张勇一见女儿的小模样就泪眼模糊了,他向女儿保证,他要好好工作,他要做一个好爸爸,尽快把女儿接回家来团聚。方黎瞧着他们爷俩你一言我一语的视频热聊劲头儿,眼眶是热的,嗓子眼儿是酸的,心头是暖的,明天是充满希望的。

人到成家立业,爱到柴米油盐,人人皆有进退两难的苦衷,或是力不从心的无奈,上有老、下有小,工作不能耽误,家庭不能疏忽,婚姻不能懈怠,子女不能马虎,不知不觉就习惯了把自己架到火上烤，把日子过成了烟熏火燎乌烟瘴气的"烧烤摊儿"。因此，焦虑、抱怨、浮躁、逃避的大有人在，能沉住气逢山开路、遇水搭桥、见招拆招的却少之又少。其实，生活对于悲观的人来说是不公失衡的，对于乐观的人来说是大公无私的，它给予了每个人不同的馈赠，同时也买一赠一地撂给你一道道考验心性、智慧的难题，如何冲关是人人都需要面对、解决的，没人能够幸免，是向生活妥协、复仇还是迎战，仁者见仁智者见智。向生活妥协，等于输掉自己；向生活复仇，不过是率先毁灭自我；向生活迎战，积极主张自己的权益，不用暴力用智慧，不玩腹黑玩正能量，不输掉自己，不迷失自己，赢得浩气坦荡，输了重新再来，怎样都是活出彩来。

"女人帮"组团初战告捷，成功帮方黎惩戒、改造了老公，修复了家暴婚姻，方黎无以为报，只能设宴款待各位姐妹，聊表心意。

聚会地点还是在周朗朗新居，还是有酒有菜有鲜花，满满一桌子的菜都是方黎亲自去市场采购，亲自下厨烹制的。何立琪带来了红酒，唐果带来了鲜花和水果，周朗朗带来了一个好消息，人事部下达最新通知，她即日起回业务部复职！

这注定是一个开心之夜，是一个干杯之夜，四个女人笑颜如花，风情似水，谈天说地，说到动情处举杯共饮，聊到忘形时嘻哈打闹。虽说周朗朗、何立琪、唐果和方黎这四个女人的年龄有差距，经历各不相同，但同为职场女将，同为婚姻修行者，同为生活热爱者，她们有聊不完的职场话题，道不尽的女人心事，说不完的生活八卦。

因为近期与唐烨的不愉快，周朗朗道出了她对婚姻的最新感悟:"我静下来的时候仔细梳理了这段时间发生的这些事,慢慢醒过味来,原来,真实的婚姻,从来不是锦上添花、烈火烹油,它更多的时候是反映在人生的背阴处,人性的阴暗面。当你鲜衣怒马的时候,婚姻再美好也显得苍白无力,唯有在你走下坡路时,在你无助的时候,婚姻的力量才凸显出来,婚姻的杂质同时也沉淀易见!这个时候,是检验婚姻质量和夫妻情感的最佳时机。而我,很不幸,从中看到了我和唐烨的自私、贪婪和疯狂,这也是我要搬出来的原因,我需要时间和独立空间来消化这些,想清楚下一步该怎么走。"

说罢,周朗朗干掉杯中酒。

何立琪接过话茬,袒露自己的心声:"我的失败之处在于我对婚姻索取得太多,欲望太强烈,更可怕的是我早早地放弃了自己,所以,我才会受到这样的折磨和煎熬。是我活该,是我咎由自取。"

方黎幽幽叹了一口气,几年来的艰辛滋味复又涌上心头。

唐果也跟着伤感起来:"你们几个人是合起伙来欺负我么?你,周朗朗,刚刚官复原职,大好前程就在眼前,家里还有一个望穿双眼等着你回归的请罪丈夫,你纠结个鬼啊!你,何立琪,准富婆一枚,职场新贵,英国有个'小棉袄'儿子,北京有个霸总前夫,家门口蹲着一个求婚未遂的土豪,你在我眼里根本就是人生大赢家,你煎熬个啥啊?还有你,方黎,渣男老公浪子回头成了金不换,鲜花儿一样的闺女眼瞅着就能接回来,工作上有你大表哥推着,有你朗朗姐帮着,前途无量,情场和职场你都是潜力股,你瞎跟着唉声叹气凑什么热闹?你们不用居安思危,不用:'吾日三省吾身',你们看看我就足以解忧忘愁啦!我才是那个婚姻不疼、职场不爱的倒霉孩子,工作被辖制,老公是巨婴,穷乎?

累乎？惨乎？我都占全了！我知道怎么帮别人，可不知道怎么帮自己，我能跟别人谈经论道出谋划策，却对自己一败涂地的生活抓耳挠腮无处下手，我，我……"

唐果吐槽着吐槽着就说不下去了，说到心塞处，忍不住"呜呜"哭了起来。周朗朗笑她这是喝醉了出洋相，何立琪搂着她百般哄劝宽慰，方黎给她拿来了纸巾和蜂蜜水。几个女人聚在一块说说笑笑哭哭闹闹，她们活得既有软肋也有盔甲，用软肋去感召、包容这世上所有的纯真和善良，用盔甲去承受生活里所有的风霜和挑战；她们在荣辱得失中学会了感恩，学会了反省，学会了放下，学会了成长。

第二天一清早，周朗朗是第一个睡醒起床的，她揉着惺忪睡眼，感觉下半身有千斤重，一歪头，赫然看到唐果像熊猫啃竹子一样紧紧抱着她的大腿，睡相张牙舞爪，嘴角还淌着哈喇子。周朗朗用力抽出自己的大腿，翻身下床，走到客厅，方黎居然横陈在沙发上打着香甜呼噜！周朗朗赶紧每个屋子巡视一遍，卫生间空荡荡，厨房空荡荡，她正好奇何立琪去哪儿了，转身进储物室一瞧，何立琪酣睡在储物室内的折叠床上，怎么叫都叫不醒！

周朗朗挨个叫醒每个人，大家轮流洗漱收拾，齐刷刷出了家门，开始了紧张忙碌的职场一天。

AAC公司业务部，周朗朗刚刚把自己的办公桌收拾停当，前台小姐送来快递鲜花，一大束红艳似火的怒放玫瑰，周朗朗毫无惊喜接了过来，心下笃定这是唐烨的负荆请罪之策。到底鲜花是无罪的，是惹人怜爱的，周朗朗找出来一只花瓶，灌了大半瓶水，打开鲜花开始插放，一张小卡片缓缓从中飘落。

何立琪拿着两份三明治早餐来找周朗朗共享，一脚踩踏在小卡片上，她笑着嘲弄周朗朗："你们这对老夫老妻可真是会撒狗粮秀恩爱啊！"周朗朗不以为意："嗨，他这是老把戏了，没啥新意，不足挂齿。"

何立琪说着蹲下身去捡起卡片，她不经意扫了一眼卡片上的字迹，顿时怔住了，脸色大变。周朗朗一瞧何立琪神色大变，赶紧接过卡片一瞧，她也呆住了。

卡片附言——朗朗：今晚能赏光共进烛光晚餐么？不见不散。王辉。

第十六章　福无双至祸不单行

王辉的一束玫瑰花、一张约会卡片让周朗朗和何立琪陷入了尴尬境地，周朗朗赶紧把心头翻涌的一百个问号和一百个感叹号强行压制下去。她安慰何立琪别误会卡片上的文字，王辉应该是约她见面聊公事，男人嘛，偶尔在异性面前卖弄一下文笔和风度也是有的。

何立琪用尽全身力气才绽放出一个虚弱无力的微笑，她言不由衷地回答周朗朗："我和他已经不是夫妻了，他跟谁约会是他的自由。你不用安慰我，我自己选的路，跪着也要走下去。"说完，何立琪放下一份三明治匆匆离去。

周朗朗望着何立琪离去的背影，心头五味杂陈，她拿起三明治咬了一口，却咀嚼不出任何滋味来。

当周朗朗吃着三明治对着花瓶里的玫瑰花空叹发呆时，刚刚赶到公司的唐果连早餐都没来得及吃，就被头儿叫进了办公室。十来分钟后，与领导办公室只隔着几块玻璃窗的所有同事都目睹到了惊奇一幕——唐果跟头儿咆哮，头儿气得拍桌子，唐果张牙舞爪，头儿一脸狰狞得五官都大挪移了！

几分钟后，唐果气得跟一头斗牛似的摔门而出，回到自己工位上收拾了私人物品，郑重跟同事们宣布，她辞职不干了！大家面面相觑!

唐果离开了公司,开着车在马路上漫无目的地游荡,透过车窗,她看着马路上行色匆匆的路人和机动车,突然觉得自己是被全世界抛弃的孤儿,她为什么总能摊上这些不公正的差别待遇?她为什么总是这么倒霉?她为什么越是想干得漂亮就越是被打压排挤?唐果只能问为什么,却找不到答案。

唐果的头脑越来越滚烫,胸腔里的高压已经濒临爆炸边缘,她昏头昏脑信手驱车来到了儿童游乐场。停车,买票,入场,因为是工作日,场内游人不多,唐果直愣愣奔着最刺激最惊险的过山车就去了。过山车启动,从低向上攀爬,过弯道,小起小落,直到加速度攀爬上至高点,从至高点飞速向下俯冲,这是过山车最吸引人也最刺激的一幕,风在耳边呼啸狂飙,眼前的风景刹那变得支离破碎,整车人哇哇大叫起来,有紧闭双目的,有面色惨白的,有失声尖叫的,有对着抓拍镜头比手势大笑的,这个游戏玩的就是刺激和心跳!

唐果的鬼哭狼嚎走调女高音盖过了过山车上所有人的声浪,从中刺耳地脱颖而出,令人惊心动魄。抓拍镜头捕捉到了唐果别具一格的表情包,她的五官全部挤成了包子褶儿,只剩下大张的嘴巴占据了半拉脸,她连哭带喊,眼泪糊了一脸,别人喊的左不过是"啊""救命啊""天哪""妈妈""我要回家"之类的,她喊叫的是"混蛋""你们等着瞧""老娘一定要让你们后悔"!

从过山车到跳楼机,从大摆锤到极速飞车,唐果把游乐场里的惊险刺激项目给玩了个遍,直到嗓子喊哑了,眼睛哭肿了,腿肚子软成面条了,这才鸣锣收兵打道回府。唐果既没回家,也没跟许良辰打招呼,独自去逛商场,把她平时心疼钱舍不得买的裙子、鞋子和包包统统刷卡埋单！

傍晚时分，唐果一头扎进KTV包房，点了一桌子的酒水、果盘和简餐，在"女人帮"的微信群里召唤姐妹们下班后速速来报到集合，她自己率先哑着嗓子唱起了摇滚专场，等周朗朗等人赶到时，她已经把会唱的歌都唱了一遍，把自己灌了个四五分醉意！

周朗朗上前夺过唐果手中的啤酒罐，何立琪问唐果到底发生了什么事，方黎关掉了震天响的音乐。

唐果见到她们像见到了亲人，一把搂住她们仨："我失业了！"

周朗朗、何立琪和方黎对唐果好一番安慰，唐果哭够了，宣泄够了，这才娓娓道来。

因为上次广告项目烂尾一事，唐果跟顶头上司发生过摩擦冲突，唐果不仅没及时修复上下级的紧张关系，仍旧我行我素。

公司里小道消息乱传她家许良辰滥赌欠债的十八个版本八卦，顶头上司也拿许良辰的八卦调侃挤对她，她心头的怒火压得了一时，压不了一世。

这天唐果一到公司，就接到头儿通知让她把自己手里进展顺利接近尾声的两个重大项目整理交给他人，把她调去接管另外一个"鬼见愁"项目。唐果当然不乐意了，自己跟了大半年的项目眼瞅着就要在产投比的kpi绩效考核中赢得头筹，却眼睁睁任由头儿把它从自己手上夺走，转而让自己去接手一个万人嫌、鬼见愁的"钉子"项目，拉低自己的综合考核分值，严重影响升职加薪和职场前途，继续当"背锅侠"，凭什么啊？

唐果进办公室跟头儿据理力争，头儿却说这是上头的意思，觉得她能干，有本事力挽狂澜，所以才让她去负责最难搞的项目。别人都搞不定的"钉子"项目就她能搞定，这就更能让领导看到她的非凡才能和魄力了嘛。

　　唐果当然不会被头儿这几句裹了蜜糖的话给糊弄过去,她硬生生就怼了回去,这个"钉子"项目当初就是头儿牵头搞的,几个体己关系户在酒局上攒出来的,当时的申报策划案写得天花乱坠的,制作费用拿得很充足,几个局中人排排坐分果果后就没人乐意再管这项目的死活了!如今上头查问起来不好交差,便想找个人糊弄过去,这个人要么能把这项目"死马当成活马医",要么就把这块"烫手山芋"一口吞下去自己个儿慢慢消化,总之,平息了这起事故,皆大欢喜就成。头儿思来想去,把有限的几个人选反复筛选一遍,还就她唐果最为合适,因此,她就责无旁贷成了一枚"软柿子"!

　　令头儿万万没想到的是,"软柿子"唐果却长着一颗"硬核"的心,她不但识破了头儿的小心思,直接怒怼回去,还撂出话来这活儿她死活不接。

　　头儿一看唐果如此硬碰硬不给他面子和回旋余地,怒拍桌子,放话给唐果,这活儿她接也得接,不接也得接,否则就卷铺盖卷儿走人!

　　唐果冲冠一怒当场与头儿开撕,撕完热血沸腾裸辞!走出单位大门她就后悔了,更惨的是至今仍没找到工作!

　　听完唐果的陈述,周朗朗、何立琪和方黎都陷入了沉思。

　　作为职场人,大家都心知肚明,员工离职的原因林林总总,但逃不过这么几种情况:第一条,就是极度恶化的上下级关系,下属对上级的管理方法和手段极其不满意,产生抵触情绪,双方都没有及时进行有效沟通和化解处理,反而越演越烈,早晚一拍两散;第二条,公司的管理制度与流程不合理,照顾不到大多数员工的感受和想法，因此影响了员工的积极性；第三条，员工对公司的发展前途缺乏信心，没有从日常工作中感受到公司的发展壮大决心和实力，反而经常能在工作中感受到公司从各个方面释放出来的岌岌可危信号，良禽择木而栖是必然选择；第四条，员工觉得自己的工作付出和报酬待遇不成正比，干得多和干得少的拿到手的酬劳差不多，干得好的没有及时得到升职加薪，干得少的反而无功无过悠然自得。除此以外还有一些非典型个别情况，就没必要归纳其中了。这四条归总来说，员工离职原因无非两句话——钱，没给到位！人，受委屈了！

从小到大一直是"团宠"的唐果怎能受得了这种职场窝囊气，所以，她辞职是必然的，可纵使她有一百个理由，也必须忍气吞声留下来从长计议，她留下来的理由只有一个，她是家里的顶梁柱，以她和欠了一屁股债的"韭菜哥"许良辰现在捉襟见肘的窘境，需要她这一份稳定工作的稳定收入，先活下去，再谈生活！

何立琪先开了口，她帮唐果仔细梳理了一遍事情原委，问唐果有没有写辞职信，有没有去人事部办手续结算薪水，有没有找好下家公司，辞职这事还有没有回旋余地。

唐果白了何立琪一眼："我干吗要回旋的余地？这种假公济私、公报私仇的腹黑领导谁能伺候得了啊？再回去我就是找虐、自残、玩死自己啦！你们放心，此处不留爷自有留爷处，找下家这事虽然没有板上钉钉，但之前也有几家跟我示好来着，以我的履历和业绩，不愁骑驴找马选个好上加好的新公司入职的。"

方黎幽幽一叹："这世上就没有一份工作能够钱多事少离家近，位高权重责任轻的！"

周朗朗接过话茬儿继续跟唐果分析："果，不是我们说你，今天这事你办得太急火攻心、小事化大了！顶头上司调遣指派给你工作任务，你不应该一听就先夯毛气急，哪怕他交给你的就是一个烂摊子，哪怕你明知道他这是在挤对你，你也不能怒怼回去以下犯上，更不该的是，你不该没有任何证据在手就当面揭了他攒项目中饱私囊的老底，他不狗急跳墙才怪！遇到这样的不公待遇，你可以找其他理由拒绝，或者软下身段跟他晓以利害，再不济，你还可以逐级反映上报。如果顶头上司果真是容不下你了，你也不能逞口舌之快毁掉自己前程帮他除了'眼中钉'，你既然知道他攒的这个项目有毛病，那就应该拖延时日搜集证据，到时候你拿着过硬的证据去找他理论，要么让他放你一马彼此好过，要么你就把这些证据交上去，看谁先凉凉！总好过现在这个亲者痛仇者快的下场吧？总好过他毫发无伤，你羽翼尽毁的败局吧？你明明挺精明伶俐一人，怎么一到大事上就只剩下一点就着的炮仗脾气了呢？"

周朗朗分析得有理有据，唐果听得心头生出三分悔意，可她仍旧嘴硬："我是宁肯累死都不能气死的主儿，这种任人唯亲、管理混乱、制度不健全的'宫斗'公司我是真的真的待得够够的了。人往高处走嘛，我积累了这么多年的经验和人脉，也是时候该重新规划一下新发展新目标了。"

唐果说着拿起话筒就要起身去点歌，何立琪一把按住她："唐果，听姐妹们一句劝，明天我就去找找关系托托人，看看能不能跟你们老总搭上线，找个大佬当话事人，估计问题应该不大，我和朗朗好好谋划一番，你也配合点拿个诚恳道歉的态度出来，复职这事有戏，来日你回公司后当然会换部门，但你还是应该跟顶头上司握手言和……"

不等何立琪把话说完,唐果就笑了:"亲爱的,先谢啦,你的情我领了,但你千万别这么做,我说出去的话泼出去的水,覆水坚决不收!实话跟你们说,我还留着一手呢,有几家同行公司一直惦记着我呢,要不是我念旧,早就人往高处走喽!如今是时机到啦,这几家我闭着眼睛选一家都比老东家强,你们就踏踏实实把心放回肚子里。咱废话不多说,今天我就是想把你们找来一起吐吐槽,陪我开开心,等我下一步把新工作安置好了,咱们必须再约一场庆祝派对!"

唐果拿起话筒走向点歌台,点了一首《爱拼才会赢》,哑着嗓子纵情高歌,她把这首歌献给了忧心忡忡的周朗朗、何立琪和方黎。

接下来的日子,唐果胸有成竹的该吃就吃,该喝就喝,该睡就睡,该去找工作就找工作,她甚至没把自己辞职的事向天天在同一个屋檐下同进同出的许良辰言语一声。唐果甚至威胁过周朗朗不许告诉唐家任何一个人,连"腊八"都不许告诉,否则,她就跟周朗朗脱离姑嫂关系,一辈子不来往。周朗朗倒不是全然怕唐果威胁,只是她觉着唐果对找新工作的事十拿十稳、成竹在胸,便不好过多干涉,况且她已经与唐烨分居了,她与唐家人的关系正处于不上不下的尴尬期,唐家二老最近也是多病痛多愁苦的,干脆多一事不如少一事。许良辰本来就处于自家门前雪还扫不及的手忙脚乱地步,哪有工夫顾得上管他家瓦上霜呢,他压根没觉察到唐果有何异样,每日照旧是昼伏夜出,打着哈欠出门,醉得扶着墙根进门,为了能赚到养家糊口钱,他接不到正经工作,就接了一堆"三无"公司拍摄色情硬照和视频的活儿,聊以度日。

一个又一个星期过去了,唐果跟之前属意她的几家公司联系了一遍又一遍，跑了一趟又一趟，对方一开始都聊得挺感兴趣的，可聊着聊着渐渐没了下文，一个猎头说之前属意唐果的那个职位已经招到了满意的人才；一家广告公司主管一个劲儿跟唐果说抱歉，老板要求开源节流压缩开支，所以之前力邀她入职一事只能暂停观望了；另外一家广告公司的高管朋友苦着一张脸跟唐果哭诉，对今年的宏观形势和经济预估大家都不乐观，唐果入职一事泡了汤不说，她自己的月薪就被削减了10%，还要一个人做两个人的活儿……唐果不甘心，又向几家广告公司递了简历，接触了相关负责人，可得到的答复不外是"不好意思，抱歉，实在对不住，别家现在都在闹裁员、降薪潮呢，我们这里也是咬牙支撑，目前暂时不招中、高层职员"。唐果顿时傻眼！

　　唐果目前面对的冰火两重天局面是，一边是找工作入职希望渺茫，另一边是要求合伙的港商刘总把合作入股书和CEO委任状都强塞到她手里了！唐果发愁她这么待下去不是个事儿，唐家那边瞒不了多久，父母知道她怒辞失业一事肯定会被气出个好歹来，银行卡上那点微薄余额支撑不了多久两口人的生活开销，她实在抹不开脸面跟大哥唐烨和周朗朗再次张口，哥嫂已经倾其所有帮许良辰还了赌债和各种借贷，唐果觉得这一次自己是昏头昏脑走到了悬崖边！

　　得知唐果近况的港商刘总二话没说，就把一张银行卡拍在唐果面前，告诉她这张卡里有五万块钱，先把日子整整齐齐过下去，就当是他提前给她预支两个月的薪水了。

　　唐果这一下被五万块钱给拍清醒了，给谁打工都不如给自己打工啊，她是公司合伙人，是老板之一，这么有前途和钱途的工作舍她其谁啊！唐果不是没想过自己开公司当老板，她有经验、有资源、有客户，这些都是技术财富，眼瞅着有不少跟她同期入行的广告人都纷纷离职，自组公司当老板干得是风生水起，唐果也眼热心跳过，也摩拳擦掌过，最后却偃旗息鼓的原因只有两个字：缺钱！这个时候，刘总出现了，他一拍胸脯保证，只要唐果担保公司能接项目签单，他愿意拿现金入伙，公司原始股东就他们两个，三年内不稀释股权，原始股份他出80%，唐果出20%，唐果全盘负责公司业务，赢利六四分！

唐果回望了一下来路历程，展望了一番未来作为，她跟谁都没商量，拍板签字入伙了！第二天，唐果拿着房产证去信贷公司办了抵押贷款，贷款到账后她向公司财务交付了自己应缴的那20%股金，正式走马上任开始新起点新征程。

唐果在心里打过小算盘，只要她铆足劲加油干，以她的业务绩效，年底还清贷款拿回房本是不成问题的。今年保本，明年分红，明年她就奔中产啦，到时候，她非但能扬眉吐气，还能实现夙愿报复，等公司壮大以后她就把周朗朗、何立琪和方黎也拉过来当合伙人，假以时日，她唐果的公司一定能成为与AAC和锦尚国际等大公司齐名的广告新贵，她们姐妹几个与那些大公司一起逐鹿中原、分羹夺肉岂不快哉！

唐果把新公司的各项事物安排停当，这才有条不紊地跟许良辰摊了牌，跟老许和自己父母知会一声。许家父子和唐家所有人等只知道唐果辞旧迎新，从员工摇身一变成了半拉老板，并不知道她抵押房本筹钱入股这一隐情，所以只有为唐果高兴助威的道理。唐果呢，新公司新气象新局面，手下员工虽说才二三十人，但个个听她指挥。刘总虽说不常来公司，但事事尊重她的意见，公司刚开张两个月唐果就签了三笔大单，她手下也接了若干小广告业务，事业可谓蒸蒸日上，唐果唐总可谓人逢喜事精神爽。

生活就是这样，工作顺利，吃嘛嘛香，心情舒畅，这日子就过得飞快，转眼间，从春入夏再转深秋，时光如梭，大半年过去了。

这天下午，唐果衣着光鲜、满面春风地出现在朝阳区CBD某500强公司的写字楼里，她与该公司的负责人在双方员工见证下顺利签约，这是唐果入行有史以来签到的金额最大、合作条件最满意的一份年度广告订单，必须要隆重庆祝一下，工作人员奉上香槟，唐果与合作伙伴一一碰杯，她一饮而尽，助理送上她的手机，告知她是警察来电，她闪到角落接听，顿时面色突变！接下来是庆祝酒会，唐果打起精神应付了开场，推说自己身体不适提前离场，她甩掉所有人，开车直奔公安局。

唐果到了公安局，与律师接上头，他们在警察的带领下见到了拘留室里的许良辰。常在河边走怎能不湿鞋，那些靠网络和地下渠道兜售违法色情硬照、视频和小电影牟取暴利的"三无"公司被警方查获捣毁，曾经为这些公司做过拍摄工作的许良辰怎么可能成为漏网之鱼？直到被戴上手铐押入警车，靠酒精麻痹自己浑浑噩噩度日的许良辰才如梦方醒！警方念及许良辰属于初犯和从犯，犯罪情节轻微，主观恶性不大，在律师的协调处理下，允许其取保候审，等待案件最终审理结果。唐果办理完取保候审的手续，带着许良辰谢过律师灰溜溜回了家，不用说，关上家门，等待着许良辰的自是一顿"狂风骤雨"！

接下来，许良辰要去向双方父母负荆请罪，要定时去警局报到，协助警方办案，要做好法院开庭前的个人准备功课，要跟律师商讨庭辩内容，要接受唐果对他的冷言恶语，要面对自己内心的拷问，才一个多月工夫，他整个人就瘦了两大圈。

许良辰的案子悬而未决，唐果就不得不全身心投入公司工作中，废寝忘食地把一天当成三天来用了。唐果去上海出差两周，没日没夜追着客户磨合作谈合同，最终工夫不负有心人，把自己熬成黄花菜的她千辛万苦签了合同。唐果凯旋回到公司，员工们对她是众星捧月，刘总率众给唐果设宴接风庆功，当众对她做出多项表彰和嘉奖，唐果觉得自己迎来了事业巅峰！

第二天上午是公司例会日，助理告知唐果刘总请假了；第三天下午，唐果要跟刘总请示工作，发现刘总关机了！第四天，唐果给刘总发微信，微信提示"你还不是他（她）朋友。请先发送朋友验证请求，对方验证通过后，才能聊天"。唐果觉得不对劲，赶紧去公司财务部走一趟，财务部员工告知她，财务总监请了事假，有五天没来上班了！唐果赶紧让财务人员清查公司所有账目，财务人员把能查到的账都查了，所有人都目瞪口呆，刘总伙同财务总监把公司的钱席卷一空，留给她的是一个空壳公司，一堆账单，数十名员工被拖欠两个月的薪水欠条！

唐果赶紧报警，协助警方做了初步的调查取证工作，安抚了一群焦虑、哭泣、骂娘的无辜员工，这才拖着铅一样重的身躯离开了公司，离开了这个把她的理想和希望付之一炬的地方。唐果眼底酸涩，却哭不出来，她胸口怒火中烧，却骂不出半个字，她饿得前心贴后背，却吞不下一粒米。她不知道自己该怎么办，该去哪儿，该找谁讨要公道，她觉得自己轻飘飘地坠入了悬崖，耳边风声呼啸，眼前景象支离破碎，不是别人，是她一手把自己给推下去的，无知无畏，万劫不复！

许良辰见完律师走在回家路上，接到唐果发来的微信：我在拳击馆等你，速来。许良辰按照唐果发的地址赶过去，唐果已经换好了训练服，缠好了手带，做好了热身准备，许良辰匆匆赶到，她抛给他一双拳击手套，自己率先迈入拳击台："陪我打一场，咱们用不着裁判、比赛规则，不管是欧洲拳击、泰拳、空手道、跆拳道还是中国散打尽管随便招呼，咱俩水平都是门外汉，所以必须得真打，谁不真打谁是孙子！"许良辰一瞧唐果这架势要发疯，以为她是因为自己给"三无"公司当摄影师被抓一事搞得焦头烂额，气急败坏要拿他当人肉沙包出出气过过瘾呢，便不敢不从，许良辰麻溜换上训练服，戴上各色装备，上了拳击台，他怕打坏了老婆大人自己的罪过就更大了，不敢主动出击，只用了三分力道接招自保，绕着唐果满场飞，把唐果气得差点要喷火，虚晃一招骗过许良辰，一记左勾拳冲着许良辰腮帮子就炸开了花！

接下来，许良辰的鼻子、胸口、小腹处处中招，唐果出拳一拳比一拳狠，一拳比一拳直击要害，许良辰挨打挨得急了眼："唐总！你这是打拳么？你这是谋杀亲夫啊！"

唐果拧身走起一个回旋踢，正中许良辰心窝部位："别叫我唐总！我被刘总，哦不，刘骗子给骗了！公司成了空壳，刘骗子卷钱跑路，一堆公账和几十号员工的薪水都压到我头上了！"

许良辰一听傻了眼，挥出去的直拳忘了削减力道："你说的是真的假的？咱俩这是要比试比试谁比谁更惨么？咱俩凑一块简直就是福无双至祸不单行！"

唐果结结实实吃了许良辰一拳，痛彻心扉的感觉反而让她感觉是一种解脱，唐果挥拳出击："这就对啦，就这么出拳！我还得告诉你一个泼天的噩耗，咱家房本上就写了我一个人的名字，我背着你偷偷拿了房本去信贷公司抵押贷款，现在是鸡飞蛋打山穷水尽喽！"

唐果话音刚落，左脸颊上重重挨了一拳！这一拳，许良辰使出了吃奶的劲道。从这一刻起，唐果和许良辰正式步入玩命拳击环节，两人不计规则，不分拳种，比的就是一个稳准狠！夫妻二人拳脚相加、频频过招中，嘴巴也没闲着，吐槽出了对彼此的不满，咆哮出了对彼此的积怨，抖搂开了积压心头的陈年旧账。两人是公说公有理、婆说婆有理，说不出个胜负来挥拳就打，打累了就接着掰扯，直至最后，唐果歇斯底里脱口而出，她对许良辰的不信任、猜疑、防备和耿耿于怀，都是从当年他酒后失言，跟哥们儿炫耀他去泰国拍纪录片，在曼谷红灯区度过了香艳一夜的那笔旧账开始滋生蔓延起来的！他们夫妻之间的裂痕也是从这件事上越积越深的！许良辰一听，颇有同感，他这才醒悟过来，夫妻之间不能有隔夜的怨，不能有积压的嫌隙，他当初就是因为没意识到这个玩笑的严重性、危害性，才造成了如今夫妻俩同床异梦、各奔东西的败局。许良辰跟唐果说了一句："我现在就带你去找真实答案。"两人收拾东西，出了拳击馆。

许良辰带着唐果直奔老爸许连杰家，老许一见儿子和儿媳全是一副鼻青脸肿挂了彩的"斗鸡"模样，着实被吓得不轻。许良辰简单向老爸叙述了一下他和唐果的概况，接着就拜托老爸把当年在曼谷红灯区香艳一夜的实情有一说一如实道来。

老许一看儿子和儿媳这副惨烈情形，心里明白了七八分，他向唐果如实相告：当年是许良辰孝顺，趁去泰国工作之便带着他同行游历一番，吃好逛好之余，许良辰念及老许孤寡大半生，含辛茹苦又当爹又当妈，就为了不让儿子受丁点委屈地长大成人，羊羔跪乳乌鸦反哺，许良辰带着老许来到牛仔街，擅自做主给老许安排了一个"钟点房异性特色服务",许良辰这么做,既是心疼老爸也是可怜老爸,老爸为他牺牲了太多,他这个做儿子的想尽己所能补偿一二。

许良辰把老爸推入房间后自行离去,往后的事情许良辰无从知道,老许也从未提起。他理解儿子的一片苦心,不忍拂了儿子的意,可他老实巴交一辈子了,实在是干不出来这种超越他道德底线的事,尤其是房间里那个泰国女人望向他的眼神,像极了他平时救助流浪猫咪、狗狗们的复杂眼神,热烈又胆怯,机警又防备。老许没有立刻起身离开,他知道儿子肯定会在楼下等他,肯定会付钱埋单,他心疼儿子,同时也觉得那个女人着实可怜。老许在房间里抽了两根烟,跟那个女人始终保持着安全距离,起身离开时跟她说会付账的,女人对老许说了一句中国话:"谢谢!好人!"

老许告诉唐果,这些就是全部真相,唐果听完,拉起许良辰灰溜溜离开了。

唐果和许良辰回到自己的小家,唐果烧了一壶水,泡上一壶好茶,夫妻俩头对头你一杯我一杯喝起了茶。他们以前像这样头对头脸对脸的一起吃过饭、喝过酒、斗过嘴、吵过架、怄过气,但像今天这样沉默无语沧海桑田的一起喝茶,还是头一遭。三泡茶喝过,唐果和许良辰分别把他们夫妻俩一路走来的起起落落哭哭笑笑在心里过上一遍又一遍,五味杂陈不胜唏嘘。唐果缓缓开口:"我们离婚吧。"许良辰料到是这么个结局,点点头。

一夜无话。

第二天一大早,唐果和许良辰双双起了个大早,许良辰认真沐浴,穿上他最贵的一套西装,唐果精心化妆打扮,选了她最喜欢的裙子和首饰。他们破天荒头一次如此默契，共同认识到对这段婚姻自己有诸多的任性和错误，有诸多的忏悔和遗憾，他们想用仪式感为这段婚姻画上一个庄重的句号。

去民政局的路上，唐果拿出离婚协议书让许良辰过目，她重点提到房子的安排，她会尽快筹钱赎回房本，然后把房子挂到房介那里售卖，卖得的房款一人一半。许良辰拒绝了，当初结婚时他承诺要照顾她一生一世，可他却荒腔走板成了她的麻烦和包袱，他没脸从这桩婚姻里得到任何东西。

民政局门口，唐果和许良辰遇到了老许和叶翠兰，二老早已在此恭候多时。昨晚老许觉察出唐果和许良辰不对劲，赶紧跑到唐家把他看到的、听到的和猜到的都如实汇报。三个老人合计了半天，对付这俩熊孩子也没别的有效办法，只能是硬碰硬！

今天一大清早，天刚蒙蒙亮，跟唐果、许良辰同住一个小区的老许就去儿子家对面悄悄蹲点，老许尾随他俩出了家门，搭出租车跟着他们直奔民政局方向，叶翠兰和唐大年收到老许的通风报信，二话没说就赶来会合。唐大年出小区大门时看到物业人员开着一辆园林灌溉车在浇花，就半抢劫半哄骗半雇佣地逼着司机跟他一道去了民政局。

民政局大院前，叶翠兰和老许竭力劝阻唐果和许良辰，可唐果和许良辰是铁了心要离婚，谁劝谁拦都拦不住，叶翠兰和老许急得直跺脚，却无计可施眼巴巴瞅着这俩熊孩子一意孤行。这时，唐大年从灌溉车上跳了下来，他取下高压水枪，大声吆喝着让旁人闪开，他打开水枪开关阀门，瞄准唐果和许良辰开射，白花花的水柱扫射到许良辰身上，冷冰冰的水柱打弯了唐果的小蛮腰，他们顿时变成了无处闪躲的落汤鸡！

任凭唐果和许良辰怎么叫嚷，如何求饶，唐大年不依不饶继续端着水枪对他们进行无情扫射，围观人群有惊讶的，有看热闹的，有上前劝解的，有试图阻止的，皆被老许和叶翠兰给拦住了。

水柱如棍棒，似鞭策，唐大年从咬牙切齿到老泪纵横，老许和叶翠兰从触目惊心到感同身受，可怜天下父母心，父母此举是要给唐果和许良辰一个深刻教训，是要把头昏脑涨膨胀自我的唐果和许良辰给浇个透心凉，给彻底浇灌清醒，让他们从此明白，婚姻不是儿戏，生活不是儿戏，从哪里跌倒的，就必须得从哪里爬起来！

这时，几个身穿防护服的"大白"同志走进围观人群，"大白"先是制止了唐爸、唐妈的水枪扫射，然后把堪比落汤鸡的许良辰和唐果给带走了，有群众打电话举报，唐果和许良辰是恶意传播新冠病毒的阳性无症状感染者！

唐果和许良辰被"大白"带走，这婚是离不成了。

打电话举报唐果和许良辰的热心群众是许爸，棉花人儿又扎了一回硬架势，许爸得知这对小冤家没有离婚，终于松了一口气，笑着笑着流下眼泪，他主动走进派出所，坦白自首诬告行为……

第十七章　婚商是怎样炼成的

一生究竟有多长，如果以时间来计算，不过是数十年光阴；如果以得失来计算，不过是赤条条来，空着手去，中间是欲望等身；如果以经历来算，不过是寥寥三次：第一次人生重大经历会让你发现，世界很大，生活处处充满无力感；第二次会让你明白，自己纵使再怎么努力，对有些人有些事终究还是无能为力遗憾长存；第三次会让你彻悟，虽然无法掌控结局，但还是要无愧于心全力以赴。一生至此，活到不求胜负，无问西东，甘愿始终的境地，才算是活通达了。周朗朗常常想，唐果、何立琪、方黎、王辉、许良辰、唐烨以及她，他们这些营营役役的红尘男女，还苦苦挣扎其中，就当作是历练修行吧。虽然目前他们都置身迷雾之中，或为情所困，或为欲望所苦，或求而不得，或失而不甘，这些都是人生必经之路，要么得到要么学到，尽心尽力而为，早晚能到达清凉自在的释然之所在，这其中的曲折过程，或许就是生活本质，就是一生长短吧。

周朗朗连她自己都记不清已经婉拒了多少次王辉的邀约之意，可眼瞅着她主抓的 JM 广告项目从创意到制作全盘完成，在网络、电视台以及其他数字、平面媒体首轮投放后，评估数据新鲜出炉，各项指标均为 A 级，产品的影响购买意愿程度更是超出了预期指标！交出这样一份可圈可点的成绩单，公司领导层对周朗朗的出色业绩给予了充分肯定和应得奖励，周朗朗对自己也挺满意的，并及时对团队小伙伴们的努力一一肯定和犒赏。在众多鲜花和掌声之中，王辉的肯定和鲜花当然不会缺席，周朗朗见着实躲不过与王辉的正面交集，索性一咬牙，接受了王辉的庆功宴请，欣然赴约。

王辉早已摸清了周朗朗的饮食喜好，把这顿名为庆功宴实为约会的饭局选在了一家闹中取静、食材新鲜、门面低调的日料店。周朗朗按时赴约，她是直接从公司下班赶到日料店的，如常的工作着装，没有任何额外修饰和补妆，从头到脚毫无约会痕迹，更像是来见客户谈工作的。与朗朗相比，王辉倒是一身浅色系的轻奢低调休闲装束，型男范儿十足，吃完饭随时去看个电影、唱个KTV、逛个商场之类的都再合适不过了。

王辉比周朗朗早到一步，他按照周朗朗的喜好点了生鱼片刺身、鲜海胆、握寿司、天妇罗和吟酿清酒。菜上桌，周朗朗落座，她压根儿没跟王辉客气，也着实是忙了一天饿坏了，拿起筷子心无旁骛就吃，边吃边点评，仿佛她此行就是专门来吃饭的，除此之外别无他事。王辉知道周朗朗的用意，她这是要时时刻刻拒自己以千里之外，他毫不介意。

酒足饭饱，王辉跟周朗朗聊起来最近什么电影好看、哪里新开了一家不错的菜馆之类的生活话题，周朗朗直接切入正题，她问王辉对被JM停职一事有什么具体对策，他知不知道幕后对手是谁，对手的最终目的是什么，如果从停职变成解职，他该怎么办？这些情况是周朗朗关心的，更是何立琪心急如焚想知道的。王辉淡淡一笑，笑称自己一切都好，清者自清，白的被抹黑不了，他能应付这些背后冷箭。

王辉埋单,周朗朗率先迈出店门,一抬眼看到唐烨的车停在马路边停车位上,她敏感地给唐烨发微信:"你在哪儿呢?把位置发给我。"唐烨很快发来位置,周朗朗按照地图导航找过去,距离这家日料店两百米开外的一家粤菜馆里,唐烨与霍骁城正头对着头喝菊花蛇羹汤呢!周朗朗直接无视霍骁城,她像不认识唐烨似的死死盯着他看了又看,唐烨愕然回望着周朗朗,动了动嘴巴,什么也没说出来。

周朗朗冲唐烨开了口:"你好啊,好啊,好得很!"说完转身离开。

唐烨想追出去,但双脚钉在原地,动弹不得。

霍骁城催促唐烨:"愣着干吗,去啊!"

唐烨摇头苦笑,稳稳坐下来:"追上去找她赏我两个大耳刮子啊?没用!她认定的九头牛都拉不回来!我们俩也就这样了,我能做的、该做的都做了,剩下的就听天由命吧。"说着,唐烨一口干了菊花蛇羹汤,鲜美汤水从嗓子眼儿一下子辣到了心窝里,他冲着服务生吆喝,"再来一碗!"

周朗朗走出粤菜馆,迎头碰上循迹而来的王辉。

王辉好奇问道:"你这是遇上朋友啦?"

周朗朗恶声恶气道:"我是撞见鬼啦!刚才没喝美,走,换个地方喝第二场去!"至此,不用唐烨啰唆一个字,周朗朗在心里已经把他和霍骁城画上了等号。

一周后,JM解除王辉的CEO职务。解职理由是收到第三方客户指控王辉在职期间有伪造账目、侵吞公款、索要回扣等涉嫌违纪违法行为,即日起移交司法机关处理。

王辉处变不惊泰然自若，关机躲清净。

王辉约周朗朗去吃路边摊用人间烟火气静心除烦，何立琪寻踪而来，醋味十足，却没打翻醋坛子而是悄然而退，她终于明白，王辉要的是平淡自在，她追求的是权柄桂冠，她放弃自我踩灭野心，却把自己未竟的野心抱负强加到丈夫和儿子身上，变本加厉望夫成龙、望子成龙，结果却是伤人伤己。

黯然神伤的何立琪与伦敦求学的儿子聊远程视频电话，儿子精神萎靡有点发烧，脸上、手臂上起了一些不知名的半透明大痘，何立琪警觉起来，她根据儿子表述的症状上网查资料，越查越揪心，儿子这不是普通高烧，也不是普通发疹子，疑似是致死率高达10%的传染病猴痘！

何立琪心急如焚联系儿子寄宿学校生活老师，要求尽快给予儿子住院检查诊治，可学校校医只给儿子开了退烧药让他回宿舍休息。

何立琪放下一切，第一时间飞往伦敦，从寄宿学校"抢"走高烧、出痘的儿子直奔医院，经医生一系列检查诊治，确诊是水痘！此水痘非彼猴痘，何立琪悬着的一颗心这才放回肚里。

陪护期间，何立琪目睹儿子所在的寄宿学校"躺平"式处置情形，再反观国内对新冠疫情的重视防护处置，对猴痘病毒的疫苗储备，对不明原因儿童肝炎的卫生防范倡导，她尽心守护儿子之余，第一次开始反思，她望子成龙的教育之路是否正确？她为儿子铺就的低龄留学之路是否弊大于利？

何立琪儿子病情逐渐好转，他瞧出妈妈的心神不宁，开玩笑问妈妈："妈，你怎么啦？咱家的天是不是塌了？"

一语中的，何立琪豁然醒过味来，她跟王辉这么多年走过来经历了多少风风雨雨，经历了多少明枪暗箭，她都没有如此惶惶不可终日！哪怕是她跟王辉离婚的时候，也不曾像现在这样犹如世界末日来临般惊恐害怕！

何立琪霍然发现，甭管她距离王辉有多远，甭管她跟王辉是什么关系，王辉都是她精神世界里的擎天柱，他安然无恙，她就能任性肆意，他轰然坍塌，她就跟着玉石俱焚！哪怕她跟王辉不再是夫妻，不再是并肩作战的拍档，但他永远是她的亲人，是荣辱与共生死相连的亲人！

何立琪不想让儿子担心，所以隐瞒实情，只跟儿子说她必须尽快赶回北京处理工作。

没想到十几岁的儿子人小鬼大，他揭开底牌："妈，别瞒我啦，是不是我爸出什么事了？其实我还真有点盼着我爸出点岔子，摊上点事呢！"

"你这孩子怎么说话呢？有儿子盼着爸爸出事的么？"

"我这不是盼着我爸不好，我这是盼着你俩好啊！平时我跟同学、朋友聚在一起偶尔也会聊起各自的父母，他们的妈妈吐槽老公都是爱在外面疯玩、花天酒地、惹是生非之类的，可你吐槽我爸的是他不去社交应酬，没有上进心，总喜欢宅家里当退休老干部！这么一比较，您比较出什么来了？"

"去去去！你们父子连心，你不就是指责我赶鸭子上架嘛！"

"也对，也不对，连我们这些半大孩子都知道，若想学习好，就得牺牲掉玩乐，若想将来当人上人，就必须现在吃苦中苦，可您怎么过着过着就忘了这个道理？您得到了一个安分顾家的男人，还非要把这个男人打造成名利双收的霸总，这怎可能啊？您达不到目的就赌气，就拿离婚要挟我爸，可连我都瞧得出来，您明明离不开我爸,对他感情深厚,您这不是自己挖坑自己跳?"

"哪个女人不望夫成龙?哪个男人不赚钱养家?我学历不比你爸低,能力不比你爸差,我要不是因为生你落下一身毛病,我早自己披挂上阵当女霸总了!我真恨不得自己是个男人,给你爸打个样,让他好好看看,我一个女人都这么野心勃勃能文能武,他一个大老爷们凭什么不思进取,凭什么又尿又菜惦记着解甲归田呢!"

"妈,人各有志您听说过吧?各得其所您能理解吗?您不能逼着我爸去实现您的志向,这都2022年了,女总统、女大法官、女将军、女宇航员比比皆是,您当然可以去实现自己的目标,什么年龄、什么时间都不晚!我先跟您表个态,我不用住大房子,不用坐豪车,不用穿名牌,其实两室一厅的小房子更热闹,我们学校有校车,我假期可以打零工赚点外快,早点融入社会、理解生活,这也是我们学校要求的社会实践内容之一。你们从来就没问过我,我到底想要什么样的爸爸妈妈,我喜欢过什么样的日子,我的脑袋里除了书本还装了些什么!"

何立琪鼻子一酸,一把把儿子搂进怀里:"臭小子,长大了!真的长大了!都会教训你亲妈了!"

母子俩紧紧相拥,胜过千言万语。

何立琪安排好儿子在伦敦的生活和学习,启程返京。

飞机落地北京首都机场已经是深夜,她坐上出租车,才想起来应该跟霍骁城打个招呼。她拨通霍骁城的号码,从手机里传来一个年轻女性嗲嗲的梦吃声:"喂,谁啊?"唬得何立琪条件反射地赶紧道歉:"对不起,打错电话了。"

挂断手机,何立琪本能地查看号码数字,在心头默念了两遍,没错啊，是霍骁城的手机号码，可接电话的带着明显南方口音嗲里嗲气的女人是谁？

第二天中午，何立琪掐算着时间拿起手机再次拨打霍骁城的号码，接电话的是本尊，他在电话里对她嘘寒问暖关怀备至，还是她熟悉的那个体贴细腻男人，找不出丝毫异样。何立琪耐着性子跟他聊了一堆有的没的闲话，末了跟他说，伦敦这边还有一两件杂事要处理，她估计要延迟一周才能返京。霍骁城当然是一通抱怨，外加一通相思之苦，何立琪照单全收，又聊了几句才收线挂断。

何立琪稳坐家中，却找了个心腹之人跟着霍骁城的车，随时追踪着他的行迹，晚上十点左右，心腹向她汇报，霍骁城带着一个年轻女子回家了。

翌日上午，霍骁城搂着一年轻女子的腰走出家门，年轻女子长着一张标准的蛇精脸，拧着一把水蛇腰，恨不得整个人都粘在霍骁城的身上，她画着网红妆容，衣着打扮走网红style，乍一看是个时髦精，从头到脚都找不到属于她个人的特色标签。霍骁城搂着年轻女子刚一上车，何立琪冷笑着横在车头前，不言不语。霍骁城被犹如天降的何立琪给吓了一跳，年轻女子反应快，开车门走了出来，嗲嗲怒斥何立琪："哎，你谁啊？赶紧让开，我和我老公赶时间去见朋友呢！"

何立琪笑意更浓："敢情你们是两口子啊，别说，还真挺有夫妻相的……"

霍骁城下车打断何立琪的揶揄，先是怒斥年轻女子："你给我闭嘴，赶紧滚！"

接着，霍骁城甜言蜜语哄何立琪："琪琪，你误会了，这是我一哥们儿的女朋友，昨晚他们两人吵翻天差点闹出人命，我为了息事宁人把她给带回家苦劝了一晚上。这女的喝了一夜的酒，到现在还瘾瘾症症胡言乱语的，对了，你不是说要推迟一个星期才能回来吗？怎么突然就回来了？"

何立琪淡淡答："听说王辉出了点事，我们到底是夫妻一场，我赶回来看看有什么能帮帮他的。"

霍骁城频频点头："应该的，应该的。"

年轻女子不乐意了："霍总，你们认识？她这不是有老公嘛？你昨天晚上还说离了我就活不下去呢，这会儿让我滚哪儿啊，有你这么翻脸无情的男人吗？"

霍骁城呵斥年轻女子："你给我闭嘴！"

何立琪从霍骁城的车头前让开："我是个最识趣不过的女人，既然你们赶着要去见朋友，那就不耽误你们了，该滚的是我，我先滚了！"

何立琪转身就走。霍骁城从钱包里掏出一张银行卡塞进年轻女子的嘴巴，年轻女子立刻识趣地闭嘴收声退让到一边。霍骁城追上何立琪，拦着她又哄又劝，半强迫半哄劝地把她塞进副驾驶座位，他也上了车，迅速驾车离去。

霍骁城驾车直奔一家名牌珠宝店，到了地方他拽着何立琪进了VIP贵宾室，让导购员把店里新到的钻石项链拿来过目。

何立琪款款落座，慢条斯理问霍骁城："你这是要拿钻石'负荆请罪'么？"

霍骁城呵呵一笑："琪琪，你想哪儿去了？我送你的求婚钻石戒指你没收，我寻思着你是不是嫌钻石太小，可一个戒指上能镶几克拉钻石啊，所以我想补送你一条钻石项链和耳环，配成一整套。到了咱们结婚那天,你戴上这套首饰,穿上欧洲定制婚纱,我保证让你成为最美丽的新娘,最幸福的女人!"

何立琪应该是相信了霍骁城的信誓旦旦,她认真挑选着丝绒托盘里的钻石项链,拿起一条对着镜子试戴,看了一眼项链上坠着的天文数字价格标签,冲霍骁城迷人一笑:"就它了!"

霍骁城如释重负地松了一口气,掏出一张黑卡递给导购员,导购员赶紧去刷卡埋单。

霍骁城请示何立琪:"宝贝,现在咱俩的婚事算是板上钉钉了吧?"

何立琪对着镜子整理项链:"你说算就算吧,我听你的。"

"好好好,太好了,你听我的就一切好办了!结婚的所有杂事统统交给我去安排,你只负责做个美美的幸福新娘就好了!咱们明天去登记结婚领证,后天带着双方父母见见面吃个饭,你我的孩子都在国外,也得找时间让仨孩子聚在一块培养培养亲情,一起努力把两家人变成一家人,然后我得找个婚庆公司筹备婚礼,定酒店,派喜帖,安排蜜月,这么一算,要张罗的事还真不少,咱们都人到中年了,要抓紧时间,时不我待啊!"

何立琪连连附和霍骁城的话:"你说得对,我也是这么想的,那我就只管负责貌美如花,你就负责张罗婚礼,把两家人融合成一家人的艰巨任务吧。其实我父母这边挺简单的,对你没任何要求,婚礼就一切从简吧,既然咱俩眼瞅着就变成一家人了,以后你就是我的天,我的顶梁柱,我下半辈子就全依靠你了!"

"放心,你放一百个心。我了解你,你从头到脚都是一个贤惠女人,把家庭当成事业,把老公当成天,你不喜欢外头那些乱七八糟的应酬,也不喜欢俗务缠身。结婚以后,你喜欢干什么我就支持你干什么,你喜欢过什么样的日子我就给你什么样的日子。"

"你对我真是太好了,对了,我差点忘了跟你交代一件事,我这次去伦敦,除了参加儿子的校庆,还办妥了一件让我头疼心烦意乱的事,也算是彻底甩掉了一个包袱。"

"什么包袱?"

"我对你这个人的确是动了心,你的求婚我认真考虑了,也答应了,我心烦意乱的是,既然我要嫁给你开始新生活,那就应该跟他王辉一刀两断,跟过去一刀两断。我担心过去那些事会成为横在你我之间的雷区,也怕你误会我跟王辉旧情难了。我想来想去,也没什么别的好法子,只能用'断舍离'的法子,我把跟王辉有关的一切物件都清除扔掉了,跟儿子、父母也都交代清楚了,把他留给我们母子的JM的股份通过律师转还给王辉了,虽说这本来就是王辉的离婚馈赠,但我觉得留着是块心病,不如还给他,让他折算成钱存进儿子户头,这样我去了心病,儿子的将来也有了经济基础,我有了你这么个好归宿,这就算是天下太平了。"

霍骁城急得嘴都歪了:"什么?你再说一遍,你把JM的股份都还给王辉了?"

何立琪点点头:"是啊,这下你该放心了,知道我对你是一心一意了吧!"

霍骁城笑得比哭还难看,瘫软在椅中。

何立琪用股份试出了霍骁城的真情假意,以她爱憎分明的性格却没快刀斩乱麻,而是装作没事人一样继续跟霍骁城迂回周旋,这其中自有缘故,因为她要把霍骁城拽入迷魂阵当中拖延时间,她要为王辉的自救之路尽一份力。

彼时的王辉已经到了伦敦，他要面见总公司董事长格雷先生，当着他的面进行一场自辩。王辉为这场自辩准备了充分的证据和资料，他有信心拨乱反正、自证清白。

为了搜集证据和相关资料，王辉和周朗朗耗费了大量人力、物力，所有人以为这段时间他们频频接触、朝夕相对是在约会，是热恋男女，唯独他们自己明白这是在迎着风暴前进。

王辉不相信自己身边的工作伙伴、合作客户，他不知道对方是敌是友，是否值得信赖，哪怕是走漏一丝风声，都有可能导致功亏一篑。他能相信的，只有周朗朗。

周朗朗当然不负重托、全力以赴，除了她把王辉当成一个战壕里的战友，更是因为心头深深的愧疚，要是没有财迷心窍的唐烨跟霍骁城沆瀣一气联手作战，在审计过程中动了手脚，为霍骁城提供置王辉于死地的审计证据，仅凭几个客户人证，还不足以让王辉落得如此惨败下场。唐烨误入歧途，她周朗朗不能坐视不管，唐烨亏欠王辉的，她周朗朗一定要偿还！所以，当王辉买了机票准备飞伦敦时，周朗朗不顾王辉的强烈劝阻也补了一张同行机票。

王辉劝周朗朗没必要跟他同行，这样做不但让唐烨脸面上难堪，更会清清楚楚成为霍骁城的对立面，让她从此以后在AAC举步维艰。

周朗朗哪里是知难而退能被吓回去的主儿，她笑了笑回答王辉，"每次遇到过不去的坎儿，我都告诉自己，人活着总得有股子能把自己从火海里拖拽出来的蛮劲儿，这世上只有回不去的，没有过不去的，你不会野蛮生存，那就只能由着生活对你耍狠"。

王辉和周朗朗在伦敦待了五天，愣是没见着董事长格雷！第一次，董事长秘书告知王辉，格雷先生今天的预约已经满了，请改天再来；第二次，秘书告知王辉，很抱歉，格雷先生有要事临时取消了与您的预约，请改天再来；第三次，秘书告知王辉，非常抱歉，格雷先生出差未归，请改天再来！

一连三次被拒之门外，王辉的沮丧可想而知，沮丧归沮丧，他还是得接着跟秘书进行第四次预约。趁着第四个预约日还未到来，周朗朗为了让王辉放松放松，缓解一下高压情绪，便拉着王辉走出酒店，信步在伦敦街头，吃美食、看美景，把积压在心头的负荷暂时放一边。

傍晚时分，王辉和周朗朗溜达到了曼彻斯特竞技场附近，遇上两个"黄牛党"挥泪大甩卖今晚的演唱会门票，一美国新生代女歌手在这里举行演唱会，还有二十分钟就开场了。

王辉带着询问的眼神看看周朗朗，周朗朗点点头，王辉掏钱买票，二人入场，享受这场即兴造访的音乐盛宴。

演唱会的气氛很嗨，女歌手唱跳俱佳，王辉和周朗朗跟全场观众一样纵情投入，十分享受当下。不知不觉间，一场音乐会已近尾声，女歌手唱起最后一首慢节奏的情歌，全场观众大合唱。突然，传来类似爆炸的巨响，女歌手呆住了，一脸蒙，全场观众还没反应过来，又传来类似爆炸的砰砰声，这一次，大家看清楚了，异样巨响来自这个体育场的东北角，东北角的上空升腾起白色烟雾，观众大呼小叫惊恐逃离。

女歌手被工作人员掩护下台，舞台上乱成一团麻，全场观众犹如潮水般向每一个出口快速涌去，伴随着"潮水"的涌去，是一记记沉闷的枪声，是一声声惨烈的呼叫求救声，可体育场太庞大，人潮太汹涌，枪声、呼救声如同是被淹没其中的泡沫，无法判断无法分辨，只能在惊恐万分之中，在被巨浪吞噬之前，拼命逃离！

周朗朗和王辉当然是这汹涌人潮中的一份子，他们紧紧抓住彼此的手，竭尽所能自保以及照顾彼此，他们目睹身边有人哭喊，有人倒下，人人脸上写着惊恐，人人眼睛里流露出对生的渴望。又一记枪声响起，周朗朗和王辉置身其中的这股人潮原本是向左涌动，当左边响起枪声时，人潮迅速改变方向向右涌去，同时，有一股新的人潮力量汇入其中，这股新力量刚刚目睹了同伴倒下，与死神擦肩而过，因而变得更加疯狂逃离。这股新力量的汇入，搅乱了人潮奔流的方向，搅散了一双双紧扣的手，周朗朗和王辉也被冲散了，周朗朗眼睁睁看着王辉的脸庞迅速淹没在人潮中，不，是被人潮吞没！

人潮从四面八方涌出体育场，警察迅速赶到，周朗朗逃出体育场的第一件事，不是检查自己的伤势，不是寻求警方保护，而是迫切地浑身上下找手机，第一个电话她要打给家人，第二个电话要打给王辉，可她找来找去都没找到手机，应该是在汹涌人潮中被挤掉了。

人们纷纷往警笛响起的方向奔去，荷枪实弹的警察向着危险的体育场方向挺进，整条路上狼藉一片血迹斑斑，警笛声、对讲机声和哭喊声混为一片，十来分钟前这里还是夜色旖旎，现在放眼望去是满目疮痍。

周朗朗走走停停四下寻找，她迎着每一张黄皮肤面孔仔细辨认，她找遍了每一个医护急救点，越找心越慌，越找心越凉。周朗朗掉头往回走，她要重回体育场里面找一遍，她和王辉是一起来的，要回去也必须是一双！

周朗朗冲破了警戒封锁线，生往里闯，焦头烂额的警察上前拦阻她，告诉她里面十分危险不能进去，周朗朗也急了眼，一遍遍跟警察申诉，那里面有她的朋友，有她的同伴，她必须找到他。

双方无法达成共识，警察的劝阻变成了严厉警告，周朗朗的申诉变成了哀号咆哮，双方的争执越演越烈，一只大手从后面探过来拍了拍周朗朗的肩膀，她一回头，是头部用衣物胡乱包裹成粽子却仍旧渗出斑斑血迹的王辉！周朗朗的眼泪夺眶而出，她一撇嘴，似笑似哭，她扑上去，王辉摊开双手敞开怀抱，两个患难之交紧紧拥抱在一起！

救护车把王辉送进医院做进一步的检查和治疗，周朗朗随行护理。王辉头部的伤是混乱中被踩踏和外力撞伤，周朗朗身上有几处剐蹭外伤，都一一做了处理。医生看了王辉的颅脑CT片子，建议他留院观察两天。王辉被转入病房，医护人员和警察各尽其职后先后离去，嘈杂的病房渐渐安静下来。

伦敦千家万户的电视机、广播、网络上，刚才体育场惊心动魄的一幕被编辑成画面、文字、音频和视频快速传播通告，警方确认体育场突发暴乱是一起严重的"恐怖袭击"，暴乱组织者原本是要抗议油价、电价飞升，物价通胀高企、生活艰难，却被恐怖暴力分子利用渗透其中制造伤人恶行，造成3人死亡，50余人受伤，已逮捕数名嫌疑人，目前正在进一步调查审理当中。

隔着帷幔，周朗朗和王辉从邻床患者的收音机里也听到了这段新闻播报，两人相视苦笑，刚刚与死神擦肩而过，他们心头感慨万千，从云端到泥沼再到重回人间，这注定是一个不眠之夜。

两人沉默半晌，还是王辉先开了口："今天这事你千万别跟何立琪说，不然我能被她给烦死。"

周朗朗会心一笑:"看来你不用留院观察了,你脑回路清晰,还是那么心软嘴硬,基本可以排除脑震荡的可能性了。"

"我是真不想跟她再有一丝半缕的瓜葛了,心累,太累了。"

"你不是怕她烦,你是怕她担惊受怕,怕她因为担心你直接赶头一班飞机就来了,我猜的没错吧?"

"你们女人啊,就是这么麻烦,男人说东,你们偏往西想,小心眼儿一堆,还非得让人猜,太平日子过腻了,非要惊天动地。真要让她摊上这么一回,保准这辈子她听见放炮声音都能吓得打110!"

"你知道一个人为什么越长大越难爱上谁?有些人为什么宁肯单身也不肯谈一段将就、凑合的恋爱?为什么有的伴侣吵也吵不散?为什么能一起玩、一起吃、一起周游全世界的伴侣却走着走着就散了?"

"这种问题你不应该来问我,应该去问问何立琪,她最喜欢在这些酸文假醋的问题上琢磨来琢磨去的,没准还能长篇大论跟你聊上三天三夜呢。"

"人不是越长大越难爱上别人,而是越来越清楚知道自己爱什么人,越来越能准确判断什么是爱,不肯在错的人身上浪费感情和时间,也不愿意耽误别人;走着走着就散了的一对对,是因为一开始遇上的是心动,到后来却怎么也变不成心安;风吹雨打都散不了的那些伴侣,是因为他们找到了最好的相处状态,既做好了白首不相离的打算,也做好了另一半随时要走的准备,对于生活永远有两手准备,既能拿得出鲜花,也能扛得起猎枪,互相亏欠藕断丝连,过不去的不回头,未来的不可期,活在当下,如此才能天长地久。你跟何立琪现在是聚是散,还尚且言之过早,还尚在修行当中！你别瞪我，我知道你什么意思，我跟你们一样，也在修行当中。"

周朗朗见王辉被自己说得哑口无言，情知自己这是说到了他的心坎上，意欲乘胜追击，唤醒他内心的真实情感。

周朗朗拿自己比例子，娓娓道来："你知道么？刚才在体育场里目击爆炸、看到有人鲜血淋漓，我第一次体会到了对死亡的恐惧，那种感觉很难说得清，恐惧，牵挂，不甘心，放不下，总之，我要拼命活下去，为了我自己，为了我所爱的人！我从这一刻起才知道，以前那些令我抱怨、委屈的日子，是我此时此刻多么怀念、多么想用力抓住的美好生活，人活着不是因为有希望才能坚持下去，而是因为只有坚持下去才能抓住希望！只要我们不放弃，只要我们真的在乎真的渴望真的执着，就一定能够做到。"

王辉依旧沉默不语。

周朗朗拿起床头柜上的一支笔，在自己手心写下一个字，然后交给王辉："生死一瞬间，你我肯定都强烈渴望想见某个人，我现在写下了自己最想见的人的名字，你也写一下，看看我们是不是最有默契的战友。"

王辉接过笔，略一迟疑，迅速在手心里写字。

王辉和周朗朗同时摊开手掌，他的手心里写的是一个"琪"字，周朗朗手心里写的是一个"唐"字，两人相视一笑，他们果然是最有默契的战友，生死一刻，放不下的都是自己的候鸟伴侣。

王辉仍旧嘴硬："我这不是放不下她，而是担心她一个弱女子，万一我不在了，她如何扛得起照顾儿子和两家老人的重担！"

周朗朗故意跟王辉唱对台戏："我是彻底看清楚了自己的真心，我的的确确是放心不下他，担心他没有我在身边监督调教，会继续跟着霍骁城走歪路,会忘记吃饭弄坏自己的胃,会被妖艳女助理诱惑,会被刁蛮妹妹欺负,会夹在吵闹的爸妈中间难做人!"

王辉幽幽一叹:"是,从情理上讲,唐烨没有对不起你,没有对别的女人动过心思,他、霍骁城和我之间的事不过是事业博弈,伤不到婚姻的筋骨,可我跟何立琪就不同了,要离婚的是她,另有新欢的是她,现在想回头是岸的也是她。我怎么就那么好欺负?我怎么非得当定了这个接盘侠?我觉得委屈,特别委屈!"

周朗朗又好气又好笑,觉得眼前这个霸道总裁突然化身软萌小公主,也是别样风情:"你这点心结说好听了叫直男逻辑,说难听了叫自己跟自己过不去!你怎么就不能收起那点委屈心思,给何立琪一次机会,给自己一次机会,给普天下的前夫做一次积极榜样力量!生死面前什么都是小事,从这一刻起,往后余生都是咱们死里逃生赚回来的,别再错过、遗憾,抓紧时间幸福就完了,这才是头等大事!"

王辉重重点了点头:"是啊,往后余生都是咱们死里逃生赚回来的,抓紧时间幸福,这是头等大事!"

第二天下午,王辉正准备收拾东西出院,助理来电,向他汇报总公司人事部来电,要王辉即刻回JM复职,复职缘由另行公文通知,一周后董事长要召开远程视频董事会,任何人不得缺席。

王辉把这一消息告知周朗朗,两人百思不得其解,他们这里还正山穷水尽疑无路呢,怎么就突然柳暗花明又一村了?

王辉和周朗朗归心似箭,迅速收拾行李返程。

回到北京,王辉顾不上与何立琪冰释前嫌,他顶着额头的伤匆匆赶赴JM交接处理公务。

周朗朗回到家放下行李,洗漱一番,给唐烨发了条微信:今晚有空么？老地方见。唐烨秒回微信：随时有空，不见不散。

周朗朗心情大好，赶紧选衣服、吹头发、化妆，光是一个腮红她就反复涂抹了三遍，第一遍嫌浓，第二遍嫌淡，第三遍嫌跟裙子颜色不配。她戴上唐烨送她的胸针和耳环，穿上一条唐烨曾赞过无数次好看的连衣裙，穿衣镜前转两圈，自信满满出门去。

赴约路上，周朗朗一边开车一边把待会儿要跟唐烨说的话在心里反复揣摩，她要用惊悚的口吻跟唐烨叙述一遍伦敦遇袭事件，她要亲眼目睹唐烨深深的担心和害怕，她要眼睁睁看着唐烨自责和忏悔。她要用甜蜜的口吻跟唐烨说生死一瞬间，她第一个想到的是他，不舍的是他，放不下的还是他，她要亲眼目睹唐烨的感激涕零、悔过自新，她要亲耳听到唐烨说，他爱她，比任何时候都深爱。

手机响，周朗朗接听，她满脸的喜悦和幸福感随着通话内容渐渐褪色，直至消失。她突然发现，那呼之欲出的幸福就在眼前，鲜活生动却触不可及！

第十八章　婚姻的真正价值

"老地方"是个隐匿在胡同里的老北京菜馆,由一个四合院改造而成的,古香古色的建筑,京韵十足的室内装饰,居中的庭院搭了凉棚,从春到秋爬满了丝瓜、葡萄、葫芦之类的绿植,一到晚上,大红灯笼高高挂起来,京韵大鼓字正腔圆唱起来,再加上地地道道的老北京菜,觥筹交错之间,不经意便有了月色如水、时光倒流的诗情画意。

这个菜馆的名字当然不叫"老地方","老地方"是周朗朗和唐烨对它富有特殊感情的称谓,对于其他人来说,"老地方"可能只是一个环境有特色、酒菜原汁原味的聚餐所在,可对周朗朗和唐烨来说,这是他们第一次正式约会的地方,是他们经常来此或谈情说爱或缓解职场压力的"老地方"。在这里,他们说过脸红心跳的情话,共饮过同一杯酒,闹过一次分手,还是在这里,唐烨拿出戒指向周朗朗求了婚!"老地方"对于周朗朗和唐烨来说,是爱情的见证者,是风水宝地,是蕴含特殊意义的一份记忆。因此,当周朗朗给唐烨发微信提出要来"老地方"见面,唐烨的反应如同冬虫听到了春雷、九死一生的士兵听到了集结号,立刻抖擞精神元气满满地出发直奔"老地方"。

唐烨匆匆赶到"老地方",他选了周朗朗喜欢的绿植花架下的台面位置，点了几样周朗朗爱吃的特色菜，嘱咐服务员凉菜上桌先候着，热菜预备下等人到齐了再开炒。唐烨要了一盏盖碗茶，一碟就茶的小点心，人在听着京韵大鼓，心却朝着入口方向不停张望。服务员殷勤地来来回回续了好几遍水，茶叶已然泡不出半点滋味，京韵大鼓唱了一段又一段，隔壁桌都翻台了两次，望眼欲穿的唐烨还是孑然一身，没盼到周朗朗的翩然而至。

唐烨又急又饿，忍不住给周朗朗发了一条微信：走到哪儿了？五分钟过去了，十分钟过去了，对方没回复。唐烨又给周朗朗一口气连发了三条微信：我已经到老地方了；点的都是你爱吃的菜；是不是路上堵车了？看见微信回复一下，有点担心你。十分钟过去了，二十分钟过去了，对方还是没回复！

唐烨拨打周朗朗的手机，手机关机。再打，还是关机。服务员过来问询什么时候上热菜，唐烨端起残茶一饮而尽，居然酒意上头，脑袋里瓮声瓮气闷响，他心里头打了一百个问号，主动跟他提出约会的是周朗朗，一言不发放他鸽子的也是周朗朗，这一路上到底发生了什么事，让她改变了心意，让她以这么生硬的方式与他决绝？

唐烨失魂落魄埋了单，踉踉跄跄离开"老地方"，他沮丧却清晰地明白，从这一刻起，周朗朗铁了心要与他楚河汉界再无交集了。

从在职到停职，从解职到复职，王辉重回JM，有太多需要各归其位的人事去安排，有太多被褫夺的工作要重新接管落实。对于辉总回归的重磅消息，JM上下有人欢喜有人愁，王辉没有处罚、辞退一个员工，反而让各级部门主管尽力安抚手下，提醒大家一定要把精力放在自己的分内活上,绩效永远是考核员工的唯一标准。

一周后,董事长格雷召开远程视频董事会,王辉守在电脑前准时参会。这个会议整整开了三个多小时,王辉办公室大门紧闭,任何人不得入内。会议完毕,王辉走出办公室,让秘书取消了接下来的行程安排,他独自一人火急火燎地离开了公司。

王辉驱车直奔唐烨公司,唐烨办公室外,张安雅死活拦不住硬往里闯的王辉,她又气又急,眼瞧着王辉一副来讨债的架势横冲直闯进了唐烨办公室,她赶紧叫来了保安。唐烨看了看把眉毛拧成疙瘩、黑口黑面的王辉,看了看王辉身后一脸焦急、担心的张安雅,以及匆匆赶来的四个黑铁塔般的保安,他挥挥手,让张安雅和保安离开了办公室。

十分钟后,王辉推搡着唐烨走出办公室,唐烨一脸的不情愿,王辉从头到脚的霸气逼人,两人的表情看上去都挺不自然的。

张安雅拿着一份文件凑上去,冲唐烨低声道:"您要是被'胁迫'了,就眨眨眼。"

唐烨眨巴了一下眼睛,赶紧圆睁双眼,哭笑不得道:"安雅,你现在比我都'中国通'了,连'眨眨眼'都能活学活用,真服了你!"

唐烨话没说完,人就被王辉给带走了。

王辉带着唐烨去了"老地方",这是唐烨强烈要求的,他知道不可能在"老地方"碰到周朗朗,可那里有她的音容笑貌,有她的气息味道,有他们满满的回忆,他喜欢"老地方",喜欢一切与周朗朗相关联的地方。

王辉要对唐烨兴师问罪,所以他选了个私密性好的包间,他问也不问唐烨,点了一瓶高度白酒,两荤两素四个菜,等到服务员上齐了酒菜,他把服务员往门外一请,紧闭房门,对唐烨严肃开审。

筷子还没动一下,王辉就逼着唐烨一连干了三杯酒。三杯高度白酒下肚,王辉的脸颊上立刻红霞飞,唐烨许久没喝过高度白酒了,空腹一连喝了三杯,肠胃立刻燥热起来,脚下犹如踩在棉花团上。王辉要的就是这个效果,酒精一上头,人就容易放下戒备卸下盔甲,把那些平日里藏着掖着的真心的痴心的话统统倾倒出来。

王辉放下酒杯:"老唐,咱们明人不说暗话,今天这顿酒,我要不把你的真心实意给喝出来,你就别想出这个门!"

唐烨自斟自饮了一杯:"隔壁老王,你不用吓唬我,我今天就是来喝酒的,不醉不归。好久没喝这么烈的酒了,辣口不辣心,好酒,再来一杯!"

王辉抢先拿起酒瓶抱在自己怀里:"你小子阴险着呢,是不是想着先把自己灌醉,就躲过了这场招供,没门!酒待会儿喝,我先问你,你一个搞技术的什么时候玩起了无间道?这一局你要是谋划输了,能输得起么?"

唐烨无可奈何一笑:"你一个职业经理人既然能猜到我头上,其他的还有什么猜不透的?起初要玩无间道的是他,不是我,我是被他逼着上了贼船的,既然伸头一刀缩头也是一刀,横竖躲不过去这个局,与其成为他的棋子,不如小卒子过河拱了他的老将!"

"为什么要帮我?"

"隔壁老王,你可别自作多情哈,我这哪里是帮你?我这是在帮我自己呢！我不想与恶人狼狈为奸，可恶人死盯着我不放，那我没得选，也只有鱼死网破了。"

"你明知道，我喜欢周朗朗，想追求她，如果我成为败寇了，那追求这事基本没戏，可你拼上身家性命帮我从败寇回到成王，你这不是在难为你自个儿嘛？"

"我警告你！你侮辱我可以，但不能侮辱我们家周总！我们家周总是那种捧高踩低的戏精么？你赶紧给我道歉！还有，喜欢朗朗的男人多了去了，你排老几啊？她要留在我身边，还是离我而去，不会是因为哪个男人成王败寇感天动地了，一定是因为我，我是暖着她还是伤了她，才是让她做出去留决定的唯一原因！"

王辉为唐烨这席话鼓掌喝彩，这话说得够自信，够爷们儿，他觉得周朗朗不但工作出色，人品贵重，选男人的眼光也是独一无二的。王辉斟满酒，两人酒杯一碰，为了这句话干杯。

话说至此，王辉和唐烨解开了复职迷雾。原来，唐烨见逃不过霍骁城的步步紧逼，佯装与他达成了利益联盟。唐烨悄悄保留下霍骁城跟他合作时的一切原始物证，他按照霍骁城的授意在账目上动了手脚，有了这份侵吞公款的账目，再加上霍骁城安排的客户和经手人人证，王辉这才遭遇停职、解职等一系列变故。

唐烨取得霍骁城的信任后，他一点一滴摸清了对方的真实目的，霍骁城就是要扳倒王辉，把王辉从JM踢出去，同时加快自己进入董事会，一步步蚕食JM的计划。唐烨摸清了霍骁城的真实目的之后，通过专人把这些构陷证据以及一份真实无误的审计报告呈交董事长格雷先生，"李鬼"和"李逵"一比对，真相水落石出。此举不但为王辉洗白了莫须有罪名，还一举揪出了一连串潜伏在JM里的霍骁城的帮凶、眼线，以及跟霍骁城沆瀣一气的同谋客户!

王辉与周朗朗远赴伦敦要求自辩,董事长格雷当时之所以不见他,就是不想走漏风声,要稳住霍骁城的眼线和同谋。这次的远程视频会议上,格雷向王辉做出解释,监事会人员告知王辉,霍骁城意图利用JM的跨国经营性质洗黑钱的阴谋彻底败露,已经移交司法机关处理。

唐烨放下酒杯,眼神变得愁云惨雾起来:"跟你说句掏心窝的话,我做这些其实就是为了赎罪!我当初鬼迷心窍,利用霍骁城拉我入伙心切,托他一手操办了让怀孕的朗朗调任闲职一事,朗朗得知真相后找我吵闹理论,当时真是吵急了眼,她从楼梯上滚下去,宝宝没了!我恨啊,恨自己鬼迷心窍,恨自己狭隘自私。朗朗不听我的解释,我痛定思痛觉得还是应该从哪儿跌倒的就从哪儿爬起来,当霍骁城再次找上门时,我就觉得自己是时候该做点什么了,我向霍骁城开出了高价,他一点没含糊就答应了,他给我的每次转账记录和现金,我一分没动,全部当成呈堂证供了,我希望朗朗能看到这些,能看到我赎罪的决心,能再给我一次机会!"

王辉一听唐烨这话满脸诧异:"怎么?你们俩还没破镜重圆?这不可能啊!用我儿子的口头禅来说,这不科学!"

"怎么不可能,她有一百个理由不原谅我。我害她没了宝宝,我从她的战友、拍档变成了她的拦路虎,我给她带来了身心创伤,我辜负了她的信任,她不原谅我,她不想见我,这是理所应当的。我理解她,爱之深伤之切,我会继续等下去的,希望时间能让她的伤口结疤,希望我所做的这一切能让她回心转意吧。"

王辉觉得唐烨和周朗朗之间肯定是有什么误会,赶紧把他和周朗朗在伦敦意外遇袭死里逃生一事一五一十向唐烨叙述一遍，把他和周朗朗在病房里各自在手心写下最想见的人名一事告诉唐烨，周朗朗不但在手心里写下唐烨的唐字，还句句肺腑之言劝解开导王辉。王辉向唐烨转述周朗朗当时说过的话。

……

唐烨逐字逐句听完王辉的复述之言，酸甜苦辣咸五味齐聚心头，却都哽在嗓子眼，一个字也吐不出来。唐烨听到王辉和周朗朗在体育场遇袭的时候，脸色刷白，心脏吓得几乎停止跳动；当他得知周朗朗在手心里写下的是唐字，鼻子一酸，男儿泪夺眶而出！当他从王辉口中得知周朗朗说"我是彻底看清楚了自己的真心，我的的确确是放心不下他，担心他没有我在身边监督调教，会继续跟着霍骁城走歪路，会忘记吃饭弄坏自己的胃，会被妖艳女助理诱惑，会被刁蛮妹妹欺负，会夹在吵闹的爸妈中间难做人"时，他嫌弃杯中酒已经无法浇灭心中块垒，干脆拿起酒瓶仰脖往下灌。王辉眼疾手快把酒瓶夺了过去，对他极力安抚劝慰一番，唐烨的情绪这才慢慢平静下来。

酒局渐近尾声，唐烨借酒浇愁，已然有了七八分醉意，王辉比唐烨清醒一等，也有了五分醉意，王辉一看这情形肯定是不能再喝下去了，随即埋单、叫代驾。唐烨手机来电，是周朗朗！周朗朗不冷不热就跟唐烨说了一句话："三天后，中午，'老地方'见。"说完就挂断了电话，唐烨先是一蒙，接着欣喜若狂，酒劲立马醒了一半儿，王辉提醒他，周朗朗来电没说为什么事见面，更没解释上次为什么爽约，他建议唐烨打过去电话问一下。唐烨依言拨打周朗朗手机，她已经关机！

唐烨虽然觉得这不像周朗朗平时的作风，但看在她主动来电继续约会的喜讯上，他像个得到了老师肯定和鼓励的孩子一样冲王辉嚷嚷："谁都不准走，咱哥俩再喝一瓶，这次我埋单，不醉无归！"王辉连哄带骗把唐烨哄上车，一路护送着到了唐家，把他全须全尾交到唐家二老手上，这才告辞离去。

三天后。

上午九点一刻，AAC公司，周朗朗走进胡总办公室，当面向他递交一份文件。胡总一目十行地草草看完，倒吸一口冷气，这不是普通的工作文件，这是周朗朗的辞职报告！报告中没有写明她辞职的具体原因，只是说由于个人原因，已经不再适合担任此职务，报告末尾，她推荐接替自己的接班人是方黎！

胡总揉了揉眼睛，把周朗朗从头到脚仔仔细细打量了一个来回，狐疑道："朗朗，你这是去伦敦撞了什么邪了？即便这份报告上有你的亲笔签名，可我还是无法相信这是你的真实意愿，你是不是被方黎恐吓、威胁了？如果是的话，你眨眨眼，我就心里有数了！"

周朗朗乐了："胡总，您什么时候开始走软萌路线了？"

胡总一摊手："没办法，做人总要与时俱进嘛，玩个梗算什么，最近我还热衷钻研网红食品呢，什么网红茶，网红蛋糕，网红零食等等，我发现自己还挺有这方面的兴趣和潜力的，你给参谋参谋我要是做副业弄个网红咖啡怎么样？自打被你批评教育猫屎咖啡之后，我就在琢磨这事，为了让更多咖啡爱好者抵制这种虐待小动物的极端商品，我觉得自己有责任倡导一种健康的咖啡消费理念，从咖啡豆的种植源头到采摘过程再到加工环节，直至交付到消费者手中的每一杯咖啡，我们都要做到环保、健康、透明的明细化管理……"

周朗朗一看胡总聊起网红咖啡就犹如滔滔江水源源不绝,赶紧找机会截断话头:"胡总,您这个网红咖啡的创意挺吸引人的,等您准了我的辞职申请之后,我会去您的咖啡店观摩考核一下,如果确实不错,我打算投两股当个甩手股东。好了,咱们言归正传,辞职是我深思熟虑之后的认真决定,方黎没有威胁我,我也不曾撞了什么邪,我是累了乏了,觉得到了该急流勇退的时候了,以前我霸着这个位子,是觉得非我莫属,没有人能比我做得更好,这个位子理所应当属于我。如今我主动交出来,是让贤,让给比我有能力、有潜力的人才,我相信方黎,也看好她,过个三两年,她会比我更胜任这个位置,比我做得更出色,到时候,您会感谢我推荐了一员干将,让您有资本继续往上升的。"

胡总用食指关节用力叩了叩桌面,低声提醒周朗朗:"你呀你呀,你让我说你什么好呢?让你退的时候你非哭着喊着霸着这个位置不撒手,现在劝你留下来吧你非要说着笑着拱手送人!跟你交个底,咱们公司内部没有什么秘密,你跟唐烨分居的事早就传开了,都说情场失意职场必须加倍努力,你可倒好,老公老公不要了,前程前程也撒手扔了,你到底是要闹哪样?女人没了婚姻再丢了事业,你将来是要吃后悔药的!咱俩到底是上下级一场,我不能眼睁睁看着你犯错不管不是?听我一句劝,把这报告收回去,我就权当没看见,你得使出浑身解数霸着这个位置,等你跟唐烨和好了,或者找着下家了,再或者怀孕了,再把这份报告交给我也不迟!"

周朗朗冲胡总双手一抱拳:"老大,谢了!有您这几句体己话,现在就是窗外飘鹅毛大雪我这心里也是揣着一盆火!老大,我去意已决,绝不后悔,您就成全我吧。"

胡总叹了一口气："哎，你要这么一说，我就无话可说了，但是，我还得劝你一句，霍骁城不光是在JM那边捅破了天，咱们公司上头有令，也开始彻查他的问题，审计他染指的所有项目和账目了，此时此刻，别人都避之唯恐不及，你干吗非要惹火上身？你说你推荐个谁不好，干吗要推荐方黎？"

周朗朗故意模仿胡总以前点醒她的口吻道："你是不知道，还有一根压垮骆驼的稻草，方黎的远房表哥是咱们AAC的执行董事霍骁城，霍总与咱们大boss是高尔夫球友，近水楼台啊，嫡系啊，别说是你了，我也得靠边站！"

胡总啼笑皆非："淘气！你就拿我的话堵我的嘴吧！"

周朗朗收起顽皮，正色道："老大，方黎是霍骁城的远亲，可咱们大boss还是他的高尔夫球友呢，这些能说明什么？什么也说明不了！靠着捕风捉影给人乱扣帽子的时代早就该翻篇儿了，有本事拿出实锤证据出来走两步，没实锤证据就闭嘴干活去！我认为方黎现在是一天比一天成熟，一天比一天有魄力有决断，她凭自己本事能担此重任！从大boss视角来看，方黎年富力强，婚姻稳定，没有孩子拖累和二胎危机，正是公司迫切需要的没有后患的中坚力量，如此重要的岗位，需要长期投入过人的时间和精力，几乎是24小时围着工作转，舍她其谁啊？换成我是大boss，也会做出这样的决定的。"

胡总神色复杂地望着周朗朗，如同一只身为父母的老鸟望着羽翼丰满要离巢的子女，他的眼睛里有祝福，有不舍，也有担心，他点点头，再点点头。

周朗朗从胡总办公室出来，回到自己办公室，她把方黎叫进去一番叮嘱，又如常地跟部门同事们开了个例会，接着处理几件手头杂务,差不多就临近中午了,她草草收拾东西离开公司。

周朗朗开车来到"老地方",她并没有进去,而是选了个偏僻角落停车守望,不一会儿,唐烨开车到来。周朗朗眼睁睁看着唐烨停车,看着他下车走进菜馆,她嘴唇颤抖、喉间哽咽,始终没有勇气打开车门,没有勇气飞奔唐烨而去。

"老地方"庭院里,服务员把唐烨带到陈律师的面前,陈律师是何立琪的朋友,曾经做过方黎的委托律师,这一次,他受邀成为周朗朗的离婚律师。唐烨乍一见陈律师就吃了一惊,再听陈律师道明身份和来意更加震惊到难以接受,陈律师给唐烨出具了一份周朗朗已经签过字的离婚协议书,唐烨抄起离婚协议书一把扯了个粉碎,他已经从震惊升级成了盛怒,他被这个残忍的消息打击得从一个绅士变成了一头猛兽!

唐烨没时间跟陈律师废话,他要赶快见到周朗朗,他要当面问问她到底发生了什么事。守候在"老地方"外的周朗朗,亲眼目睹唐烨从菜馆里狂奔出来,急匆匆上车,打了好几把方向盘才把车给勉强倒出来。唐烨开车上路一改平时宁停三分不抢一秒的驾车习惯,心急火燎地见缝就钻,见队伍就插,不管不顾地全力往前冲。周朗朗开车远远跟在他后面,表情凝重,忧心忡忡。唐烨的车一直奔向AAC楼下,周朗朗刚要打电话嘱咐方黎善后,唐烨开车迅速掉头驶离AAC公司,径直回到KPMO北京分公司。让唐烨来也匆匆去也匆匆的是因为张安雅的一个来电,公司总部派来巡查组,来者不善的小组成员已经进驻公司,唐烨纵有天大的私事也必须先放一放,先把这件火烧眉毛的工作完美解决才能过关。

一周下来,唐烨陪着巡查组把公司从上到下、从里到外仔仔细细进行排查，从项目评估到财务报表，从人事考核到客户反馈，一一梳理了一遍。KPMO的作风历来如此，对事不对人，每个分公司都要面对巡查组的临时突击检查，能经得起检验的才是一块好钢。唐烨忙得连家门都没进过，他给周朗朗打过无数次电话全是"您所拨打的用户已关机"，唐果来给他送过两次换洗衣物，兄妹俩各忙各的，各自揣着一肚子的苦水，所以也没时间和心情多聊什么。

又一周过去了，巡查组的工作接近尾声，唐烨实在是憋不住了，抽个空子跑去周朗朗租住的公寓，他敲了好半天的门无人回应。唐烨想了又想，为了问清楚"被离婚"一事跑去AAC找周朗朗有点不合适，他拨通方黎的手机，向方黎询问周朗朗的近况。方黎吞吞吐吐告诉唐烨，她是周朗朗的嫡系，不能出卖老大，看在唐烨对周朗朗一往情深的分上，她只能跟他透露一点消息，周朗朗辞职了，而且人已经离开了北京！

方黎这句话犹如一枚从天而降的氢气弹，瞬间就把唐烨给炸了个粉身碎骨！

周朗朗离开北京，第一站前往的是韩国首尔。这么多年来，周朗朗还是第一次坐在父亲的课堂上，看着他神采飞扬地给学生们上课，一扫他在生活中的萎靡不振，在婚姻里的得过且过。周朗朗望着这个课堂上和婚姻里判若两人的男人，发现他或许不是个好父亲、好丈夫，但却是个尽职尽责、享受三尺讲台的好老师。周朗朗第一次带着父亲去逛了商场，像捯饬唐烨那样给父亲购置新衣、改头换面，她带着父亲去吃好吃的，玩好玩的，然后父女俩带着昂贵的女性化妆品、保养品登了家门，她第一次跟父亲和他再婚的韩国妻子、孩子一起吃了一顿家常饭,喝了杯红参茶,她拉着父亲再婚妻子的手跟她说谢谢,谢谢她照顾父亲这么多年,给了他一个虽然吵吵闹闹但依然温暖舒服的家。

离开首尔时,周朗朗在机场入闸口突然狠狠拥抱住父亲,父亲被吓了一跳,回应这个拥抱的举止有些僵硬、不自然。

周朗朗希望父亲好好生活,跟他的妻子热热闹闹过日子,厌倦到终老。

周朗朗离开首尔,第二站飞往香港。周母起先以为女儿来香港是因公出差,捎带脚看她一眼,没想到的是,女儿到家里一落脚,压根儿就没有走的意思。几天下来,周朗朗连撒娇带耍横地要求周母把手头工作先放一放,切换回妈妈的角色人设,周母只能从了。

这一从可了不得喽,周朗朗立刻从职场白骨精转换成撒娇啃老子女,今天让老妈给她煲汤煮饭,明天让老妈给她买新衣服、新包包,后天让老妈开车带她去山顶兜风,去元朗吃盆菜,总之每天她都变着花样向妈妈要这要那,要物质,要时间,要妈妈从人到心都扑在她身上,一心不能二用,似乎是要把这么多年来缺少的母爱和陪伴一次性连本带利都拿回来,这才能了无遗憾。

周母对性情大变的周朗朗起了疑心,问她是跟唐烨闹别扭了还是工作不顺心,周朗朗一概否认,只拿之前自己怀孕、流产的事做挡箭牌,周母听后对女儿好一番安慰。

周母告诉女儿,老话说得好,女子本弱为母则刚,自己这么多年来辛苦打拼要做个有事业、有财力的女强人,就是要当她老妈和亲生女儿的坚强后盾,只要周朗朗姥姥好好活着,她就是最刚强的女儿,只要周朗朗需要,她就是无所不能的超人妈妈!

母女俩彻夜长谈，解开多年心结，周母希望周朗朗要努力活得像花一样灿烂、勇敢，这才是为人子女对父母最大的孝顺；周朗朗希望妈妈走自己想走的路，过自己想要的生活，只要是妈妈喜欢的，她都支持到底。

周朗朗离开香港，第三站返程回北京，去养老院看望姥姥。周朗朗不问也知道，唐烨肯定已经来找过姥姥，跟姥姥说过她要离婚一事，她等着姥姥兴师问罪呢。可姥姥什么都没问她，只是对她加倍地疼爱，加倍地宠溺。

有好几次周朗朗都被姥姥的明知不问给招惹得泪目，姥姥反过来还得想办法哄她开心。祖孙俩吃饭的时候，姥姥逗周朗朗："医生告诉我，吃饭要八分饱，余剩下的两分空间是要用来吃药的。"祖孙俩散步晒暖的时候，姥姥一本正经跟周朗朗抱怨："前几天我拿根树枝逗弄养老院里的流浪猫，结果人家嫌弃我动作太慢，眯着眼睛懒得搭理我。"周朗朗给姥姥梳头发时，姥姥对着镜子说："隔壁有个老姐妹，她去做了白内障手术，回来后就把镜子给摔了，因为她看到自己满脸的皱纹和老年斑，太闹心了。"护工来送药时，姥姥边吃药边跟周朗朗讲笑话："我们这儿有个活宝，老先生天天嚷嚷着活着没意思，还不如早点死呢，有一晚上火警铃响了，第一个求生欲强烈跑到楼外空地上的就是这位活腻歪了的老先生！"

周朗朗离开养老院时，姥姥嘱咐她："孩子啊，姥姥知道你是遇到了坎儿，姥姥不问你，是因为姥姥老了，知道了也帮不上你一丁点的忙，还得成为你的累赘！你是个有主心骨的好孩子，不会乱来的，想做什么就去做吧，别委屈自个儿就行。姥姥活得好好的，无聊了有电话诈骗犯打给我逗闷子，饿了有医生开的大把大把的药管着呢，烦了有这帮老哥们儿老姐们儿耍宝寻开心呢，你只要活得好好的，就是给姥姥开的一剂灵丹妙药！"

周朗朗回到家稍作休整，启程去了上海，唐烨却寻着旧迹追去香港，周母把周朗朗交代的话转述给他，周朗朗说："如果你真的爱我，那就别找我，别等我，重新开始你的生活，从此一别两宽，各有天地。"

上海某肿瘤医院。周朗朗给自己办理入院手续，她穿上病号服，在护士的陪同下按部就班做全身检查。等待化验结果和手术排期的日子里，她就看看书，去楼顶小花园溜达溜达，做一些简单手工，抱着平板电脑看看以前根本没时间看的经典电影，在洒满阳光的落地窗前发发呆。

周朗朗绝不上网搜索癌症的相关资讯，不跟病友们聊病情，偶尔从其他病房传来家属的号啕声，她就拿出耳机戴上听音乐。

偶尔，她会回忆起一些往事，比如，她跟唐烨第一次见面的情形，她跟唐烨第一次吵架的样子，她跟唐烨结婚时的甜甜蜜蜜。还有那一天，伦敦归来，她约了唐烨"老地方"见，去"老地方"的路上，她接到医生来电，医生拿到她的体检报告，告知她得了宫颈癌！

周朗朗失态到差点错把刹车踩成了油门，她缓了缓神，赶紧把车子停靠路边，她迫不及待问了医生两个问题：一，这病的治愈率有多大；二，她还能不能怀孕生宝宝。医生的答复是，因为周朗朗有定期体检的良好习惯，所以及时确诊的宫颈癌属于早期阶段，以目前先进的医疗手段来讲，治愈率非常高。至于痊愈后的生育问题，这个要具体情况具体分析，目前普遍应用于宫颈癌患者的治疗方案有电凝、冷凝、高频电波环切术、宫颈锥切术等，由于保守性治疗保留了子宫，故也保留了生育功能；如果是需要进行子宫切除的治疗方案，当然无法保留生育功能，至于采取哪种治疗方案，目前无法给出具体结论，必须等患者入院进行全面检查，会诊之后才能确定……

周朗朗听着听着眼前发黑、额头冒虚汗、手脚冰凉，她实在没有勇气发动车子，没有勇气奔向唐烨，她突然发现，那呼之欲出的幸福就在眼前，鲜活生动却触不可及！

一连几个晚上，周朗朗都梦到了克罗地亚的那个小城，梦到了大K、玛丽娜和老大爷。

第十九章 候鸟归巢

手术的正日子说到就到,周朗朗一早按医嘱做好各项术前准备,她提前跟父母和姥姥一一视频通话,跟赶到医院探视的何立琪、方黎和唐果也各有嘱托。

周朗朗被推进手术室的前一刻,唐烨及时赶到,他请求护士给他五分钟时间,他有几句重要的话必须现在就跟周朗朗做个交代。周朗朗不用问也猜得出来,肯定是唐果给唐烨通风报信的,她示意护士稍候,继而提醒唐烨:"给你五分钟,别婆婆妈妈的,拣重要的事情说。"

护士退下,唐烨俯下身去,牢牢握住周朗朗的手,深情告白:"记得当初我向你求婚时,你曾经问过我,'如果我们走着走着就散了会怎样?'我说的是'那就分手,我重新开始追求你,直到你再一次爱上我为止',过去种种譬如昨日死,往后种种譬如今日生,我就在这里等着你出来,等着重新开始追求你,我们重新开始!"

"别在我身上浪费时间和感情了,不值得,我离开你是为了成全你,为了让我自己早点解脱,不是让你在医院上演'蓝色生死恋'的!"

"傻瓜!你知道当初你为什么会爱上我,为什么会嫁给我?不是因为我帅出天际,不是因为我是居家、工作、旅行的最佳搭档,而是因为我有豁出去的决心,只要是我认准的人、认定的事,别说是八匹马,就是神舟十一号也拉不回头!"

"幸福不是我们活过的日子,而是我们记住的日子,我很幸福,但到此为止吧,咱们在这个时候告别是最圆满的句号,再纠缠下去,我们都会变得不幸的。我要进去了,我不想再见到你,放心,我一定会过得比你好,你也要努力,再见。"

"傻女人,我哪儿也不去,就在这里等着你全须全尾地出来,我已经请了一个月事假,而且跟上头打过招呼了,只要你这边有需要,我随时辞职!记住这句话,生活不易,一加一大于二,我们的痛苦,我们自己加糖!"

半年后。

周朗朗独自一人远赴瑞士,开始了崭新的游学生活,去向往的地方,选一门她热爱的专业,做回从课堂到食堂再到宿舍三点一线的学生,是她的夙愿。周朗朗做完宫颈癌手术后恢复良好,但仍在康复观察期,她要按时吃药,按时去医院复查。周朗朗选择独自去瑞士游学,一半因为这是她的理想,另一半原因是她希望自己与唐烨互换一下处境,她要离开熟悉的生活,离开家人的围绕,她要成为一只离巢远飞的候鸟,去体验唐烨独自在外打拼的生活,去设身处地感受他漂泊在外的甘苦,在这个过程中,她期待着自己能重获健康,整理好思绪和心情,做好开启新生活的准备。

唐烨仍旧留在北京,左手工作,右手生活,与周朗朗互换了处境之后,他渐渐感受到周朗朗从前的种种艰辛不易了,她身为一个女人,要一个人打拼事业,要一个人照顾家庭,要在事业和家庭之间左右平衡，要承受与丈夫天各一方的孤独和压力，还要活得漂漂亮亮、坦坦荡荡的，的确是难上加难。唐烨明白了周朗朗从前对他的支持、信任和理解有多么宝贵，明白了周朗朗为了成全他的理想吞下了多少汗水和泪水。唐烨在公司干劲十足，回到家尽心尽力陪伴父母、帮助唐果和许良辰，他经常抽空去养老院看望姥姥，定时跟周朗朗远程视频，及时跟周朗朗复查的院方医生保持联系，他希望周朗朗能看到自己的改变和努力，他盼望老婆大人能够早日携爱回家。

这天，周朗朗下课刚回到宿舍，就收到了大王王思瑀寄来的电子喜帖，她与在公司年会上结识的那位英俊IT男修成正果，即将步入婚礼殿堂。好事当然不止这一桩，方黎接了周朗朗的班，出任业务部总监，她不管是在抓业务还是人事管理方面，都大有周朗朗之风范，业绩飘红，士气高涨。方黎的老公张勇找到了一份新工作，戒了酒，再没动过方黎一根手指头。方黎仔细瞧着他这回是真的浪子回头了，就把女儿给接了回来，一家三口团聚，小日子越过越有滋味。

大王的婚礼盛大举行，宾客如云，新娘大王美成了仙女，新郎从头到尾笑得合不拢嘴。到了新娘背投手捧花的游戏环节，眼巴巴盼着这个环节的单身女宾客们顿时化身成为甲A联赛最强守门员，一个个摩拳擦掌虎视眈眈，誓要抢夺到这个好彩头。新娘背投抛出鲜花，单身女子们纷纷使出浑身解数，你推我拦，你抢我夺，手捧花在"魔爪"密布的半空中打了好几个滚，砸中了坐在前排观礼的吃瓜群众何立琪！

大米不甘心，要从何立琪手中抢过这个好彩头，何立琪条件反射地一秒切换到护花使者的角色当中，勇敢护花，迅速逃离婚礼现场。穿着露肩小礼服的何立琪，捧着手捧花，心急火燎站在马路边上拦出租车，上车后直奔JM公司而去。

JM公司里，在一众员工惊掉下巴的注目礼中，何立琪不顾秘书的劝阻，径直推开了王辉办公室的门，攻气十足地冲进去，把手捧花撂到一脸蒙的王辉怀里，一拍桌子："老娘忍够了，也等够了，你今天必须给我一句痛快话，咱俩这事你到底想怎么着？"

王辉上上下下打量何立琪："你这是撞了什么邪？干吗跑到我这里来撒野？咱俩之间一清二楚，我无话可说，你赶紧打哪儿来还回哪儿去，再闹下去大家脸面都不好看！"

何立琪上前一把揪住王辉的衣领："你少给我揣着明白装糊涂，从前是我错了，我认打也认罚，但咱俩之间不能就这么没完没了耗下去，这对谁都不公平。我今天来就问你要一句明白话，我想跟你复婚！我想跟你重新开始！你要是愿意就说yes，你要是不愿意就说no，我绝不会勉强你。如果yes，我会让你看到我悔过的表现和重新开始的诚意，如果no，咱们就一别两宽各奔前程，我绝不会再来纠缠你，但是有一条，哪怕是今后你想明白了，来找我复合，我也只能还给你一个no！"

王辉的鼻尖与何立琪的鼻尖只间隔了一厘米，他从她的黑眼珠里清晰看到自己的脸，她的手揪住他的衣领越抓越紧，他的呼吸越来越紧迫稀薄，不过几秒钟的时间，他们两个人的脑海里快速回映了一遍这么多年来沉淀在记忆中最珍贵的瞬间，有哭有笑、有起有落、有失有得。

王辉死死盯着何立琪，一言不发。

何立琪头也不回冲守在办公室门口的秘书说："那谁谁，麻烦你帮我们关一下房门，谢谢！"秘书赶紧关门离开。

何立琪一手揪住王辉的衣领，另一只手搂住他的腰，狠狠吻了下去。

热吻的电流瞬间唤醒了王辉的动力，他变被动为主动，一把把她搂进怀中，用比刚才更热烈更汹涌的亲吻回应她、回答她一个yes！

这对复合候鸟夫妻决定尽快结束儿子动荡的海外留学生涯，尊重儿子渴望回国回家的意愿，开启"一家人就是要整整齐齐"的相守生活。

何立琪彻底放权，她同意让王辉决定自己的事业去留，不论王辉退休、当农夫还是浪迹天涯，她保证绝无二话并且相随相伴。

何立琪再战职场江湖，重归投行做野心勃勃的女魔头，她要找回自我，靠自己去追求想要的一切。从候鸟夫妻转变为女主外男主内的新反差夫妻，对何立琪和王辉来说是新征程新起点，他们能否携爱回家，所有人都拭目以待。

令周朗朗最放心不下的唐果入职一家新的广告公司，职务、薪水都比从前低，而且工作量大，这家公司企业文化开明、公正、创新，没有35岁职场荣枯线，没有性别差别待遇，女员工的年龄、婚育情况不得作为人事岗位评估选项，这份工作给了唐果从头再来的勇气和斗志。

许良辰摒弃从前的膨胀、急功近利心态，重返摄影行业，挨个儿公司投简历，挨家摄制组毛遂自荐，找不到摄影师的活儿，摄影助理、场记、剧务等工种他也愿意干，不讲条件不计报酬，只要别人肯给他一次机会，他就一定能用实际行动回报给人家一百二十个满意。浪子回头的许良辰在剧组从打杂剧务干起，戒掉"摸鱼"恶习，不再做一夜暴富、成功的白日梦。

受职业限定，唐果和许良辰还是双候鸟夫妻，还是聚少离多，跟以前不同的是，他们主动向对方报备自己的工作行程，共同分担家事，不再谋算个人私利，把你的和我的一起努力变成我们的，他们达成共识，把自己经营得独立强大，才有能力守护对方，才能无惧任何形式的婚姻和未来。

唐果从警方处获悉，外逃的港商刘总已经被缉拿归案，案件在进一步审理过程中，唐果相信不久之后就能还她一个公道判决结果。

老许拿出毕生积蓄，他要资助儿子许良辰去拍摄完成他耗费五年心血筹备的纪录片，哪怕这笔积蓄仅仅只够个启动资金呢，哪怕这笔钱投出去连个响都听不到呢，他也无怨无悔。

许良辰一开始不肯接受老爸的积蓄，他知道这笔钱是老爸一辈子从牙缝里省下来的"棺材本儿"，他受之有愧。可老许拿定了主意，他没指望儿子能靠这部纪录片一举成名和拿奖，他只是希望能尽己所能地帮扶儿子一把，帮儿子突破事业瓶颈，给儿子和儿媳送去一点亲情的温暖。

这一次，唐果举双手支持许良辰的事业，她拍着胸脯保证她负责赚钱养家，让许良辰放心大胆地去实现抱负理想。她把刘总一案的退赔款和房本都交给了许良辰，周朗朗为许良辰的纪录片项目做了一个众筹策划案，唐烨负责具体实施，周朗朗、唐大年、叶翠兰、何立琪、王辉、方黎、胡总、唐烨等人既出钱又出力地参与了这个众筹项目。

许良辰有信心把这部片子拍摄好，有信心带着它去参赛拿奖杯、拿奖金，有信心凭此摆脱瓶颈站上事业舞台的新高度。许良辰相信，只要他真的在乎，真的渴望，真的去努力，他就一定能够做得到。对付苦难的唯一武器就是超越苦难，获得幸福的唯一途径就是辛勤耕耘。

周朗朗定期去医院做复查，复查结果一次比一次好，医生告知她，由于前期手术保留了子宫，加上她康复情况良好，故也保留了生育功能，只要她愿意，就有机会孕育宝宝当妈妈。周朗朗喜极而泣，这是她最渴望听到的好消息。

出了医院，周朗朗接到胡总来电，不光她这里有喜讯，胡总也是拎着一串喜讯来广而告之的，胡总的喜讯有三，第一喜，他们夫妇俩开的流浪猫咖啡馆，已经成为新晋网红店，店里生意火爆，他们夫妻俩忙得不亦乐乎；第二喜，他说服老婆打消了让儿子"赢在起跑线上"出国读贵族学校的焦虑教育方式，儿子下学期就转回国内继续求学，一家三口马上就要团聚，不盲目攀比、较劲或许才是更健康的生活理念；第三喜，胡总已经递交了辞呈，他向大boss推荐由周朗朗出任他的接班人，他找到了自己热爱并且想做的事业，过上了他向往的开店、当店老大的生活，如今他总结概括自己的生活就是三个字——好嗨哟！

末了，胡总建议周朗朗是时候考虑考虑重新回归蓝天了，以他对她的了解，展翅翱翔、搏击长空才是最适合她的生活。与胡总通完电话，周朗朗心有所悟，原来，最好的生活就是心之所往并且如愿以偿。

几天后，周朗朗接到AAC人事部的来电，两天后，她接到大boss的来电，他们的来电措辞虽然一个官方模式、一个恩威并重，但都是希望她回归AAC，接胡总的班，在更严峻的要职岗位上接受新的工作挑战。

周朗朗经过深思熟虑，她知道每一个闪闪发光的人，包括王辉、大boss，乃至更高、更强的那些各界精英，哪一个不是熬过了一个又一个不为人知的黑夜，哪一个不是经历了一个又一个不为人知的寒冬，他们身上真正的闪光点不是他们现在站得有多高、成就有多大，而是他们在经历苦难时有多坚韧、多从容，这才是真正值得赞叹和骄傲的地方。

　　周朗朗希望自己能接受挑战，笑对磨砺，她希望自己有朝一日能成长为一个脚下有梦想去追逐，手中有盾牌自我保护，心中有诗歌缭绕，眼前有烟火生活的女战士，她希望自己顺境里不膨胀迷失，逆境中不悲观绝望，承认痛苦但不纠缠其中，享受胜利但不沉沦堕落，有能力去爱，也有能力被爱，精神越来越辽阔，身体越来越忠于自我，一直向前，一直成长，一直感知世界，感恩生活。理清了思绪的周朗朗，打点行装，对在瑞士这段珍贵的游学生活认真说再见，踏上回家之路。

　　首都机场出闸口，守候多时的唐烨一把抱住风尘仆仆归来的周朗朗，在她耳边低语道："咱们回家，我想和你一房二人三餐四季过一辈子，你就成全我吧。"

　　唐烨和周朗朗成双成对回了唐家，唐大年一大早就去菜市场采办齐全了各种荤素食材，叶翠兰在厨房里煎炒烹炸使出十八般武艺，唐大年是叶翠兰的大厨助理，随叫随到，各种杂活儿、碎活儿他统统包圆儿。

　　唐果、许良辰带着老许踩着饭点儿进门。老唐和老许一见面就互开玩笑，老许在老年大学声乐班与一位姓冯的大妈组成一个男女二重唱组合，堪称黄金搭档。老唐一直拿冯大妈开老许的玩笑，老许不急不恼，变得豁达开朗许多，他反过来开老唐的玩笑，调侃老唐如今是被叶翠兰降服的避猫鼠，一世英名全搭进去了。

老哥俩斗嘴完全停不下来，别提多热闹了。

唐果也没闲着，她围追堵截跟周朗朗套话，问周朗朗游学期间有没有跟高颜值男同学去约会，周朗朗故意回答跟她约会的男同学不止一个，唐果立刻替大哥打抱不平，追着喊着要周朗朗删除男同学的联系方式。厨房门口，许良辰一边向炒菜的丈母娘叶翠兰殷勤请安、陪聊天，一边偷吃餐桌上的红烧肉，平时冷冷清清的家瞬间节日气氛爆棚。

周朗朗回归AAC，升职加薪，开始了新的职场征程。

唐烨成为KPMO第一个中国籍合伙人，这既是KPMO史上新突破，也是唐烨个人事业的里程碑。

双喜临门，周朗朗和唐烨举杯庆祝之际，唐烨接到公司委任新任务，一个月后派遣他奔赴德国投入到一个超级审计项目的工作当中去。

再次面临分别，再次重归候鸟夫妻行列，周朗朗和唐烨不再紧张和不安，他们十分从容平静，泰然接受即将开始的候鸟夫妻生活。他们既不怀念过去，也不奢望未来，而是更有力量把握现在，努力去追求他们想要的生活。

机场，VIP休息室内，周朗朗与唐烨的对话既没有临别前酸酸甜甜的依依不舍，也没有不得不离别的各种哀怨委屈恨，而是像交接公务般的习以为常。

周朗朗一句一句淡淡嘱咐。每嘱咐一句，唐烨就回应一句"知道了，记住了"。

等听到周朗朗嘱咐最后一句时，他意味深长地看了她一眼："真不愧是默契夫妻，咱俩又想到一块去了。"

两人相视一笑。

周朗朗看了看表:"时间差不多了,进闸吧。"

周朗朗和唐烨走向安检入口,唐烨放下行李箱,一把搂住周朗朗,狠狠吻下去。周朗朗被唐烨的热情给感染了,忘情回吻,众目睽睽之下,他们二人吻到差点窒息!

两个巡警路过,不知是有意还是无意地别过头去,视而不见。

巡警甲跟巡警乙小声嘀咕:"估计这两口子是一对马上要天南海北两地相隔的候鸟夫妻吧?"

巡警乙点点头:"可不,瞧他俩这难分难舍的劲儿,都不容易!可就是因为不容易,这日子才越过越有滋味,咱就在心里头遥遥祝福吧!"

航班准点起飞。周朗朗仰望着头顶上的晴空艳阳,像是嘱咐唐烨,又像是叮嘱自己:"时光这么好,你可别演砸了!"

飞机降落慕尼黑机场,唐烨收到周朗朗的惊喜大礼,两道杠验孕棒的照片,周朗朗怀孕了,这对候鸟夫妻即将迎来爱情结晶——"候鸟"宝宝!

候鸟夫妻的精彩未完待续。

当婚姻从归宿变成征途,你我必须做一对搏击长空的候鸟,与这辽阔世界抗争一把,携爱回家。